险海沉浮

韩兆若 / 著

当代世界出版社

图书在版编目（CIP）数据

险海沉浮/韩兆若著. —北京：当代世界出版社，2014.9
ISBN 978-7-5090-0985-7

Ⅰ.①险… Ⅱ.①韩… Ⅲ.①长篇小说—中国—当代 Ⅳ.①I247.5

中国版本图书馆CIP数据核字（2014）第152044号

书　　名：	险海沉浮
出版发行：	当代世界出版社
地　　址：	北京市复兴路4号（100860）
网　　址：	http://www.worldpress.org.cn
编务电话：	（010）83908456
发行电话：	（010）83908409
	（010）83908455
	（010）83908377
	（010）83908423（邮购）
	（010）83908410（传真）
经　　销：	全国新华书店
印　　刷：	北京紫瑞利印刷有限公司
开　　本：	710毫米×1000毫米　1/16
印　　张：	20.5
字　　数：	325千字
版　　次：	2014年9月第1版
印　　次：	2014年9月第1次
书　　号：	ISBN 978-7-5090-0985-7
定　　价：	38.00元

如发现印装质量问题，请与承印厂联系调换。
版权所有，翻印必究；未经许可，不得转载！

目　录

第 1 章　保险的意义 ………………………………………… 1
第 2 章　冲　突 ……………………………………………… 14
第 3 章　明争暗斗 …………………………………………… 22
第 4 章　博　弈 ……………………………………………… 31
第 5 章　左右为难 …………………………………………… 41
第 6 章　寻找"余则成" ……………………………………… 49
第 7 章　第 70 号文 ………………………………………… 59
第 8 章　回马枪 ……………………………………………… 68
第 9 章　打假创铁 …………………………………………… 77
第 10 章　悲欢离合总关情 ………………………………… 88
第 11 章　真情如何了却 …………………………………… 94
第 12 章　心　问 …………………………………………… 102
第 13 章　费　用 …………………………………………… 109
第 14 章　保险的尴尬 ……………………………………… 118
第 15 章　算　计 …………………………………………… 126
第 16 章　魏经纶的困惑 …………………………………… 134
第 17 章　夜半敲门声 ……………………………………… 141
第 18 章　连环交易 ………………………………………… 148
第 19 章　恋上"大富豪" …………………………………… 158
第 20 章　夜探陈艳艳 ……………………………………… 166
第 21 章　幸福的烦恼 ……………………………………… 175
第 22 章　"直电"大战 ……………………………………… 182

第 23 章	"夜审"杨山坡	191
第 24 章	"寒流"来袭	202
第 25 章	身陷漩涡	211
第 26 章	荒唐抉择	220
第 27 章	纠　结	226
第 28 章	新棋局	233
第 29 章	厄运频袭	241
第 30 章	大调整	248
第 31 章	魏经纶"上调"	254
第 32 章	笔　战	264
第 33 章	李冬冬再嫁	271
第 34 章	逃离滨城	279
第 35 章	"服务"升级	290
第 36 章	硝烟再起	299
第 37 章	"三家村夜话"	309
第 38 章	魏经纶离职	318

第 1 章　保险的意义

雪在下着,好像没有停下来歇一歇的意思。

风又起了,从西北方向呼啸而来,疯狂肆虐着大地。

窗外挂满冰凌的大白杨树,寒风中瑟瑟地抖着,不停地发出令人心焦的呻吟声——咯吱……咯吱……

一只黑色老鸹,如一名醉汉扑棱棱地飞到大白杨树上停靠了一下,发出两声凄惨尖刻的叫声后,又在昏黄灰暗、云漫天低的风雪中消失了。

……

李冬冬静静地立在窗前,呆呆地望着窗外那漫天飞扬的雪花,和寒风中那盏发着微弱光亮的摇曳着的孤灯,不禁打了个寒噤,一阵莫名其妙的恐惧袭上心头,两行滚烫的热泪顺着瘦削的脸颊慢慢地流了下来……

文惠静静地来到李冬冬的身边,怔怔地望着默默抽泣的女儿,禁不住也老泪纵横。

"晓滨走了,把一切都留给了你,你要尽快坚强起来,不为别的,你得为迪迪想想。"文惠拉着女儿的手在床沿边上坐了下来。

"人得信命!既然命运如此安排,不面对又能如何?我和你爸都老了,可你的路还长着,为了孩子,也为了这个家,你一定要振作起来。"文惠劝道。

"人有悲欢离合,月有阴晴圆缺,此事古难全!这是规律,也是人生,任何人都无法抗拒。冬冬,晓滨已经走了,你现在唯一要做的,就是勇敢地面对眼前的现实,尽快从晓滨离去的阴影中走出来。"听到妻子和女儿谈话,父亲李品木从外面走了进来。

"晓滨已经走了一周了,等雪停了,天气好了,我陪你去看看他,跟他说说话,把你想说的话全说出来。"李品木说。

天一亮，李冬冬穿上一件厚厚的衣服，跟文惠说了一句"我出去走走"后，就踏着厚厚的积雪，嘎吱嘎吱地出了门。

　　文惠想追出门外，问李冬冬去哪儿，被李品木制止了。

　　"让她出去走走吧，难得今年有这么一场大雪，老让她憋在家里怎么能行？"李品木劝妻子道。

　　"前几天的雪还没融化，紧接着又下了这么一场大雪，路滑雪厚，你让她去哪儿走走？晓滨走后，她没睡过一个囫囵觉，整天迷迷糊糊的，出门万一摔着碰着伤着怎么办？"文惠说着，就要穿衣出门追赶李冬冬。

　　李品木最终还是劝阻了文惠，他实在不愿意女儿老是憋在家里不愿意出门见人，他想让女儿趁着雪大人稀的时候出去散散心，心情兴许会好一些。

　　李冬冬出门没多大会儿，魏经纶就敲门进来了。

　　"叔叔，阿姨，冬冬呢？这几天没回家里来住？"没看到李冬冬的影子，魏经纶迫不及待地追问起来。

　　文惠说付晓滨走后，李冬冬和付迪就搬回她们家住了。搬回家居住以来，李冬冬就天天窝在家里，门也不出，话也不愿意说，整天以泪洗面。

　　"这种鬼天气，你说一大早她能去哪儿？可别再出什么事情了！"文惠有些不满地看了丈夫一眼。

　　李品木嘴上虽说没事，但心里还是有些惴惴不安。

　　看到文惠心烦气躁的样子，魏经纶重新穿上刚脱下来的鞋子出了门，出门时反复安慰文惠和李品木不用担心，说他一会儿就把李冬冬接回家来。

　　大街上人少车绝，远处除了有几个孩子在喊着笑着，堆着雪人打着雪仗，再也看不到有其他行人了。

　　"这么大的雪她能去哪儿？"魏经纶虽然知道李冬冬有喜欢逛商场的习惯，但他断定这个时候她绝对不会也不可能有心情去逛商场的，况且市内绝大多数商场都因雪关门歇业了。

　　难道去了公墓？一念闪过后，魏经纶又否定了自己的判断：公墓虽然距李冬冬父母家住的滨城一中只有不到两公里的路程，但在这种恶劣的天气，李冬冬不会一个人跑到那种鬼地方。因为她是一个十分胆小的人，阳光明媚的日子，未必一个人敢跑到公墓里去，何况这样一个连乌鸦都不敢露头的天气。

"没去公墓她能去哪儿？难道去了杨山坡家？"魏经纶掏出手机拨通了杨山坡的号码，得到的答复是否定的。

"说不定她真的看付晓滨去了。"魏经纶一边想着，一边小心翼翼地朝滨城公墓方向行进。

越走魏经纶越感觉自己的判断是正确的，因为一串清晰的脚印一直延伸向公墓方向，从脚印的大小、步伐的长短，他断定这些足迹是李冬冬踩出来的。这样的天气，除了李冬冬，有谁会去那种鬼地方？

魏经纶明显加快了步伐，一路上摔了多少个跟头自己也记不清楚了。

看着魏经纶吃力地爬上来，李冬冬嘴唇动了动，眼泪扑簌簌地落着。

魏经纶掏出手机跟李品木夫妇报了一声平安，让他俩不用担心。

李冬冬蹲在付晓滨的墓前一动不动，要不是那张被寒风吹得如紫薯般的脸和那一缕飘来飘去的头发，她俨然成了一尊蜡像。

魏经纶把自己脖子上的黑白方格围巾给李冬冬系上，然后静静地陪着她。

"回去吧，等天气好了，咱俩再一起来看老付好吗？"魏经纶小心翼翼地商量道。

"嗯！"声音好像从李冬冬的鼻翼中传出。

"回去吧，叔叔和阿姨都在家担心你。"

"嗯！"

"这里风大，千万别感冒了！"

"嗯！"

李冬冬的回答始终是那一个"嗯"字。

"别这样，你如果老这样的话，老付在那边也不会放心的。"魏经纶说着，上前扶起了李冬冬。

魏经纶拉着李冬冬下山，到达李家的时候，已是中午十二点半多了。李品木和文惠正焦急地在客厅里踱来踱去。

"这么冷的天去哪儿了？"看到李冬冬和魏经纶进来，文惠关心地问道。

"在外面走了走。"李冬冬换上棉拖鞋径直进了自己的房间。

"去哪儿了？"文惠又小声问了魏经纶一句。

"去晓滨那里看了看。"

"这么冷的天气跑到那种地方干什么？傻呀？"文惠不满地嘟囔着。

魏经纶笑笑，没有说话。

"我包了水饺，三鲜的，这就去煮，一会儿就好。"文惠一边往腰上系着围裙，一边端起刚包好的水饺往厨房里走，她知道魏经纶跟李冬冬一样都喜欢吃水饺。

魏经纶推辞说家里还有点事，就不留下吃水饺了，等有机会再来品尝文惠的手艺。

李品木生气地把魏经纶按坐在沙发上，让他无论如何也得吃完再走。

魏经纶不自然地笑着，说家里确实还有事。

李品木批评魏经纶自从去省城工作以后感觉不如以前实在了，再怎么忙，也差不了这一顿饭的工夫。

两人正僵持着，李冬冬换好衣服从房间里走了出来："就那么忙？你就不能陪我爸喝两杯？"

魏经纶尴尬地笑笑，神情不自然地又坐回了原位。

李品木跟魏经纶一边喝着烫得热乎乎的酒，一边东一句西一句地聊着。李冬冬一声不吭，只是不停地向魏经纶的碗里夹菜和水饺。

魏经纶回到家时已是下午三点多钟了，柳叶独自一个人躺在沙发上正迷瞪着。

"怎么不去床上睡？可别感冒了。"魏经纶一边说着，一边走到沙发边，伸手摸了摸柳叶的额头。

"不回来吃饭怎么也不打个电话？我想给你打个电话问问，害怕你们不方便。"

"上午反应得厉害吗？"魏经纶说着挨着柳叶坐了下来。

"还行。她怎么样？"

"谁啊？"

"还能有谁？你上午不是去看李冬冬了吗？"

"情绪不好。上午她去了城北公墓，李校长和文阿姨让我帮忙去找她。雪太厚，两位老人出不了门。"

"上午没顾得上往家里打电话，没生气吧？"魏经纶笑嘻嘻地问道。

"生什么气？我有那么小心眼吗？人遇上了难，最需要别人关怀安慰了，这个时候多去关心关心人家也是应该的。"柳叶虽然嘴上这样讲，但心里还是感觉酸溜溜的。

"还是人民教师通情达理。再者，肚子里有咱们的小宝宝，你可没有权力随便生气呀！"说着，魏经纶把耳朵贴到了柳叶的肚子上。

柳叶说："谁想到老付那样一个活泼开朗的人说没就没了，把痛苦和责任都留给了李冬冬。唉！"

"人有旦夕祸福，谁也保不准哪天会出什么事情，所以活着的时候一定要珍惜彼此的缘分，珍惜现在的生活，千万不能计较一时一事的得失，尤其是我们这些有家室的人。"魏经纶深有感触地说。

"老付是为救客户死的，应该算是因公牺牲，你们公司无论如何也要想办法照顾好人家的老人和妻子儿女。你是老付的哥们，过去又跟李冬冬是同事，还曾经有那样一段美好的回忆，以后你可要多帮帮人家呀！"柳叶诡异地笑着。

"俗话说，男酸女辣，看你特爱吃酸的样子，我断定你怀得准是儿子。"魏经纶表面上像是在开玩笑，内心里还是有些埋怨柳叶：人家出了那么大的一件事情，你还有心情拿人家开玩笑！

"看来买份保险还是有必要的，一旦有什么意外，多少也能给父母、孩子们留下点什么。"柳叶叹道。

"保险的意义不仅仅在于意外发生时能为亲人留下点什么，还在于人在危难之际能够得到及时的帮助。它就好比是汽车的备胎、晴天里的雨伞，有备无患。所以说保险既是一种人生保护，也是一种生活态度。"魏经纶说。

"可中国人大都对保险不够了解。要不是你在保险公司工作，我也不可能主动去关注保险。也可能因为你在保险公司工作的缘故，所以我们在办公室没事聊天的时候经常聊起保险的事情，大家都认为保险是可有可无的东西，买了没什么太大的作用，不买也没什么太大的影响。要是中国人都跟老外那样认识到保险的意义，把保险作为一种生活必需品，自觉自愿地购买，你们公司的业务可能就没现在这么难做了。"柳叶说。

"实际上并不是所有的中国人都对保险不了解，许多有识之士很多年前就对保险作过精辟的阐述。早在20世纪30年代，胡适先生就在《申报》上发表过一篇关于保险的诗歌，老付出事以后，我专门又把那首诗抄下来认真地背了几遍，细细品味，感觉胡老先生对保险理解得太深刻太到位了。看了胡老先生的诗歌，我才真正意识到，保险不仅仅是为人们提供了一份保障，更是一种生活的态度。"魏经纶说着，把前两天重新抄过的胡适的诗找了出来。

柳叶接过魏经纶递过来的笔记本，小声读了起来：

> 保险的意义，
> 只是今日做明日的准备；
> 生时做死时的准备；
> 父母做儿女的准备；
> 儿女幼时做儿女长大时的准备；
> 如此而已。
> 今天预备明天，
> 这是真稳健；
> 生时预备死时，
> 这是真旷达；
> 父母预备儿女，
> 这是真慈爱。
> 能做到这三步的人，
> 才能算作是现代人。

柳叶读完，像忽然想起什么似的问了一句："你们整天向别人推销保险，你们的员工都购买保险了吗？"

魏经纶尴尬地笑笑，神情黯然地说："要是公司早为员工都购买上商业保险的话，老付的事情处理起来就不会那么难了，直接走赔案先赔一部分就是了。虽然公司为员工购买了工伤保险，但赔偿手续比较繁杂，什么时候赔付下来，最终能赔付多少钱，还真是个未知数。唉！"

"保险公司就是卖保险的，自己的员工都不买，怎么能说服别人呢？"柳叶十分不解地摇着头。

"市场竞争太激烈了，公司有限的一点点费用都投入到业务竞争上去了。以前省公司也曾研究过给员工集体购买保险的事情，可研究来研究去到底还是没能拿出那部分钱来。唉！"

"绝对不是钱的问题，关键还是领导的思想认识问题。领导带头给家人都买了保险，把用在请客吃饭的钱花在刀刃上，上行下效，风气就扭转了。我建议把胡适的诗装裱在你们公司最醒目的位置，每日吟诵三遍，保险公司的领导先带头做一个现代人吧！"柳叶郑重其事地说。

魏经纶笑笑，说道："中国是一个美食大国，美味诱人，请客吃饭肯定禁不了，尤其是我们这些干保险业务的。"

柳叶说他们学校刘老师的儿子在美国纽约一家公司从事销售工作。听他讲，在美国只要你产品好，价格适中，服务能跟上，客户的工作就比较容易做，不需要像你们保险公司那样天天请客送礼、迎来送往的。

魏经纶说在欧美国家，别说大多数公司没有公共招待费预算了，就是有，他们也不敢像在中国那样天天胡吃海喝。业务员偶尔请客户吃顿饭，也都是自掏腰包，且十分简单。在中国做业务尤其是做保险业务，请客送礼是基本动作。业务能不能做、做得了做不了暂且不论，吃吃喝喝、收收送送是必须首先要做的。好不容易把客户请出来了，钱花不到位，少了海参鲍鱼、鱼翅燕窝之类的高档菜，请客者不好意思，被请者也感觉没面子。

次日，一大早，杨山坡就打电话约魏经纶中午一起吃饭，魏经纶正好有事也想找杨山坡商量，就爽快地答应了。

两人在距魏经纶家不远处的一家火锅店见面。因为柳叶妊娠反应厉害，什么也吃不下去，加上路滑危险，魏经纶没让她一同前往，所以杨山坡也没带妻子白雪来。

魏经纶与杨山坡一边涮着火锅，一边东一句西一句地聊着，他俩说得最多的还是李冬冬和付晓滨。

魏经纶说他远在省城工作，十天半月才可能回滨城一趟。李冬冬那边的事情平时还得请杨山坡多关照一下，总归他俩跟李冬冬和付晓滨一起进的保险公司，是好朋友，两人又跟付晓滨搭过班子，于公于私都有义务替付晓滨照顾好李冬冬和孩子。

杨山坡说关心照顾好李冬冬母女是公司义不容辞的责任，但照顾得再好也代替不了付晓滨。杨山坡说，晓滨一走，滨城公司的班子成员就剩下他、姚东风和安山三个人了。安山过去一直从事办公室工作，对保险业务不熟悉。姚东风虽然熟悉保险专业知识，但决策能力一般，做人不够坦荡。杨山坡担心付晓滨一走,他跟姚东风的关系就更难处理好了。他感觉姚东风对自己一直心存成见,时时刻刻提防着他。

魏经纶叮嘱杨山坡一定要跟姚东风和安山处好关系。市场竞争如此惨烈的情况下,如果班子不团结,不能形成合力,就很难在经营发展方面有大的突破。

魏经纶一再提醒杨山坡,业务发展再怎么困难,也一定不要在合规管理工作方面出现大的问题,如果在该问题上再栽一次跟头,个人在公司有没有发展前途是小,以目前的市场形势,能不能保住饭碗都很难说。

杨山坡说下半年以来,公司做了许多违规经营的事情,存在着如阴阳单、截留保费、套打发票、小金库以及假赔案、水分赔案等触碰监管红线甚至违法的问题。但如果不这样做,就无法应对市场竞争。

魏经纶一脸严肃地听完,一再提醒杨山坡并要求他提醒姚东风,千万不要在违规问题上做得太过了,否则风险隐患就太大了。

两人又聊到了对付晓滨的赔偿问题。

魏经纶说高速公路一开放,他就赶回省公司。第一件事情就是督促总经理室尽快研究对付晓滨的死亡赔偿问题,人都没了,不尽快给人家孤儿寡母一个明确的说法,于情于理讲不通。

他分别找公司领导白宗仁和李梦香询问付晓滨的死亡赔偿问题,并吓唬二人说付晓滨的父亲和妻子、孩子准备近期来省公司找领导们讨要说法。

李梦香答应尽快组织召开党委会议,研究付晓滨的赔偿问题,并且让魏经纶一定给付晓滨的家人捎句话,让他们少安毋躁,千万别来省城。

"付家人已经够厚道的了,否则的话,也不会什么要求都没提,就先同意处理付晓滨的善后问题。"李梦香和白宗仁都感慨道。

了解到李、白二人惺惺作态的样子,魏经纶厌由心生:既然明白这个道理,为什么不尽快研究解决呢?一名地市公司的班子成员死了尚且如此,要是一名新员工出现意外那还不知要拖到何时呢!

对付晓滨死亡赔偿问题,最着急的当属魏经纶了,因为付晓滨死后,李冬冬及其家人在事先没与公司提出任何要求的情况下,就匆匆把付晓滨送走了,除了有对组织信任的因素以外,更多的是因为对魏经纶的信任。李冬冬和付晓滨的父亲都坚信,付晓滨身后的事情,魏经纶不会撒手不管的,一定会全力帮助妥善处理好的。

魏经纶回到省城的第三天，李梦香主持召开了省公司总经理办公会议，议题主要有三，其中一项就是研究付晓滨的赔偿及身后处理问题。

会议开了接近一天的时间，最终确定付晓滨的总赔偿限额为三十万元，工伤保险赔偿不足部分，公司通过赔案的形式一次性给予补齐，其他问题公司不再负责。

会议一结束，白宗仁就受总经理室的委托找魏经纶谈了话，让魏经纶负责把总经理办公会议研究的意见通知李冬冬及其家人。

魏经纶面露难色地说三十万元的赔偿限额估计付晓滨的家人很难接受。他说付晓滨是为救客户和公司的一名查勘员而死的，属于因公牺牲，一个鲜活的生命无论如何也不可能就值三十万。

白宗仁说就因为付晓滨是因公出的意外，所以公司才能通过工伤保险这个途径解决一部分。他说人事部门大体测算了一下，工伤保险赔偿大约在十五万元左右，公司要通过变通费用或者通过赔案的形式补齐剩余的部分。由于受市场竞争的影响，公司能用的费用全部补贴到业务发展和市场竞争上去了，从行政费用中很难挤出二十万元。由于公司未办理商业保险，无法堂而皇之地通过保险的形式赔偿，只能通过假赔案的形式套取出部分资金，而通过假赔案套取费用是严重违反监管要求的，如果不是万不得已，公司总经理室是不会出此下策的。白宗仁要求魏经纶一定要跟付晓滨家人解释清楚，请他们充分体谅公司的难处。

回到办公室，魏经纶思考了很长时间都感觉无法把总经理室的决定通报给李冬冬。

他认为，既然已经通过假赔案的形式做出二十万元了，那完全可以多做出些来，二十万元跟四十万元、五十万元没有本质区别。魏经纶清楚，全省为应对市场恶性竞争，通过不正当方式套取的资金每年都不会少于三四千万元。为了加深与客户的感情，一年仅吃吃喝喝、跑跑送送就将近千万元；为在市场恶性竞争中占据主动，折扣打了又打、手续费提了又提，从没有人心疼那些不该投入的冤枉钱，个个都大方得很。到了赔偿自己员工的时候，全变成"老抠"了，就像割自己的肉一样心痛。原因无非是人走茶凉，不能为公司创造价值了，自己公司的员工好应付，至少不会给公司制造麻烦。

魏经纶越想越生气，越想越不解，情不自禁地拿起办公桌上的一本《保险实务》，狠狠地摔到地上。部门里的人员都不约而同地站了起来，诧异地朝他坐的那个方向张望。

魏经纶意识到了自己的失态，不好意思地朝跟自己坐得最近的陈艳艳笑了笑，然后站起来走出了办公室。

他再次走进了白宗仁的办公室，把自己的想法跟对方如实进行了汇报，并请总经理室的领导们再酌情考虑考虑。

白宗仁劝慰情绪有些激动的魏经纶，说他本人也感觉三十万元的赔款确实少了点。但在公司费用十分紧张，经营到了非常困难的情况下，大幅增加赔偿额度可能不太现实，况且赔偿数额是总经理室集体研究决定的，他一个副职虽改变不了总经理室的集体决定，但可以跟总经理室的其他领导再分别沟通沟通，也让魏经纶找总经理李梦香再反映反映。

魏经纶再次走进了李梦香的办公室，把自己的想法跟李梦香又复述了一遍。

李梦香煞有介事地跟魏经纶讲了一番大道理后，承诺跟班子其他领导再商量商量，看看能不能从工会费用中挤出点资金，近期就把钱兑付给付晓滨的家人。

总经理室经过重新研究之后，最终确定在原来赔款数额的基础上再增加五万元。三十五万元是公司赔偿的最高限额了，无论如何不可能再增加了，如果付晓滨的家人对赔款数额还不满意，那就只能通过司法程序解决了。

如果严格按国家赔偿标准计算的话，三十五万元已经远远超过正常赔偿限额了。但像付晓滨这种上有老下有小的家庭，三十五万元赔款确实满足不了赡养老人抚养孩子的需要，况且白宗仁代表总经理室跟自己说得再明白不过了，指望总经理室再次更改决定，提高赔偿，不仅不可能，而且可能会引起李梦香等总经理室领导们的反感。他们一定会说魏经纶大局观念不强、政治觉悟不高、自我意识较重，最终结果很有可能是费力不讨好！

魏经纶打开意外伤害保险费率表仔细看了看，然后慢慢闭上眼睛陷入了沉思：

买一份保额三十五万元的意外伤害保险，保险费是五百一二十元，如果按团单费率享受六七折优惠的话，三十五万元的死亡赔偿保险费不过区区三四百元。如果一个客户花了三四百块钱购买了公司的意外伤害保险而出现了死亡的话，公司上至领导下至业务员都会蜂拥而至，又送花圈又送慰问品，以体现公司的贴心服务，最终各种费用加起来绝对不止四十万元。而自己的一个地市公司副总经理死了，而且还是因公殉职，研究来研究去，最终只答应给人家三十五万元的赔偿金，客户的命金贵，难道自己员工的命就不值钱了吗？

魏经纶摸起电话刚拨了几位号码，就又把电话重重地扣上。

这件事情无论如何不能跟杨山坡讲，要是跟他讲了，那家伙嘴特别快，没几天工夫李冬冬肯定就会知道省公司的处理决定了。这个决定，魏经纶作为一个外人都感觉大失所望，何况失去亲人的李冬冬一家人？要是因为对省公司的处理意见不满意而引发其他问题，埋怨自己办事不力是小，气坏了付晓滨的父亲、引起李冬冬的更大悲伤，那事情可就闹大了。

寻思了半天的魏经纶还是拨通了杨山坡的手机。两人寒暄了几句，杨山坡就迫不及待地询问对付晓滨的赔偿问题。魏经纶问杨山坡公司应该赔偿付晓滨家人多少钱比较合适时，杨山坡想也没想地说，应该不会少于六十万，再少就无法跟老付的家人交待了。

魏经纶问杨山坡手头上还有多少钱，如果暂时用不着的话，借他几万元，他临时有点急用。

杨山坡问魏经纶借钱干什么，魏经纶只说有点急用让他不要再问了，也不要把自己找他借钱的事情告诉柳叶，最好连白雪也不要讲。

杨山坡笑着说，借钱的事情他可以不告诉柳叶，但不告诉白雪无论如何是做不到的，因为他们家的财政大权一直掌控在白雪手里，别说是三五万了，就是三五千他手头上也没有。杨山坡说，结婚前，白雪就跟他约定，要求他有事一定要跟她先请示后办理，尤其是在花钱方面。所以两人一结婚，杨山坡就乖乖地把工资卡上交给了白雪。

魏经纶禁不住地笑出了声："真是一个听话的好孩子啊！算了吧，那就不麻烦您老人家了！"

魏经纶挂断电话没多久，杨山坡又把电话打过来，说他偷偷地存了点"私房钱"，不多，也就两三万块钱，是准备将来急用的。既然魏经纶有事要用，那就先借给他急用一下，但无论如何不能在白雪面前把这件事情说漏了，要是让白雪知道了，非剥了他的皮不可！

魏经纶让杨山坡尽快把钱打入他的个人账户，并承诺三五个月内就还钱，不会耽误杨山坡"急需之用"的。最后魏经纶还跟杨山坡开玩笑说，他已经掌握了杨山坡的铁证，如果杨山坡以后做出对不起哥们的事情，他一定会在第一时间把"铁证"交到白雪的手上，让他死得很难看。

杨山坡知道魏经纶不是那种人，哈哈笑着说："交给白雪就交给白雪，她还能把我吃了？大不了咱也跟哥们一样，玩一次现代浪漫。"

魏经纶知道杨山坡就是嘴上的功夫，把他狠狠地奚落了一顿，催促杨山坡尽快去银行汇钱。

周五，魏经纶从省城回到了滨城，代表省公司领导看望了付晓滨的老父亲，并把李冬冬一起召集到付晓滨老父亲的家里。

"省公司对老付的赔偿款已经下来了，一共四十五万元，虽然数额不是太理想，但省公司领导们已经是多次召开会议才确定下来的。"魏经纶说着，把一个银行储蓄卡放到了李冬冬和付晓滨父亲的面前。

看着面前的那张银行卡，李冬冬禁不住眼泪哗哗地往下掉，她知道放在自己面前的不是一张普通的银行卡，而是付晓滨用生命换来的。

付晓滨的父亲把银行卡推到李冬冬面前，让儿媳把卡收好，抽时间去银行替付迪存个定期，等将来孩子上学的时候用。付晓滨的父亲十分感伤地说他已经老了，花不了什么钱了，国家每月发给他的七八百元退休金已经足够了！

李冬冬不说话，只是不停地流泪。

付晓滨的父亲去自己的房间休息后，魏经纶陪着李冬冬静静地坐着，好长时间没说一句话。

待李冬冬停止哭泣，魏经纶声音哽咽地说："老付已经走了，老人和孩子都需要你照顾，你必须尽快振作起来，这个家需要你。关于老付的赔偿问题，我已经尽力了，以后家里要是遇上什么困难的话，我和山坡都会尽力帮助你的。"

李冬冬慢慢地抬起头，用她那双充满抑郁与柔情的眼睛盯着魏经纶看了好大一会儿，喃喃地说："行啊，公司给多少咱就拿多少吧。晓滨已经走了，咱不能为了钱让他在那边没面子、不安生啊！谢谢你呀！"

听了李冬冬的话，魏经纶心里好一阵子难受。

"这些日子，要不是有你和山坡帮忙张罗着，我们娘儿俩真不知道怎么办才好。真是太谢谢你们了！"脸上虽没有过多的表情，但魏经纶还是从李冬冬的眼睛里看到了那份发自内心的真诚与感激。

"你跟老付都是我和山坡的朋友，老付走了，我们不应该为你做点什么吗？你越是这样讲，我心里感觉越不是滋味。"魏经纶说。

李冬冬抬起红肿疲惫的眼睛看了看魏经纶，又无力地低垂了下来。

"柳叶身体不方便，回来后多陪陪她吧，我这里你不用担心了。"说这话的时候，李冬冬心里充满了矛盾。

魏经纶声音放低说："虽然老人说赔偿金他一分钱都不要，全留给孩子以后上学用，但我还是感觉应该以老爷子的名义在银行里开个户头给他存上点，按照《继承法》规定，你、迪迪、老人都是遗产的法定第一顺序继承人。"

李冬冬"嗯"了一声，声音小得像蚊子。

第2章 冲 突

2007年元旦一过，东南永泰财险公司就在省城召开了全年工作会议，十二家地市公司的班子成员及省公司的中层及以上干部参加了会议。

会议由副总经理白宗仁主持，李梦香代表省公司总经理室作了主体发言。

李梦香在报告中说，过去的一年，经过全省广大干部员工的共同努力，东南永泰公司的保费收入历史性地突破了十五亿元，达到十五亿零二百万元，虽然综合成本率超过了百分之百，承保亏损五千多万元，但在东南财险行业总亏损额达到九个多亿的情况下，永泰公司虽亏犹荣。因为永泰公司上一个保险年度保费规模占全省财险行业保费收入的百分之十四，但亏损仅占全省亏损总额的百分之五点五。从这个意义上讲，永泰公司承保的险种业务是优良的，经营管理的成果是可喜的，承保亏损的额度完全可以接受。

李梦香说："去年下半年，交强险在全国正式实施，对拉动业务发展尤其是车险业务发展起到了至关重要的作用。为了抢夺今年上半年的交强险客户，去年底各机构就开始发力，纷纷出台实施极端的车险业务发展政策，车险业务市场已是硝烟弥漫，车险不理性竞争的态势短期内不可逆转，持续恶化。为了在市场竞争中争取主动，省公司总经理室要求各机构一定要采取主动进攻策略，全力以赴抢夺资源，尤其是车险客户资源，切实掌握市场竞争的主动权，确保全年新增保费四个亿，力争保费收入突破二十亿元大关。"

……

李梦香滔滔不绝地讲了两个多小时后，各地市公司的总经理相继上台进行了表态发言。虽然十二家地市公司的主要负责人发言一个比一个慷慨激昂，但大都是空话连篇，没有实质性内容。因为各地市公司的总经理对新一个保险年度的市场竞争形势普遍缺乏信心，在"确保业务增长、确保实现赢利"

两个确保要求下，缺乏应有的底气，能不能既保持业务快速增长，又实现承保扭亏为盈，还不明显触碰合规经营红线，谁也不敢保证，所以发言时就只能放几声空炮，表明一下态度，让领导们听着安心即可。

全省工作会议一结束，姚东风、杨山坡、安山三个人就急匆匆地赶回了滨城，回到公司关起门就开始研究如何贯彻落实省公司全年工作会议精神。

姚东风说："今年省公司给滨城公司下达了两个多亿的保费任务指标，要求滨城公司保费同比增长百分之三十。会议期间，白总代表省公司总经理室跟咱们进行了一对一谈话，对滨城公司提出了非常高的要求。大家都知道，受市场恶性竞争的影响，去年滨城公司业务增幅虽跟当地市场基本持平，但低于全省行业平均水平，没有完成省公司下达的任务目标。业务发展指标完成得不理想，综合成本率指标完成得也不够好，在全省十二个中支机构中排名第三高，如果今年滨城公司的两项主要经营指标再达不到省公司要求的话，我们三个人可能就永远没有机会坐在一起开会了。压力我不讲大家也能够清楚。"

对上一个保险年度，滨城公司两项主要经营指标没有完成，安山认为主要原因不是滨城公司班子的作为能力不行，而是滨城保险市场竞争环境太恶劣，可以说是全省十二个地市中恶性竞争最严重的地区。滨城公司的业务增幅虽然不如当地市场，但非车险业务占比高于全省市场份额三个百分点，经营成果省公司的领导们也应当给予肯定。

安山看了看姚东风，继续说道："滨城公司的综合成本率虽然没有达到省公司的预算要求，但并未高于滨城市行业平均水平，在规模排名前五名的公司中，永泰公司综合成本率也是最低的。李总在报告中说永泰公司在全省财险行业中亏损占比只有百分之五点五，虽亏犹荣，值得庆贺，但滨城公司在滨城财险行业中亏损占比还达不到全省百分之五点五的平均水平，如果要庆贺，滨城公司更应该值得庆贺……"

没等安山讲完，杨山坡扑哧一声笑了："亏损还庆贺，这种奇怪的现象也只有在中国保险行业才会存在。在行业疯狂竞争的大背景下，哪家公司都盈不了利，大家只能不比谁做得更好，而比谁做得更烂了，行业中的每一个人尤其是顶层设计者确实应该反思一下了。"

姚东风说在中国保险行业如此恶劣的竞争环境下，不出现亏损就是盈利了。保险行业到底应不应该规范，如何进行规范，那是高层领导们的事情，基层公司的人管不了，也没有必要去考虑。他现在最关心的是如何把上级公司下达的指标完成好，在每年的考核评价中得到一个比较好的考核等级。他说如何评价滨城公司及滨城公司班子的工作，都在上级公司领导们的嘴上，他们说滨城公司经营管理得好，那就是好；他们说滨城公司经营管理得不好，那就是不好。嘴有两片，话说两边。要切实改变省公司领导对滨城公司的认识，没有别的办法，就是在把全年工作尤其是业务发展工作做好的同时，尽量跟省公司的领导们处理好关系，尽可能多地得到上级公司的政策支持与业务指导。只会低头拉车，不会抬头看路，那跟傻子基本没什么区别。

经过研究和讨论，姚东风等人最终确定了"紧跟市场，主动出击，加大投入，引领发展"的经营发展策略。在班子分工方面，杨山坡继续主管公司的业务承保及销售推动工作，分管滨东、滨西两个子公司；原来只协管行政人事工作的安山，接替付晓滨主管理赔及客户服务工作，同时分管天王及城区两家支公司，行政人事工作由姚东风一人分管。

关于班子分工、全年经营发展目标及业务考核办法的一、二、三号文件下发后，三名班子成员按照分工，分别召集各自分管部门召开了会议，研究对策，制定措施。

为配合业务发展，滨城公司在全市范围内组织开展了"首季开门红业务劳动竞赛活动"，在进一步放宽核保政策的同时，提高了手续费支付比例，力度可谓空前。但一月份的业务发展指标却并不理想，与预期及省公司的要求相差甚远。

上午一上班，杨山坡就把业务管理部经理王存金叫进了自己的办公室。

杨山坡说一月份滨城公司的整体业务不好，姚东风对业务条线的工作很不满意，省公司的分管领导也多次打电话提出了批评，如果二月份业务指标再上不去的话，滨城公司总经理室就很难向省公司的领导们交待了。他让大家分析一下问题到底出在哪里？下一步应该怎么办？

王存金说虽然一月份手续费比去年四季度增加了两个点，在专项奖励方面也推出了一些政策，但跟其他公司相比较，还不具备竞争优势。为了弄清楚其他公司的费用政策，他让他部门的小李以客户的名义去永平公司进行了咨询，得知永平公司的车险费率已经实施七折优惠了。

杨山坡用怀疑的眼神看着王存金，他说市《行业协会自律公约》刚签订不到一周，笔墨未干，永平公司应该不会那样快就违规了。

王存金说刚开始他也不相信，当他亲自打电话咨询了一遍以后才确信那是真的。

王存金说协会不是保监局，没有行政处罚权，一定程度上来说就是个聋子耳朵——摆设，谁把协会的规定当真，谁就是一个傻瓜。

王存金还说，滨城大千保险公司的手续费比例已经提高到百分之二十了，据说有的公司手续费比例已经达到了百分之二十四了。

杨山坡说国外的保险行业协会基本上没什么管理职能，更不会履行监管部门才可以履行的职责。如澳大利亚的保险行业协会，其主要职责就是组织专业培训及考试，是全国性的考试机构。可在中国就不同了，保险行业协会在一定程度上履行着监管机关的部分职责，有"第二保监局"之称。保险行业协会的会长或秘书长都是监管部门任命的，不是谁想干就能干得上的，得罪了他们，一定程度上来说就是得罪了监管部门。所以，对行业协会制定出台的任何一项规定、公约，必须像对待监管部门的制度和规定一样对待，最起码表面上是这样。这是"中国特色"。

杨山坡和王存金正说着，滨西支公司经理孙百元夹着一个皮包匆匆忙忙地进来了，进门就嚷嚷起来。

据孙百元介绍，一进入二月份，滨西市场上的多家保险公司就调整了业务政策，除了降低费率、提高手续费返还比例，安达等公司已开始给投保客户发放价值不等的纪念品了。

孙百元一走，杨山坡跟王存金立即来到了姚东风的办公室，把近期的市场竞争形势及能够了解到的其他公司的竞争策略跟姚东风进行了详细的汇报，建议公司尽快安排办公室订购礼品，投入到市场上去，否则，扭转业务发展的颓势就是一句空话。

为了在公司暂无礼品可赠送的情况下不影响业务发展，杨山坡安排办公室专门下发了一个通知，要求公司所有业务人员向客户进行广泛宣传，承诺凡保费超过两千元的，赠送价值九十九元的"厨房宜"一个；凡保费超过三千元的，赠送价值一百九十九元的"家庭宝"一盒；凡保费超过四千元的，赠送价值二百九十九元的"夫妻乐"一组；凡保费超过五千元的，赠送价值三百九十九元的"全家欢"一套……

优惠政策一推出，立即引来许多客户上门投保、咨询。由于赠品未到，承保和业务人员只好解释说，由于近期上门投保的客户太多，公司订购的第一批赠品刚刚发放完毕，第二批赠品还在运输的路上，等赠品一到，公司就会立即通知客户前来认领或由业务人员亲自送货上门。虽然二月份下来，滨城公司仅发送礼品就花掉了八十多万元，但业务同比增长了近百分之五十。

看着当月的业务统计数据，杨山坡心里乐开了花，正想打电话跟魏经纶报喜，直属业务部经理万全大吵大嚷地进来了："疯了，简直是疯了！"

杨山坡笑着问万全谁疯了。

万全说保户疯了，强胜公司也疯了。接着万全把他服务了三年的一个企财险业务客户如何被强胜公司抢夺了去的经过一五一十地说给了杨山坡。

万全说他的一个客户，在永泰公司已经投保三年了，每年的保费收入大约二十一二万元，可强胜公司的业务员跟客户承诺，只要客户把业务从永泰公司转保到强胜公司，他们就在永泰公司承保费率的基础上下调百分之七十。也就是说，在永泰公司需要交纳二十一二万元才能承保的业务，在强胜公司只要六万多块钱就可以，两家公司保费如此悬殊，客户肯定不会再在永泰公司投保了。

"疯了！都他妈的疯了！"万全说话的语气、神态和动作，真让人感觉他自己也疯了。

万全从杨山坡的办公室出去没多大会儿，王存金又慌慌张张地跑了进来："杨总，刚才几个业务员回公司说，永平公司的车险业务手续费又提高了，据说交强险提高到了百分之十五，商业车险提高到了百分之二十五，其他几家公司可能都跟进了，我们跟不跟进？"

杨山坡说交强险手续费百分之四的时候就已经出现亏损了，如果提高到百分之十五，综合成本率肯定就突破了百分之一百二。交强险实施之初，有关部门就要求最先承办交强险的十几家公司不能出现交强险承保亏损问题，哪家公司出现了亏损，哪家公司就要退出，如果各家公司一直不计成本地展开竞争，交强险严重亏损的局面很难在短期内扭转。

万全说在保险业发达的欧美国家，只要有制度，所有公司都必须遵守，不管是排名第一的公司还是排名十分靠后的公司，可在中国就行不通了。第一批承保交强险的公司都是规模排名最靠前的公司，别说是亏损百分之二十三十了，就是亏损百分之百，有关部门也不会让那家公司退出交强险承保领域的，况且交强险承保亏损是与各公司的理赔方式有很大关系。假如有关部门真的让交强险承保出现亏损的公司退出交强险承保领域，估计所有保险公司的交强险业务就不会出现亏损了。

杨山坡说在欧美国家，各保险公司之间不可能不竞争，但竞争相对于中国来说要理性得多。当某一个险种或某一领域出现亏损的时候，各保险公司都会自动放弃在某一险种或某一领域的竞争，不需要外力强制。但在中国就不会这样。如果没有外力干预或强制，哪家公司也不会主动停止或退出。即使外力干预，各公司也不想成为第一个停止或退出的公司。杨山坡让王存金把近两天的业务变化情况汇总一下，看看保费收入有没有明显的变化。

王存金说正常情况下，滨城公司每天车险业务保费收入应该在七十万元到七十五万元之间，可近两天呈现出业务承保量每天下降五至六万元左右的趋势。

杨山坡让王存金把业管部、财务部等部门科长以上干部召集到公司小会议室，紧急召开业务调度会议。

大家七嘴八舌，议论纷纷。有的主张立即降低费率，有的建议加大优惠折扣，还有人要求大幅提高手续费比例，进一步加大礼品赠送力度等等。

杨山坡皱着眉头一言不发，待大家议论得差不多了，他问参会人员，他们说的上述办法需要的钱从哪里来？因为上级公司给滨城的费用率是确定好了的，不会因为滨城市场的投入比其他十一个地市大就会给滨城公司格外增加费用，超出的费用省公司是不会承担的。

参加会议的人员有的主张通过阴阳单套取费用，有的主张套打发票坐支保费，有的主张偷印单证私扣保费。大家都说上述办法是保险市场上的通用作法，几乎所有的保险公司都是这样干的，谁不这样干，谁就无法应对市场竞争。

杨山坡说其他公司是不是那样干的，永泰公司不管也管不了，但永泰公司绝对不能那样办，滨东公司违规经营被监管部门处罚的教训已经够深刻了，如果滨城公司再发生类似的严重违规问题，公司面临的可能不仅仅是罚款、停止出单的问题，很可能是撤高管、撤机构的问题了。

经过讨论并报姚东风同意，最后确定通过"技术手段"提高公司的市场竞争能力。在承保方面，改变车辆使用性质，私家车按行政用车费率承保；

散单行政用车、办公用车全部按招标团体客户费率承保，以降低承保费率。在费用方面，由于手续费持续攀升，导致费用超支严重。当年永泰总公司下达给东南省公司的车险综合费用率为百分之二十三，永泰省公司留下两个多点的人力、行政等费用后，下达给全省十二家地市公司的车险综合费用率只有百分之二十左右，而滨城公司仅支付给客户的手续费就超过了省公司下达的综合费用率，导致公司不同程度地存在着拖欠客户、拖欠业务人员手续费的问题。为解决费用拖欠难题，滨城公司总经理室研究决定，全面推行增收节支措施，把有限的资金全部投入到业务发展和市场竞争上。

会议结束后，姚东风又分别找杨山坡和安山进行了"一对一"谈话。

跟安山的谈话十分顺利，因为安山十分爽快地答应通过赔案形式操作出部分赔款，以填补投入过多而形成的费用亏空，但跟杨山坡的谈话却十分不顺。因为杨山坡只同意降低企财险承保费率、改变车辆使用性质，但不同意采取其他违规措施。

杨山坡认为，滨城公司的业务发展还算健康，增速与滨城市场平均水平差距不大，尽管滨城的保险市场竞争形势已容不得公司不采取更加积极的措施，但还没有到了必须采取严重违规措施才能保证公司经营发展的程度。

但姚东风认为，滨城市场竞争形势已经很明朗了，如果永泰公司不及早采取相应措施，切实解决入口难的问题，被其他保险公司远远抛在身后是迟早的事情。

"我们不能只为了暂时的指标好看而触碰违规红线。目前公司实施的随意降低费率、人为改变车辆使用性质的做法已经违犯了监管部门的规定了，我们不能……"

"别跟我说监管部门的那些规定，干了二十多年的保险，哪些规定有我不清楚的？"没等杨山坡讲完，姚东风粗暴地打断了他。

"市场已经乱了，强胜、永平公司都已经那样做了，这个时候监管部门还能监管得了吗？监管，监管，监管天王老子！"姚东风爆了粗口。

杨山坡争辩道："强胜、永平公司是不是严重触碰了监管红线，谁也无法考证，我们仅是在猜测。如果他们真得严重违犯了监管部门的监管规定，监管部门不会坐视不管的。"

"你还没有走出校门的时候，我就在保险公司当科长了，干了这么多年的保险，保险行业里的那点事情谁不明白？还用得着去猜测去考证吗？傻子也知道。"

"姚总，你此时的心情我能理解。业务上不去，省公司逼得又紧，可咱们不能为了完成省公司下达的本来就不合理的任务指标而违规甚至是违法吧？"

"整个行业都违规了，我们永泰公司还能独善其身吗？不这样做，你杨山坡难道还有一剑封喉的独门绝技？"姚东风的语气明显带有讽刺的意味。

"去年我们的各项经营指标完成得不够好，在省公司的全年工作会议上就差被领导指着鼻子骂了，如果今年滨城公司的业务再上不去，你觉着省公司还会把我们头上的这顶帽子安稳地戴在你我的头上吗？你年轻，还有前途，我无所谓了！"

"姚总，你说的这些我都清楚。完成省公司下达的全年任务目标固然重要，但保持公司持续健康发展更重要。你知道，滨城公司曾因为合规问题而遭到过监管部门的严厉处罚，当初要不是省公司领导全力以赴做工作，魏总主动做出了自我牺牲，我可能永远没有机会跟你老兄搭班子了。我希望老兄再慎重考虑一下。"

姚东风听了，悻悻地站起来走了，走到门口的时候说了一句："你自己看着办吧！"

姚东风走后，杨山坡把自己关在房间里思考了半天，然后拨通了魏经纶的电话，把刚才和姚东风的对话一五一十都说了。

听了杨山坡的叙述，魏经纶半天没有吭声，他知道，杨山坡目前面临着一个两难决定：如果不执行姚东风的决定，两人的关系一定会更加不和谐，甚至还有可能破裂，姚东风一定会把不支持业务发展的罪名扣到杨山坡头上；如果按姚东风的旨意办了，业务不一定能够发展上去，但违规的风险隐患肯定就埋下了。

沉思了半天，魏经纶也没有想出一个两全其美的办法，只是劝道："你已经是受过一次监管处罚的人了，如果再在这方面出现问题，你可能就永远没有机会了。在做好业务发展、维护班子和谐与确保个人政治前途甚至是职业生涯问题上，你最好找到一个平衡点。"

对魏经纶的话，杨山坡揣摩了半天，感觉好像懂了，又感觉什么都没有弄懂。

第3章　明争暗斗

"首季开门红业务劳动竞赛"一结束,省公司立即又安排部署了二季度业务竞赛活动,名曰:夺标行动。要求辖属各公司把车险业务发展作为二季度业务发展的重点,因为二季度是最后一个未被交强险覆盖的季度,哪家公司抓不好二季度的车险业务发展,不仅当年公司业务发展不会实现大的突破,而且第二年的业务规模也势必受到影响。因为上一个保险年度的三、四季度,在交强险的强力拉动下,各保险主体都保持了业务高速增长,交强险实施第二年的三、四季度,如果各保险主体没有新的业务增长点,业务同比出现大幅下滑就在所难免。

为确保业务不会出现负增长,东南永泰公司决定放开前几年一直限制承保的部分险种业务:在车险业务发展方面,放开了出租车、特种车等部分赔付率极高的车型;在非车险业务发展方面,允许承保小铸造厂、小木器加工厂、小煤窑等过去一直限制承保或者拒绝承保的业务,并要求各地市公司加大投入,安排专人靠上重点做好出租车、客运车等大的团体车险客户的公关和协调工作,力争二季度车险业务增幅高于当地市场平均增幅八至十个百分点。

省公司业务调整政策文件下发的当天,姚东风就在第一时间召集公司全体人员召开会议,传达省公司的业务调整政策,安排部署二季度"夺标行动",并针对二季度的业务发展特点,制订了有针对性的激励政策。

为打好二季度车险业务的争夺战,在省公司组织开展的"夺标行动"中勇创佳绩,滨城公司总经理室决定对保费规模较大的出租车公司等团体车险客户和具体承办人实行更加优惠的核保、核赔和业务提成政策:单笔业务保费收入超过十万元的,具体经办人员可在正常手续费基础上多提取两个点的费用；单笔业务保费收入超过二十万元的，在正常手续费基础上公司再奖励具体经办人员四个点的费用。

姚东风滔滔不绝地讲个不停，其核心内容无非就是要求各部门全力以赴把过去主动放弃的客户争回来，把过去丢失的阵地夺回来，把过去拒保的业务保进来，力争成为二季度车险业务竞赛活动的"标王"。

动员大会一结束，营销业务部的孙猛子一边从会议室里往外走，一边骂骂咧咧着："真是个神经病！当初说出租车出险率高，道德风险大，赔本赚吆喝，死活不让承保。过去神州出租车公司的车辆一直在滨城公司承保，前两年公司突然下令不让承保了，一百多辆车、四十多万元的保费，说不要就不要了。唉！"

"你就知足吧！不管怎样，一百多辆出租车好歹你还承保过两年，哪像我？求爷爷告奶奶，客也请了，礼也送了，好不容易把滨城最大的特种车租赁公司领导的工作做通了，他们答应承保到期后车辆全部转保到永泰公司，盼星星盼月亮终于盼到人家的保险到期了，省公司一句话，所有的努力都化作了泡影。工夫搭上就搭上了，反正咱们这些人的工夫不值钱，可钱花出去还能再要回来？泼出去的水能收回来？为这事，媳妇不知和我闹了多少次别扭，就差离婚了。刚才领导在会上说特种车要放开承保，承保条件是放开了，可客户愿不愿意继续跟咱们合作还是个问题。"业务一部的严冬接话道。

"咱不反对公司追求利益最大化，企业经营的目的就是为了赚钱，可也不能太急功近利了！客户拒绝容易，丢弃了想把他们再拉回来谈何容易？永泰公司真把自己当成党政机关了，想怎么着就怎么着。"孙猛子叹道。

"企业需要盈利，也需要承担一定的社会责任。公司整天标榜自己是一个负责任的企业公民，可一旦某一个险种、某一笔业务不盈利了，不是拒绝客户投保，就是克扣业务员的费用。木器加工厂、铸造厂风险大，客户投保意愿强烈，可多年来公司就是拒绝承保。现在保险公司多了，竞争激烈了，任务压力大了，就又放开承保了，有本事永远别放开啊！"严冬牢骚道。

孙猛子说在国外，一旦某个险种或行业承保亏损了，人家不是不加分析简单粗暴地丢弃，而是相应地提高费率或者专门为客户量身订制一款新产品。这样做，既能较好地服务社会、服务客户，又能维护住保险公司的切身利益。

王存金说那是在国外。别说是中国的保险公司没有那种意识了，就是有，如果那样做就是自取灭亡。国外的保险市场高度细分，量体裁衣。如国外保险公司在制定汽车保险费率时，除要考虑到汽车本身的状况以外，还要考虑到地域、气候，甚至驾驶员年龄、性别、婚姻和安全纪录等多种因素，所推出的险种条款多种多样。在中国如果这样承保，客户不会答应，保险公司的员工也揭竿而起了。

牢骚归牢骚，但公司新出台的业务承保政策还是相当有吸引力的，所以会议一结束，大家都不约而同地或开车或骑车直奔客户那里去了。

万全的车刚拐进神州出租车公司的大门，孙猛子也骑着摩托车风驰电掣地进了神州出租车公司的大院，两个人见面，相视一笑，神情有些尴尬。

万全跟孙猛子一前一后进了神州出租车公司总经理孔东坡的办公室。孔东坡稍微欠了欠身子，算是跟两人打了招呼。

"今天什么风把两位大经理吹来了？是租车还是请客？"孔东坡戏谑道。

万全跟孙猛子都说没事，很长时间没见孔总了，挺想念的，今天正好路过，顺便过来看看。

孔东坡狡黠地笑了笑，在电脑上继续"斗地主"。

孔东坡打完一把牌，端着茶杯走向沙发坐了下来。

刚坐了一会儿，孙猛子就迫不及待地把来公司找孔东坡的目的和想法和盘托出。

看到孙猛子把话题挑明了，万全也忙不迭地插话道："孔总，跟您认识这么多年，算是老交情了，您无论如何也得把您公司的业务挪一部分给老弟我。保险到期后，咱们两家再强强联合？"

没等孔东坡开口，孙猛子急忙接过了话茬："孔总，之前我就给咱们神州出租车公司服务，是神州公司的专职客户经理，对公司的情况没人比我更了解的了，您把业务交到我手上，我保证高质量地给您维护好，服务好。贵公司的保险到期后，无论如何您都得给我一个重新为您服务的机会。"

孔东坡冷笑道："当初我主动找到你们公司，要求看在两家公司合作多年的份上，不要把我们拒之于千里之外，承保费率上浮点就上浮点了，可你们毫不客气地拒绝了，一点儿情面都没留。当初嫌我们这也不好那也不行，一眨眼的工夫又感觉我们的管理上去了？业务质量好了？赔付率下来了？"

孔猛子跟万全不自然地笑着，脸像被人打了似的，火辣辣的，感觉说什么都不是。

两人坐了一会儿，就起身告辞了。

看着万全的车拐出神州出租车公司的大门走远了，孙猛子调转摩托车又折了回来。

孙猛子跟孔东坡又叨叨了半天，意思无非是永泰公司是全国性大保险公司，有品牌、人才、实力、网络优势，比神州公司现在合作的大千保险公司各方面都不知好多少倍，要求孔东坡一定再给永泰公司一次重新表现的机会，等等。

孔东坡心不在焉地搪塞着，说神州公司的车辆保险还有三四个月才到期，等保险到期后再说。

孙猛子把四条软中华烟扔到孔东坡的办公桌上，骑上摩托车飞快地出了神州出租车公司的大门。

从神州出租车公司出来，万全就打电话给市交通局当运输科长的同学，请他帮忙做做孔东坡等人的工作，不惜一切代价也要把神州出租车公司这个客户拿下。没多长时间，万全的同学就回话说，他已经跟神州出租车公司分管安全生产的副总经理乔麦约好了，晚上一起见面聊聊。

酒醉饭饱之后，万全带着乔麦和他那位同学去了滨城市最著名的"金皇后娱乐中心"。

一阵胡闹之后，乔麦表态说，公司保险到期后，他一定想办法把公司的车辆全部转保到永泰公司。

一直疯狂到深夜两点娱乐中心关门，三个人才跟跟跄跄从"金皇后"里出来。离开的时候，万全还不忘把下午刚花四千多元钱购买的一款新型手机扔到了乔麦的副驾驶座上，狡黠地笑着说：

"如果哥们儿今天玩得不尽兴，改天我请你去更爽的地方。"

万全紧锣密鼓地公关神州出租车公司的事情很快传到了孙猛子的耳朵里。他十分不悦地找到万全，要求对方不要掺和神州出租车公司保险的事情，因为神州出租车公司过去就是他的客户，作为部门经理，万全不能也不应该与一般员工争抢业务。

万全显出十分无辜的样子，说他并没有与孙猛子争抢业务，因为神州出租车公司的车辆全部在滨城大千保险公司投的保，与永泰保险公司没有任何业务往来，他不存在与孙猛子争抢业务的问题。

孙猛子说他跟神州出租车公司的孔东坡既是亲戚又是好朋友，孔总已经承诺保险到期后陆续将他们公司的车辆全部转保到永泰公司，如果万全跟着瞎掺和，不仅让神州出租车公司的人看了笑话，还极有可能把该成功的业务搅黄了。

万全说他不仅跟孔东坡是朋友，而且跟神州出租车公司分管安全生产的副总经理乔麦关系也不一般，他们承诺说如果万全做他们公司的大客户经理，神州公司可以考虑将在大千公司投保的业务部分或全部转保到永泰公司，如果选择别人做他们公司的客户经理，他们肯定会重新考虑是否维持公司办公会议已经做出的决定。

两人各执一词，互不相让，最后闹到了姚东风那里。

姚东风听完两人的叙述，笑着说中国不是欧美国家，欧美国家基本上实行客户终身制，一旦客户成为某一位客户经理的固定客户，其他人一般不会再去染指，其子女甚至可以继承，这在欧美国家是约定俗成、人人都自觉遵守的规矩，可这种规矩在中国保险行业是行不通的。对同一个客户大家有交集，很正常，客户公关下来以后，业绩到底该记在谁的名下，除了要考虑客户的主观意愿以外，还要看争议双方或多方在客户关系处理方面付出的努力，做出的贡献。论功行赏，自古有之。

永泰公司"策反"神州出租车公司的事情很快也传到了大千保险公司，大千公司总经理娄远行亲自跑到孔东坡家里做工作。娄远行认为，在永泰等其他公司拒保神州公司车辆的时候，是大千财险公司迎难而上，不计成本地提供了支持和帮助。尽管在连续承保的两年时间里，赔付率达到了百分之八十以上，属于严重亏损的业务，但大千公司没有像永泰公司那样见利忘义，对神州出租车公司不离不弃，像大千这样重情重义具有强烈社会责任感的公司，在滨城保险行业里很难找，整个东南保险行业也不多见，这也是滨城港务局等诸多大客户选择在大千公司投保的重要原因。

孔东坡笑称他也是一个重情重义的人，尽管其他保险公司的领导多次上门做工作，有的还请出了市领导，但他都是一口回绝，主要原因还是因为在其他保险公司拒保神州公司出租车业务的时候，大千公司向神州公司伸出过援手。

孔东坡话锋一转："娄总，两家公司可以维持合作关系不变，但费率是不是应该适当降一降？贵公司实施的承保费率可是高于你们公司正常的费率水平的呀！"

娄远行承诺保险到期后费率可以恢复到正常费率水平，取消上浮的部分，因为神州公司的出租车出险率太高，属于亏损业务，如果取消上浮按正常费率承保，综合赔付率肯定会超过百分之九十。

孔东坡笑称永泰等公司承诺，只要业务转保到他们公司，他们可以给予最大限度的折扣优惠。

娄远行说去年底保监会出台了《关于规范车险产品的通知》，下达了限折令，省监管部门也接二连三地下发了关于加强机动车辆监管的规定，各保险公司口头上的承诺都只不过是竞争的一种策略，实际承保的时候是不可能兑现的，哪家公司都没有明目张胆地违犯监管部门监管规定的胆量。

虽然孔东坡信誓旦旦地说只要大千公司的费率水平不比其他公司高很多，保险到期后，他们还会继续选择把滨城大千公司作为主要合作公司甚至是唯一合作公司，可当万全把经过姚东风亲自批准的承保方案送到神州出租车公司的时候，孔东坡立即在方案上签上了"请乔总牵头跟保险公司进一步商谈，争取更大的优惠空间"的意见。

乔麦分别跟永泰公司、大千公司又进行了一次商谈，最终确定永泰公司为合作公司。除了永泰公司的费率水平在上一个保险年度基础上下降百分之二十，具有相对明显的竞争优势以外，万全精心安排的那次"金皇后"娱乐中心中的"艳遇"，让永泰公司顿时有了取胜的把握。

滨城永泰公司与滨城神州出租车公司业务合作签字仪式的当天，孙猛子跟万全闹到了总经理室，要求姚东风兑现当初的承诺，一碗水端平。

孙猛子要求跟万全平分神州出租车公司的四十万元保费，理由有二：一是以前他就是神州出租车公司的客户经理，两家公司的业务合作基础是他奠定的，不分部分业务给他，天理难容；二是在业务转保前期他付出的努力比万全多得多，甚至可以说是厥功至伟。他之所以愿意跟万全平分保费，完全是为了顾及永泰公司的整体利益，其高风亮节的精神理应得到总经理室的尊重和认可。

万全坚持神州出租车公司的保费只能记到他一个人的账上，任何人不能也不应该分享胜利果实，理由有三：一是神州出租车公司的业务是他从大千公司争取过来的，并不是从公司内部人员手里抢过来的，别人要求分享胜利成果，无异于当年老蒋从峨眉山上下来抢夺抗日胜利果实，于情于理都说不通；二是神州出租车公司副总经理乔麦曾当着姚东风等公司领导的面明确要求，业绩一定要记到万全个人的账上，因为市交通局有关领导曾跟他及孔东坡总经理反复叮嘱过；三是为争取把神州出租车公司的业务从大千公司手里争取回来，他本人付出了全部的精力和努力，如果公司同意孙猛子提出的不合理要求，那绝对会挫伤"有功之臣"的工作热情，让公司全体干部员工寒心。

在万全与孙猛子闹得不可开交的时候，滨城大千公司与滨城永泰公司的矛盾也趋于公开化。一怒之下，娄远行把永泰公司告到了市行业协会，要求市行业协会按照监管部门关于车险限折令的有关规定给予滨城永泰公司严肃处理，并责令滨城永泰公司取消与神州出租车公司的业务合作协议，否则他们将呈报东南保监局讨要说法。

在滨城永泰公司千方百计紧急"灭火"的同时，姚东风与杨山坡围绕应不应该冒踏踩监管红线的风险承保神州出租车公司业务问题发生了激烈的争执。

杨山坡认为，滨城大千公司承保神州出租车公司业务的两年里，仅赔付率就超过了百分之八十，如果将业务员的手续费提成、各类维护费用计算在内，该业务的综合成本率肯定在百分之一百零五以上。如果费率水平整体下浮百分之二十，出现巨额亏损那是板上钉钉的事情，这样一笔赔本赚吆喝的买卖，对于干了近二十年保险公司的姚东风来说，不可能不明白。

在姚东风看来，在行业竞争几近疯狂的年代，承保亏损是行业共同存在的问题，不能因为亏损就抛弃竞争，停止业务发展。在亏损不可避免的情况下，如果业务规模再上不去，衡量一个机构经营管理能力如何的两项最主要指标都不理想的话，该机构在系统内的地位和话语权都会差强人意。大千公司在滨城设立机构较晚，其品牌形象、管理能力无法与永泰公司相提并论，他们之所以在条件比较好的情况下承保神州出租车公司的业务还出现了亏损，除了业务本身质量不高以外，管理能力较弱也是出现亏损的重要因素甚至可能是主要因素。永泰公司承保该业务后，在加强风险管控的同时，督促神州出租车公司加强内部管理，减少水分赔案，保持业务出现不亏或者是微亏是完全有可能的。

杨山坡认为，在是否应该承保神州出租车公司业务问题上，他一开始就持反对态度，况且与神州出租车公司的最终合作方案事前自己并未看过，是姚东风本人亲自审核通过的，作为主导者的姚东风不能也不应该要求自己在业务合作协议上补签姓名。

杨山坡猜测，姚东风之所以要求自己在与神州出租车公司合作协议上补签名字，无非是在该业务一旦出现监管问题的时候，让自己承担违规的责任。这种"冤大头"他以前当过，现在无论如何他也不想再当了。

而姚东风认为，杨山坡是分管业务的副总经理，虽然借故未参加与神州出租车公司业务合作签字仪式，但在方案的制定和研究时参与了意见，是该业务的直接参与者和领导者。作为公司承保的较大团体客户，分管业务的副总经理不在合作协议上签字，无论如何也是不可原谅的。

跟魏经纶电话沟通后，虽然魏经纶没有直接肯定或否定杨山坡的做法，但杨山坡还是感觉在神州出租车公司业务是否承保问题上、在双方合作协议上是否补签自己姓名问题上，魏经纶是支持他杨山坡的，这更坚定了他坚持自己观点的决心。

市行业协会会长刘厚泽亲自帮永泰公司做娄远行的工作。一方面，他实在不愿意娄远行因为一笔四十万元的业务，将此事上诉到省保监局，给省局领导留下一个滨城行业协会自律不力的印象；另一方面，滨城永泰公司保费规模在当地占到了近百分之二十的市场份额，具有响当当的话语权。行业协会推出的每一项政策措施，都需要像永泰公司这样具有较大话语权公司的支持与配合，否则将难以顺利推行，而永泰公司与大千公司的业务之争，正好给自己、给协会提供了一个树形象、笼人心的机会。

经过刘厚泽从中斡旋，姚东风与娄远行最终达成了和解：娄远行不再追究永泰公司违规承保神州出租车公司业务问题，永泰公司在今后的市场竞争中，对于大千公司参与的具有较大取胜把握的项目网开一面，给予应有的支持和帮助。

喝得醉醺醺的姚东风从酒店回到公司，直接推门进了杨山坡的办公室，象征性地与正在跟杨山坡聊天的李冬冬打了声招呼，跟杨山坡说了一句"那事我搞定了，不需要你签字了，你也用不着整天吓得睡不着觉了"的话后，甩门而出。

李冬冬怔怔地望着姚东风的背影，不解地问杨山坡："什么意思？什么事情还让你杨山坡整天睡不着觉了？"

杨山坡不自然地笑笑："纯粹一个神经病！不用理他！"

"你们俩又闹矛盾了？"李冬冬问。

"为了一笔业务的事情，实际上也没什么大事。"杨山坡把事情的经过跟李冬冬叙述了一遍。

李冬冬问杨山坡为什么事前不跟魏经纶商量商量？魏经纶在省公司工作，又主抓合规管理工作，见多识广。

杨山坡说他已经跟魏经纶提起过这件事情，两人的看法基本上一致。

李冬冬说如果魏经纶认为那件事情不该办的话，说明杨山坡的事情办得没错。

杨山坡狡黠地看了李冬冬一眼，不无醋意地说："还是魏经纶在你李冬冬心目中的印象好啊！这么多年了，你还是一如既往地相信我们敬爱的魏总啊！"

李冬冬红着脸争辩说，她只是觉得魏经纶看问题比较深刻，在问题的把握上比一般人要准。

杨山坡说他没想别的，只是觉着他们两人经历了那么多，还那么相互信任，实在是难能可贵。杨山坡跟李冬冬说魏经纶经常打电话问起她跟迪迪的事情，要求他多关心、过问李冬冬的事情。杨山坡嘱咐李冬冬以后有什么事情，一定要提前跟他打声招呼。

李冬冬一言不发，只是静静地听着，脸上的表情十分复杂。

杨山坡表情诡异地问李冬冬将来是如何打算的，总不能一个人长期过下去吧？李冬冬长叹了一口气，神情黯然地说了一句："过一天算一天吧！"

临走时，李冬冬一再嘱咐杨山坡，一定找机会跟姚东风好好解释解释，总归姚东风是公司的一把手，跟姚东风的关系不是当初他跟魏经纶、付晓滨的那种哥们儿关系。

李冬冬走后，杨山坡想了想，不情愿地走进了姚东风的办公室。

没多大会儿，杨山坡黑着脸从姚东风的办公室里出来了，"砰"的一声甩死了自己办公室的门，整整一个下午就再也没有从办公室里走出来。

第4章 博 弈

　　进入下半年，滨城保险市场的竞争形势更为惨烈，财险市场的竞争更是到了白热化的程度，行业内部混乱不堪：在打折成风、贴费盛行、批退成灾、手续费飙升、业务员频繁跳槽的形势下，滨城财险行业跟东南省财险行业一样，车险保费充足率达到了从未有过的低点，辆均保费同比下降近四成。七月份，滨城永泰、永平、强胜三大财险公司保费收入平均降幅都超过了百分之三十，大千、安达等规模较小公司下降幅度更是达到了令人难以置信的百分之五十以上。随着综合成本率大幅攀升，整个行业哀嚎四起，亏空一片。行业人士惊呼：保险到底怎么了？保险行业的春天什么时候能够来到？

　　面对持续不减的贴费、打折、批退、阴阳保单、套打发票等违规甚至违法浪潮，东南保监局相继制定出台了《关于严格治理违规贴费、违规批退的规定》、《关于严厉规范大型商业保险及车险招标的意见》等一系列规范性文件，要求各地市行业协会认真组织好学习和落实工作。

　　按照东南保监局的要求，滨城市保险行业协会连续组织召开了三次学习和行业自律大会，出台了如车险承保理赔自律公约、企业财产保险、意外伤害保险等一系列单险种承保自律公约，但效果与预期相差甚远。

　　八月初，姚东风主持召开了永泰滨城公司下半年第一次总经理办公会议，对班子成员的分工重新进行了调整：一是将杨山坡分管的非车险业务推动及管理工作交由安山分管，企财险部、意外险部、中介业务部等以经营非车险业务为主的部门自然而然地也划归安山分管。杨山坡除分管车险业务推动与管理工作以外，姚东风还将原来自己分管的合规管理工作交由杨山坡分管。

　　在姚东风看来，下半年滨城车险市场恶性竞争的态势难以逆转，业务出现下滑基本成为事实：一是上一个保险年度同期，交强险将市场增幅拉高到了相当程度的高位，在没有新的业务增长点的下半年，车险出现大幅下降在所难免。在车险难以保持增长的情况下，如将非车险业务也交由杨山坡分管，万一他消极怠工成心捣乱，完不成省公司下达的任务指标事小，个人丢了"乌纱"事大；二是自从两人发生激烈争执之后，他们的关系越来越微妙，基本处于貌合神离的状态。姚东风认为，杨山坡之所以在很多问题上敢与自己叫板，是因为他自认为跟魏经纶关系良好，两家互动频繁，而魏经纶也只不过是省公司合规管理部的负责人，合规管理部能不能起作用、什么时候起作用、起多大的作用完全是省公司领导根据需要随时权衡而定。说到底，合规管理部只不过是省公司领导的一枚棋子而已。很长时间以来，姚东风一直想找机会削减杨山坡的权力，将市场竞争相对缓和一些的非车险业务交由安山分管，既达到了削弱杨山坡权力的目的，又让他失去了应对省公司考核的支撑点和平衡点。

虽然姚东风在总经理办公会议上说车险业务与非车险业务都由杨山坡分管，对杨山坡来讲压力太大，非常不公平，但杨山坡心里敞亮着。杨山坡明白，下半年，滨城市场恶性竞争的主战场仍然是车险业务市场。一方面，车险业务占全市整体财产险业务的百分之八十五，市场规模大，龙头作用明显，市场竞争决不会因为东南保监局出台的几次文件，滨城市保险行业协会召开了几次会议就会有实质性地改变，恶性竞争的惯性肯定会持续相当长的时间；另一方面，近两年，滨城相继新成立了数家保险公司，新成立的保险公司在缺品牌影响、缺专业队伍、缺客户资源支持的情况下，必然会通过拼折扣、拼费用、拼手续费来展开竞争，车险业务市场的混乱局面一定会进一步加剧。在不确定因素较多的情况下，姚东风把发展形势相对较好的非车险业务交给安山分管，实际上就是让自己失去一个支撑点，因为公司不可能车险业务与非车险同时出现大幅下滑。如车险业务发展不好，自己还可以找到非车险业务发展形势不错的理由，一旦全年车险业务发展极不理想，姚东风完全有充足的理由把自己搞倒搞臭，把经营不善的罪名强加到自己头上，到那时，即使自己不主动辞职，省公司也可能免去自己副总经理职务的。

杨山坡认为，姚东风把合规管理工作一并交由自己分管，实际上是一箭双雕之策，是招毒计：在车险业务竞争近似疯狂、行业已无理性可言的情形下，违规经营已成为各公司心照不宣的"秘密武器"，不违规就很难在市场上有所作为。对杨山坡来说，违规与车险业务发展这对不好平衡、很难解决的矛盾，同时让自己分管，姚东风的用心昭然若揭，不可谓不险恶，一旦公司出现严重的违规问题，自己的政治生命甚至职业生涯也就此完结；如果自己保住了严重践踏合规工作的底线，车险业务很有可能出现一泻千里、惨不忍睹的窘况。如此，自己的职位同样面临着巨大的风险，因为在全省半年工作会议上，总经理李梦香已明确表示，年内要对那些不会作为、不能作为，或者作为能力不强、作为效果不佳的公司班子进行"大手术"。

在是否放开承保农业保险的问题上，姚东风跟杨山坡的想法也存在着分歧。姚东风认为，既然下半年公司业务增长的压力大，总公司又允许辖属公司谨慎开办农业保险，永泰公司就应该在其他公司还没有开办农业保险的情况下，大力发展农业保险，把农业保险作为业务发展的增长点。在下半年农作物无法进行保险的时候，率先在养殖业保险方面实现突破。

杨山坡认为养殖业保险是小规模、大群体、专业要求高的险种业务，滨城公司现有的队伍和技术力量不具备承保农业保险的条件。更为重要的是，农业保险如果没有政府主导、财政支持，仅凭保险公司的力量很难操作，存在着巨大的风险。某些发达国家的农业保险之所以做得比较成功，是因为国外农场化程度比较高，政府支持的力度比较大，各种配套措施比较到位。

姚东风认为，农业保险市场大、竞争力差，总公司又允许开办这项业务，据说国家也正在酝酿农业保险补贴政策性，如果滨城公司不尽快启动农业保险，无异于主动放弃战略高地。在是否开办农业保险问题上，姚东风说不需要再研究论证，让安山尽快想办法跟当地政府和农业部门沟通联系。

杨山坡神情沮丧地回到家中，倒在床上就不想起来了，白雪连问了几句，他都懒得搭理。

"你聋了？问你怎么不答应？"白雪气呼呼地说。

杨山坡瞪了白雪一眼，赌气地翻了个身，把屁股甩给了白雪。

"起来，把衣服脱了。在外面疯了一天，不脏？"白雪说着就上前拉扯杨山坡。

杨山坡生气地把西服脱下来，用力地扔到了床上。

白雪一边生气地往衣服架上挂着西服，一边嘟嘟囔囔道："家里的汉子，窝里横！有本事到外面横去？在家里横什么横？"

杨山坡猛地从床上坐了起来，吼道："你有完没完？我怎么窝里横了？"

"在外面有事，回家朝老婆孩子耍什么威风？叫你那么多声，为什么连个屁都不放？"白雪没好气地把已经挂起的衣服又重新扔回了床上。

"你别没事找事，我烦着呢！"

"在外面惹的事，到外面烦去！回家抽什么风？"

"这是我的家，我愿意在哪儿烦就在哪儿烦！"

两人越说越激动，越说声音越高，说着就动起了手。

晚上，杨山坡躺在床上翻来覆去怎么也睡不着，他讨好地转身去摸旁边的白雪，白雪用力把他的手甩开了。

杨山坡附在白雪的耳朵上，嬉皮笑脸地数落着自己的不是，可白雪用毛巾被把自己裹得紧紧的，背对着杨山坡就是不吭声。

杨山坡见白雪还在生刚才的气，就许诺她过几天休假带她去旅游。

过了很大一会儿，白雪问杨山坡因为什么事情回家发神经。

"在单位里跟老姚吵了一架。"

"为什么？"

"主要还是业务方面的事情。"

"人家是单位里的一把手，跟人家吵，有你好果子吃？"

"没好果子吃咱也不能干丢饭碗的事情。如果真按他说的意图办了，咱就真的不能再在保险这个行当里混了！"

"姚东风从事保险多年，孰轻孰重他不会不明白，也许没有你想的那么严重吧？"白雪问道。

"行了行了，别尽说那些扫兴的事情了！"杨山坡有些不耐烦地打断了白雪。

看到白雪又有些生气的样子，杨山坡讨好似的爬到了白雪的身上。

白雪假装生气地推搡道："别理我，烦去吧！"

杨山坡一骨碌从白雪身上滚了下来，大口大口地喘着粗气，一身虚汗渗了出来。

杨山坡努力使自己尽快入睡，但依旧没有丝毫睡意。姚东风那张因生气而有些变形的脸不停地在眼前晃来晃去，尖酸刻薄的话语又在耳边响起："省公司领导在半年工作会议上已经讲过了，专业能力差的，作为能力不强的，业务发展不好的，要一撸到底。你们这样不配合，只想保住自己的既得利益，到头来就一定能保得住吗？我这个总经理干不下去了，你那个副总经理也别想再干下去！"

一连几周，滨城公司的车险业务呈现出逐月递减的态势，尤其是进入第四季度以后，整个公司的车险业务出现了大幅下滑的问题，成为全省负增长最大的地市公司。

一连几周，省公司车险部和分管车险业务条线的总经理都通过电话、网络进行督导，要求姚东风、杨山坡一定要采取积极主动措施，尽快扭转车险业务被动挨打的局面，如在四季度不能实现车险业务正增长，省公司将给予有关责任人严厉处罚。

一筹莫展的杨山坡刚跟魏经纶通完电话，负责全市汽车销售推动工作的部门经理王尧匆匆忙忙地闯了进来：

"杨总，大众汽车销售公司今天通知我们，要求业务代理手续费再提高三个百分点……"

"怎么又要提高？上个月不是已经提高了三个百分点了吗？再提高三个百分点，代理手续费达到多少了？百分之二十了！"没等王尧讲完，杨山坡粗暴地打断了他。

王尧说不只大众公司要求提高代理费比例，两家日系车销售公司也跟有业务代理关系的保险公司打招呼了，说明后天就把新的合作方案送给各公司。

"这不是强盗吗？省公司给我们的车险业务综合费用率才百分之二十一，市公司预留的五个点的费用连正常的工资、办公、维护费用都不够，再增加三个点，保险公司的人吃什么？喝西北风去？"杨山坡气呼呼地说。

王尧说大众汽车销售公司不仅要求商业险代理手续费提高三个百分点，还要求交强险代理费也要提高到百分之十五的水平。

"交强险正常的费用率只有百分之八，他们要十五个点的手续费，那百分之五从哪里来？工资及正常的费用支出从哪里出？"

"4S店的那些王八蛋们才不管这些呢！他们说了，永泰公司愿意跟他们合作就合作，不愿意合作也不勉强，愿意跟他们合作的公司多得是，承诺的手续费比例都比永泰公司高。"王尧说着，情绪有些激动起来。

杨山坡气得一句话也说不出来，手不停地颤抖着。

"他们还说了，如果这两天咱们不给他们正式答复的话，他们就把给永泰公司代理的份额让给其他公司。他们说，最近两天，原来没有跟他们正式签约的三四家公司的老总们一直在跟他们谈合作的事情。"

杨山坡从办公椅子上站起来，嘟嘟囔囔着往门外走，走到门口看到王尧还愣愣地站在原地没动，没好气地说："走吧！"

王尧跟着杨山坡走进了总经理办公室，把刚才的情况跟姚东风重新叙述了一遍，姚东风也惊得半天没说出话来。

"这不明摆着讹人吗？他们主要是靠卖车赚钱还是主要靠代理手续费赚钱？"姚东风的眉头皱成了一条直线。

王尧说大众公司的人讲了，现在汽车销售市场竞争十分激烈，靠卖车根本不赚钱，市内所有汽车销售公司都是靠代理保险、维修保险公司的事故车辆赚钱，否则他们的日子也过不下去。

姚东风说他们也知道日子不好过的滋味？要那么高的手续费，他们的日子倒好过了，保险公司的日子还能过吗？要是保险公司都倒闭了，不找他们代理保险了，他们不是一分钱也赚不到了吗？

"汽车销售公司的鸟人们还说，中国哪还有靠主业赚钱的？保险公司不也是靠投资赚钱吗？要是靠承保赚钱的话，大多数保险公司早就关门大吉了。"

"姚总，你说怎么办？手续费提还是不提？"杨山坡问道。

姚东风想了想，说他一会儿给杨威名和宋珂打个电话，沟通一下，看看三家公司能不能达成攻守同盟。如果市内最大的三家保险公司能达成一致的话，汽车销售公司肯定会妥协，不妥协，客户也不会同意的，总归其他保险公司的服务水平和品牌影响力短期内还无法跟永泰永平等公司相提并论。

没多大工夫，姚东风打电话跟杨山坡和王尧说，他已经跟其他两家保险公司的总经理沟通好了，三家保险公司步调一致，实行"三不"原则：不提高代理手续费、不送修事故车辆、不主动与汽车销售公司接触。

一连几天，市内几个比较大的汽车销售公司都没再给永泰永平公司代理保险，所有购车客户，汽车销售公司都通过小恩小惠诱导客户到大千、安达等保险公司投保。

过了一周，王尧找杨山坡汇报说，他们部门又有一个人提出辞职了，由于大众、日产等汽车销售公司不给永泰公司代理业务，部门员工的收入受到了很大的影响，所以跳槽去其他保险公司了。

杨山坡要求王尧一定跟提出辞职申请的员工们解释清楚，让他们相信永泰、永平、强胜三大保险公司的能量，假以时日，汽车销售公司肯定会妥协的，因为许多购车客户强烈要求保险要在永泰永平等规模较大的公司购买。

又过了几天，王尧又跑来告诉杨山坡，说大众、日产以及韩国品牌的汽车销售公司都开始给永平等公司代理业务了，据说永平公司已向汽车销售公司"缴械投降"了。

杨山坡正想安排人去落实王尧提供的消息是否属实，姚东风的电话就打进来了。姚东风在电话中要求杨山坡立即跟前期合作的几家汽车销售公司进行商谈，尽快恢复双方的合作关系。姚东风说，据可靠消息，宋珂等人已经向市内比较大的汽车销售公司妥协了，把永泰公司出卖了，如果永泰公司再不满足汽车销售公司提出的一切要求的话，永泰公司就会在车险业务市场竞争中更加被动了。

听了姚东风了解到的情况，杨山坡真有一种被欺骗、被愚弄的感觉。想想一个关系国计民生、社会稳定的大行业、大系统，竟然沦落到要看汽车销售公司脸色过日子的程度，心里总有一种说不出的愤懑。

杨山坡不停地给大众、日产等几家汽车销售公司的负责人打电话，可电话一直处于"无法接通"状态。

好不容易跟市内几个比较大的品牌汽车销售商联系上了，可他们事先好像商量好了似的，都答复说刚跟几家新保险公司签订了代理协议，不给人家代理业务，感觉对不起人家。

杨山坡强压怒火说："汽车销售公司之前也跟永泰公司签订过保险代理协议，如果不给永泰公司代理业务的话，那不仅仅是对不起永泰公司的问题了，还存在着违约问题。"

对方不停地打着太极，说老协议已经到期了，新协议永泰公司一直没有签，所以他们目前没有给永泰公司代理保险业务的义务。

杨山坡虽然对各汽车销售公司唯利是图的做法恨之入骨，甚至曾产生过放弃与各汽车销售公司停止业务合作的想法，但车险业务持续下滑容不得他不接受各汽车销售公司提出的"不平等条约"；全年车险任务指标的强大压力，也容不得他放弃已占公司近百分之二十份额的代理业务渠道。

杨山坡面带不自然的笑容，带着王尧等汽车销售公司的驻店人员一家一家地赔着不是，续签新的合作协议。

没过几天，市内各大汽车销售公司又恢复为永泰公司代理业务了。对各汽车销售公司来讲，永泰公司是滨城保险市场上保费规模第二大公司，众多汽车消费者对永泰公司的品牌和服务比较认可，点名要求在永泰公司投保，如果汽车经销商执意要求客户去其他公司购买保险的话，很可能会因此造成客户流失。在滨城永泰公司"道歉"、"悔悟"，表示"痛改前非"的前提下，各汽车销售公司还是十分愿意给永泰公司留足"面子"，继续合作的。

随着车险业务增幅的逐渐回升，公司的综合成本率也呈现出大幅提升的态势，因为在平均折扣达到百分之三十、手续费达到百分之二十三的情况下，车险的保费充足率大幅降低、辆均保费大幅缩水就在所难免了。

姚东风前脚刚迈进总经理办公室，安山后脚就跟着进来了。

"姚总，车险业务手续费提上去了，非车险业务手续费是不是也应该提高一下？上个月，公司车险业务增幅上去了，可非车险业务增幅却下来了。前十个月，永泰公司之所以亏损相对较少，主要原因是非车险业务占比较市内其他保险公司高八九个百分点，如果非车险业务规模下来了，那我们今年的综合成本率数据肯定会十分难看。"

对于近两个月来非车险业务增幅下降、发展迟缓问题，像姚东风这样干了二十多年的"老保险"，其原因何尝不明白？在车险业务手续费远远高于非车险业务的情况下，谁还愿意去做那些展业难度大、跟踪时间长、单笔业务量小、后期服务难的非车险业务呢？可在当前市场形势下，辖属公司和业务人员肯定不会主动考虑结构均衡或综合成本率问题，哪个险种业务容易上规模，就先把有限的资源投入到哪个险种业务发展上。

姚东风摸起电话，把杨山坡叫了过来。

姚东风说，最近两个月，滨城公司非车险业务发展不够理想，在整体业务中的占比只有百分之二十，且继续呈下降态势。自滨城永泰公司成立以来，非车险业务在全省十二家中支机构中一直处于领先地位，是滨城公司的特色和优势。但由于受市场恶性竞争的影响，公司非车险业务发展的优势越来越小，造成这种局面的原因：一是费用支持不够；二是干部员工的展业热情下降。要充分调动起干部员工非车险业务的销售能力和销售热情，必须首先要解决好上述两个问题。

安山说姚东风讲的两个原因实际是一个原因，就是手续费太低的问题。干部员工的展业热情和工作积极性之所以降低了，主要原因是做非车险业务的手续费跟做车险业务的手续费相比过低。省公司虽然是分险种下达费用政策，但总体上非车险业务综合费用率比车险业务综合费用率高七八个百分点。由于车险业务恶性竞争激烈，滨城公司把省公司下拨的车险费用全部支付给了汽车销售公司，业务员的工资、维护费用及正常办公费用只能挤占非车险业务的费用，统算起来，非车险业务手续费比例比车险业务手续费比例低了七八个百分点，而非车险业务的展业难度比车险业务的展业难度大、跟踪时间长。所以业务员普遍不愿意做非车险业务。

姚东风面露难色，说因为贴补车险业务发展，公司目前拖欠了大量的费用，这部分费用亏空，省公司是不会给解决的，只能由公司自己想办法逐渐消化。在当前竞争环境下，公司已没有能力腾出更多的资金用到非车险业务发展上了。

三个人商量来商量去，最终还是把解决费用问题的着力点放在违规操作上，其中车险主要在理赔环节上做做文章，非车险主要在货运险等险种业务上想想办法。

一天，安山向姚东风请示，说公司承保了一单货运险业务，由于省公司担心风险太大，一直未给予核保通过，现在货安全到港了，而省公司的核保还未通过，客户交纳的九万多块钱的保费应该如何入账？

"货到了还入什么账？又没出险。你不是天天喊着叫着说非车险费用率低，业务员展业积极性不高吗？把这些保费当费用补贴到非车险业务发展上不行吗？谁让省公司的那些傻瓜们不核保的？"姚东风提醒道。

安山一拍前脑门，叹道："对呀！我怎么就没想到这事？一把手就是一把手，办法就是比别人多！高屋建瓴，高屋建瓴啊！"

安山笑嘻嘻地从姚东风的办公室里出去没多大会儿，又折了回来。

"姚总，保费不入账，那货运公司的保单怎么处理？没有保险单，货运公司是无法报关的。"安山问道。

"你分管非车险业务也有些日子了，难道连这点事情都没弄明白？"

看到安山疑惑不解的样子，姚东风没好气地说："发票都能套打出来，一张小小的保险单还算什么难事？"

安山不好意思地笑笑，摇着头走出了姚东风的办公室。

"整天就知道吃喝玩乐，来公司这么多年了，一点专业技巧都没学到！"望着安山远去的背影，姚东风心里暗暗地骂道。

第5章 左右为难

一年很快又过去了，东南省二十一家财险公司中，除两家财险公司当年综合成本率为百分之九十九点九，勉强维持承保不亏损以外，其余十九家财险公司承保利润全部为负数。规模最大的前四家财险公司综合成本率都超过了百分之一百一，亏损最严重的一家公司综合成本率竟然达到了百分之一百二十五，在全国三十个省市中，东南省是亏损第一大省，属于亏损重灾区。

按照惯例，每年的一月中下旬，东南省保监局都要组织召开一次全省保险工作会议，邀请省政府、省人大、省政协的领导们到会露露面，讲讲话，在媒体上做做宣传，以此证明保险行业在国民经济和社会生活中还发挥着一定的作用，占据着一定的地位，因为除了一年一度的全省保险工作会议，平时省里的领导们是不会太过注意保险行业的，虽然保险业与银行业同属金融行业，但两者在东南经济和社会发展中所起的作用、做出的贡献以及在老百姓心目中的地位，都是无法同日而语的。那一年，东南省保险行业主动放弃了一年中仅有的一次展示行业风采、抒发行业声音、免费在东南电视台、《东南日报》等省内主流媒体刊登区区几百个字的"某省领导参加全省保险工作会议并讲话"的新闻稿件的机会，行业经营亏损了十几个亿，实在不好意思让省里的领导们坐在主席台上大谈保险的作用和意义，大讲保险的前景和未来。

一月中旬，东南省监管部门把全省四十多家保险公司的总经理和十二个地市的行业协会的会长、秘书长召集在一起，召开了一个名曰"东南保险行业总结暨监管工作会议"，会上，省保监局局长罗大勇对上一个保险年度全省保险业务发展尤其是存在的问题进行了简要的总结，对经营出现亏损的十九家财险公司，尤其是亏损较为严重的几家公司进行了通报批评。虽然会上罗大勇对上一个保险年度实现承保利润的两家财险公司提出了表扬，但参加会议的人员明显感觉到局长的表扬明显底气不足。罗大勇明白，要不是他亲自打电话给市场份额加起来只有不到百分之一的安顺财险等两家公司的总经理，让他们通过调未决赔案、压缩费用的办法调出部分承保利润来，那两家公司绝对没有在恶劣的市场竞争环境中独善其身、实现承保利润的能力。对罗大勇及东南保监局来讲，如果全省二十一家财险公司无一例外地出现经营亏损，那绝对不是各保险公司经营管理出现了问题，而是监管部门的监管工作存在着问题。

在全省保险行业总结暨监管工作会议上，财产险处主持工作的副处长、外号"山大王"的山洪，宣布了"东南省保险行业2008年合规大检查方案"。

东南省保险行业总结暨监管工作会议一结束，李梦香立即召集辖属机构班子成员召开视频会议，要求全省十二家中支公司立即开展合规自查自纠工作，尽快解决好经营发展过程中存在着的不规范问题，尤其是触碰监管红线的问题。

省公司的视频会议结束后，杨山坡主动跟着姚东风走进了总经理办公室，请示如何落实省公司、省监管部门的会议精神，组织开展好自查自纠和整改工作。

姚东风笑着说："看来这次检查动真格的了，不会像前几次那样雷声大、雨点小，所以我们要高度重视，不能掉以轻心。你分管合规管理工作，这次合规自查自纠整改工作自然还得应该由你负责牵头组织。"

姚东风说完，点燃一支香烟慢慢地吸了起来，一副不以为然的样子。

对姚东风来讲，杨山坡分管车险业务管理与推动工作，车险业务是存在违规问题最多的领域，也是监管部门合规检查的重点领域。同时，杨山坡又分管合规管理工作，合规工作中出现的任何问题，杨山坡都脱不了干系，都负有领导和管理责任。无论从哪个方面来讲，杨山坡都没有理由不对监管部门组织开展的这次合规大检查不高度重视，尽心尽力地做好自查自纠和整改工作。另一方面，魏经纶是杨山坡儿子的"干爹"，与杨山坡关系良好，又在省公司合规管理部担任总经理，同省监管部门的处长科长们都熟识，一旦杨山坡在合规管理工作方面出现问题，于公于私魏经纶都不会袖手旁观，都会竭尽全力帮助做工作。如果魏经纶不竭尽全力或力不能及，杨山坡被查出存在违规行为，主要责任都应该由他本人承担，自己最多负有失察或用人不当的责任。

想着想着，姚东风脸上露出了不易察觉的微笑，他对自己当初一箭双雕的安排十分得意。

杨山坡回到自己的办公室后立即给魏经纶打了电话，详细询问了此次全省合规大检查的重点注意事项，请求魏经纶帮助协调一下监管部门，最好不要让检查组进驻滨城永泰财险公司检查。

魏经纶提醒杨山坡说，保监局即将组织开展的合规大检查面很广，力度很大，估计滨城仍然是全省检查的重点地区，因为在全省十二个地市中，滨城保费规模在全省排名第六，但亏损总额在全省排名第三，综合成本率超过全省平均水平五六个百分点。一旦检查组把滨城确定为重点检查的区域，滨城的前五大公司尤其是前三大公司肯定会成为检查的对象。魏经纶要求杨山坡一定要按照省公司的会议要求，尽快组织一次拉网式自查自纠活动，切实把存在的问题反映出来，因为保监局罗局长在监管工作会议上明确讲了，只要各公司把问题暴露出来，并采取切实可行的办法彻底进行整改，保监局保证既往不咎。

为了提高自查自纠效果，魏经纶决定把陈艳艳派到滨城公司帮助工作：一则杨山坡向魏经纶提出了明确要求，且得到了姚东风的同意；二则魏经纶清楚杨山坡跟姚东风的关系，后者存在着看杨山坡热闹的心态。

姚东风之所以同意省公司派人来滨城帮助开展自查自纠工作，一是想借省公司的力量把杨山坡在车险经营发展过程中存在的违规问题全部揭露出来，达到"借刀杀人"之目的；二是向省公司表达自己自查自纠工作不手软、落实省公司合规管理工作视频会议精神不放松的决心。如果省公司派驻到滨城的人员检查出滨城公司存在大量违规操作的问题，主要责任在杨山坡，姚东风完全可以用"不知情，杨山坡从未向总经理室汇报过"等理由应对；三是如果省公司派驻到滨城公司的人员检查不出滨城公司经营发展过程中存在着违规操作的问题，那正好表明自己在经营发展过程中管理严格，措施得力；如果省公司派驻到滨城的人员检查出滨城公司存在大量违规操作而又隐瞒不报，最终被省监管部门检查出来的话，那自查自纠不力的责任就全部落到省公司的头上，"一箭三雕"的好事，对于精于算计的姚东风来说，没有理由拒绝。

陈艳艳到达滨城的第一天，就去了魏经纶家里探望了魏经纶的父母和她只在照片上见过、马上就要临产的柳叶。

柳叶警惕地望着自己面前那位虽称不上漂亮但仪态大方的东南大学法律系的高材生。

陈艳艳陪柳叶和魏经纶的母亲聊了一会儿，就推说公司里还有事，拒绝了魏经纶母亲执意留下她吃饭的要求，起身告辞了。因为她发现柳叶对她有一种莫名其妙的感觉：有些戒备、恐慌，还稍微带有一点点刻薄和敌意。

"她为什么用那样一种眼神看着我？是她知道我对魏经纶心存好感，还是因为临近生产情绪不稳定？"陈艳艳一边想着，一边走出了魏经纶父母住的那个小区。

在陈艳艳看来，魏经纶为人谦和，乐于助人，自己毕业后被招聘到省公司工作的两年里，没少得到他的指导和帮助。自己对魏经纶心存好感固然有感情方面的因素，但还是感恩的成分多一些，要不是魏经纶鼎力相助，弟弟陈东强也不会重返校园并于去年顺利考取了东南财经大学，借用人家的钱到现在还没有还清。陈艳艳认为，柳叶虽与魏经纶一起生活了多年，但无论是气质、谈吐还是接人待物都与魏经纶有差距——有些清高，还有些不自信。陈艳艳感觉柳叶配不上魏经纶。

望着陈艳艳的背影，柳叶也陷入了沉思：无论是年龄、学识，还是身高、长相，自己确实跟远去的那位陈艳艳没得比，尤其是自己怀孕以后，身体像吃了发酵粉一样，整个人都变成了圆柱体，惨不忍睹。如果孩子生下来以后身体恢复不了，魏经纶还能瞧得上自己吗？尤其是还有一个对他有好感、挺来电的美女在身边。

跟魏经纶生活了多年，柳叶对丈夫的人品还是了解的，他不应该是那种见异思迁之人，否则的话，他也不会把陈艳艳对他有好感的事情告诉自己，也不会离婚后又同意跟自己复婚。

等陈艳艳走远了，柳叶才懒洋洋地回到房间，跟魏经纶的母亲说了声"晚上不吃饭了"，上床倒头便睡。魏经纶晚上打电话回家，她也只是"嗯"、"啊"地应付了几句。

陈艳艳到达滨城的第四天，魏经纶也回到了滨城，跟家里人打了声招呼，就去了滨城公司，晚上跟杨山坡一起请陈艳艳吃了一顿便饭，算是尽了地主之谊。

魏经纶回到家中，看到柳叶脸色不好看，以为她身体不舒服，就上前准备摸柳叶的额头，谁知柳叶用手臂挡开了。

"怎么了？不舒服？"魏经纶问。

"没有不舒服。"柳叶语气中明显带有不悦。

"谁惹你生气了？"

"没人惹我生气。"

"没人惹你生气为什么不高兴？不会因为我回家稍微晚了些吧？你看这才几点？不到九点呢！"魏经纶笑着说。

"一两周才回来一次，好不容易回来一次还跑到外面八九点钟才回来，不知道孩子快出生了？"柳叶嘟囔道。

"回来一趟不去公司看看能行吗？再说陈艳艳还在滨城公司帮助自查自纠工作。"魏经纶一边脱着外套一边解释说。

"整天在一起还没待够？三四天没见面就想了？"柳叶阴阳怪气地说。

"人家来滨城帮助工作，我无论是作为领导还是作为东道主都应该请人家吃顿饭，否则的话，人家一定会说我魏经纶不会办事。再者说了，杨山坡一个人也没法请她呀！"

魏经纶故作轻松地笑着说："再有一个多星期宝宝就要出生了，千万别因为这点小事影响了孩子，要是生下个小笨蛋那可就麻烦了。"

"你就只想着你的孩子，怎么就不多想想孩子她妈呀？"

看到魏经纶不语，柳叶稍微缓和了一下口气："你什么时候请假回来？生孩子的时候当爹的不能不在身边吧？"

魏经纶说还有一周多才到预产期，他提前一两天回来就行了。这些日子正赶上保监局组织开展合规大检查，在这个节骨眼上，作为主管部门的负责人，领导恐怕不会允许他请假时间太长。

柳叶又喋喋不休地说了一通，魏经纶知道她临近生产了，既害怕，又有些情绪不稳定，也就不愿意跟他计较，装着去洗手间，半天没有出来。

自从怀孕以后，柳叶的脾气变得越来越不好，好像又回到了复婚前的那种样子：敏感、多疑，有时还不太讲道理。魏经纶知道孕妇情绪经常会出现波动，加上自己远在省城，一两个星期才回滨城住上一两天，不能经常陪她，尤其在她妊娠反应得厉害、需要自己陪伴在身边的时候，时间长了，怨言牢骚多一点也算正常。别说是孕妇了，就是自己下班回到宿舍以后，也有一种孤独烦躁、无所事事的感觉，跟家住外地的省公司其他人员交流，大家都说有同样的感觉，因为省公司部门总经理包括班子中的大多数人，家都不在省城，有的配偶还远在两千公里以外的城市，所以交流干部们凑在一起喝酒聊天的时候，牢骚满腹！

第二天上午，魏经纶借去滨城公司检查合规工作的机会顺便去看望了李冬冬。

李冬冬知道柳叶快生产了，也知道她最近一段时间情绪一直不太稳定，就劝魏经纶在柳叶生孩子的时候要多请一段时间的假陪陪她，女人生孩子，那是大命换小命，不能不在意。魏经纶嘴上应着。

魏经纶望着苍白瘦削的李冬冬，忽然产生出一种从未有过的感觉。通过李冬冬的神情和欲言又止的表情，他感到她一定有难言之隐不便告诉自己。

到达滨城公司后，魏经纶去陈艳艳那里询问了几句关于自查自纠方面的情况，就直接去了杨山坡的办公室。

"怎么感觉李冬冬的情绪不太对？她是不是有什么事情瞒着咱俩？你没听说她最近有什么事情吗？"魏经纶问。

"有什么事情她不先告诉你还能告诉我？"杨山坡笑着说。

"我跟你说正经的！怎么越来越没正型了？"看着杨山坡油头滑脑的样子，魏经纶真有些恼怒。

杨山坡嘻嘻哈哈地说自己说的就是正经话，没开玩笑，并问魏经纶什么时候去见李冬冬了。

魏经纶说他刚从李冬冬单位里回来，感觉她好像心事重重似的。

杨山坡说李校长两口子最近托人给李冬冬介绍了几个对象，有当教师的，有干党政机关的，有的还是保险公司的高管。听说介绍的对象中还有一两位是"大叔"级别的，五十多岁了，把李冬冬搞得都有些心有余悸了。

魏经纶说付晓滨走了一两年了，有差不多的赶快确定下来算了，女人等不起，让杨山坡抽机会一定开导开导李冬冬，让她客观实际一些。

杨山坡笑着问魏经纶为什么不亲自去劝劝李冬冬，并说魏经纶的话对她来说比他杨山坡的话要有分量得多。

魏经纶说他在省公司工作，一年跟李冬冬见不了几次面，就是想开导她也没有机会。

杨山坡说李冬冬当初嫁给付晓滨的时候感觉自己老憋屈了，两人好不容易适应了，老付又出了事。虽然不是初婚，年龄也三十三四岁了，但李冬冬并不想随便找个人就嫁出去，她得为孩子着想。

魏经纶端起茶杯走到沙发上坐了下来，半天没再说一句话。

魏经纶回到省城的第三天，陈艳艳也从滨城回到了省公司，把在滨城公司检查中发现的问题跟魏经纶一一进行了汇报。

陈艳艳说滨城公司经营发展中存在的问题虽然与其他公司存在的问题大同小异，归纳起来主要包括四个方面：一是交强险乱打折、手续费严重超标问题；二是商业车险违规批单退费、手续费不据实列支、应收账款不真实问题；三是大型商业风险项目存在着非理性竞争问题；四是假赔案、水分赔案、人情赔案较多问题等等，但滨城公司违规问题相对严重一些，有些违规事项太明目张胆了，缺乏隐蔽性、技术性。

魏经纶问陈艳艳检查发现的问题是否跟姚东风和杨山坡一一反馈了，有没有立即采取针对性的整改措施。陈艳艳说回省公司之前，她都详细地给滨城公司的三位班子成员反馈了，估计他们也正在想办法进行整改。

魏经纶说陈艳艳最近一个时期老在地市里跑，两三个星期没在省城了，晚上他与初中时的两个同学约定一起吃饭，让陈艳艳一起去，也算是给她接风了，反正她晚上也没地方吃饭。

陈艳艳推辞说魏经纶同学相聚，她一个外人跟着掺和不太好，就不去了。

魏经纶说晚上没有外人，就他还有他的两个同学，其中一个同学陈艳艳还认识，曾来公司里玩过。陈艳艳想想自己晚上回家也没什么可吃的，就跟着魏经纶一起去了。

魏经纶知道陈艳艳能喝点酒，他第一次去她家的时候，陈艳艳曾陪他喝过，总公司合规管理部的领导来东南省公司检查指导工作时，她也曾喝过几次。所以那天晚上，魏经纶的两个同学执意劝陈艳艳喝酒的时候，魏经纶没有劝阻。不知是心情不好，还是长时间在地市公司出差太劳累了，那天晚上，稍微喝了一点酒的陈艳艳竟然醉了。

魏经纶所在的部门里，除了陈艳艳以外其他人都是男性。魏经纶掏出手机想了半天，最终也没好意思把电话拨出去。天寒地冻，又是晚上八九点钟了，魏经纶实在不好意思麻烦其他部门的女同志跑到酒店里来把陈艳艳送回家。更为重要的是，魏经纶害怕让其他部门的人知道自己带着女下属晚上外出喝得酩酊大醉，传出去不好听。魏经纶开始后悔没劝阻自己的同学。

魏经纶打了个出租车把陈艳艳送到了她租住的房子里，烧开水后怎么也叫不醒陈艳艳。

魏经纶想尽快离开陈艳艳租住的房子，可又害怕自己离开后万一陈艳艳发生什么事情。魏经纶担心自己待在这里久了，深更半夜，孤男寡女，万一让别人发现，即使浑身长满了嘴，也很难解释清楚。

怎么办？怎么办？魏经纶不停地搓着手，在陈艳艳的床边走来走去。

陈艳艳把头朝向床下，"哇哇"地呕吐不止，魏经纶躲闪不及，被溅了一身。

替陈艳艳清理完毕后，魏经纶把水杯子放到床头柜上，跟陈艳艳说了一声，轻轻地带上门出了房间。走出去很远，他还感觉心"砰砰"地跳个不停，他实在不愿意让左邻右舍看到一个陌生男人深更半夜从一个未婚女子房间里走出来，更害怕自己熟识的人看到他十一二点了才从女下属的房间里出来。

那天晚上，魏经纶翻来覆去一夜没有睡好。

第二天上班后，陈艳艳假装汇报工作走进了魏经纶的办公室，绯红着脸显得十分难为情。

魏经纶笑着说："没什么，人在江湖走，哪有不湿鞋的？"

魏经纶问陈艳艳昨天晚上没喝多少酒为什么醉得那样厉害。陈艳艳说可能是因为很长时间没怎么休息好，加上家里又出了点小事，身心比较疲劳的缘故。

魏经纶问陈艳艳家里到底发生了什么事情，需不需要帮忙？陈艳艳轻描淡写地说发生了一点小意外，没有细述。

第6章 寻找"余则成"

柳叶预产期的前一天,魏经纶请假回了滨城。经过太平市境内的时候,魏经纶拐弯去了家住太平市的陈艳艳家,因为近几天魏经纶发现陈艳艳情绪有些不对,经常往家里打电话,整天一副心事重重、郁郁寡欢的样子。魏经纶估计陈艳艳家里一定发生了什么事情。

看到魏经纶走进来,陈艳艳的母亲和弟弟陈东强都吃了一惊,一个劲地问魏经纶是如何知道她受伤了的。

魏经纶说他来太平市办点事,顺便过来看看,不知道陈艳艳的母亲出了交通事故。要是知道的话,他早就应该过来看看。

陈艳艳的母亲紧紧拉着魏经纶的手,有些不好意思地说:"借你的钱两年多了还没还上,我又出了这事,我们一家人欠你的人情这辈子可能还不上了。"

魏经纶说他工资高,家里又没有什么大的开支,让陈艳艳的母亲不要老把那点事挂在心上,等陈东强大学毕业了,家庭条件好了再考虑还钱的事情,就算以后还不上,也不是什么大不了的事情。

魏经纶问陈东强什么时候从学校回太平市的,陈东强说他得知他妈出了交通事故以后,期末考试一结束就提前请假回来了,因为他知道姐姐最近工作比较忙,不想让陈艳艳因此而分心耽误工作。

魏经纶跟陈艳艳的母亲和弟弟聊了一会儿就起身告辞了,临走的时候他硬塞给陈艳艳母亲手里三千块钱,让她自己买点营养品补补身子。

魏经纶离开陈艳艳家没多大会儿,陈艳艳就打电话过来了,声音哽咽着,没说几句话就把电话挂了。

魏经纶回到滨城的第二天,柳叶就住进了滨城市人民医院。全面检查完毕之后，医生建议魏经纶和柳叶尽快做剖腹手术，因为柳叶的羊水有些浑浊了，如不及早进行剖腹手术，孩子很有可能因羊水浑浊而导致缺氧，影响孩子的智商。

手术进行得很顺利，是个男婴，六斤八两。魏经纶和柳叶结婚那么多年，经历了那么多的曲折，终于有了自己的儿子，喜悦之情不言而喻。

春节七天假期里，魏经纶除了外出看望付晓滨的父亲和李冬冬母女俩、正月初一给叔叔阿姨们拜年以外，其余时间几乎都在家里陪伴柳叶和孩子，连杨山坡、姚东风等人多次打电话相约一起吃顿"年饭"都没有答应。

春节假期一结束，魏经纶就去地市检查合规自查自纠工作了，因为假期一过，东南省保监局从各处室及省行业协会抽调人员组成的两个检查组，就要对省内四个地市部分保险公司进行合规检查，四个地市的永泰财险公司都在检查之列。

春节前，魏经纶就对东南保监局有关部门的处长、科长们进行了走访、表达了"敬重心情"，处长科长们都神秘兮兮地告诫魏经纶：此次合规大检查，力度空前，处罚严厉，结果难料。通过"内部消息"，魏经纶早已探听到了监管部门准备现场检查的四个地市，并集中精力对列入现场检查的四个地市公司进行了重点自查和整顿。

本来滨城不在监管部门春节前划定的四个现场检查地市之列，但一封举报信改变了东南保监局最初的决定。

举报信是一位署名"良知"的人写的，举报滨城永泰财险公司严重违反监管部门的贴费、批退、变更使用性质及限折令等各项规定，通过不正当竞争手段，统保了神州出租车公司的全部车辆，严重扰乱了滨城保险市场秩序，要求监管部门严格查处，对有关责任人进行严厉处罚，以维护监管部门的权威，促进滨城保险市场良好竞争环境的形成。匿名信还威胁说，如果东南省监管部门对滨城永泰财险公司严重违规行为不作为，他将直接向中国保监会控告，直至达到满意结果为止。

如果是一般的匿名信，东南监管部门完全可以置之不理，按照既定的方案开展检查工作，但由于信中附有滨城永泰公司承保神州出租车公司时赠送玻璃、划痕等险种、超标支付手续费等严重违反监管规定的证据，使东南监管部门不得不首先对滨城保险行业，尤其是滨城永泰财险公司进行检查。

东南保监局收到匿名信的当天，魏经纶就通过内部人员将匿名信复印一份传到了滨城公司，并将了解到的情况详细地跟李梦香和分管合规管理工作的副总经理白宗仁做了汇报。三人商定兵分两路尽快开展"灭火"工作：一路由魏经纶带一名助手连夜赶赴滨城，查清匿名信的来源，做好相关处理工作；一路由白宗仁负责尽快与保监局领导及有关处室进行沟通，尽量大事化小，小事化了。

从李梦香办公室出来，魏经纶带上陈艳艳直奔滨城。

"领导，什么事这么着急？"一上车陈艳艳就问魏经纶。

"保监局三四天后进驻滨城检查，检查的第一站就是咱们永泰公司。"魏经纶应道。

"原来不是说这次检查没有滨城吗？为什么忽然又要去滨城检查了呢？"

"公司出了个'余则成'，举报公司存在大量违规操作问题，省保监局领导明确指示要严格查处，严肃处理。"

"咱们公司存在着的那些违规操作问题，都是行业的共性问题，可以肯定地说，所有的保险公司都存在，为什么偏偏要检查永泰公司呢？"

"民不告，官不究，自古如此。既然有人举报永泰公司并提供了确凿证据，监管部门如果不去追究的话，那就是不作为。"魏经纶说着，歪头看了陈艳艳一眼。

路上，魏经纶又向陈艳艳详细了解了春节前她在滨城公司帮助自查时发现的问题，并针对检查发现的问题确定了基本应对措施。

"上次那事真是不好意思，一直想找个机会给领导道个歉，可就是没找到合适的机会！"陈艳艳调皮地朝魏经纶眨了眨眼睛。

魏经纶只是宽厚地笑了笑，继续开车。

"昨天我妈又打电话跟我唠叨起您，让我一定替她谢谢您。她说您那样大个领导，工作又那么忙，还专程跑去太平看望她，让她十分感动。"

魏经纶哈哈笑着说："你妈真逗，咱哪是什么大领导？充其量就是一个领着几个人干活的班组长。再说了，我只是路过顺便去看望了她一下，有什么可感动的？"

看到魏经纶把车子拐向了太平市方向，陈艳艳忍不住问魏经纶，车子是不是拐错了？

魏经纶说保监局的检查不知要搞到什么时候，两三个月都有可能，他让陈艳艳先回家看看。

"那我打电话让家里准备点吃的。"

"不用。放下你我就走。"

"那怎么能行呢？到家少说也得五六点钟了，不吃饭怎么能行呢？"陈艳艳说着，就要往家里打电话。

"不用。"魏经纶急忙按住了陈艳艳拨手机的手，把刚拨通的电话挂断了。

魏经纶自觉有些失态，红着脸问道："你妈伤成那样，还能下地做饭？"

陈艳艳笑着说她妈只是伤了腿，手又没伤着，只要她妈提前把基础工作做好了，回家一会儿她就能让魏经纶吃上可口的饭菜。

"你也会做饭？现在的女孩子可很少有人下得了厨房的。"魏经纶有些怀疑地瞟了陈艳艳一眼。

"不敢说领导吃后会赞不绝口，但表扬肯定会有的。要不今天晚上给我个露一手的机会？"

"下次吧。现在的女孩子愿意下厨房做饭的越来越少了，特别是像你们这些受过高等教育的人。像你这样的女孩子，将来一定会成为一个贤妻良母的。"

陈艳艳神情黯然地笑了笑，好久没说一句话。

车子到达陈艳艳家的时候，已是晚上六点了，陈艳艳的小姨妈正在张罗着晚上的饭菜，陈艳艳的妈妈坐在一边指挥着。

魏经纶疑惑地看了陈艳艳一眼，陈艳艳笑而不语。

吃过晚饭，魏经纶让陈艳艳在家住一晚上，第二天再坐车去滨城，可陈艳艳母亲执意让女儿陪魏经纶一起走，说什么公家的事情不能耽误。陈艳艳也说第二天坐车去滨城既花钱还得耽误半天工夫，也要求跟魏经纶一起连夜赶赴滨城。

到达滨城的时候已是晚上十点多钟了，魏经纶把陈艳艳安排在距公司不远的一个商务酒店住下后，直接驱车回了家。

第二天一早，魏经纶、姚东风、杨山坡、安山及陈艳艳、万全等人聚集在姚东风的办公室，研究匿名举报信的问题。

杨山坡认为，匿名信应该是大千公司的人写的，因为在滨城永泰公司统保神州出租公司车辆之前，滨城大千公司曾连续两年以高于正常费率独家承保了其全部车辆。对于成立时间较短、保费规模只有两千万元的大千公司来讲，四十多万元保费的神州出租车公司就是一个非常大的客户了，永泰公司的强力介入，让大千公司丧失了一个十分重要的客户，对永泰公司有意见十分正常。

虽然大家都认为杨山坡的分析合情合理，但对保单、发票复印件从何而来又有些疑惑不解，因为神州出租车公司不可能把两家的合作协议及发票等重要凭证拿出来让别人随便查看，随便复印。

杨山坡认为那也正常，因为在永泰公司恢复与神州出租车公司合作之前，大千公司曾独家承保其全部车辆两年，跟神州出租车公司负责保险的人员建立了不错的工作关系和个人关系，要求查看并复印与永泰公司的合作协议并不难。

而姚东风认为，匿名信肯定不是大千公司所为，起码不应该是大千公司总经理室指示所为，因为把检查组引到滨城来，对大千公司来说失大于得。

"你小子就尽情地装吧！匿名信十有八九就是你杨山坡写的，目的无非是想借此把我搞下去你好有机会上来。哼！"姚东风心想，脸上表现出一种不易察觉的轻蔑和冷笑。

姚东风认为，因为承保神州出租车公司的业务，自己跟杨山坡发生了激烈的争执，两家合作协议的签字人是自己而非杨山坡，况且合作协议、保单、发票这些重要的凭证资料，别人没机会接触，只有杨山坡及业管部经理等少数人才有机会和条件查看复印，而这少数人当中，存在最大嫌疑的就是杨山坡，因为一般工作人员不可能有那样大的胆量，也没有必要冒被人唾弃甚至失去饭碗的风险。因此，姚东风断定，向保监局举报滨城公司违规操作的卧底就是杨山坡，杨山坡就是"余则成"。

姚东风虽然十分肯定地认为"内鬼"是杨山坡，但在自己还没有拿到确凿证据之前，肯定不会贸然表达自己的想法和看法，况且魏经纶还在场。他想把证据掌握齐全后，一剑封喉，彻底置杨山坡于死地，让杨山坡永世不得翻身。

姚东风假装赞同杨山坡的分析，并说找机会跟娄远行了解一下情况，问问匿名信是不是他手下人写的。大家都说没必要去找娄远行了解，即使是他手下人干的，他也不会承认，很有可能倒打一耙。

姚东风十分自信地说他曾在大千公司担任过总经理，娄远行还是他一手提拔培养起来的，这点面子娄远行还是会给他的。虽然大家都怀疑是大千公司的人干的，但也不能完全排除"余则成"就在公司内部。大千公司要去找，"余则成"也要查，一旦查出来，绝不能再让他在这个行业里混下去。

虽然姚东风没有肯定地说匿名信就是内部人写的，但杨山坡从姚东风的眼神和说话的语气中揣摩到姚东风不相信匿名信是大千公司的人干的，而且很有可能怀疑"余则成"就是自己或是自己身边的人。如果姚东风在大千公司查不到证据，他很可能会把罪责强加到自己身上，除了当时自己坚决反对神州出租车公司的承保条件，并拒绝在双方合作协议上补签名字外，更重要的是在刚才的碰头会上，自己把举报公司的责任直接推向了大千公司，让人不免产生"此地无银三百两"的想法。

杨山坡偷偷与业管部经理、业管部出单员、单证管理员，以及万全等有机会接触协议书、保险发票的人谈了一遍话，让他们好好回忆回忆除了他们之外，谁还接触过与神州出租车公司签订的协议书及票据之类的东西。

大家分析认为，有机会既能接触到合作协议书，又能拿到业务单据的，除了业务管理部，就只有负责神州出租车公司的客户经理万全了。万全不具备作案的动机，"余则成"很有可能就是业务管理部的某一个人。为此，杨山坡要求业管部经理王存金一定要在最短的时间内把"内鬼"揪出来，让"余则成"无法遁迹。

王存金把业务管理部的六个人集中起来开了两次会，要求每一个人仔细回忆有可能出现疏忽的细节，洗脱"内鬼"就在业管部里的嫌疑。

有人说，能接触到协议书和业务单据的不仅仅只有业管部，办公室也能接触到，因为无论是合作协议书，还是业务财务单据，最终都要集中到公司档案室存档，而档案室是由办公室管理的。经过暗中排查，王存金基本排除了办公室人员复印举报证据的可能性，因为"余则成"提供的证据，部分还未移交到档案室。

第二天一上班，出单员王圆跟王存金汇报说，昨天晚上她回忆起一件事情，不知道跟公司查找的那个"余则成"有没有关系。据王圆回忆，有一天她去复印室复印包括神州出租车公司协议等材料的时候，孙猛子也在复印室里复印东西，其间她把材料放在复印室，然后出去接了一个电话，当她接完电话回到复印室的时候，感觉孙猛子神情有些怪怪的。她当时没在意，现在回忆起来感觉那天的孙猛子好像有什么事似的。

听完王圆的反映，王存金立即向杨山坡做了汇报，让杨山坡侧面调查一下孙猛子。

王存金走后，杨山坡把孙猛子叫了进来，寒暄了几句，杨山坡就转入了正题。起初孙猛子死活不承认，当杨山坡说公司准备请公安局介入调查时，孙猛子才不得不承认是他偷偷复印神州出租车公司有关承保材料的事实。因为神州出租车公司过去是由他负责维护服务的，该业务之所以转保至大千财险公司两年，不是他服务维护得不好，而是公司承保政策变化导致的。神州出租车公司重新跟永泰公司合作后，不让他继续负责维护服务，他想不通，一时气不过，就偷偷地给东南保监局写了那封匿名信。写完之后，他又有些后悔了，茶饭不香，睡眠不好，让杨山坡无论如何帮帮他，不要让公司里的人知道那事是他干的，否则，能不能在永泰公司里继续混下去事小，最重要的是以后没脸见人了。

杨山坡把了解到的情况立即报告给了魏经纶和姚东风。姚东风一听，火冒三丈：

"怪不得我去大千公司和神州出租车公司了解情况时，娄远行和孔东坡都拍着胸脯子发誓赌咒说问题绝对不会出现在他们那里，原来是孙猛子那个小王八羔子干的！开除！立即让那个小王八羔子滚蛋！"

杨山坡说开除孙猛子于事无补，因为后果已经造成了，如果把他逼急了，说不定他还会弄出更大的动静来，况且跟他谈话的时候，自己曾以总经理室的名义承诺不把这件事情抖落出去。

姚东风不同意杨山坡的意见，坚决要求立即开除孙猛子，因为他感觉身边潜伏着个"余则成"，就如同抱着一枚定时炸弹睡觉，无论如何都睡不安稳。

魏经纶也说目前不是研究如何处分孙猛子的时候，而是尽快制定出如何应对保监局检查的办法。

商量来商量去，三个人最终决定重新与神州出租车公司签订一份假合作协议，剔除原合作协议中关于赠送玻璃、划痕等险种条款，承保期内如出现玻璃单独破碎、划痕等方面的问题，公司一定想办法变通费用给予赔付。同时，将原协议中折扣比例由百分之七十五提高到百分之八十，提高五个百分点后产生的保费，先由神州出租车公司通过其账户划转到永泰公司的收入账户上，尔后，滨城永泰公司再想办法将资金划转回神州出租车公司，造成神州出租车公司补交保费的假象。

东南保监局到达滨城的当天，魏经纶通过检查组负责人山洪在滨城市公安局工作的战友，把山洪约请到了滨城市好运来大酒店。

山洪虽然有两斤高度白酒的海量，在东南保监局有"酒神"之称。可他酒量再大，也架不住魏经纶、姚东风及山洪的战友五个人的"车轮大战"，没多大工夫，就大脑迷糊，口齿不清了：

"滨城是违规的重、重、重灾区，我、我、我这次来，不、不、不查出点事情来，砍、砍掉几颗脑袋，绝不收兵！"

"都是你们保监局管辖的公司，那么认真干什么？你把保险公司的领导都撤完了，你们保监局还管个屁！你老战友能捞到什么好处？"山洪的战友半开玩笑半认真地说。

"三条腿的蛤蟆找不到，两条腿、腿的人还不多得是？杀、杀了这个，还、还有那个。谁让他们赚那么多钱的？不杀他们，他们还把我、我们保监局当回事？你、你就别劝我了！"山洪用力挥舞着双手。

"人家保险公司做业务不容易，整天求爷爷告奶奶的，老战友可别太过分了啊！"山洪的战友拍着山洪的肩膀劝道。

"怎么叫过、过分了？我怎么处理他们，他、他们不都得乖乖地接受处理？我虽然是、是、是个副处长，保险公司的那、那些老总们见了我，还、还不就像老鼠见了猫似的？对！就是老鼠见了猫！"山洪说着就打起了酣。

山洪的战友提议找个地方让山洪醒醒酒，直接把他送回宾馆怕有危险。

姚东风让安山就近安排了SPA水疗馆，把山洪扶了进去。

魏经纶跟山洪的战友说他们几个人晚上还有个会，就不陪他俩一起"水疗"了，等他俩休闲完了，自己把账结了就行了。魏经纶让安山把两沓百元人民币交到了山洪战友的手上。

四个人一上车，魏经纶就跟姚东风约好第二天一早去酒店陪山洪等人吃早餐，顺便把"意思"表达上。

山洪等四人在滨城永泰公司进行了为期一周的检查，移师其他保险公司检查之前，山洪煞有介事地对滨城永泰公司经营发展过程中存在的问题进行了一番点评，点评的问题中没有一件是踩踏红线的问题，尽管滨城永泰公司存在着大量严重违规甚至违法问题。

保监局第一检查组撤出滨城永泰公司的第二天，魏经纶就赶到了南峰市，因为东南保监局派出的第二检查组就在南峰市进行检查，检查的第二站是南峰永泰公司。

魏经纶刚到达南峰市，魏经纶的母亲就打电话告诉魏经纶，他从家里走后没多大会儿，柳叶就像得了"魔怔"似的，情绪不对，两眼呆滞，问她也不吭声，孩子哭她也不管，她让魏经纶尽快赶回滨城。

魏经纶跟南峰永泰公司的胡总打了声招呼，又跟陈艳艳交待了一番，开上车重新折回了滨城。

看到魏经纶从外面走进来，柳叶抬头傻笑了笑，没有吭声，继续给孩子哺乳。

晚上，柳叶紧紧地搂着魏经纶，好像怕他跑掉似的。

次日一早，南峰公司的胡总打电话给魏经纶，说保监局检查组当天已经进驻南峰公司了，晚上南峰公司准备宴请检查组一行四人，问魏经纶能否下午赶回去。魏经纶感觉柳叶也没什么大问题，吃过午饭又急匆匆从滨城赶回了南峰。

保监局检查组撤出南峰永泰公司的当天，魏经纶又匆匆忙忙地从南峰赶回了滨城，因为柳叶的"魔怔"病又犯了，且病情比第一次还要厉害。

魏经纶一回到滨城，立即带柳叶去了滨城市人民医院，医生诊断的结果是产后抑郁症。人民医院的王主任还热情地把女同志产后抑郁症的特点、诱因跟魏经纶详细地介绍了一遍。

据王主任介绍，产后抑郁症是产妇分娩后出现的抑郁症状，是产褥期精神综合症中最常见的一种类型，表现为抑郁、悲伤、沮丧、哭泣、易激怒、烦躁，重者出现幻觉或自杀等一系列症状为特征的精神紊乱，其发病率在国内大约百分之八至百分之十之间。

魏经纶问王主任抑郁症是如何引发的。王主任说抑郁症诱发因素很多，有生理因素、心理因素，也有家庭社会因素和产妇因素。在生理因素方面，有学者认为产后抑郁的发生可能与雌性激素、孕激素的变化有关，产妇本人的健康状况对孕期抑郁情绪也有很大影响。在心理因素方面，有些产妇对母亲角色缺乏认同，初为人母的角色改变，使其面临自身康复和育婴两大问题，对自己母亲角色产生冲突和适应不良，无法克服做母亲和工作的压力，尤其是文化程度较高的人由于面临社会压力和精神压力较大，考虑问题较多，情绪复杂而导致抑郁症产生。王主任说，抑郁症产生的一个十分重要因素就是家庭和社会因素。调查表明，婚姻满意度低、缺乏家庭支持与帮助，尤其是缺乏丈夫支持的产妇，患抑郁症的机率高。

听完王主任的介绍，魏经纶陷入了苦闷之中。他认为，两人婚后长期不孕，离婚后又复婚、两地分居等诸多因素都是柳叶产生抑郁的重要因素，而这些因素的形成，有柳叶自身性格多疑、不善沟通等方面的缺陷，也有自己平时关心不够，使其缺少安全感等方面的原因。他开始后悔不该让柳叶生下这个孩子，更担心自己远在省城，两位老人身体又不好，患病在身的柳叶很难把襁褓中的婴儿拉扯大。

魏经纶不停地在省城、滨城以及监管部门进驻检查的地市奔波着。两个月下来，整个人瘦了一圈，但唯一让魏经纶感到欣慰的是，被检查地市的永泰公司无一存在重大原则性问题，是被检查的四家保险公司中合规工作做得最好的一家。因此，魏经纶被省公司主要领导和分管领导在大会上所表扬。

第 7 章　第 70 号文

省保监局在五个地市的检查工作一结束，魏经纶就跟李梦香请了事假，带柳叶来到了东南省最大的人民医院进行复诊。

接待魏经纶和柳叶的是一位有着四十多年临床经验的老专家，她详细地询问了柳叶的病情后，十分肯定地断定柳叶患的是反应性抑郁症与产后抑郁症。接着老专家耐心地给魏经纶介绍了抑郁症的种类以及基本特征。

据老专家介绍，抑郁症大体分为反应性抑郁症、继发性抑郁症、隐匿性抑郁症、更年期抑郁症、产后抑郁症等。柳叶在生孩子之前曾遭受过精神刺激、挫折打击，加之其性格有些偏执、心理承受能力不强，存在着抑郁病发的条件。因此，柳叶所患抑郁症属于反应性抑郁症。由于病人是在产后发病的，因此其抑郁症也应该属于产后抑郁症。

老专家开好药方后跟魏经纶交待说，她开的药是一种通络安神的汤药，先服用一阵子看看，如果效果不明显的话，她可以增加针灸治疗或仪器治疗。但不管用哪一种治疗方法，心理疏导都是必不可少的。

魏经纶把柳叶的病情及个人想调回滨城工作的想法跟在省政府工作的舅舅赵明进行了汇报，但赵明态度坚决地予以了否定：

"别说滨城公司现在有总经理了，就是没有，你回去还能干总经理？再者说了，就是你回到了滨城，柳叶的病就能好起来？"

魏经纶说他听医生讲，治疗柳叶的病，最好的办法就是心理疏导。自己跟柳叶两地分居，柳叶又是那种喜欢钻牛角尖的人，如果两人长期两地分居下去，柳叶的病别说是痊愈了，不继续发展就谢天谢地了。

赵明十分严肃地说："前些日子，你们总公司领导来东南省拜访省政府领导的时候，曾当着我的面表扬过你，对你的能力、为人、处事风格十分赞赏，并承诺适当的时候一定给你提供一个更大的平台。这个时候你要求回滨城，你认为你个人进步的空间还会有吗？"

看到魏经纶低头不语，赵明继续开导道："男人怕平凡，男人的精彩就在于事业有成，前程似锦。当然了，家庭生活也是人生的重要组成部分，两者同时兼顾固然好，可现实往往是鱼和熊掌不可兼得，当家庭生活和个人前程发生矛盾和冲突的时候，应该以事业为重。"

晚上躺在床上，魏经纶翻来覆去怎么也睡不着，赵明的话不停地在耳边响起："你在滨城工作的时候，跟柳叶倒没有两地分居，天天生活在一起，婚姻不也出现过问题吗？难道省城的医疗条件还不如滨城好？……"

临近天亮的时候，魏经纶做出了一个无奈的决定：让柳叶停薪留职搬到省城，这样做既可以不用回滨城工作，又可以把柳叶接到身边。因为在滨城实在没有适合自己的位置，照顾治疗都方便。

魏经纶的父母对儿子的决定都表示赞成，并要求随柳叶一起搬到省城，老两口实在对柳叶和小孙子放心不下。

搬到省城没多久，魏经纶的父亲因为不适应省城干燥、喧闹、污染、拥堵的居住环境，一个人回到了滨城，因为他早已适应了滨城湿润、安静、温煦的居住环境。没多久，魏经纶也把母亲送回了滨城，他不忍心把已经七十岁高龄且身体不是太好的父亲一个人留在滨城。

从滨城老家请来的小保姆刚到省城那阵子，陈艳艳一有时间就跑到魏经纶家里帮助收拾家务、照顾孩子。刚开始，魏经纶还不太情愿，他害怕柳叶见到陈艳艳后再受刺激，对治疗不利。陈艳艳也确实有些怕见柳叶：一是柳叶知道自己对魏经纶有好感，从第一次见面时柳叶对自己表现出来的冷淡和敌意中陈艳艳已经意识到了；二是柳叶的病最怕受刺激，如果因为自己的好意相助或礼节性的拜访而加重了柳叶的病情，陈艳艳感觉自己既对不起柳叶、魏经纶，更对不起他们家的老人和孩子。

但陈艳艳认为，魏经纶既是自己的顶头上司，又对自己和自己的家庭有知遇之恩，人家老人、妻子搬到了省城，无论是作为下属还是作为朋友，都应该去魏经纶的家里走一走看一看，否则的话，就是自己失礼不懂事。

第一次去魏经纶家的时候陈艳艳就已经考虑好了：如果去了以后，柳叶有太过激的反应，自己立刻就走，不给魏经纶家庭生活造成太大的麻烦和心理负担；如果柳叶没有表现出太大的敌意或太大的反应，那以后自己可以经常去魏经纶家里找柳叶唠唠嗑，谈谈心，帮助照料一下孩子，或许对柳叶的身体恢复有帮助。

陈艳艳花了差不多一个月的工资给魏经纶的孩子买了衣服、玩具，又买了一些日用品。当陈艳艳忐忑不安地敲开魏经纶家门的时候，柳叶不仅没有表现出排斥、敌意，而且还表现出十分高兴的样子，这让陈艳艳有些出乎意料。特别是当魏经纶的儿子看到陈艳艳走近床边逗他的时候，小家伙竟然咧开大嘴朝陈艳艳笑个不停，这让陈艳艳激动得手舞足蹈。

陈艳艳帮助魏经纶的父母收拾好了家务，又逗孩子玩了一会儿，就起身告辞了，虽然魏经纶和他的父母都热情地挽留陈艳艳留下一起吃饭，可陈艳艳还是执意地走了。

柳叶的病情时好时坏，一旦情绪不好，小保姆连外出买菜的时间都没有了。所以，一有时间，陈艳艳就会跑去魏经纶家里帮助小保姆买菜做饭看孩子，时间一长，柳叶、小保姆就把陈艳艳当作家里人看待了。陈艳艳有时出差几天不去，柳叶和小保姆都感觉心里好像缺少点什么似的。

六月中旬，永泰总公司在东南省公司组织开展了一次竞聘上岗活动，竞争的职位为东南省公司分管车险经营工作的副职，报名参加竞聘的人员多达八九位，但魏经纶还是毫无悬念地从激烈的竞争中胜出。表面上看竞聘活动组织得十分严密规范，参加现场评审打分的评委多达七位，但竞聘结果是早已确定好了的，所以竞聘活动就是"认认真真走过场，完完全全在骗人"。

六月底，永泰总公司下发了"永泰产发〔2008〕128号文件"，聘任魏经纶为东南永泰财险公司总经理助理。文件下发的第二天，李梦香主持召开了总经理办公会议，对班子的分工进行了调整，将原来由其他班子成员分管的车险、合规管理工作调整给魏经纶分管。

总经理办公会议结束后，李梦香又单独留下魏经纶进行了一次长谈，内容无非是受市场恶性竞争的影响，上半年东南永泰公司的车险业务发展很不理想，在系统中的排名与同期相比下降了两个位次。对此，总公司主要领导曾两次亲自督导，要求下半年务必实现业务快速增长，弥补上半年业务发展迟缓留下的欠账，因为东南财险公司在永泰系统的排名一直处于前五的位置，业务发展快慢对整个永泰公司影响较大。

李梦香说他在东南省公司工作已经快四年了，虽然每年的任务压力都很大，但从没有遇到任务压力像当年那样大过，所以他希望魏经纶进入经营班子以后，尽快适应新的工作岗位，把分管的工作搞好。魏经纶表态说，他一定会虚心学习，努力工作，尽职尽责地完成总公司下达的任务指标，绝不辜负领导们的栽培和厚望。

任命文件下发的第三天，魏经纶就召集车险部有关人员召开会议，研究下半年车险业务竞争策略。

魏经纶分析，上半年，东南车险市场违规违法问题加重，不仅浪费了保险资源，扰乱了市场秩序，而且增大了行业经营风险，对愈演愈烈的恶性竞争问题监管部门肯定不会坐视不管，一定会采取强有力的措施予以制止。魏经纶认为，受竞争加剧、保费充足率不足等因素的影响，上半年东南永泰公司车险业务出现了较大程度的下滑，对全年经营目标的完成造成了很大的压力。尽快研究制定有针对性的措施，确保七月份车险业务企稳回升是车险经营工作的当务之急。

会议经过认真的研究和讨论，最终出台了四项措施：一是在全辖范围内组织开展车险业务百日劳动竞赛活动，按照各公司新增业务数量进行评比，实行重奖重罚；二是加强与省内知名品牌汽车销售商的合作，在大的汽车销售公司设立出单点，派驻客户经理；三是开发上线银行、邮政代理系统，尽快推出适合银行邮政代理的车险组合产品；四是组织开展买车险赠送礼品活动，礼品包括汽油卡、洗车卡、购物卡及不同层次、不同品种的礼品。四大措施一经推出，立即收到了良好的效果，七、八两个月车险业务收入同比增长百分之三十九。

八月底，中国保监会以"保监发〔2008〕70号"文件的形式印发了《关于进一步规范财产保险市场秩序工作方案》，规范的重点主要包括四个方面：一是确保公司经营的业务财务基础数据真实可信。文件要求各保险主体做到"四个确保"，即确保保费收入据实全额入账；确保赔案和赔款真实；确保公司经营各项成本费用据实列支；确保各项责任准备金依法依规计提。二是严格执行向保险监管部门报批或备案的条款费率，严禁保险机构对条款费率报行不一，随意扩大或缩小保险责任。三是解决理赔难问题，严禁恶意拖赔、惜赔、无理拒赔等损害保险消费者合法权益的行为，建立快速理赔机制，切实提高理赔时效。四是确保公司主要内控制度的执行落实。

为保证"四个确保"的落实，保监会70号文件还制定了六大落实措施：一是切实加大检查处罚力度，依法严厉查处市场上的违法违规行为；二是加大信息披露力度，强化社会监督约束；三是强化偿付能力监管，对偿付能力充足率不达标的公司，采取限制增设机构、限制业务范围、限制高管薪酬、限制向股东分红"四限制"；四是建立对总公司的质询和监督；五是建立与公司主要股东、独立董事和监事长的通报制度；六是建立保险机构和从业人员不良记录信息共享机制。

保监会70号文件下发的当天，东南省保监局新任局长江北连夜组织召开局党委扩大会议，传达保监会的文件精神，研究落实措施。第二天就在东南大酒店组织召开了"保监会70号文件落实工作会议"，江北亲自主持会议并做了重要讲话。

江北说他以前在保险公司工作过，从一般工作人员一直干到了省公司副总经理，保险那些事他都听过干过经历过。在来东南省工作之前，保监会的领导曾专门找他谈过话，说东南省保险行业有三大特点：一是大，二是穷，三是亏。所谓大，就是面积大，人口多，资源丰，是一个保险大省；所谓穷，公司穷，员工穷，行业穷。费用都用到恶性竞争上去了，公司不穷、员工不穷、行业不穷是不可能的；所谓亏，东南省的保费收入从未进入过全国前两名，但亏损从未跌出过全国前两位。自东南省成立监管部门以来，东南保险行业没有哪一年是不亏损的。所以恶性竞争害了行业，害了一批干部，问题已经到了非严厉治理不可的程度了。江北要求各保险公司以保监会70号文件下发为契机，转变经营观念，改变竞争方式，提升竞争层次，否则只能是死路一条，被淘汰出局。

江北说，中国保险行业竞争之所以一直处于亏损状态，主要原因是各保险主体不注意风险防范和管控。据有关资料介绍，美国每十亿美元收入相应有法律顾问大约七人，每千名雇员即有律师四名，而中国很多拥有几千甚至上万名员工的大企业甚至连一名法律顾问都没有，很多保险公司根本就没成立专门从事法律合规管理工作的部门。这样的组织及人员配备，根本谈不上法律风险防范与管理，更不可能提升行业的法规意识与责任意识。

江北还说，东南省之所以只是一个保险大省而不是保险强省，也与行业干部员工队伍整体素质不高有很大关系。国外最新趋势是，保险行业中众多从业人员已经成为一定意义上"加工型"员工，而行业中的专业人员，则必须成为"知识型"的员工。据了解，整个东南保险行业合同制员工中，拥有全日制本科及以上学历的人员不足三百人，很多业务人员甚至管理人员连高中都没有读完，这样的知识水平，让他们成为"加工型"员工确实是勉为其难，成为"知识型"员工更像是天方夜谭。

江北洋洋洒洒讲了两个多小时，讲话内容中肯，分析得头头是道，但参加会议的人员态度各异：有的人认为保监会70号文件了无新意，行业不会有什么大的变化；有的人认为监管部门一向是雷声大雨点小，或者是只打雷不下雨；有的人认为新官上任三把火，三把火烧过去以后，外甥打灯笼——照旧；但大多数人还是从保监会70号文件中嗅到了火药的味道，从江北的讲话中听到了治理行业不规范甚至违规行为的号角。

从"保监会70号文件落实工作会议"召开到年底的四个月的时间里，东南保监局相继出台了一系列重大监督举措，速度之快，效率之高，力度之大，前所未有：

一是制定出台了"东南省保险行业规范八大禁令"，并迅速组成检查组对省内存在着车险辆均保费低、批单退费比例大、应收保费比重高、综合费用率居高不下、车险结案率低、车险结案周期长、车险持续出现亏损、偿付能力不达标等八类情况的公司，进行重点监督检查。

二是实施车险见费出单。各保险公司承保的车辆，必须实行先交费后出单政策，凡是不执行先交费后出单的公司，或公司先替客户垫付资金形成应收保费的，一经查实，严惩不贷，以避免出现大量的死账、呆账，给行业造成难以估量的风险。

三是制定出台行业分类监管政策，对行业内车险、企财险、水险、责任险、意外伤害险等险种业务以及直销业务、营销业务、中介业务等不同的渠道，实施不同的监管政策，堵塞混淆险种、混淆渠道以及招投标过程中存在着的无限制折扣等问题。

四是开发上线信息查询平台。东南保监局责令东南保险行业协会牵头，委托省内一家IT公司，开发上线了承保理赔信息上线查询平台，实行承保理赔信息公开，凡车险出现理赔问题的，省内各保险公司一律不得按无赔款给予车险投保客户折扣优待,杜绝承保过程中存在着的乱打折问题,避免不公平竞争现象。

五是责令东南保险行业协会牵头,组织开展市场行为票决制度,对行业评比后三位的公司进行公开通报并重点进行监管。

东南保监局一系列政策措施出台后,永泰财险公司立即组织成立了由魏经纶任组长,法律合规部、车险部、市场部等有关部门负责人任成员的"政策研究及应对小组",针对保监局出台的每一项政策,研究制定应对措施,在不违背监管部门原则性政策的基础上,尽量打好"擦边球"。对魏经纶来说,因违规问题,自己曾受过监管部门和省公司的处罚,如果在合规经营方面再出现问题的话,职业生涯可能就此结束,况且自己还分管合规管理工作。但如果严格执行东南保监局出台的监管政策,车险业务要想实现年初确定的任务目标几乎是不可能的,因为仍处于初始阶段的中国保险业,在一定时期乃至相当长的一段时间内,价格高低仍然是左右客户遴选保险公司的主要依据。

四个月很快就过去了。东南省保险业2008年度经营数据公布的第二天,《东南晚报》、《东南都市报》等省内报刊连续三天以"严管出效益"、"东南保险行业成功实现扭亏为盈"、"三斧子砍断了行业恶习"等标题,对保监会70号文件实施后东南保险行业出现的新景象、新变化进行了点评和分析。

配合省监管部门的宣传,东南保险行业协会也公布了市场行为票决结果,永平公司、强力公司分别位列财寿险公司倒数第一位。票选结果公布的当天,东南永平公司的总经理陆海和强力公司的总经理姜中华就联合"上访"到了省监管部门,对票选结果提出了质疑。他们认为,永平公司、强力公司之所以票决分数在财寿险公司中分列倒数第一,主要原因是永平、强力公司当年度在财寿险公司中增幅较快,引起了同业公司的妒嫉和猜疑。如果发展速度快慢是衡量是否存在违规问题依据的话,那存在问题最多、违规问题最严重的应该是永泰财险公司和安顺寿险公司,因为上述两家公司的增幅在下半年处于行业领先地位。

没等东南保监局分管财产险监管工作的副局长柴广开口,财产险监管处的山洪抢先开了口。他说分数是五十多家公司票决出来的,如果有疑问,可以去省行业协会查询,票决结果应该不会有问题。

柴广笑着说:"新的局党委成立以来,认真落实保监会70号文件精神,加大监管力度，市场恶性竞争的态势有所扭转，财险行业第一次出现了盈利，寿险行业承保质量也有了提升，尽管全省财险行业实现盈利只有两千八百多万元，别忘了，去年全省仅二十多家财险公司就亏损了十多个亿。"

山洪补充道："不管怎样，人家永泰财险公司实现了盈利，而你们永平财险公司今年仍然是处于亏损状态。我个人认为，你们两家公司的行评分数不理想，更多的应该好好找找自身的原因，不应该怀疑票决的真实性。"

听了山洪的话，永平、强力公司的两位总经理心里很是不服气，尤其是永平公司的总经理陆海更是一脸的不悦，尽管山洪是保监局的一名主持工作的副处长，掌握着生杀予夺保险公司的大权，但他认为自己好歹也是一位相当于厅局级干部的省公司一把手，山洪无论如何也应该给两人留点面子。

"山处长，对保监局制定出台的各项政策规定，我们永平公司是坚决拥护，认真执行，在合规经营方面，我不敢保证一点问题也没有，但起码不会比其他公司更多。对票选结果有疑问，向局领导反映情况，我认为是正常的反应，总不能连我们申诉的权利都给剥夺了吧？"

山洪在东南保险行业是出了名的"倔驴"：个性固执，说话尖刻，对人尤其是对保险公司的人从不会留情面，保险公司干部员工私下里称其为"山洪猛兽"。自一年前被东南保监局党委任命为财产险监管处主持工作的副处长以来，山洪听到的大都是好话恭维的话，还从未遇到过哪家保险公司的班子成员当面顶撞自己，况且是当着自己顶头上司的面。

山洪毫不客气地把陆海训斥了一通，并说只要他拿出不管哪家公司违犯保监局新近出台的政策措施的证据，他都会一查到底，绝不姑息。

陆海红着脸气呼呼地从柴广办公室里出来，姜中华也急匆匆地追了上来："陆总，你不该跟'山洪猛兽'争执。你又不是不知道，山洪那家伙鸡肠寡肚，心胸小得如针鼻，得罪了他，以后还会有好果子吃？"

陆海嘟嘟囔囔道："太霸道了，连正常反映情况都不允许，简直跟独裁政府没什么区别！"

"山洪那些人整天奉承话听习惯了，你当着他们局长的面反驳他，他不跟你急才怪了！"姜中华批评陆海不该说刚才那些话。

"监管部门是掌握着对保险公司生杀予夺的权力，是保险公司的祖宗，但祖宗也不能不让人讲话呀！整天喊着叫着保险行业要跟国外接轨，但如果服务意识不接轨、工作作风不接轨、监管思路不接轨,想缩小跟国外保险行业的差距,可能吗?门都没有!"陆海说。

姜中华说不要指望监管部门的服务意识跟国外接轨了,不节外生枝、额外找保险公司的麻烦就谢天谢地了。他说前两天,他们办公室的文秘科长因为一张营业执照跑了五趟保监局都没有取到,每次去不是人不在,就是工作忙没时间,好不容易找到那位负责执照发放的科员了,可她说那天她身体不舒服,让他们的文秘科长过两天再去取。去一趟保监局来回就得一个半小时,而打印一张营业执照最多不过两分钟。这种情况要是发生在欧美国家,那位科员早就被开除十次也不止了。姜中华说当然不是所有的人都跟山洪一样,东南保监局里面也有服务意识好、真心实意为保险公司办实事的,他感觉新来的江局长水平就不低。

"要不是为了赚那两个破钱,我们用得着看山洪那张驴脸了?真没什么素质!"陆海愤愤地骂出了口。

望着陆海气呼呼走出柴广办公室的背影,山洪的脸红一阵白一阵,心里恨恨地想:"当着我们副局长的面你陆海竟敢不给我山洪留面子,那以后就别怪我对你不客气了!"

第 8 章　回马枪

春节前一个月，魏经纶让驾驶员把柳叶和孩子送回了滨城，因为年底前公司里的事情特别多，既要加快业务发展，争取实现"首季开门红"，又要协调应付监管部门永无休止的检查，还要对公司比较重要的客户逐一进行走访慰问，实在没有时间照顾柳叶和孩子。自柳叶来省城居住治疗以后，魏经纶感觉柳叶的病情好转了许多，除偶然出现过痴呆现象外，绝大多数时间都跟正常人没什么区别，外人很难看出有抑郁的征兆。

回到滨城的当天，王瑞香就来到了柳叶的家里，看到又白又胖的柳叶，禁不住地惊呼了起来："哎呀，柳叶，生了孩子以后怎么变得越发俊俏年轻了？还是省城的水土养人呀！"

听到王瑞香夸自己，柳叶有些不好意思起来："哪有王姐您说得那样神啊？我天天不上班，孩子还有我表妹帮着照看着，整天就是吃了睡睡了吃，身体像吃了酵母似的，噌噌地长肉，你看我都成啥样子了？我都快愁死了！"

王瑞香说："愁什么？你这叫福态、雍容华贵！哪一天我也跟你一样不当孩子王了，做一个全职太太就好了！"

柳叶说："那还不容易？让郭秘书长跟市教委主任打声招呼不就结了？"

王瑞香说："郭浩从不关心我的那些破事，况且我又是干活的命，一旦闲下来没事干，非出大毛病不可。"

离春节放假还有五六天，杨山坡就打电话跟魏经纶商量，说虽然付晓滨不在了，但正月初二三家聚会的规矩不能改，并要求每年的正月初二一定要在他家里聚。

刚开始魏经纶不同意：一是他担心李冬冬去了以后，看到自己跟杨山坡两家圆圆满满的，触景生情，产生伤感。春节本来是个欢乐祥和的日子，因为一个可聚可不聚的聚会而影响李冬冬的心情，魏经纶认为实在不值得；二是虽然柳叶近期情绪不错，过去比较明显的抑郁症状基本消失了，省人民医院的大夫们也说没什么大问题了，但魏经纶还是害怕柳叶见了李冬冬以后，万一再受刺激抑郁复发，不仅影响了自己正常的家庭生活，而且还有可能影响自己跟李冬冬的正常交往，加重李冬冬的心理负担，自己跟李冬冬那段胎死腹中的爱情萌芽，不仅成为李冬冬永远的苦痛，而且成为柳叶一块难以抹去的心病。

魏经纶劝杨山坡正月初二的聚会就不要再搞了，好不容易盼个假期，还是各回老人那里陪陪他们。

可杨山坡不依不饶，一会儿说魏经纶领导当大了，与兄弟姐妹们的情谊淡薄了；一会儿又说魏经纶自当上省公司的领导以后，架子越来越大了，生怕过去的老部下给他添麻烦，总是有意无意地躲来避去，说得魏经纶感觉去也不是，不去也不是。

"胡说些什么？别人不了解我，你杨山坡还不了解我？我是那样的人吗？我发现你杨山坡的嘴越来越损了，说话越来越不靠谱了！"魏经纶有些生气地骂杨山坡道。

"那你为什么三番五次地推辞？正月初二三家聚会的规矩可是你定下来的。平时咱们三家很难有机会凑在一起，好不容易盼着有时间了，你却横推竖挡的，干什么呀？"杨山坡不满地反驳魏经纶。

"说是三家一起聚，可到头来可能还是只有咱们两家，去年李冬冬不就没参加吗？"魏经纶说。

"你是怕李冬冬不参加呀！去年李冬冬不参加，不等于今年她就一定不参加。你放心，如果李冬冬今年还不参加，正月初二的聚会就取消。"杨山坡说。

没多大会儿，杨山坡又打电话告诉魏经纶，说初二的聚会就那样定下了，李冬冬那边他已经定死了，初二那天她肯定会参加。

本来春节前魏经纶就跟柳叶说好了正月初二一家人一起去杨山坡家里吃饭，可初二那天孩子突然发烧、睡觉时一惊一乍的，估计是正月初一让鞭炮吓着了。

孩子生病，柳叶自然就不能随魏经纶一起去参加聚会，本来柳叶也不太情愿去。

看到魏经纶提着一个大袋子进来，杨山坡和白雪几乎同时把脑袋探出门外张望，奇怪地问柳叶怎么没一起来。

魏经纶说早晨孩子突然发烧，哭闹不止，可能被除夕晚上的鞭炮惊吓着了，所以柳叶参加不了了。

白雪有些失望地说："你看看，怎么这么巧？"

三个人正聊着，李冬冬带着女儿付迪也来了，四个人围坐在桌子周围边嗑瓜子边聊天。

杨洋穿着李冬冬刚给带过来的耐克运动鞋高兴地拉着付迪到别的房间里玩去了，杨山坡和白雪埋怨李冬冬不该给孩子买那么高档的鞋子，弄不好把孩子惯坏了。李冬冬笑称杨山坡是保险公司的高管，年薪几十万，不是名牌鞋子，孩子穿不出门。

李冬冬拿出一套米黄色毛衣毛裤对魏经纶说："我给你们家小威织了套毛衣，本想当面让小家伙试一试，不合适我拆了再重新织，没想到小家伙病了没来。"

"孩子衣服多得是，现成的衣服到三四岁也穿不完，你费那工夫干什么？"魏经纶批评道。

李冬冬笑着说："刚学会织，正在兴头上，孩子小，兴许不嫌弃阿姨的手艺不好，再大一点，知道好赖了，说不定人家连看都不喜得看一眼呢！"魏经纶接过毛衣，心里感觉暖暖的。

李冬冬从小生活在一个条件优越的家庭里，别说是织毛衣这些有一定技术含量的针线活了，就是正常的缝缝补补，魏经纶估计李冬冬也很难说会。

魏经纶猜测，李冬冬为了给自己的儿子织毛衣，不知找人学了多少次，又不知拆了织织了拆了多少遍。魏经纶想着，下意识地看了一眼李冬冬的手。

李冬冬赶紧把有针伤的手收了起来，装出一副若无其事的样子。

"不是她不舍得花钱给自己的孩子买一件合适的衣服，而是用这种方式表达对自己孩子的感情和爱……"魏经纶禁不住又望了李冬冬一眼。

杨山坡和白雪到厨房里张罗去了，李冬冬要去帮忙，白雪执意不让，又把李冬冬推进了客厅。

"你最近好吗？"杨山坡和白雪走进厨房后，魏经纶低声问李冬冬。

"还那样！"

"手是织毛衣伤的吧？"

"不，不，不是。"李冬冬吞吞吐吐地说着，不自然地朝魏经纶瞄了一眼。

"你那是何苦呢？想给孩子送件衣服随便买一件就行了，何必遭那么大的罪？"

"闲着无聊，打发时间罢了。可别嫌弃我手笨活粗啊！"

"针线活可不是你的强项，强迫自己干不喜欢或者不是强项的事情，多无聊啊？"

李冬冬把脸扭向一边，眼睛都有些湿润了："还是魏经纶了解我李冬冬呀！"

"冬冬，老付不在了，我们又帮不了你多少忙，你可一定要注意照顾好自己呀！"魏经纶说着，情不自禁地握了握李冬冬的手。

李冬冬十分紧张地把手缩了回来，慌乱的目光不停地张望着厨房里的杨山坡和白雪。

"虽然是春节，不应该提那些伤心的事情，但我还是忍不住想说。老付都已经走了那么长时间了，也应该考虑考虑你自己的事情了，老这样拖着，老人不安心，我跟山坡也替你着急。"魏经纶说。

"我自己都不着急，你们着什么急？别担心，我能生活下去。"李冬冬故意装出不在乎的样子。

"别犟了！你这样，老付在那边也不安生。"魏经纶用复杂的眼神看着李冬冬。

李冬冬低头不语。

李冬冬借故去了厨房，一直到酒席开始才跟杨山坡、白雪一起从厨房里走出来。

春节假期结束的前两天，魏经纶、郭浩两家人相约一起吃了一顿饭，席间，王瑞香把柳叶又夸了一番，直夸得柳叶心里美滋滋的。

"郭浩，你什么时候也让我脱产在家当全职太太？"王瑞香装出一本正经的样子问郭浩。

"人家魏总拿年薪，不指望柳叶那两个钱，我一个穷公务员，一月才三千多块钱的工资，你不上班，我们一起喝西北风去？"郭浩故作严肃地说。

"早知道你郭浩是个穷光蛋,当初我也从保险公司找个对象就好了!"王瑞香咯咯咯地笑着。

"作为一名光荣的人民教师,怎么能有这种嫌贫爱富的思想呢?同志,有这种腐朽没落的小资产阶级思想是很危险的!"郭浩一边说着,一边做出停止的动作。

魏经纶笑着说:"郭秘书长,以后要注意了,嫂子有休你的意思了!"

"说实话,我这个人天生就是个闲不住的人,一旦没事闲下来,准生病不可。别说郭浩没能力养活我了,就是有能力养活我,我也不可能工作不干了在家闲待着,咱可没有享清福的那个命。郭秘书长,你可别害怕啊!"王瑞香开玩笑道。

"实际上一个人在家闲待着确实没什么意思,一旦脱离了社会,思想就容易跟社会脱节。柳叶,等孩子长大一些,你还得回到学校里去,跟孩子们在一起,多有意思呀!"郭浩劝道。

正月初七,魏经纶就回省公司上班去了,临走的时候,魏经纶跟柳叶说好,过了元宵节,他就派车把柳叶和孩子再接回省城去。

元宵节过后,柳叶改变了随魏经纶回省城的打算,她认真思考了郭浩那天说的话,认为他讲得十分有道理。

听了柳叶的话,魏经纶虽然感觉有些出乎意料,但心里还是十分赞成柳叶的想法,支持柳叶的决定,因为巨大的业务发展及经营管理压力,让魏经纶感觉自己没有更多的时间和精力照顾柳叶和孩子。更为重要的是,柳叶和孩子不在老人身边,魏经纶也担心老人孤寂。

保监会 70 号文件下发,东南保监局一系列政策措施的出台实施,让东南保险市场竞争形势一下子好转了许多,也理性了许多,但远没有达到违规甚至违法现象消失的程度。为检验保监会 70 号文件落实情况,夯实东南省合规经营的基础,新年伊始,山洪和另一名处长各自带领一个检查组,对上次已经检查过的滨城永泰、永平公司杀了一个回马枪。

东南省保监局在未提前通知的情况下突然派检查组进驻滨城永泰、永平两家公司进行复查,让两家公司始料未及。进驻滨城永平公司检查的第一组组长是山洪,在滨城永平公司复查的五天里,他发现永平公司仍然存在着大量假单证、盗签单、人情赔案等触碰经营红线的问题,许多违规问题都是在东南保监局70号文件落实工作会议召开以后发生的。更让人难以置信的是，东南保监局检查组在滨城永平公司突击检查时，无意中发现了一个装满印章的橱子，内有各类印章三百多枚，那些印章都是为改变投保车辆使用性质、降低车险承保费率而私自刻制的虚拟单位甚至真实单位的印章，这让在场的人都惊出了一身冷汗。

东南保监局第一检查组在滨城永平公司查出第一个问题的时候，滨城中心支公司总经理宋珂就在第一时间向省公司总经理陆海做了汇报，陆海立即给带队的山洪打了电话，可电话一直无法接通。

当检查组查出第二个问题的时候，宋珂马上又给陆海做了汇报，可山洪的手机处于关机状态，陆海的第一反应是山洪因为上次票决争执的事情，有意识地在报复永平公司。

陆海把烟蒂狠狠地按死在烟灰缸里，然后跟办公室交待了一声，叫上司机，直奔滨城。

陆海还在去滨城路上的时候，宋珂又打电话汇报说，检查组又查出了人情赔案并发现了前几年私自刻制的早已废止不用的印章问题，这一次，宋珂的声音都变了。

陆海到达滨城的时候，山洪正在组织检查组人员召开碰头会议，看到陆海笑眯眯地走进会议室，山洪等检查组人员连站都没站起来，只是跟陆海打了声招呼。

陆海说保监局检查组进驻永平公司开展检查工作时，正赶上他出发去了外地，没顾得上陪领导们一起来滨城，心里一直过意不去，所以从外地一赶回东南省，他就马不停蹄地赶来滨城了，就是想请检查组的人员一起吃顿便饭，但山洪十分客气地拒绝了陆海。按照山洪的解释，检查组在永平公司的检查已告一段落，检查组所有人员晚上要加班汇总情况，实在挤不出时间一起吃饭，否则的话，第二天八点半无法准时进驻永泰公司，况且检查组来滨城检查之前，局领导明确提出了要求，严令检查组尽量不给被检查公司添麻烦。

不管陆海怎么央求，山洪都以晚上跟第二检查组一起汇总情况为由拒绝了陆海的请求，没办法，陆海只好跟滨城永平公司的班子成员找地方喝了一顿闷酒。

省保监局第二检查组进驻滨城永泰公司时，永泰省公司虽然也做了很多工作，但如果第一检查组在永平公司检查出许多问题，而第二检查组在永泰公司没有检查出多少问题的话，不仅让人产生两个检查组检查标准不一的疑问，而且有可能让人产生第二检查组被永泰公司"俘虏"的猜测。故第二检查组在永泰公司检查的标准比永平公司更严格、更细致，检查的时间比第一检查组在永平公司检查的时间还多了半天。第二检查组在滨城永泰公司检查出的问题主要有两个：一是私印非车险业务单证；二是私设小金库。

两个检查组回到省城的第三天，省监管部门的处罚决定就在全省保险系统下发了：给予东南省永平保险公司总经理陆海记大过一次，罚款五十万元，处罚决定通报到永平保险总公司；取消滨城中心支公司原总经理宋珂的高管资格，责令永平省公司三日内对永平滨城中心支公司相关责任人进行严肃处理，处理结果上报东南省保监局。虽然对永平公司的处罚是东南省保监局成立以来开出的最严厉的一张罚单，但陆海尤其是宋珂还是感觉处罚是完全可以接受的，不管东南保监局出于何种考虑，滨城永平公司私自刻制几百枚单位印章的事情没有报告给公检法部门，否则，就不止是宋珂等人被撤职、被法办的问题了，还极有可能引发东南永平公司人事震动。

按照第二检查组检查报告及处理建议，东南省保监局对滨城永泰保险公司做出了如下处理决定：一是责令东南永泰保险公司立即对滨城永泰保险公司主要负责人姚东风进行严肃处理；二是责令东南永泰保险公司三日内对私印非车险业务单证负有不可推卸责任的永泰滨城中心支公司有关人员做出处理意见，并上报东南省保监局；三是给予永泰保险公司滨城中心支公司罚款二十万元。

东南省保监局关于永泰保险公司违规经营处理意见下发后，李梦香立即组织了省公司党委会议，做出了对滨城公司有关责任人的处理决定：鉴于滨城中心支公司存在着私印非车险业务单证、私设小金库等严重违规甚至违法问题，撤销永泰滨城中心支公司主要负责人姚东风的总经理职务，并处以三万元的经济处罚；给予分管非车险业务推动及管理、对私印非车险业务单证负有不可推卸责任的滨城中心支公司总经理助理安山记大过处分，并处以两万元罚款。同时责令滨城中心支公司给予滨城公司非车险业务部经理及有关人员撤职、降职等处分。滨城永平公司和永泰公司成为保监会70号文件下发后东南省保险行业第一批遭到严厉处罚的公司。

东南永泰保险公司党委会召开的第二天，魏经纶来到了滨城，代表东南省公司党委宣读了省公司关于滨城公司的重大人事变动：姚东风调省公司等待安排工作；滨城中心支公司由杨山坡副总经理主持工作，同时，调省公司车险业务分析推动科长魏城到滨城中心支公司担任总经理助理。

中层干部会议结束后，魏经纶代表省公司党委、总经理室分别找姚东风、杨山坡、安山三人进行了一对一谈话。

面对垂头丧气的姚东风，魏经纶安慰他说，省公司对滨城公司做出比较严厉的处理决定，确实是迫不得已。作为一位"老保险"，姚东风应该知道私印单证、私设小金库的性质和严重程度，如果处罚不严厉，省公司很难向监管部门交差。按照监管部门的正常作法，只要相关保险公司对违规责任人做出严厉处罚了，监管部门一般不再进行二次惩罚，总归公司主动处理比让保监局处理要好得多。

姚东风哭丧着脸说，省公司领导包括魏经纶对滨城公司违规经营的事情费了不少心思，否则他可能不仅仅是被撤职了，还有可能被追究刑责。要不是为了业务发展，为了应对市场竞争，他才不会像傻子一样去干那些违规甚至违法的事情呢！

魏经纶说，虽然保监会70号文件下发后东南保险市场竞争形势有了很大改善，但违规甚至违法的事情仍然大量存在。检查组在滨城永泰、永平公司查出来的问题尽管都是行业内普遍存在着的共性问题，但哪家公司撞到枪口上，哪家公司就只能认栽。

姚东风咬着嘴唇使劲摇了摇头，叹道："保监局前不久刚来滨城检查了，谁料到他们突然又杀了个回马枪，连提前做准备的时间都没给，真是太损了！"

魏经纶说姚东风跟永平公司的宋珂都是滨城保险业的元老级人物，这次两家公司忍痛把他们撤了职，在滨城保险行业引起了很大的震动。他劝姚东风先去省公司工作一段时间，等风头过了，省公司党委肯定会酌情考虑他的职务问题，因为当初省公司就是那样处理他的。

姚东风说他跟魏经纶的情况不一样，魏经纶当初是初犯，可他是有过前科的人，属于再犯，对他来说没有将来了！

魏经纶劝姚东风别泄气，他才五十出头，以后肯定还会有机会。

姚东风故作轻松地说："不干也好，省着整天被保费压得喘不过气，被检查吓得睡不着觉。无官一身轻！无官一身轻呀！"

送走姚东风，魏经纶跟杨山坡认认真真地谈了整整两个小时，反复叮嘱杨山坡一定要认真吸取公司两次违规经营的教训，带好队伍，强化管控，慎重决策，确保公司别再出现类似的问题。滨城公司被省监管部门查出存在严重违规甚至违法问题后，东南省公司党委会讨论谁该接任滨城公司总经理一职时，魏经纶虽然极力推荐杨山坡，但魏经纶对杨山坡能否胜任这一职位心存疑虑。魏经纶清楚，杨山坡虽然工作敬业，业务专业，在经营管理方面有自己独特的见解和特点，但自负、急躁、办事不够持重的毛病比较明显，他不希望滨城公司因继任人选的不成熟而出现起伏，更不希望杨山坡因担任总经理而落得跟姚东风同样的结局。

忽然被省公司任命为滨城公司主持工作的副总经理，杨山坡既感觉有些突然，又感觉十分必然。杨山坡认为，姚东风虽然精于算计，自诩为"滨城保险界的活化石"，但在经营管理方面并不专业，出现问题是意料之中的事情。姚东风的总经理职务被解聘后，有资格有能力接任姚东风的，非他杨山坡莫属：一是大学本科毕业，科班出身，在专业方面无人能出其右；二是担任中支机构班子成员多年，在永泰公司三名班子成员中资历比姚东风都老，要不是前几年因违规被降职使用，自己很有可能早已坐上滨城公司一把手的位置上了；三是魏经纶是永泰东南省公司的总经理助理，又曾在滨城公司担任过总经理，在滨城公司主要负责人的人选问题上，说话的分量肯定比班子其他领导更重一些，终归他对滨城公司的情况比其他班子成员更清楚更了解，于公于私，魏经纶都不会也不应该不推荐自己。对省公司的委任，杨山坡心里感觉有点美中不足，要是省公司的任命文件中去掉那个"副"字，让自己一步到位直接担任总经理就好了，虽然主持工作的副总经理跟总经理的权限没什么不同，但有没有那个"副"字，让人感觉是不一样的。

晚上，魏经纶以省公司总经理室的名义宴请了姚东风、杨山坡、安山及一起到滨城赴任的魏城吃了一顿饭，席间五个人聊了很久，也喝了很多。姚东风因为心情不好，喝醉了；杨山坡因为心情太好，也喝多了。

第 9 章 打假创铁

杨山坡醉醺醺地回到了家，甩掉鞋子径直上了床，把假装睡着的白雪一把揽过来，吧嗒吧嗒地亲了起来。

白雪十分不耐烦地把杨山坡推开了，嘴里嘟囔道："喝喝喝，一天到晚就知道喝，收的那点保费够你们整天那样挥霍的？"

"真没劲！每次的好心情都让你给搅和了！"杨山坡一骨碌把身子翻了过去。

看到白雪没有反应，杨山坡忍不住用手轻轻捅了捅白雪，问道："你只知道我们喝酒，为什么不问我们为什么喝酒？经纶回滨城调整班子，省公司有人来滨城任职，这酒不喝能行吗？"

"调整班子也用不着喝到十一二点呀！再者说了，调整班子与你有什么关系？调来调去，不还是个副职吗？"白雪嘟囔道。

"虽然还是副总经理，但现在的副总经理跟以前的副总经理可不是一回事了。以前的副总经理，是给人家总经理打下手，现在的副总经理是让别人给我打下手，完全是两个概念，能一样吗？"杨山坡说完，静静地观察妻子的反应，他认为白雪听了这番话之后，一定会追着自己探个究竟，谁知白雪像没听见一样，身子根本没有翻过来的意思。

杨山坡十分失望地叹了一口气："真没劲！对牛弹琴！"

过了好大一会儿，杨山坡还是忍不住地又推了白雪一把："你就不问问班子调整后谁当总经理吗？"

"你刚才不是已经说了吗？副总经理主持工作，我听明白了。"白雪终于转过了身子。

"你还不傻。我没说你就听出来了？"杨山坡说着，把白雪又揽了过来。

"我当上总经理了，怎么感觉你好像不高兴似的？"

"你当上总经理，我当然高兴了。给人家打了那么多年的下手，终于熬出头了，我能不高兴吗？可保险公司的总经理不是那么好干的，风险太大，当不好进去了都说不定。"白雪给丈夫泼凉水。

"进去了是什么意思？我熬了快十年，熬走了三任总经理才熬上个主持，你不应该犒赏犒赏我？"杨山坡说着，嘴不停在白雪的脸上摩挲着。

白雪把杨山坡轻轻挡开，问道："姚东风干什么去了？提拔了？"

"捅了那么大个娄子还提拔？下去了！要不是省公司领导极力帮他做工作，这次说不定还真进去了。"

"为什么？"白雪问道。

"为什么？私印单证、私设小金库，这两大问题，哪个问题深究起来不够他喝一壶的？当初我反复提醒他，他就是不听，好像我害他似的。这下可好了，把自己得瑟下去了！"杨山坡有些幸灾乐祸地说。

"所以说你们保险公司的官不好当，能不能坐稳就在上级公司领导的嘴上，今天让你干，说不定明天就把你撸下来了。远的不说，就说滨城公司三任总经理吧，两个是被省公司撸下来的，就连魏经纶那样八面玲珑的人也未能幸免。所以我提醒你，当上总经理后一定要改改你那不低调的性格，别太沾沾自喜！"白雪嘴上虽然这样讲，但心里还是挺高兴的。

杨山坡上任不久，东南保监局就组织召开了关于在全省保险行业开展"打四假、创四铁"活动动员大会，要求各保险公司按照省监管部门的要求，迅速组织开展打击"假机构、假印章、假保单、假赔案"活动，争创"铁规章、铁算盘、铁账簿、铁纪律"公司。

为落实好东南保监局"打四假、创四铁"的指示精神，魏经纶责成省公司法律合规部研究制定了详实的活动方案，成立了"打创"领导小组，创办了"打创"期刊，由陈艳艳负责定期刊登辖属机构在"打创"活动中创造出来的好经验、好做法，并在全辖范围内组织开展了"打四假"知识竞赛、"创四铁"演讲比赛、"打创工作"征文比赛，在三项竞赛活动中，滨城中支公司获得了一个一等奖、一个二等奖、两个三等奖，得到了东南永泰公司领导的高度评价，并在全行业"打创"工作经验交流会议上作典型发言时，把东南省保监局轰轰烈烈组织开展的"打四假、创四铁"活动，归纳成了一个新名词:"打假创铁"。

经验交流大会召开之前,杨山坡还反复琢磨作典型发言时是否用"打假创铁"这个词,因为在他的记忆中好像没有"打假创铁"这个名词,万一遣词不准引起与会代表们嘲笑,就显得自己太没文化了。当杨山坡底气不足地说出"打假创铁"这个新名词的时候,立即得到了参加会议的东南保监局局长江北的回应,连说了两声"好,好,这个词用得好",这让杨山坡倍受鼓舞,脸上立即洋溢出胜利者的喜悦。

滨城公司的"打创"工作虽然得到了省公司和东南监管部门领导的充分肯定,公司的合规管理工作也有了一定的改进,但公司业务增幅却出现了逐月下降的趋势。因为在滨城公司乃至永泰公司严格落实监管部门"打四假、创四铁"活动方案的时候,很多公司根本没把监管部门的"打创"活动作为一项重点工作来抓,只把东南省保监局的红头文件在公司内部传阅了一下,出了几期简报,就算完事。很多公司都明白,假机构、假印章、假保单、假赔案问题,是行业普遍存在的问题,只要各公司把"四假"作为应对市场的一种策略和手段,这些问题无论怎么打,都不会消失,只有各公司认为"四假"没有存在的必要了,主动去解决了,不用打,问题也会自动消失的。

面对业务持续下滑的态势,魏经纶立即通过电话对十二家公司的主要负责人进行了调度,要求各公司一定要正确处理好业务发展与"打创"工作的关系,不能因为"打创"工作而影响业务发展,因为永泰公司左右不了东南保险市场,况且东南保监局组织开展的"打创"活动了无新意,实乃哗众取宠之举。

在魏经纶看来,"四假"行为充斥着整个保险行业,别说是东南保监局不一定下死手真打了,就是真打他们能打得过来吗?对保监局组织开展的"打创"活动,各公司不能不认真,但也不能太认真,关键是如何掌握好"打创"活动的火候。

对十二家中支公司的业务调度完毕后,魏经纶忽然想起了一件事情,立即拨通了杨山坡的手机,毫不客气地把杨山坡点了一通:

"杨总近来好风光啊!又是作报告,又是上简报,还创出了'打假创铁'的新名词,简直成了东南保险界的大腕明星,中国汉语言文学界的专家权威了。脸也露了,名也出了,牛也吹了,是不是应该把心收一收,把业务促一促了?"临了,魏经纶问杨山坡去年公司在城区设立的港城营销服务部保监局正式批复了没有?杨山坡吞吞吐吐了半天也没有想起到底是批复了还是没有批复。

魏经纶叮嘱杨山坡,说"四假"第一假就是假机构,批复没批复他都没弄清楚,说明打假在滨城根本就没怎么落实,或者说落实得很不到位。魏经纶说滨城公司在全省行业经验交流会上作过典型发言,杨山坡还创造出了广为盛传的新名词,很多公司都在盯着永泰公司,尤其是滨城的主要竞争对手,千万别自己把自己打昏了,创晕了。

魏经纶的电话挂断没多大会儿,杨山坡的电话就打过来了:"港城营销服务部保监局确实还没有正式审批通过,一直是无证经营。你说我们现在应该怎么办?"

"立即关闭。人员全部撤回市公司。机构还没批,你们就大张旗鼓地开展业务。无证经营可是罪加一等!"魏经纶以不容置疑的口吻命令道。

杨山坡支支吾吾了半天,最后答应立即去办。

面对"打创"活动效果不够理想的现实,东南省保监局接二连三又出台了五大市场治理措施:一是非车险团体客户集中出单;二是非车险实行见费出单;三是制定出台手续费监管办法;四是实现交强险查询平台上线;五是全面签订车险折扣自律公约。

五大措施出台后,尽管行业内各公司落实的力度不一,个别公司还存在着应付思想,但东南保险市场竞争形势还是呈现出了一些可喜的变化:一是车险保费充足率高了,整个行业的车险赔付率出现了下降态势;二是非车险应收保费率呈现出下降的趋势,死账、坏账、呆账大幅度减少;三是交强险平台上线后,部分公司无原则地把无赔款优待作为主要竞争方式的后路被堵塞了。因为监管部门要求,凡是享受交强险无赔款优待的客户,各公司必须保证该客户上一个保险年度未出现赔款现象,否则将严惩。

杨山坡正在聚精会神地阅读省公司转发的东南保监局《保险市场情况阅览》,万全笑嘻嘻地敲门进来了。

万全说神州出租车公司的保险马上又到续保期了,神州公司的孔东坡让他问问公司领导什么时候有时间,他想两家公司坐下来商量商量续保的事情。

"对下一个保险年度的续保工作,孔东坡有什么要求?"杨山坡放下手中的材料问万全。

"孔东坡的意思是费率最好再降降，起码不能高于今年的承保费率。"

"那是不可能的！你没跟他讲保监局正在开展'打创'活动、实施五大治理工作吗？"杨山坡问。

万全说自己跟他讲过多次了，可每次孔东坡都说，保监局是不是"打创"，与神州出租车公司没有关系，神州出租车公司又不是保监局的下属单位。他说神州出租车公司的业务量越来越大，按照当初两家公司签订协议时永泰公司的承诺，续保费率理应每年都在上一个保险年度基础上有所下降。

杨山坡说那绝对不可能。别说是保监局正在组织开展规范市场秩序、打击恶性竞争行动了，就是现在不组织开展这些行动，单凭神州出租车公司那么高的赔付率，费率也应该在原来的基础上向上浮动。当初承保这笔业务的时候，他就跟姚东风的意见不一致，为此，姚东风还怀疑是他告了黑状。实践证明，当初他的坚持是正确的。

万全头摇得像拨浪鼓。他说费率不下降还能说得过去，要是提高，他估计孔东坡不会同意，搞不好又让其他公司钻了空子。

杨山坡说不同意也得同意，不接受也得接受，现在的监管形势与去年的监管形势可是有很大不同了。

杨山坡想了想，又嘱咐道："万经理，你还是找个时间跟孔东坡约一约，我们请他吃顿饭，顺便跟他谈一谈，不管怎么讲，神州出租车公司也算是公司的一个大客户了。"

第二天一上班，万全就到杨山坡的办公室汇报说，孔东坡答应两家公司的相关人员坐下来把续保的事情再商量商量。

杨山坡指示下属在蓝天大酒店订了一个包间，并跟孔东坡相约下午三点在蓝天大酒店十三楼会议室见面。

刚开始，两家公司的人还十分客气，后来谈着谈着气氛就紧张起来了。

神州出租车公司坚持费率要在上一个保险年度基础上再下降百分之五至十，或者在总保费不变的情况下，承担更多的风险单位。理由是当初两家公司签订合作协议时，永泰公司曾承诺随着业务量的增加，承保费率相应地逐年递减。

永泰公司认为，两家公司签订合作协议时的监管形势与现在的监管形势完全不同了，哪家公司都不会也不敢"顶风冒进"，况且神州出租车公司的赔付率是滨城永泰公司承保的所有团体客户中赔付率最高的，费率如果不在上一个保险年度基础上有所上浮，省公司核保就很难通过。

神州出租车公司认为，当初神州出租车公司跟大千财险公司合作关系良好，就是因为考虑到历史渊源及方方面面的关系，神州公司才中断了与大千公司的合作，到现在神州出租车公司还背负了见利忘义的骂名。当初为了让神州出租车公司的车辆转保到永泰公司，永泰公司主动做出了这样那样的承诺，许多承诺至今仍未兑现，作为诚信为本的保险行业，总不能出尔反尔、言而无信吧？

滨城永泰公司认为，神州出租车公司的管理制度不够健全，许多方面存在着缺失，即使按标准费率承保，综合成本率也不会低于百分之百，这就是当初大千财险公司按标准费率的百分之一百一承保的主要原因。

神州出租车公司认为，永泰是一个品牌公司，朝令夕改、出尔反尔不仅对客户不负责，对永泰公司自己也不负责。像永泰这样的国内知名品牌公司，不能因为市场竞争形势一好，就毫不留情地将客户弃之如敝履，当初要是他们知道永泰公司如此对待客户，永泰公司答应的条件再优厚，他们也不会中止与大千保险公司的合作。

永泰公司认为，追求利益最大化是市场经济规律，品牌公司和非品牌公司在目标追求上没有什么区别，这不关乎诚信不诚信的问题。欧美等国家诚信体系应该算是相当健全了，但各保险公司都是按照"契约自由"的原则来组织经营管理活动，这对于很多中国人来说可能就是不诚信。

神州出租车公司认为，追求利益最大化不能建立在不诚信的基础上，更不能建立在损害合作方利益的基础上，对永泰公司急功近利的做法他们不敢认同，也不会认同。

杨山坡尴尬地笑着，心想哪家公司不是这样？你孔东坡不也是因为永泰公司提供的承保条件优厚你才抛弃大千公司的吗？五十步笑百步，你不觉着可笑吗？

看到双方各执己见争论不休，杨山坡摆了摆手，示意魏城等人暂时先停一停。

"孔总，您看这件事情应该怎么办？这样争论下去不会有什么结果的。"

杨山坡笑着说。

"杨总,看在两家公司两次合作的份上,咱们各退一步。"孔东坡提议道。

"如何各退一步?"杨山坡问。

"费率可以维持在原来基础上不降,但前提是你们再赠送一个险种,比如说司乘人员意外伤害保险。"孔东坡提议道。

杨山坡笑着说:"免费增加险种那跟降低费率不是一回事吗?"

"如果贵公司一点让步的意思都没有的话,那可就真没什么好谈的了!"孔东坡虽然笑着,但很勉强。

孔东坡一边收拾着纸笔,一边说:"看来今天谈不出什么结果了。杨总,你们回去再合计合计,如果贵公司感觉按我们最低要求续保都有困难的话,咱们就没有必要再浪费时间了,我们再想办法找其他保险公司合作,三年前不就是这样的吗?"

"孔总,续保的事情这次虽然没有最终确定下来,但我们可以找时间再议一次,我相信双方一定能找到一个合理解决办法的。晚饭我已经安排好了,就在二楼,咱们是不是一边吃一边再讨论讨论?"杨山坡跟孔东坡商量道。

"我今天晚上突然有点急事,吃饭改天吧,我请你们。"孔东坡说着把手伸向了杨山坡。

"事先不是已经说好了吗?是不是因为你老兄提出的条件我们暂时答应不了,生气了?"杨山坡有些不自然地笑着。

"杨总说笑了,你大哥我是那种小气的人吗?今晚家里确实有点急事需要回去处理。改天吧,改天我请各位。"孔东坡说着,跟魏城、万全等人一一握手道别。

孔东坡等人回到公司,直接进了小会议室继续开会。会议最终确定了两条原则:一是坚持既定的方针不动摇,确保费率不增长;二是全面与滨城强胜、永平、大千公司接洽,在给予永泰公司强大压力的同时,做好与其他保险公司合作的准备。

孔东坡等人离开蓝天大酒店后,杨山坡让办公室把订好的包间退掉,也回到公司商量孔东坡提出的条件。会议最终确定了三条对策:一是坚持公司新确定的承保费率出单,因为在监管形势日益趋严的情况下,滨城市任何一家保险公司都不会也不可能按低于永泰公司上一个保险年度的条件承保神州出租车公司车辆，因为永泰公司新制定的承保条件是保监局能够允许的最低限度；二是加强与滨城永平、大千等公司沟通，打消其他保险公司按低于永泰公司的条件接手神州出租车公司业务，否则的话，将投诉至监管部门；三是继续与神州出租车公司接触，尽可能让其理解当前的监管形势，接受费率上浮的现实。

续保期到来的前三天，神州出租车公司以书面形式通知滨城永泰公司：鉴于贵司缺乏继续合作的诚意，经神州出租车公司总经理办公会议研究，决定终止与滨城永泰公司的全面业务合作。请滨城永泰财险公司本着诚信、务实的态度，尽快妥善处理好已出险车辆的赔付及服务工作，兑现合作时做出的至今未兑现的承诺，以实际行动维护永泰公司的品牌形象。

神州出租车公司的书面通知一送达，杨山坡立即把魏城、万全等人叫进了总经理办公室。

"不跟永泰公司合作，神州出租车公司可能会跟哪家公司合作呢？哪家公司可能会给他们什么样的优惠条件呢？"杨山坡抖动着手中的神州出租车公司刚刚送达的书面信函问万全。

"不知道啊！昨天我去神州出租车公司的时候，乔麦还让我捎话给你，问我们续保条件能不能再优惠一点，他说他个人及孔东坡都希望两家公司能继续合作，不可能这么快就找到合作单位了吧？"万全接过杨山坡递过来的信函，一脸的茫然。

"不会是孔东坡用的一计吧？在当前监管形势下，哪家公司敢以比《自律公约》更优惠的条件承保神州出租车公司的车辆呢？"魏城自言自语道。

"马上派人了解一下情况，如果其他公司用了比我们今年承诺的更优惠条件承保了神州出租车公司车辆的话，我们就立即采取必要的反制措施，绝不手软！"杨山坡咬着牙说道。

调查结果很快反馈到了杨山坡、魏城那里，是滨城强力公司答应承保神州出租车公司的业务，且用的就是滨城公司上一个保险年度的承保方案。

杨山坡从手机中翻出滨城强力公司总经理严宽的电话，想了想，最终没有拨出去。

杨山坡忍不住拨通了魏经纶办公室的电话。电话中魏经纶建议杨山坡不要因为像神州出租车公司这样一笔赔钱赚吆喝的买卖得罪强力公司：一是强力公司在滨城保险市场上份额第一,具有绝对话语权,别说是滨城市行业协会了,即使省保监局在处理强力公司违规问题时也要三思而行,不只是因为强力公司是东南省保费规模最大的公司,更重要的是监管部门、各地市行业协会的领导过去大都在强力公司工作过;二是强力公司能够成功从永泰公司抢走神州出租车公司业务,其中的缘由大家都清楚,不贴费、不降费,孔东坡是不会轻易将业务转保过去的,但贴费降费等违反《自律公约》的问题,强力公司不可能在协议中体现出来的,没有真凭实据,又如何证明强力公司一定违反了监管要求及行业自律了?三是永泰公司因为新近承保了过去强力公司的一笔企财险续保业务,东南强力公司一直耿耿于怀,这个时候如果招惹他们,一旦把强力公司惹急了,到头来吃亏的一定是永泰公司。

杨山坡起初还有些不服气,说强力公司不能因为市场份额大、人脉关系广就可以带头违反行业规定,制度面前人人平等,况且东南省保监局正在全省轰轰烈烈组织开展"打创"活动,总不能因为强力公司是第一大公司就听之任之,如果任由他们胡来,监管部门就没有什么公信力可言了。

"过去我们常说店大欺客,中国保险业何尝不是这样?前两天,我跟东南保监局两位领导一起吃饭,两位领导的话我觉着说得很实在。他们说,保监局不是生活在真空里,他们制定推行每一项政策措施的时候,必须要考虑两头,大公司要考虑,小公司也要照顾,当两类公司出现同样问题时,保监局只能是保大放小。"魏经纶解释说。

杨山坡说小公司适当照顾一下大家都能理解,在中国未出台保险公司破产法的时候,国家不可能允许任何一家保险公司倒闭的,总得让它们半死不活下去,对像强力这样具有寡头性质的大公司,监管部门实在没有必要去袒护!

魏经纶说肯定有必要。别说是在中国了,就是在美国这样完全依照市场法则经营的国家,像AIG这样拥有全球七千四百万客户、业务遍及一百三十多个国家或地区的世界保险和金融服务的巨头,面临破产时政府也得袒护也得营救,因为它大到不能倒的地步了。正如CNN的一位评论员所言:雷曼兄弟破产是华尔街的危机,而如果AIG破产则是大街小巷的危机。

魏经纶说国外金融行业有破产法,哪家公司经营不善破产了,哪家公司的客户就只能自认倒霉,不会怨天尤人,更不会闹事上访,因为人家都按法律办事。中国就不同了，别说是血本无归了，就是收益达不到预期，客户也会请愿上访甚至封门堵客。客户一闹腾，政府就会采取措施了，就会逼着企业花钱消灾。上个月，永泰寿险公司销售的一款理财产品因为达不到预期收益，五百多客户把公司的门都封了，好几天都无法正常经营。

魏经纶给杨山坡讲了一大通道理，列举了很多监管部门的监管习惯，极力劝阻杨山坡不要跟强力公司撕破脸皮。

杨山坡嘟囔道："我靠！什么鸟规矩？如果我们不反制的话，那我们五六十万元的业务不就白白地让强力公司抢走了吗？"

魏经纶嘿嘿笑着说："当初你不也是从其他公司手里抢过来的吗？你抢我的业务，我挖你的墙脚，中国的保险公司不都是这样干的？再正常不过了。"

杨山坡十分不情愿地答应魏经纶不去招惹强力公司，但发誓有机会一定想办法再把被强力公司抢走的业务抢回来。五六十万元保费的客户，在滨城算是大客户了，虽然是赔本的买卖，但最起码还能赚声吆喝，脸上还有面子。

说着，两个人就又谈到了姚东风。

杨山坡说组织上跟姚东风谈话已经很长时间了，姚东风为什么一直还没去省公司报到？

魏经纶说因为职务不好安排，姚东风去省公司报完到后，就借故身体不好请了病假。魏经纶问杨山坡姚东风是否经常去滨城公司？

杨山坡说没什么事情一般不去公司，但借车用车、要求安排吃饭的事情倒是经常有。

魏经纶说姚东风在滨城公司工作多年，又曾当过滨城公司的总经理，对滨城公司有过贡献，像吃饭用车这样的小事，只要他主动提出来了，就尽量满足他的要求。

杨山坡不服气地说姚东风虽在公司经营班子里干了多年，但根本谈不上对滨城公司做出了多大贡献，仅农业保险一项就可能使公司亏损一两千万元。

杨山坡说当初他极力反对公司开办养殖业保险，是因为滨城公司目前根本不具备承保几万头猪的技术力量。别的问题不说，仅给承保的母猪、仔猪、奶牛佩戴专用耳标、建立健全养殖档案，人手就跟不上。

杨山坡说去年养猪场发生了严重的瘟疫，仅猪就死了一两万头，如按无耳标不理赔原则执行的话，死亡的仔猪和母猪是不应该赔付的，但三农问题无小事,哪家公司都没胆量对涉及三农问题的案件不重视。

魏经纶问杨山坡当初为什么不按要求给承保的牲畜建档案、戴耳标?杨山坡说公司派了三四个人连续干了近一个月,才给承保的三分之一的牲畜佩戴上了耳标,瘟疫就来了。

魏经纶说不管姚东风以前对公司有无贡献、贡献大小,只要不干预公司的正常经营活动就别跟他计较了,在永泰公司,像姚东风这样的人多得是,仅省公司就有五六个。

"他们那些人倒挺好,不干工作,没有压力,还拿那么高的工资,不知其他公司是不是也这样?"杨山坡问。

魏经纶无奈地摇着头,说不能说哪家公司都存在只拿钱不干事的闲人,但最起码永泰、强力、强胜这些老公司,国企公司是这样。又不是自家的企业,谁也不愿意得罪他们。中国有句古话叫作宁愿得罪忙人,也不得罪闲人,更不能得罪小人,一旦惹恼了他们,不搅事才怪了。再说永泰公司也算是一个大公司了,养活千儿八百个闲人还是没有问题的。

"还是在大公司工作保险呀!也好,万一有一天咱也犯事被撸下来了,也可以有机会享受享受那种逍遥自在的日子。"杨山坡自嘲道。

魏经纶虽然没有回应,但感觉杨山坡说的话并不仅仅是一句玩笑话,因为在中国保险市场如此不规范的环境下,谁也保不准哪天会撞到"枪口上"。

第 10 章　悲欢离合总关情

经过一年多的治理整顿，东南保险市场竞争形势尤其是车险业务市场竞争形势有了明显的好转，全省车险业务呈现出逐月递增、健康发展的态势，东南永泰公司车险业务增幅更是达到了近十年以来从未有过的发展速度，领先东南省保险行业六七个百分点。伴随着业务增幅的提升，车险综合成本率同步呈现出逐月递减的态势，在永泰系统中位列前三位。

鉴于魏经纶工作出色，七月份，永泰财险总公司一纸红头文件，将魏经纶提拔为东南永泰财险公司副总经理，成为东南公司成立以来第一个一年就由助理总经理转任副总经理的人。

"官场得意，情场失意。"这句话用到魏经纶身上再恰当不过了。

永泰财险总公司任命魏经纶为副总经理的红头文件下发的第二周，不知是高兴过头了还是担忧加重了，病情逐步好转的柳叶突然抑郁复发，哈哈大笑着冲出居住的小区大门，被一辆疾驶而来的小轿车重重地撞倒在地，当场不省人事。正在总公司参加培训的魏经纶当即停止了培训，急匆匆地赶回了滨城。

看到满脸汗水的魏经纶，守候在滨城市人民医院急救室门口的杨山坡、白雪、王瑞香、李冬冬及魏经纶的父母、岳父母等人呼啦啦地围了上来。

"柳叶这孩子命怎么这么苦呐！"魏经纶母亲眼泪汪汪地叹息道。

"你小子为了往上爬，连老婆孩子都不管不顾了。别说是副总经理了，就是当上总经理又有什么用呢？"柳叶的父亲脸涨得通红，气呼呼地质问魏经纶。

众人都说这事不能全怪魏经纶，他就是在滨城，天天守在柳叶的身边，就能保证柳叶不出事？

"他要是老老实实地待在滨城，柳叶还用得着天天为他担惊害怕吗？这事不怪他怪谁？是他害了柳叶，害了我们全家。"柳叶父亲暴躁脾气一上来，让人感觉一点道理都不讲。

柳叶母亲推了柳叶父亲一把："你个老东西，咱们家叶子还躺在里边，是死是活不知道，你跑到这里发哪门子疯？这事能全怪人家小魏吗？他愿意咱们家叶子出这档子事？"说着呜呜地哭了起来。

众人都说这事谁也不能怪，要怪就怪那个小车司机，在居民区，车开得那样快，不出事才怪了！

魏经纶的父母一边叹着气，一边劝说着两个亲家离开了医院。

魏经纶一边擦着汗水一边问杨山坡，肇事车辆是哪个单位的？在哪家公司投的保？交警部门到现场了没有？

杨山坡说现场已经查勘过了，司机是酒后驾驶，按规定保险公司不可能赔付。

杨山坡说刚才安山打电话告诉他，肇事车辆已经查清楚了，是城北一个贩海鲜个体户的，保险是在安达公司购买的，肇事车辆没购买商业保险，只购买了交强险。

魏经纶安排杨山坡等人先回去吃饭，需要的时候他会打电话的，因为柳叶还在重症室里观察。

杨山坡说他已跟安达公司的魏总联系好了，一会儿他去找他商量一下，让白雪、李冬冬等人先留下，万一有什么事情，人手少了不行。

杨山坡走后，魏经纶打发王瑞香、李冬冬、白雪等人也回了家，只留下司机小王和滨城公司办公室一位姓刘的科长。

八点多钟，杨山坡从安达公司回来了，说肇事车辆确实只购买了交强险，且司机是酒后无证驾驶，安达公司的魏总说公司肯定不会赔偿的。

魏经纶眉头紧锁，半天没说一句话。

"你也先回去吧，有事我再打电话找你。"魏经纶有气无力地说。

"回去又没什么事，再说……"

没等杨山坡讲完，魏经纶不耐烦地打断了他："都窝在这里干什么？没地方坐没地方站的。小刘跟杨总的车也一起回去吧！"

杨山坡知道魏经纶心里烦，只好悻悻地走了，临走的时候一再嘱咐魏经纶，一旦有什么事情立即打电话叫他。

杨山坡走后没多大工夫，李冬冬又来了，一句话没说，默默地挨着魏经纶坐了下来。

魏经纶看着挨着自己坐下的李冬冬，轻轻地问了一句："这么晚了还过来干什么？"

"我不放心！"李冬冬说。

"迪迪自己在家能行吗？"

"送她姥姥家去了。没去吃点东西？"

"吃不下！"

"连乘飞机带坐车，折腾了五六个小时，不吃点东西怎么能行呢？"

魏经纶嘿嘿苦笑了两声，声音充满了凄凉。

"人有旦夕祸福。相信柳叶能挺过来的。"李冬冬说。

"但愿吧！"魏经纶猛吸了一口烟，连咳了五六声。

李冬冬伸手把烟从魏经纶的手里抽了出来，起身扔进了旁边的垃圾筒里。

"迪迪上学还适应吗？"魏经纶无话找话地问道。

"我跟单位请了十天的假，明天就把威威送我那里吧！"李冬冬答非所问。

"不用了，你还是先照顾好迪迪吧，威威有他奶奶、姥姥照看着。"魏经纶有气无力地应道。

"老人上了年纪，又遇上这么一件烦心事，心情怎么会好呢？你跟两位老人说一声，明天一早我过去把威威接到我那里去，育儿方面我有经验。刚才我去商场购买了一罐奶粉，不知小家伙能不能吃。"听口气，李冬冬不像是在跟魏经纶商量。

魏经纶感激地看了一眼李冬冬，眼睛有些湿润了。

"他一直吃母乳，从来没吃过奶粉，不知能不能适应？"

"只能让他吃奶粉了。进口奶粉跟母乳基本上没什么区别，我想他应该可以的。"李冬冬安慰道。

两个人紧挨着默默地坐了好大一会儿。

"我跟师傅在这里盯着，你找个地方先眯一会儿吧！"

"不用了，反正也睡不着。"

"那我先回去了。过会儿一定找个地方睡一会儿，刚才医生不是说晚上不用在这里等了吗?"

"你先回去吧,我再坐一会儿。"

"别忘了明天跟老人打声招呼。"

魏经纶没有吭声,只是用力点了点头。

李冬冬有些不情愿地走了。

望着李冬冬有些瘦弱的背影,一阵酸楚涌上了魏经纶的心头,他突然感到了人生的不易,人的一生需要面对的东西太多了,就如同哲学大师叔本华所言:"人从来就是痛苦的,由于他的本质就是落在痛苦的手心里。"魏经纶想了很久,也没有明白叔本华所说的这句话到底是什么意思,只是觉着其中蕴含着很深的哲理。

"人呀!人!"魏经纶禁不住地感慨道。

第二天一早,李冬冬就去了魏经纶父母家,隔着门就听到屋内孩子嗷嗷的哭声,两位老人不停地叹息埋怨着。

"这可咋整呀!可别把孩子哭出毛病来!"魏经纶母亲的声音。

"再让他吸吸奶瓶试试?他肯定是饿了!"魏经纶父亲的声音。

"你也不是没看到,他不吸呀!"魏经纶母亲的声音。

"平时这孩子挺好的,会不会生病了?"魏经纶父亲焦急地问道。

"别胡说八道了,孩子哪是病了?从没有离开过他妈,肯定是想他妈了!"魏经纶母亲说道。

"那个死酒鬼,喝了酒开什么车呀?他这一撞,大人遭了殃,孩子也跟着受罪。唉!"魏经纶父亲叹道。

"怎么不自己撞死,可偏偏撞上我们家柳叶。你再打电话问问经纶,人醒过来了没有?"平时和蔼可亲的文惠也忍不住地骂开了人。

李冬冬把孩子从魏经纶母亲的手里接过来,不知是孩子把李冬冬当做柳叶了,还是年轻母亲身上那种特有的气息吸引了他,李冬冬一抱过来,孩子就停止了哭泣,睁大眼睛看着李冬冬,咿咿呀呀地跟她说个不停。

"你个死老婆子,哄了一早晨也没把小威哄欢喜,人家冬冬接过去摇晃了几下,孩子就不哭不闹了。这孩子可能天生就跟冬冬有缘。"魏经纶父亲说。

"谁说不是呢!怎么冬冬一抱过去孩子就不哭了呢?"魏经纶母亲也不无感慨地说。

孩子在李冬冬的怀里拱来拱去，两只小手本能地去抓摸李冬冬的乳房。

"阿姨，小威是饿了！"李冬冬说。

魏经纶的父母都说刚才怎么喂孩子都不肯吃，可能是奶粉吃不习惯。

李冬冬把自己刚带过去的奶粉打开，一边往奶瓶里充着温水，一边跟魏经纶的父母说："试试这个牌子的奶粉看看。"

魏小威一口气把李冬冬冲好的小半瓶奶喝光了，小嘴还吧嗒个不停。

"你个死老东西，让你去超市买罐孩子喜欢喝的奶粉，你看你都买了些什么？孩子根本不愿意喝，难道小威不是你亲孙子？"魏经纶母亲数落道。

"商场里的服务员一直推荐说这个牌子的奶粉卖得好，适合威威这么大的孩子吃，谁想到他不愿意吃呢？"魏经纶的父亲一边说着，一边拿起李冬冬刚打开的那罐奶粉转来转去地看个不停。

"你别光听商场里的服务员说，她们都是厂家派到商场推销产品的，有说自己的产品不好的？真是个老糊涂了！"魏经纶的母亲不依不饶地继续数落着。

"商场里的那个小姑娘说，奶粉是美国原装进口的，两三百块钱一罐，我还以为是好奶粉呢！"魏经纶的父亲有些委屈地争辩道。

看着两位老人打嘴仗的样子，李冬冬头脑中忽然浮现出付晓滨活着的时候两人经常打嘴仗的情景。李冬冬突然感觉到打嘴仗其实就是生活，有时甚至还是一种幸福，她多么希望此时也有人跟她打打嘴仗。

李冬冬把魏小威带回了自己家里，晚上睡觉的时候，魏小威竟然含着李冬冬的乳头不肯松口，李冬冬也任由他不停地吸来吮去。

在滨城市人民医院住院治疗了一周后，医院的主治医生建议魏经纶把柳叶转到省城医院或首都的医院去治疗，虽然市人民医院在滨城市是最好的医院，但跟省城那些大医院相比较，无论是医疗条件还是治疗水平都是有很大差距的。

柳叶往省城转院的那天，魏经纶抽出一点时间来到了李冬冬家里，抚摸着儿子的小脑袋，禁不住眼泪扑啦啦地往下流。这是魏经纶第一次当着李冬冬的面流泪，即使好朋友付晓滨去逝的时候，他也没当着李冬冬的面哭泣过。

李冬冬拿过来一方黄色手帕，轻轻地塞进了魏经纶的手里。

"你放心地陪柳叶去省城治病吧，孩子我会帮阿姨照顾好的。"李冬冬说。

"你一周没去上班了,迪迪也需要你照顾,小威老放在你这里怎么能行呢?"魏经纶红着眼圈说。

"迪迪在她姥姥家里住得很习惯,都那么大的孩子了,不需要一定由妈照顾。"

"你单位里的事情也挺多的,老是请假也不是办法。"

"白天老人照顾,晚上我把小威接到家里来,耽误不了多少工作。"

"这几天要不是有你,老人真不知道该怎么办才好!"魏经纶直视着李冬冬,满眼的感激。

"你就放心地去吧,早一天好起来了,大人孩子都跟着少遭点罪。"

"你可要注意身体呀!孩子没那么娇惯,别太在意他!"

李冬冬轻轻地点了点头,眼里充满着爱怜与柔情。

魏经纶憨憨地笑笑,心里暖暖的。

第 11 章　真情如何了却

由田副院长牵头的东南省人民医院专家诊治团队，经过对柳叶的伤势进行检查和集体会诊后，得出了"生命暂能保住，神志难以清醒，生活难以自理"的结论。专家组的诊断结论，无疑宣布柳叶后半生基本上与床为伍了。换句话说，后半生的柳叶很有可能就是一个完全丧失意识和自理能力的"植物人"。

魏经纶瘫坐在椅子上半天没有起来，专家组的诊断结果让他感到六神无主。

众人把情绪有些失控的柳叶父母劝走了，病房里只剩下魏经纶和陈艳艳两个人。

"晚上你回去休息吧，我在这里盯一晚上，都是女人，方便些。"陈艳艳说。

"不用啦。早点回去吧，明天还要上班。"魏经纶瓮声瓮气地说着，头也没抬一下。

魏经纶执意不肯，陈艳艳只好悻悻地走了。临走时，陈艳艳把空置着的另一张床跟柳叶躺着的那张床并到一起，又帮魏经纶把被子铺好，一声没吭地走出了病房。

从内心里讲，魏经纶希望有人替自己轮流值值班，哪怕一晚上两晚上也好。虽然柳叶在滨城市人民医院住院治疗期间，杨山坡、李冬冬、王瑞香及滨城公司的许多人都提出晚上轮流照顾柳叶，他们担心魏经纶一个人连轴转，身体吃不消，但魏经纶都婉言谢绝了，坚持由自己亲自陪护。魏经纶认为，自己是柳叶的丈夫，陪护重伤在床的妻子是丈夫的义务和责任，况且正如柳叶的父亲埋怨自己的那样，柳叶出现意外，自己有推脱不了的责任。从另一个方面讲，除了丈夫，其他男人都不适合照顾一个大小便都不能自理的女人，如果让其他跟妻子没有亲缘关系的女人帮妻子端屎倒尿，魏经纶感觉无论如何也不妥当。特别是在柳叶还处于危险观察时期，如果在自己没有陪护在侧的情况下出现意外，自己不仅会自责终生，而且还可能受到包括柳叶父母在内的更多人的谴责。

　　柳叶转入省人民医院治疗的第三天，李梦香打电话给魏经纶，礼节性地询问了柳叶的治疗情况，并委婉地询问魏经纶能不能参加下午省保监局组织的新车共保体建立协商会议，因为他本人有事参加不了，白宗仁等其他两名班子成员外出不在省城。李梦香说新车共保体建立协商会议十分重要，不仅关系到永泰公司在东南省的车险市场地位，而且关系到公司下一步的车险业务发展走向。

　　虽然李梦香没有要求魏经纶一定要参加下午的会议，柳叶又处于观察期，但魏经纶还是毫不犹豫地答应代表公司参加下午的会议，并全力为永泰公司争取尽可能多的利益。魏经纶认为，别说其他班子成员出差在外了，即使在省城，自己也应该参加下午的会议，因为车险条线是自己分管的，对车险业务发展情况最了解，其他班子成员去参加这个会议都不如自己亲自参加合适。

　　所谓新车共保，就是各地行业协会将当地的财产保险公司组织起来，统一在指定的办公场所安排专职人员为车险投保客户提供业务咨询、产品销售、保单打印等工作，市内所有新购车辆客户必须到行业协会设立的新车共保大厅购买保险，不在新车共保大厅销售新车保险的公司，行业协会一律按违规论处。实施新车共保，不是东南省保险行业的首创，而是从南方部分省份首先开始的，实施一年多来，业内普遍反映良好，为此，东南省保监局、东南省保险行业协会组织全省十二个地市的行业协会赴南方进行了考察学习，经过酝酿讨论，并广泛征求省内各主要保险公司的意见，决定在全省范围内也推广新车共保的做法。

　　对于在保险行业内部推行新车共保"新政"，公司成立较早、保费规模较大、车险占比较高的公司，普遍持支持态度，因为新车共保体建立起来以后，由于实行统一折扣、统一手续费标准，有利于杜绝各保险公司不计成本地恶性竞争，降低成本，提高效益，也便于为客户提供服务；而成立较晚、保费规模较小的公司普遍持反对态度。他们认为，自己所在的公司，由于成立时间短，保费占比较低，急需膨胀业务规模，尽管小公司、新建公司在品牌建设方面没有大公司有优势，但在中国保险消费市场很不成熟、价格成为主要竞争手段的情况下，没有利润指标压力或利润指标压力较小的新公司、小公司完全可以通过价格战抢占市场份额，促进规模膨胀。实施新车共保"新政"后，按往年各公司车险市场份额分配新车共保比例，必然不利于新公司、小公司短期内缩小与规模较大公司之间的保费差距。大多数规模较小公司认为，由于新成立公司、规模较小公司社会资源少，品牌影响力弱，在行业内部话语权较小，左右监管部门和行业协会政策取向的能力无法与规模较大公司，尤其是排名前几位的公司同日而语，因此，在制定新车共保政策时，规模较大公司明显占据着天时地利人和的优势。

新车共保体建立协商会议下午两点在省保险行业协会召开，十二个地市的行业协会会长或秘书长、各省级财产险公司的总经理或分管车险业务的副总经理参加了会议。会议由省行业协会会长吕大山主持。

吕大山说经过四个多月的酝酿和筹备，东南省内第一个新车共保大厅即将在省城正式投入使用，对于提高省会城市新车保费充足率、降低新车销售成本、提升保险行业在社会中的地位，具有十分重要的意义。吕大山介绍说新车共保大厅的装修、微机购置等硬件建设已经完成了，有关规章制度、操作办法、运营流程等软件建设也基本完成，只有市场份额如何划分问题还没有最终确定。关于共保新车份额划分的基本原则，在上一次的理事单位协调会议上已经协商过一次，但由于分歧太大，没有最终确定，这次会议的最主要任务就是把新车保费划分的规则尽快确定下来，否则新车共保大厅将无法在规定的时间内正式开门运营。

吕大山的话一讲完，参加会议的总经理们就嚷嚷开了。

规模较小的公司，尤其是当年新成立的安顺、安然等公司，对保费比例划分的原则意见最大。他们认为，按上一个保险年度车险业务市场份额作为划分依据，对于小公司尤其是新成立的公司十分不公平，其最终结果可能导致大公司更大，小公司更小，新公司无法生存。因为小公司、新成立的公司受品牌、人力、社会资源等诸多因素的影响，在大业务、非车险业务方面根本无法与大公司、品牌公司竞争，只能把竞争的重点放在车险业务尤其是新车业务发展上，而新车共保"新政"，将会导致新设立的公司生存空间受到挤压。

规模较大公司尤其是保费规模排在前三位的公司认为，上一个保险年度，三大保险公司险种结构调整的力度都很大，车险业务增速低于全省平均增速，在监管力度不断加大、恶性竞争被有效抑制的形势下，过去严重亏损的车险业务已成为赢利险种，各保险公司尤其是大公司，肯定会把经营的侧重点重新集中到车险业务发展上，这对于规模较小公司尤其是新成立公司更加不利。因此，新车共保"新政"的实施，不仅对整个行业有利，对小公司尤其是新成立的公司更有利。

双方唇枪舌战，争论不休、互不相让。小公司、新公司要求先确定一个基本份额后，再按上一个保险年度的车险市场份额分配共保的新车比例。

参加会议的人员越辩论越激烈，越辩论观点相左的两大对立阵营越明显，大有会议无法继续开下去的势头。

吕大山附在山洪耳边嘀嘀咕咕了半天后，对着麦克连喊了五六声"各位老总静一静，各位老总静一静"，争吵辩论声才慢慢停止。

"各位老总的发言我都听明白了，可以说都有一定的道理。现在已经是晚上六点多钟了，大家这样无休止地争论下去，我估计到明天晚上也分辨不出输赢胜负来，但这件事情不能再拖下去了，今天无论如何都要确定下来，否则的话，共保新政真的无法在既定的时间内正式推出实施了。拖延，无论是对东南各财险公司，还是对东南保险行业，都是百弊而无一利的。对新车保费如何分配，比例如何确定才算科学合理，我们既要讲民主，更要讲集中。下面，我们请山洪处长作一个决断。"

山洪把吕大山刚才讲的话又重复了一遍，其核心无非是要求各公司以保险行业的大局为重，共同为"新政"的实施营造良好的工作、舆论环境。大会最终确定了三大保险公司各让出一个百分点的市场份额，分配给市场份额排在后五位尤其是上一个保险年度刚开业运营的公司。

会议好不容易结束了，魏经纶来不及跟参加会议的人员一一交流，就急匆匆地赶回了省人民医院。

看到魏经纶满脸汗水地跑进来，正在帮柳叶按摩的陈艳艳站起来客气地跟魏经纶打了声招呼，但坐在床边的柳叶的父母一言不发。看得出来，柳叶的父母对魏经纶一下午未在医院里露面非常不满。

司机小张送柳叶的父母回住处后，魏经纶小声问陈艳艳老头老太太脾气发得大不大，对陈艳艳做没做出太过分的事情。

陈艳艳笑而不答。

"是不是又骂我了？"魏经纶问。

"稍微骂了几句。"陈艳艳还是在笑。

"让你见笑了！"

"谁都有心情不好的时候。正常！"

"柳叶老是昏迷不醒，当父母的着急上火心疼闺女，骂两声就骂两声吧！"魏经纶自嘲道。

"什么重要的会议开到这么晚？"

"还是新车共保那点事。下午的会议简直开成了阶级斗争会议了，就差动手打起来了，要不怎么会开到这个点？"魏经纶笑笑。

"你们当领导的也真是不容易，光天天开会就能把人开疯了！"

"帮我忙活一下午了，你也早点回去休息吧，晚上我就不请你吃饭了。"魏经纶笑笑。

"你怎么吃？黑天白夜地忙活，可别把身体折腾垮了！"

"小张一会儿就回来了，回来后到外面买点外卖对付一下就行了。"

"光吃快餐怎么能行？最近你脸色可不太好！"

"我倒没什么，就是老麻烦你们，心里真有些过意不去。"

"我们只是帮忙陪护一下，实在帮你分担不了多少，你自己可要把握好呀！唉！柳叶大姐出了这事，大爷大娘也跟着操碎了心了！"

两个人正说着，魏经纶的父亲打电话告诉魏经纶，说孙子小威下午发烧了，李冬冬跟小威他奶奶带他去医院看医生刚回家，医生说小威得的是病毒性感冒，不过没什么大碍。

挂断父亲的电话，魏经纶又拨通了李冬冬的电话，详细地询问了儿子的病情。要不是陈艳艳在场，魏经纶生怕眼泪又要流出来了。

陈艳艳情绪复杂地望着魏经纶，感觉魏经纶的处境实在是太难了！

晚上，陈艳艳躺在床上翻来覆去怎么也睡不着，魏经纶那张苍白憔悴的脸不时在眼前摇来晃去，那双虽还坚毅睿智但有些失神黯然的眼睛好像一直在盯着自己看，她不知该如何替既是领导，又似兄长，还有自己也说不清楚是什么身份的魏经纶更多地分担点什么。

想着想着,陈艳艳迷迷糊糊地睡着了。睡梦中陈艳艳梦见魏经纶病倒了,且病得十分厉害,当她跟另一位看不太真切面孔的女人一起去医院看望魏经纶的时候,魏经纶已经认不出自己是谁了,只是瞪着两只惊恐失措的眼睛盯着自己,嘴唇不停地痉挛着……

"魏总,经纶……"陈艳艳被梦中那双惶恐失措的眼睛惊醒了,呼喊着魏经纶的名字一骨碌坐了起来,手指穿透了怀中狗熊抱枕的肚子。

陈艳艳慢慢恢复了平静,脸上的汗水也渐渐地退去了。回想起梦中的情景和惊醒后自己那紧张痛苦的样子,陈艳艳自己都有些不好意思地笑了。此时的陈艳艳清醒地意识到:自己已经深深地爱上魏经纶不能自拔了,不管自己敢不敢承认,愿不愿意承认。于是,陈艳艳开始了漫长的思想斗争:

"人家妻子还躺在病床上昏迷不醒,你怎么能产生这样的想法呢?不行,绝对不行!"

"人家魏经纶可能只把你当做一名小妹妹,一位再正常不过的同事、部下,你怎么可以随便爱上人家呢?他可是有妇之夫,年龄比你大许多,两人的身份又那样悬殊。不可以!绝对不可以!"

"难道爱有年龄限制、身份区别吗?他虽然是自己的顶头上司,自己只不过是一个参加工作没几年的小职员,但他对自己印象肯定不错,至少对自己有好感,甚至可能对自己也有一种说不清理还乱的情感,否则的话,那么多女同事,为什么唯独对自己、对自己的家庭呵护备至呢?"

"难道对自己、对自己的家人好就证明人家喜欢你爱上你了吗?要是自己毕业时不是分配到他担任总经理的法律合规部,而是分配到其他部门,难道人家也那样关心爱护你吗?人家帮助你,可能完全是一种同志式的关心,或者是领导对下属的眷顾……"

"复婚前,自己曾对人家表达过情愫,虽不是直截了当,但凭他的聪明,他不会不明白,也不可能一点感觉都没有。既然人家没对自己的热情做出应有的回应,那说明人家不爱你,心里根本就没有你。别做梦了!醒醒吧!"

"不对!在他心里,自己肯定占据一定的位置,甚至可能还是一个十分重要的位置,只是当时自己跟人家接触时间不长,且人家跟前妻正在办理复婚手续。既然两人生活了那么多年又毅然决然地分了手,绝不可能只是一时冲动所为，因为魏经纶不是那种办事草率、不够持重之人，而且面对的还是婚姻大事问题；两人离婚又复婚，未必是魏经纶的初衷，说不定有强大的外力作用。"

……

躺下，坐起来；坐起来，又躺下。陈艳艳就这样折腾到天快亮。

五点多钟，陈艳艳起床把汤锅的开关打开，然后又回到床上继续静静地想着。

那天晚上，魏经纶也没怎么睡好，他担心孩子是不是一直在烧着，担心父母突然遇到这么多事情招架不了，他更担心替自己照顾儿子的李冬冬因此累倒了，因为他知道李冬冬的身体本来就有些孱弱。他越来越感觉自己这辈子欠李冬冬的真是太多了，多得可能用自己的一生也还不清。

那天晚上，魏经纶也想到了陈艳艳。他感觉陈艳艳一直对自己怀有一种说不清的情怀，那种情怀，不是部下对领导的敬仰之情，也不是因为自己曾帮助过人家的感激之情，而是一种既说不清楚又十分容易说清楚的男女之情，不管自己愿不愿承认敢不敢承认，陈艳艳对自己的感情随着时间的推移和接触增多而愈发浓烈愈发直接，总有一天会表露，会涌现，会喷发。

"这辈子你已经欠过一个女人的感情了，绝不可以再欠另一个女人的感情了！"

"你已经伤害过一个女人了，不，可以说曾经伤害过两个女人，如果再伤害另一个女人的话，认识你的不认识你的都会说你品行不端，德行不正。"魏经纶暗暗地告诫自己。

"虽然自己喜欢李冬冬，李冬冬也喜欢自己，但自己跟李冬冬从未真正建立起事实上的恋爱关系，从这个意义上讲，自己也不能说曾伤害过李冬冬的感情。"

魏经纶转念又想："要是当初自己不那样优柔寡断、不那样顾及自己的情面，不那样在乎别人的看法，李冬冬会那样伤心而又赌气地嫁给付晓滨吗？又怎会在婚后很长一段时间里痛苦地挣扎着？要是当初自己拿出一个大男人应有的气概，鼓足勇气，对李冬冬说出了那三个字，现在的李冬冬还用过这种孤儿寡母的生活吗？柳叶还会变成现在的这个样子吗？……"

"付晓滨已经去世好多年了，她为什么还不考虑嫁人呢？俗话说女人怕老,男人怕穷,女人是等不起的,难道这个道理她不明白?是对婚姻失去了耐心还是在等待什么?"

"魏经纶啊魏经纶,妻子就躺在你的身边,是死是活是吉是祸还不清楚,这个时候你怎么可以守着一个、想着一个,还思念着一个呢?"

……

魏经纶翻来覆去折腾到凌晨三四点钟才迷迷糊糊地睡着了,当陈艳艳提着热气腾腾的鸡汤来到病房的时候,他刚刚从床上爬起来没多大会儿。

"领导,昨天晚上是不是又没怎么睡好?"看着两眼红红的魏经纶,陈艳艳神态有些不自然地问道。

"脸色是不是很难看?"魏经纶尽量掩饰着自己。

"脸色不太好,眼睛也有些浮肿。"陈艳艳一边往碗里盛着鸡汤一边说道。

看到魏经纶没有吭声,陈艳艳接着解释说,在医院这种环境里睡觉,谁也不会太习惯。

"你怎么知道的?"此话一出,魏经纶马上想起陈艳艳父亲去世前曾经住过很长时间的医院,她母亲摔伤住院治疗时,陈艳艳还曾请假在医院里陪过几天的床。

魏经纶抬头望了一眼陈艳艳,感觉眼前的陈艳艳好像也很疲惫的样子。他猜想陈艳艳昨天晚上肯定也没睡好,他向来相信自己的第六感官。

陈艳艳虽说自己"睡得挺好的",但有些慌乱的动作已经告诉魏经纶:她没说实话。

陈艳艳一边擦拭着洒在桌子上的鸡汤,一边不停地督促魏经纶趁热喝了。

她假装有事到病房外面打电话去了。魏经纶望着她的背影,又陷入了沉思。

第12章 心 问

柳叶住进省人民医院接受治疗的第二周，东南省第一个新车共保大厅在省会城市正式建成使用，当月，滨城、东远等四个地市也陆续实施了新车共保政策。实施新车共保政策，绝大多数公司反映良好：一是车险辆均保费提升了。由于新购置车辆保险统一按标准保费的九五折出单，杜绝了各公司无原则打折降价而导致车险辆均保费少、保费充足率不足的问题，仅此一项，就可使整个东南财产保险行业保费同比提高二至三个百分点；二是车险手续费降低了。实施新车共保政策的五个地市，手续费全部执行交强险百分之四、商业车险百分之八政策，在有效减少各保险公司费用支出、降低综合成本率的同时，各保险公司拼费率、拼手续费而导致行业亏损甚至违法犯罪问题出现的概率大大降低，对促进行业健康发展十分有利。

五个地市新车共保政策实施没多久，东南省保监局、相关保险行业协会陆续收到了部分客户的投诉，内容主要包括三个方面：一是保险价格提高了；二是服务质量下降了；三是购买保险困难了。围绕客户投诉的问题，东南省保监局、保险行业协会联合召开了一次情况通报分析会，刚升任财产险监管处长三天的山洪受省保险行业协会会长吕大山的邀请参加了会议。

吕大山把省保监局和实施新车共保政策的五个地市协会收集到的客户投诉信息进行通报后，各财险公司参会代表开始轮流发言。

第一个发言的是强力公司的总经理姜中华。他认为，客户提出的三个主要问题至少有两个问题不应该算是问题。实施新车共保政策的五个地市统一折扣比例，统一手续费支付，许多客户因此失去了本不应该得到的返还、折扣后，心里失衡，发泄情绪也就不足为奇了，"不赚便宜就是吃亏"的消费心理在中国消费者心中根深蒂固。至于客户提出的购买保险困难问题，他认为更不是事实，在社会普遍对保险不认知、不看好，保险完全处于买方市场的社会大环境下，不可能出现只有在卖方市场情形下才可能出现的购买难问题。

"姜总分析得非常对。如果当下的中国都存在着购买保险困难问题的话，那无异于说中国已经进入了共产主义社会了。为争抢一辆车、一笔只有几百元的业务，朋友都可能断绝来往，同事都可能反目成仇，怎么可能会出现购买困难的问题呢？纯粹是睁着眼睛说瞎话。山处，吕会长，对这些捕风捉影的传闻，行业不需要理会，更不用落实追查。"永平公司的总经理陆海一边说着，一边讨好地朝山洪挤眉弄眼。

山洪微微一笑，没有吭声。自上次行评会与陆海发生争执后，两人的关系一直处于比较微妙的状态，虽然山洪没借故为难东南永平公司，陆海也通过各种途径努力修复与山洪的关系，但两人见面时陆海总有一种说不出的感觉：既尴尬又别扭，说话难以做到自然而然。虽然坐在主席台上的山洪朝自己微微笑了笑，但陆海感觉山洪的微笑中隐藏着诸多轻蔑甚至阴谋。

山洪把头歪向旁边的魏经纶，让魏经纶谈谈他的看法。

魏经纶说他同意姜中华对客户投诉的前两个问题的看法，但对客户投诉的第三个问题，他认为虽有些偏颇，但并非一点道理也没有。

魏经纶说应该对客户投诉的购买保险困难问题从两个方面来看待。一是过去客户新车还没购买，保险公司的业务人员就靠上去做工作了，新车一买回来，保险公司的业务人员就帮客户把保险买好了，把保单替客户送到家里，不需要客户自己劳神费力，客户留恋保险公司那种"保姆式"的服务；二是客户都愿意购买自己熟悉或中意保险公司的产品，由于新车共保实行比例分配，客户到共保大厅为自己的新车购买保险时，很有可能他所中意的保险公司一段时间内因份额完成而无法正常出单，要等待有份额的时候才可以购买。无论是客户等待一段时间购买了他所中意公司的产品，还是因等待不及而购买了他不中意或不熟悉公司的产品，都会产生不满情绪。另一方面，客户去共保大厅购买保险时，偶尔也有可能遇上排队等候的时候，由于中国人普遍存在着从众心理，不愿意接受大厅引导员的分流，偶尔也可能出现有的公司柜台前熙熙攘攘，有的公司柜台前鞍马稀少的现象。如果某种产品完全处于卖方市场，客户排队等候时间再长他们感觉也值得。比如前两天，市政府旁边的"皇家花园"开盘时，前去抢号的顾客头天晚上就开始排队等候；某城市小学一年级学生报名的前两天，孩子的爷爷奶奶、爸爸妈妈甚至叔叔阿姨轮班彻夜排队等候，有一位七十多岁的老奶奶因排队时间过长，当场晕倒了。之所以出现这种情况，是因为资源短缺，是卖方市场，但如果某种产品完全是买方市场，客户等待一分钟他们都会有情绪。

吕大山赞同魏经纶的分析。他说工作不忙的时候他也经常去共保大厅转转，也曾经遇到客户排队的情况。

"所以我们对客户的投诉不能不加分析地简单视为胡搅蛮缠，大部分客户还是明理的。"山洪补充道。

陆海不满地瞅了魏经纶一眼，心里嘀咕道："就你魏经纶聪明？"

待参加会议的代表们交流得差不多了，山洪做了总结讲话，对五个地市实施新车共保政策给予了肯定，对下一步如何面对客户投诉的问题采取针对性的措施提出了明确要求。最后，山洪对东南保监局近期即将制定出台的一系列政策措施进行了通报。

山洪说为了进一步规范东南保险市场竞争秩序，省局办公会议已经研究决定，近期在全省推行费用监管政策、上线商业车险信息查询平台、治理部分标的物交强险投保难问题。他说最近一段时间，省保监局接到了许多客户的投诉信函、投诉电话，投诉个别公司拒绝承保拖拉机交强险。交强险是国家的强制保险，属于法定保险，不能想保就保，不想保就不保。

山洪一边说着，一边从公文包里拿出了一摞材料，从中找出了一份统计报表。

"这是近来省保监局财产险监管处接到或收到的客户投诉电话、投诉信函。投诉最多的是滨城、南延两个地市；投诉最多的公司包括永泰财险、永平财险、安然财险等公司，而这些公司中尤以滨城永泰公司投诉电话或信函最多。这个问题请魏总回去以后认真地过问一下，尽快给省保监局上报一个详实、有说服力的报告。"

山洪说保监会70号文件未下发前，各保险公司不惜血本、不惜一切代价争客户抢业务，有的公司连工资都发不下去了，个别公司甚至到了贷款支付客户手续费、发放员工工资的程度了，可哪家公司都没因亏损而拒绝客户投保的。市场环境稍微好了一些以后，客户主动上门投保了，有的公司却端起了架子，挑三拣四，不保拖拉机，不保摩托车，不保这不保那。他分析，很多公司拒保某些险种业务，不是因为那个险种赔付率高，而是因为那个险种单笔保费小、关联业务少、操作比较麻烦。国家之所以把交强险确定为强制保险，就是为了让保险行业承担起相应的社会责任，如果各公司挑三拣四，赚钱省事的险种就保，亏损费事的险种就不保，国家就没有必要出台强制保险政策。不出台强制保险政策，行业保费规模就不会膨胀得那样快。

"如果不是国家要求所有的机动车辆都必须投保交强险，我估计大多数拖拉机用户也不会自愿投保交强险的。"吕大山插话道。

山洪喝了一口茶水继续讲道："在国外，哪家公司拒绝客户投保，这家公司离退出某一个险种市场就不远了，尤其是国家规定的强制保险。拒绝客户投保是一种违法行为，这种违法行为在保险业发达的欧美国家不可能出现，在像中国这样保险业不发达的国家却司空见惯，这说明了什么？说明中国保险人的法律意识和责任意识不强，大局观念和战略思维欠缺，这也可能是造成社会对保险行业不认可，造成中国市场大、保险弱、意识差、地位低的主要因素之一。长此以往，保险业在中国老百姓心目中的地位很难树立起来。"

……

会议一结束，魏经纶就急匆匆地回到了办公室，将会议内容跟李梦香进行了简要汇报，并在第一时间拨通了杨山坡的电话。

魏经纶把省保监局和省行业协会点名批评滨城永泰公司的事情跟杨山坡进行了通报，要求杨山坡尽快研究制定整改措施。

杨山坡承认公司确实存在着拒保拖拉机单保交强险的问题，但他认为那是没有办法的办法，因为单独承保拖拉机交强险不仅保费规模小，关联业务少，而且风险巨大，理赔成本太高，跟老百姓打交道太难。

魏经纶说交强险是国家的强制保险，拒绝投保不仅违犯了国家的法律法规，而且还会对公司的品牌造成影响，要求杨山坡一定对保监局的会议精神认真对待，绝对不能再次出现客户投诉问题。

杨山坡说公司虽然严禁员工主动承揽拖拉机单保交强险业务，但对主动上门投保拖拉机交强险的客户，承保部门也没有直接拒绝客户的投保要求，而是以系统上不去、单证不够用、发票打不出来等理由说服客户到其他公司投保，没想到还是有客户去监管部门、行业协会投诉了。

魏经纶本想狠狠地批评杨山坡几句，但考虑到省公司下达给滨城公司的利润指标很高，杨山坡这样做也是情非所愿、迫不得已，话到嘴边又咽了回去。

杨山坡说上午李冬冬打电话询问他近期是否去省城，如果去的话，她想搭车去省城看望柳叶。

听到魏经纶不说话只叹息，杨山坡知道柳叶的病情不乐观，安慰了几句就把电话挂了。

魏经纶撂下电话，"咚咚咚"地下了楼，直奔省人民医院。

看到魏经纶走进病房，陈艳艳和魏经纶专程从老家接到省城照顾柳叶的姨家表妹方芳停止了唱歌、交流。

陈艳艳说她从网上得知，像柳姐这样的病人，最好的治疗方法就是多与她交流，每天保证几个小时的按摩。

"陈姐的歌唱得真好，比电视上的歌唱家唱得还好。"方芳羡慕地说。

"别听方芳瞎说。我哪里会唱什么歌？只是从网上看到音乐对病人的身体恢复有好处，才胡乱唱了几首。"陈艳艳羞答答地说。

望着脸颊绯红、脸上还挂着汗珠的陈艳艳，魏经纶十分感激地说了一声："真是难为你了！"

陈艳艳莞尔一笑，露出了两颗洁白好看的小虎牙。

望着陈艳艳跟方芳从病房走出去的背影，魏经纶忽然想起母亲生病时医生曾嘱咐家人：多跟病人交流，每天坚持给病人按摩。

魏经纶清楚地记得，当时跟自己已经离了婚的柳叶，每天一下班就到医院给母亲做全身按摩，要不是柳叶的坚持，母亲的身体不可能恢复得那样快；要不是因为母亲病了，自己跟柳叶可能也不会破镜重圆重新走到一起。

此时的魏经纶突然明白了，当时的柳叶可能并没有想到两人还能重新生活在一起，她之所以在母亲病重期间坚持去照料老人，只是仍然把自己当成魏家的一员。真实朴素的亲情，让她保留着那种浓浓的家人感觉。

魏经纶望着"熟睡"中的柳叶，一种复杂的情感涌上心头。

魏经纶不停地追问自己到底爱不爱眼前这位脾气有些急躁、性格有点偏执、办事经常钻牛角尖、但对自己和自己的家人十分有感情的女人。

"如果你不爱人家，为什么要跟人家结婚呢？如果你爱人家，为什么又跟人家离婚了呢？如果曾爱过又不爱人家了，为什么在离了之后又跟人家复婚了呢？如果当初跟人家结婚是为了逃避什么的话，那离婚、复婚又是为了什么？是情缘未了？是同情人家？还是为了迎合、满足当时卧病在床的母亲？"

魏经纶两手抱头，努力在大脑中思索和搜寻着曾经发生过的一切，他知道自己对柳叶从未有过一日不见如隔三秋的感觉，即使两人刚建立起恋爱关系的时候。但这种感觉他隐隐约约地记得好像对李冬冬有过；也明白自己从未对柳叶有过如胶似漆的依恋，即使在蜜月期间；更清楚自己对柳叶从未有过文学作品中描写的灵肉欲望，即使在复婚的第一天，虽然那晚自己跟柳叶缠绵了许久，也爱抚了许久，但那完全是动物本能的冲动，是原始的简单的朴素的欲望使然。

"自己爱过柳叶吗？应该爱过，否则的话，离婚后两个人怎么会又走到一起了呢？如果说自己曾爱过并且现在仍然爱着人家的话，那这种爱也仅仅是一种敷衍的爱，一种平淡无奇、绝非轰轰烈烈、如醉如痴的爱；那种爱一定程度上来说是在履行责任，或者说是一种朴素的家人般的亲情。"

魏经纶想起了印度伟大诗人泰戈尔的那首他不止一次地为之拍手、为之感动、为之赞叹的诗：如果我占有了天空和它所有的星星，如果我占有了地球和它无穷的宝藏，我还是不满足，如果她属于我，即使我占有了世界上最小的一角，我也就心满意足了。

此时的魏经纶终于明白了，当初自己跟柳叶结婚，一定程度上是为了却父母的心愿，履行男大当婚、女大当嫁的程序，因为自己对柳叶从未有过赤道般炽热的感情，甚至连撕心裂肺的牵挂都未曾有过。正是因为自己不冷不热、不温不火的态度，才使柳叶婚后产生了无比沉重的思想负担，这种负担随着自己职位的升高而日益加剧。

"柳叶，快醒过来吧！看看我，看看你的儿子！"魏经纶一边说着，一边情不自禁地俯下身子轻轻地亲吻了柳叶的额头。

"柳叶，对不起！是我给你造成了如此沉重的心理负担，让你在提心吊胆中生活。"

"柳叶，你为什么那样傻？你可知道，中国人的婚姻有几个不是跟我们一样——平淡无奇甚至索然寡味？人家不都也过得好好的吗？你为什么会产生如此巨大的心理负担呢？是我没有明明白白地表达？还是因为我长期不在你身边？"

"如果需要我大声说出来才能消除你心头的阴霾、心中的压抑，那我宁愿每天都跟你唠叨上几句，哪怕每次的唠叨都是多余的、虚假的、令人讨厌作呕的，但只要你喜欢，只要能消除你的痛苦，减轻你的负担。"

"你问我爱你有多深？爱你有几分？你去想一想，你去看一看，月亮代表我的心……"魏经纶不知不觉地唱了起来，虽然这首歌并非魏经纶与柳叶感情的真实写照，但此时的歌声是真实的，是用心唱出来的。

魏经纶伏在床头上睡着了，当他醒过来的时候，才发现泪水打湿了被角一片。

第 13 章 费 用

进入下半年以来，东南省保监局接二连三地出台了一系列指引：如《车险商业保险发展指引》、《非车险发展手续费指引》、《机构成立政策指引》、《保险公司费用监管指引》，等等，在诸多"指引"中，尤以《保险公司费用监管指引》最为严厉，反响也最为激烈。

《保险公司费用监管指引》对东南各保险公司的会议费、培训费、餐饮费、燃油费、印刷费等科目在整体保费中的占比进行了明确规定，凡超出规定比例的，监管部门一律予以查处。《保险公司费用监管指引》还规定，单笔费用不足两千元的，可以通过现金的形式支付；单张发票超过五千元的，一律通过纸票或网上银行的形式支付；所有拟报销发票必须在两个月内完成报销程序，两个月未能完成报销程序的，发票一律作废。

东南保监局《保险公司费用监管指引》下发的第二天，东南永泰公司分管财务工作的副总经理兼财务部经理金戈就主持起草了《东南永泰财险公司费用报销流程及管理办法》，对东南保监局出台的《保险公司费用监管指引》进一步进行了明确和细化。《办法》要求：单张发票现金支付限额为一千元，凡超过一千元的，原则上要通过网上银行支付，但如果附有刷卡消费明细也可以支付现金。《办法》还要求所有报销发票按发票开具的时间在五十天之内完成报销程序，超过五十天的不予报销……

《东南永泰财险公司费用报销流程及办法》下发当天，魏经纶办公室的电话就成了"热线"，十二家地市公司主要负责人或分管车险业务的总经理对省公司出台的办法表达了忧虑与不满。大家认为，办法的制定和出台对下一步业务发展和市场竞争必然造成巨大的影响，大部分代理手续费尤其是车商渠道业务代理手续费将无法支付，强烈要求省公司取消刚刚下发的费用报销办法。

魏经纶明白，省公司制定出台《东南永泰财险公司费用报销流程及办法》也是迫不得已，因为公司出台的《办法》只是对东南监管部门下发的《指引》进一步进行了细化和明确。对监管部门出台的《指引》，魏经纶内心里充满了矛盾，虽然它可以在一定程度上限制各保险公司通过暗中支付手续费的形式增加市场竞争能力，从而使行业竞争逐步回归到理性竞争的轨道。但"指引"的出台必定对公司业务尤其是车险业务发展造成重大影响，因为永泰公司4S店业务在全省各公司中市场份额最大，而绝大多数4S店没有通过监管部门的资格核批，其代理手续费主要通过变通发票的形式支付。魏经纶也明白，金戈组织制定出台《费用报销流程及办法》，虽有落实省监管部门《指引》方面的考虑，但更多的是为自己分管工作不出现问题进行铺垫。自半年前从总公司财务部调任东南省公司副总经理以来，金戈对自己分管的工作十分认真和小心，但对于不属于自己分管条线的工作漠不关心，完全抱有一种"事不关己高高挂起""各人只扫门前雪，不管他人瓦上霜"的工作态度。

魏经纶走到金戈办公室门口后又折了回来。他想：

"既然《办法》已经下发了，跟金戈讨论办法可能对业务造成的影响还有意义吗？他是副总经理，自己是总经理助理，论职务他是领导；他的姐夫曾是集团公司第一任董事长的秘书，现在位居集团公司第一副总裁的位置，把他从总公司下派到东南省公司任职，完全是为了渡个金身混个资历，说不定哪一天一纸任命调回总公司担任更高级别的职务，别说是自己一个小小的总经理助理了，就是总经理李梦香不也是对他礼让有先、尊重有加吗？"

魏经纶若有所思地走进了李梦香的办公室，把地市公司对省公司刚刚出台的《费用报销流程及管理办法》的意见和建议跟李梦香进行了汇报，表达了忧虑之意，请李梦香给予明示。

李梦香把自己的想法和看法跟魏经纶进行了交流，要求魏经纶广泛征求各机构的意见和建议，尽快找到一个既不违背监管要求，又不影响业务发展的对策和办法。

从李梦香办公室出来，魏经纶把车险部、市场部等几个自己分管的部门负责人召集在一起，研究保监局费用监管指引和省公司费用报销流程和管理办法实施后对业务的影响。大家一致认为大局已定，逆转已无可能，当前最紧迫的任务就是抓住保监局费用监管指引正式实施前一周的时间，尽快把前期拖欠的4S店、营销业务人员的手续费消化掉，以免在政策正式实施后留有更大的隐患。

在《保险公司费用监管指引》、《东南永泰财险公司费用报销流程及管理办法》正式实施前的一个多星期的时间里，辖属的十二家中心支公司的部门经理、八十七家支公司的经理、业务主管都把搜集发票、处理费用当作阶段性头等大事来抓：有的找亲戚朋友征凑发票，有的到关系单位搜集发票，有的蹲在商场超市门口索要发票，有的花高价钱从发票使用不了的单位购买发票，有的从专门从事发票倒卖的团伙手中购置发票，更有甚者还在全公司内部组织开展了为期一周的发票征集竞赛活动，对竞赛活动的前十名和后十名实行重奖重罚。不到十天的时间，东南永泰财险公司及其辖属的十二家地市公司共兑付已产生未兑付的业务员手续费、4S店及中介代理机构各类返还三千两百多万元，效率之高、速度之快令人咋舌。

东南省保险行业《费用监管指引》正式实施的第三周，东南省保监局连续有两批领导、客人到东南省检查指导、参观学习，东南保监局热情地安排参访领导或客人到东南省内著名的风景旅游区体味大自然的馈赠，并把接待两批十五名客人的"光荣任务"交给了永泰财险公司，其中一批客人是魏经纶亲自陪同前往的，因为这批客人游玩的最后一站是滨城。

总算把监管部门的客人送走了，魏经纶身心疲惫地走进了滨城公司。但他屁股还没坐热，杨山坡、安山等人就忍不住地对监管部门准备推行的费用监管政策进行了猛烈抨击和鞭挞。说到激动之处，杨山坡竟然大骂了起来。

魏经纶不耐烦地摆了摆手，说这些问题和困难他都清楚，但既然监管部门和上级公司出台了办法或规定，不管办法或规定合不合理，切合不切合实际，都得执行。他说他这次陪同省局八位客人到东南省三个地区进行了学习考察，吃饭住宿、燃油车费、赠送礼品等有正规发票、可以直接列支的项目不说，仅门票费、索道费、景区内乘车费、足疗按摩费、K歌服务费等不能列支的花销就近四万元，需要变通处理，类似的支出，省公司一年少说二三百万元，全辖十二家地市公司每年估计都得七八百万元。这些问题监管部门都清楚，有些费用可能就是为他们变通的。变通费用，不仅违反了国家的税务政策，有偷逃税款之嫌，而且也违反了监管部门的费用监管指引，可不违反又能怎么办法呢？

"一方面要求据实列支，一方面又把许多根本无法据实列支的任务交给保险公司，这不是贼喊捉贼、自欺欺人吗？"安山愤愤地骂道。

"实际上，只要有更好的办法，谁都不愿意去变通。滨城公司目前有二十一家4S店给永泰公司代理业务，而真正有代理资质的只有一家，其余二十家都没有代理资质，没有代理资质就无法开具代理费发票，不想方设法兑换发票，一年几百万元的代理手续费就没法处理。为兑换手续费发票，办公室及渠道部的同志可谓费尽了心机，因此多缴纳的税少说也得几十万！"杨山坡叹道。

魏经纶说没有代理资质按道理讲不能代理业务，让没有代理资质的4S店代理业务，监管部门知道了还要罪加一等。实际上汽车销售公司无保险代理资质的责任在于监管部门，是他们没给销售公司审批代理资质。

杨山坡说滨城市二十一家4S店不仅给永泰公司代理业务，也给永平、强力、大千等多家公司代理业务，许多汽车销售商已经为保险公司代理业务多年了，有的代理规模还挺大，这些情况保监局都清楚。东南保监局如果真为行业着想的话，就尽快放开4S店业务代理资质的审批，这样既有利于监管，也为各保险公司合规经营提供了条件。

"具有中国特色的监管方式，这在国外是不可能发生的。不管监管部门核不核批代理资格，跟4S店的业务代理关系都要维持好，至于手续费以后怎么处理，大家共同再想办法。据保监局的内部人士讲，近期保监局可能要审批部分4S店的保险代理资质，你们一定要提前做好准备，一旦核批，立即把材料报上去。变通费用问题，回省公司后，我再跟金总商量商量，让财务部门帮助想想办法。"魏经纶安慰道。

"金戈那个笨蛋就别指望了，别说他想不出什么办法来，就是能想出办法来他也不会想的。"杨山坡忍不住又发起了牢骚。

一回到省公司，魏经纶直接进了金戈的办公室，把费用监管政策实施后对业务的影响跟金戈进行了汇报，请求金戈帮忙想想办法，尽量降低费用监管政策的实施对业务的负面冲击。

金戈说他已经注意到近期公司车商代理业务出现较大幅度下滑的问题了，但他认为业务下滑与费用监管指引的出台与实施没多大关系，因为监管部门的政策不是针对永泰一个公司的，而是适用于全省所有保险公司的。既然其他保险公司与车商的业务代理关系没受到多大冲击，那就说明业务下滑的主要原因不是费用指引的问题。

看着金戈一脸事不关己的样子，魏经纶真想揍他一顿，但他还是强忍怒火与金戈说笑着。

魏经纶回到自己的办公室后，给除滨城公司以外的其他十一个地市公司的主要负责人打了一遍电话，在调度车险业务进度的同时，重点咨询各地市同业公司应对监管部门费用监管指引的对策与办法。打完电话，魏经纶再次走进了李梦香的办公室，把自己的想法跟李梦香做了沟通。

业务增幅整体趋缓，魏经纶着急，李梦香心里更着急，因为他已从总公司有关领导那里得到了一个比较准确的信息：近期总公司要研究提拔一批干部，自己赫然在候选名单之列，在这个节骨眼上，如果东南公司业务增幅持续下降的话，肯定会对自己的升迁极为不利。李梦香知道，近期公司业务增幅不快，主要原因是渠道代理出现了问题，导致代理业务下降的根源就在于监管部门出台的费用指引，过去通过变通的办法支付给4S店、中介公司、个人代理商的手续费，因监管指引的出台而受到了很大制约，导致4S店、个人代理商为永泰公司代理业务的积极性受到了影响。李梦香清楚，手续费支付不及时，有两个方面的原因，一是魏经纶在合规管理方面要求得比较严格，不同意辖属公司提出的违反监管要求的变通办法，虽然变通办法其他保险公司都在大量使用；二是金戈在应对监管部门的政策方面配合不积极，个人不愿意承担任何管理风险，哪怕是小到忽略不计的风险。李梦香多次想找金戈谈谈，劝他不要太过于自保，事事要以大局为重，但最终没有谈，因为他知道金戈是来东南公司挂职镀金的，虽然金戈没多大本事，是一个不折不扣的"草包"，况且自己正在请人家帮忙疏通上层关系，得罪了集团公司分管干部人事工作第一副总裁的小舅子，无异于自断了升迁之路。

李梦香点燃一支烟深深地吸了一口，朝魏经纶有些诡异地笑了笑："你刚才的想法很好，尽快找几家地市公司的分管总经理召开一次'诸葛亮会'，听听大家对如何规避费用监管对渠道业务影响的意见和建议。会议一定要邀请金戈和财务部门的具体承办人员一起参加。"

第三天，魏经纶邀请五个地市公司分管车险业务的总经理召开了一次座谈会，戏称"六方会谈"。会议一开始，参会人员就火力全开，情绪之激动、言语之激烈，估计绝对不会比真正的"六方会谈"轻松多少，虽然大家的矛头都是对着东南保监局的，但金戈十分清楚那跟矛头对准自己没什么区别。

望着一脸愤怒与失望的金戈，魏经纶打圆场道："虽然监管部门独出心裁地推行费用监管指引对公司的经营工作造成了较大影响，但监管部门的初衷还是好的，目的是规范理顺东南保险市场竞争秩序。尽管大家都认为东南保监局的监管政策过于严苛、过于感性，但跟某些省份正在实施的类似政策相比较，东南保监局出台的费用管控政策还是比较仁慈，相当有人性的。我听说南方个别省份的监管部门，干脆把费用监管政策执行不力的公司的财务账都统管起来，其财务部门的职责完全由保监局代为履行，保险公司花一分钱都要事先申报事后说明。相比南方个别省份，东南省的保险公司已经够幸运的了。"

接着，有人说，各家公司的费用都是上级公司随着保费划拨来的，只要有费用，人家爱怎么花就怎么花，监管部门指引什么啊？有的说，干脆让监管部门直接从事经营工作得了，既当运动员又当裁判员，爱怎么办就怎么办；有的说，多亏东南保监局人手不够，要是再增加些人手，说不定连保险公司的高管一起兼任了；有的说，不知国外的监管部门是不是也是这样监管的，天天喊着叫着跟国外接轨，估计再喊八百年也接不上轨。

经过反复酝酿和讨论，会议最终确定了应对监管部门费用管控政策的五项措施：一是积极协调汽车销售商提前做好资质的申请报批准备工作，争取监管部门多核发一批代理资格；二是把销售费用纳入员工工资中，虽然公司要多缴纳个人所得税，但不违反监管要求；三是鼓励员工多办银行信用卡，通过刷卡消费的方式解决一千元以上额度的发票不准报销现金的问题；四是尽量跟业务合作单位协调，代为支付如会议费、餐费、修理费、消防器材等费用，以顶替业务代理费用；五是协调税率比较低、信誉比较好的关系单位开具部分发票，通过报销的形式消化其他途径消化不了的费用。

随着人力成本的逐月递增，总公司下达给东南公司的人工成本管控目标很快就突破了，为此，永泰总公司人力资源部专门给东南永泰公司下发了"努力压缩人力成本费用"的监督函。为减少销售费用挤占人工成本的问题，东南永泰公司人力资源部停止了人力成本远远高于全辖平均水平的三家中支机构的绩效工资发放。为此，三家公司颇有怨言，并给东南永泰公司人力资源部扣上了"服务意识不强、本位主义严重、不支持业务发展"的帽子，并状告到了省公司总经理室，气得心脏本来就不太好的人力资源部经理黄米心脏病发作，住进了医院。

八月份，东南省公安部门破获了一起重大发票倒卖案件，涉及单位一百多家、人员三百多人、金额五亿多元。其中，强力、永平、安达等多家保险公司辖属机构的七十多人涉入其中，涉及金额五千多万元。

正当东南永泰公司上下庆幸辖属机构无人参与这起重大倒买倒卖票据大案的时候，东南省劳动部门一行六人由省劳动监察大队副大队长带队进驻了东南永泰公司，对东南永泰公司及其辖属十二家地市公司养老保险、失业保险等费用缴纳情况进行检查。劳动监察大队进驻东南永泰公司的当天，刚出院上班没几天的人力资源部经理黄米又住进了医院。

对黄米再次心脏病复发住进医院，公司上下众说纷纭：有人说他被检查组吓病了，有人说他故意逃避工作，有人说他有意识躲起来让检查组检查问题，等等。不管大家的猜测是否正确，再次住院的黄米还是体味到了因祸得福的"快乐"。黄米明白，大量销售费用通过工资发放的形式虽然解决了大量手续费无法解决的问题，规避了保险监管风险，但随之产生了十分严重的劳动监察风险。因为全辖十二家地市公司没有一家公司是按员工工资表中的数额全额缴纳养老、医疗、工伤、生育、失业等五种社会保险的，而是按员工的实际收入缴纳的，尽管未缴纳的部分实际上是通过工资形式变通的业务代理手续费，但按照《社会保险法》的规定要求，社会保险费是必须按财务列支数额全额缴纳的，未按财务报表数额的部分要及时足额补缴。

劳动检查小组一进驻东南永泰公司，李梦香就意识到了问题的严重性，因为他隐隐约约地记得黄米多次跟他唠叨过此事。李梦香一面安排一名班子成员做检查组的工作，一面安排副总经理白宗仁去医院探视黄米是否真的心脏病复发无法坚持工作，征询黄米对如何应对社保大检查的意见。总归黄米在人力资源部门工作了七八年，对劳动及社会保险等方面的法律法规相对熟悉。

看到白宗仁等人走进病房，黄米假装十分吃力地坐了起来。

黄米不无埋怨地说他曾极力劝说尽量不要通过工资发放的形式解决销售

费用问题，可省公司有关领导支持这样做。白宗仁明白黄米所说的有关领导指的就是金戈。

白宗仁问黄米全省通过工资发放形式解决的销售费用大约有多少，黄米十分肯定地说保守估计也得四千多万元。

白宗仁问通过员工的工资解决销售费用，增加的个人所得税怎么处理的。黄米说通过员工工资套取销售费用所增加的税款全部由公司承担，即使这样，员工也还是颇有微词。

白宗仁有些不解，说费用只是从员工的工资中走一下，个人利益又没有受到损害，为什么会出现不高兴的情况。

黄米说虽然那部分钱不是员工本人的，但让他们从工资里再拿出来交给公司，他们心里就感觉不舒服，好像把自己的钱拿走了一样。

白宗仁问黄米要足额补缴各类社保费的话，估计公司还需补缴多少钱？

黄米说大约还得补缴一千多万元。

白宗仁等人听了，惊异得半天没合死嘴。

"约工资总额的百分之三十，足额补缴的话一千万元未必能打得住。"黄米说着，右手捂住心脏部位，眉头用力皱着。

看到黄米痛苦的样子，白宗仁示意黄米躺下。

黄米叹道："那部分钱要是真补缴出去了，员工肯定会骂娘的，因为那部分销售费用确实不是员工的工资。"

白宗仁回到公司后立即把探视黄米的情况跟李梦香作了详细的汇报，并叹道："这条路走不通，那条路又不让走，在中国，干保险为什么这样难？"

李梦香也十分生气地说："如果政府各职能部门都切实为保险行业想一想，把该做的工作全部做到位，别到处设关立卡，保险行业的发展也不会如此之难。如此下去，别说是缩小与欧美发达国家的差距了，不进一步拉大差距就不错了！'大国小保险'的现状，我看我们这代人是看不到改变的那一天了！"

李梦香深深地叹了一口气，说这事也不能全怪政府部门不作为，保险公司本身也存在着很大的问题。如果各保险公司业务发展过程中理性一些，与不具备业务合作条件的单位坚决不进行业务合作，类似的纠结和矛盾就不会那样多，违规经营的风险也就没那样大了。可哪家公司会这样做、敢这样做呢？

　　李梦香摸起办公桌上的电话把魏经纶叫进了总经理办公室，让他务必找赵明出面干预一下，无论如何不能让劳动监察大队继续检查下去了，否则的话，问题会越查越多。

　　李梦香等人多方协调，赵明也从中干预，省劳动检查大队一行六人让东南永泰公司补缴了五十万元就草草结束了检查。

　　涉险过关，李梦香、白宗仁等人在庆幸之余也不免把东南保监局从上到下骂了个遍，骂东南保监局为什么不尽快核批车商代理保险资格；骂东南保监局不该出台那个该死的费用监管指引；骂东南保监局该管的不管，不该管的乱管……

　　骂过、怨过之后，李梦香等人还是感觉通过人工成本解决销售费用是一条比较稳妥的途径，尽管也存在着风险，但跟违反行业监管规定而可能面临着丢官、丢饭碗的风险相比较，其违规成本是完全可以接受的，多交纳不应该交纳的税款只是公司受损失，丢官丢饭碗那是关乎个人切身利益乃至身家性命的问题，在保证个人既得利益与维护公司整体利益的问题上，没有对错，只有取舍。

第 14 章　保险的尴尬

国庆节前夕，永泰财险总公司同时下发了第 315 号文件和 316 号文件，任命李梦香为永泰财险总公司总经理助理，在东南永泰公司当了八年副职的白宗仁终于如愿转正。尽管白宗仁实际年龄已经五十七岁了，距永泰集团公司的"辖属省级公司主要负责人退出领导岗位年龄原则上不高于五十八岁"的规定仅有一年的时间，但白宗仁心里还是有一种说不出的激动。

永泰财险总公司第 316 号文件同时还任命金戈为永泰财险公司财务部副总经理，魏经纶为东南永泰财险公司副总经理兼永泰财险总公司滨城电话销售管理中心筹备工作领导小组副组长。按照与滨城市政府签订的战略合作协议，永泰财险公司拟在滨城市新城筹建一个坐席生最终达到六千人的电话销售中心，专门负责北方十省份十二个省级公司的车险电话销售业务。

永泰总公司任命文件下发的当天，白宗仁就把魏经纶、办公室主任杨一鸣等人召集在一起，商量欢送李梦香荣升事宜。经过酝酿和讨论，白宗仁最终决定欢送宴会除辖属十二家地市公司的所有班子成员悉数参加以外，还将邀请东南省保监局、东南省保险行业协会以及公司的重大客户领导参加。为了体现对李梦香的尊重和欢送宴会的档次，白宗仁还决定最好邀请到省政府的有关领导参加，并把邀请省政府领导的任务交给了魏经纶。

接到任务的魏经纶当天晚上就跑到舅舅赵明家里，把上级公司的人事安排报告了赵明，并吞吞吐吐地把邀请一至两名省级领导参加欢送李梦香宴会的请求向赵明表达了出来。

赵明的眉头皱成了一个疙瘩，十分不理解地问道："全省像你们这样的企业成千上万，每年来来往往的干部就有几千人，你觉着你们的想法现实吗？

就算是省政府领导愿意参加,他们能参加得过来吗?"

魏经纶一脸尴尬地笑着,他知道自己提出这样的要求确实有些难为舅舅,但既然单位里的一把手这样决定的,自己作为副职不坚决服从肯定不妥:一是李梦香刚荣升总公司领导,自己确实有必要在老领导面前表现一下自己;二是白宗仁刚提拔为东南省公司总经理,他想借给李梦香送行的机会跟省政府的领导们"挂上个号",总归保险公司不是省直机关,很难有机会跟省里的领导们近距离接触或者共进晚餐的;三是刚被任命为东南省公司总经理的白宗仁,对自己在班子成员中的威信未必"心中有数",他很有可能借机试验班子成员是否服从他的领导,尊重他的权威,特别是刚被提拔为公司副总经理的自己;四是十二家地市公司的总经理室成员都将集中到省城参加欢送李梦香的晚宴,如果省五大班子的某位领导出席了白宗仁就任总经理后组织的第一次大型活动,说明永泰公司在省政府领导心目中有一定的地位,省领导参加晚宴,名为给李梦香送行,实为给白宗仁捧场。

"如果你们是省属大企业或者是中央直属企业,主要负责人调任,省领导如果能安排得过来的话,出席一下也不是不可以。可你们永泰公司既不是省属大企业,也不是中央直属企业,更不是对东南省经济社会发展做出巨大贡献的企业,公司的主要负责人调任,省领导是不会出面欢送的。"赵明的语气有所缓和。

魏经纶说永泰公司也是国有大型企业,对东南省的经济社会发展做过很大贡献,如果省领导日程能安排得了的话,尽量安排出席一下,宴会的所有费用都由永泰公司自己出,不花政府的一分钱。

"钱当然由你们保险公司出了。你以为不用省政府出钱省里的领导就愿意参加啊?要是前几年,全省只有两三家保险公司,主要负责人调任,省领导出面欢送一下也算正常,可现在满大街小巷都是保险公司,到处是保险公司的小广告,到处是你们保险公司的营销员,而且保险公司的名称都差不多,别说是普通老百姓搞不清楚哪是哪了,我估计你们自己圈子里的人也不一定能把所有保险公司的名字都叫得上来!"赵明说。

看到魏经纶只是傻笑不吭声,赵明十分勉强地笑了笑,说他尽量帮永泰公司协调一下,但叫魏经纶不要抱太大的希望。

本来欢送李梦香的晚宴安排在喜鹊东南飞大酒店举行，可分管金融的孙副省长当晚在华丽大厦有接待任务，所以宴会临时又改到了华丽大厦举行。

计划晚上五点半开始的宴会，一直等到了近七点钟才举行。东南省政府孙副省长才在赵明等人的陪同下来到了华丽大厦喜洋洋厅。他说了几句客气话，跟李梦香及白宗仁等省公司总经理室成员一一握了握手，跟参加宴会的所有人员共同喝了两杯酒，就匆匆离去了，前后不到十分钟。

送走孙副省长，白宗仁走到麦克风前声情并茂地讲了二十多分钟，几乎把李梦香在东南省公司任职五年来所能想到的、可以摆上台面的事情列举了一遍，讲到激动之处，白宗仁的声音都变了。

好不容易等到白宗仁讲完了，李梦香又走到麦克前叽里呱啦地煽了一番情，总结起来无非八个字：感谢、留恋、回味、期望。

那天晚上，十二家地市公司、十一个部门的负责人共六十多人轮番上阵敬酒，宴会结束的时候，二分之一的人喝倒了，三分之一的人喝吐了。

宴会一结束，白宗仁、杨一鸣带着地市公司以及省公司部门的部分人员又赶到了一个名曰"灯火辉煌"的烧烤店"喝二场"。

"喝二场"，是东南永泰公司的一大传统，也是东南保险行业的一大文化。正式宴会结束后，如果大家不凑在一起再喝一场甚至两场，感觉酒没喝透、话没说完、感情没交流好。由于一起"喝二场"的人相对少一些，喝酒也不会像正式宴会那样一本正经，所以大多数人通常第二场比第一场酒喝得还要多，第一场没喝倒的，第二场往往"在劫难逃"。虽然"二场"的菜肴大都是肉串、花生米等摆不上"台面"的"庄户菜"，但由于能凑在一起"喝二场"的，大都是关系相对较好、说话比较投机的人，时间上没有限制，座次上没有讲究，程序上没有规定，所以大家都能放得开，喝到凌晨两三点钟都是常有的事，尽管酒菜收费比白天要高出一至两倍，但人人都乐此不疲。在保险公司，经常有人会这样讲：工资可以暂时不发，手续费可能暂时不付，但"二场"酒绝对不可以不喝。

次日一早，魏经纶陪杨山坡在柳叶床边站了一会儿，然后走到客厅的沙发上坐了下来。

"比上次我来看望她的时候气色好多了，感觉她好像有点意识了似的。"杨山坡说。

"但愿吧。"魏经纶说。

"柳叶是多么要强的一个人呀！要不是那场该死的交通事故，她能安静地在床上躺着？"

"干了那么多年的保险，类似的场面见得多了，谁也没有想到这种事情会摊到咱们哥们身上。唉！"魏经纶叹了长长的一口气。

杨山坡十分无奈地笑笑，都说人有旦夕祸福，谁也不能保证自己一辈子不摊上点事。不说别的，仅交通事故一项，一年全国死伤就超过了六七十万人，其他意外导致的伤亡就更多了，处处是风险，可中国人就是不愿意拿出点钱来购买保险，宁愿把钱存到银行里贬值。杨山坡说前两天他回了一趟老家，在村头正遇见村主任带着一家保险公司的业务人员挨家挨户地动员村民投保农村合作医疗保险，几个人跑了大半天，才说服十几户村民同意投保。其中一位村民还对村主任说，要不是为了支持村主任的工作，他才不会花十块钱投保能不能用得上的保险呢！本来是村主任想为村民办件好事，到头来却是村主任欠了村民一个好大的人情，要是村民都这样想的话，村主任八辈子也还不清村民们的人情。

魏经纶说农民对保险不了解情有可原，毕竟他们文化素质低、小农意识强，可很多领导干部甚至是职务很高的领导干部对保险也持否定态度，那就很可怕了。所以说中国商业保险的发展之路十分漫长，中国保险业任重道远。

杨山坡说上个月，滨城公司承保的一辆大客车发生了爆炸，当场死了九个，伤了十二个，死伤的二十多人中，只有一个人购买了意外伤害保险，而那辆肇事车辆是个人承包的，只购买了交强险，三者责任险、车上人员责任险都没有投保，估计死伤的那二十多个人基本得不到什么赔付。

"还不跟撞柳叶的那辆肇事车一样？把柳叶撞成这样，咱们除了能拿到十一万块钱的交强险赔付，你还指望那个家穷得叮当响的司机额外再赔点？"魏经纶无奈地说。

"撞了人，一句没能力赔付、不影响当事人正常家庭生活就没事了，谁也不能把他们怎么样，可受害者怎么办？家庭条件好一点的，可以自掏腰包看病治疗；家里拿不出治疗费的，只能坐视等死，自认活该倒霉！"杨山坡愤愤地说。

"更可恨的是，很多肇事者肇事以后逃之夭夭。前两天，我跟省交管总队的王总队一起吃饭，他说仅东南省去年一年肇事逃逸事件就达到一万两三千起，很多死伤者因找不到肇事车辆只能白白地死伤了，这样的恶性逃逸案件在西方发达国家简直是不可想象的，可在中国却是司空见惯。"魏经纶说。

"为什么在中国会出现这么多奇怪现象呢？除了法制不健全、执行不严格，犯罪成本相对较低以外，一个十分重要的原因就是很多肇事车辆没有保险或虽购买了保险但保险额度太低，所以一旦发生交通事故，他们就容易产生侥幸心理。上半年，滨城发生了一起恶性二次轧碾受害者的事件，如果不是一位老人发现了，交警部门也只能以普通交通事故处理了。"杨山坡说。

"所以平安是福，什么金钱呀、地位呀，都是过往烟云，生不带来，死不带去。柳叶没出事的时候，我们也是经常吵吵闹闹的，感觉烦死了，她这一出事，我才明白了，吵吵闹闹就是正常的生活，有时还可以说是一种幸福。"魏经纶幽幽地说。

"夫妻之间偶尔争吵几句不是什么坏事，倒有点调味品或润滑剂的意味，但如果天天吵吵闹闹那就不是调味品润滑剂了，倒像是地沟油麻辣烫了，吃多了非着急上火生病不可。我现在特别害怕跟白雪长时间待在一起，时间一长非打架不可。"杨山坡说着，瞅了魏经纶一眼。

魏经纶用玩笑的口吻问杨山坡，说听别人讲他俩最近经常闹别扭，是不是因为杨山坡当上总经理了，地位高了，在单位里说了算了，瞧不起人家白雪了？

杨山坡说保险公司的总经理说到底就是个丐帮头，他没有资本瞧不起这个，看不起那个。

"我发现你现在思维有些问题，一会儿牛得不得了，一会儿又自卑得不行了。保险公司的社会地位虽比不了石油电力等垄断行业，但也不至于成了丐帮呀！"魏经纶一本正经地说。

"上次我俩吵架时白雪就那样骂我的。现在不是我瞧不起人家，是人家瞧不起我了！"杨山坡假装感叹。

"别胡说八道了！白雪虽然有时说话不太靠谱，但也不可能像你说的那样瞧不起你呀！当初你从学校毕业分配到保险公司的时候，穷光蛋一个，白雪要是嫌弃你的话，还能跟你结婚？现在你当上总经理了，地位、收入跟你们俩谈恋爱的时候有着天壤之别，白雪怎么可能会瞧不上你了呢？道理说不通呀！一定是话赶话赶上了。"魏经纶给对方解释。

"虽然当初咱们只是保险公司的一个小科员，但那时保险公司的社会地位比党政机关事业单位还要高，走到哪都是人敬人爱、刮目相看，否则白雪她妈也不会一眼就看上咱哥们了。"杨山坡笑笑。

"干保险公司的，哪跟党政机关一样到点上班到点下班？不能说整天陪客户吃喝玩乐吧，但正常的应酬还是少不了的。"杨山坡继续说道。

"正常的应酬我想白雪不会不理解，以前人家怎么就没跟你吵吵闹闹？"

"以前咱干副职，应酬肯定不如现在多。过去保险公司数量少，一般的业务总经理不需要出面协调。现在竞争这么激烈，别说是保费上百万元的大客户了，就是一二十万元的中型客户，总经理也得出面陪吃陪喝陪聊，要是不出面，业务万一做不下来或者丢了，业务员不骂娘才怪了。你当了多年的总经理，这事你又不是不清楚。保险这个工作，真不是人干的！"

"一把手不一定什么客户都要陪，一般的客户，让分管领导或者部门负责人陪陪就可以了，那么多客户，你能陪得过来吗？"

杨山坡说白雪现在对他一点信任感都没有，整天捕风捉影胡说八道。杨山坡说以前他感觉白雪大大咧咧好像什么都不在乎，可自从他当上总经理以后，感觉她好像变了一个人似的：疑神疑鬼、说话尖刻、不近人情。

魏经纶说白雪不是那种遇事想不开的人，一定是杨山坡自己出了问题，他劝杨山坡自己好好反思反思，多从自身找找问题，不能把问题和责任全推到白雪一个人身上。

杨山坡显出十分委屈的样子，不满地斜瞪了魏经纶一眼，心想："还好意思批评我，你要是表现得比我好，柳叶还能这样？"

魏经纶好像看出了杨山坡的心思，淡淡地笑了笑，嘱咐杨山坡回去以后一定好好跟白雪谈谈，只要谈清楚了，白雪会理解的。

魏经纶说："看看我跟柳叶现在的这个样子，你们俩应该感到知足了。一家人平平安安，比什么都强。"

杨山坡问魏经纶以后打算怎么办？省公司副总经理就够他忙活了，现在又兼任滨城电话销售中心筹备领导小组副组长，柳叶躺在床上又需要人照顾，他希望魏经纶平时自己多注意些，千万别把身体糟蹋完了。

魏经纶笑着说自己是个辛苦奔波的命，越是这样的人，身体越抗折腾，让杨山坡放心。魏经纶半开玩笑半认真地说，只要杨山坡跟白雪好好地过日子，把干儿子杨洋教育好了，就是对他魏经纶最大的关心和支持。

杨山坡开玩笑说，实在不行，他也跟魏经纶学一学，搞一次试离，现在社会上时兴试婚，试离婚说不定是下一个年轻人追赶的潮流。

看到魏经纶若有所思不太高兴的样子，杨山坡连忙解释说他只是开了一个玩笑，让魏经纶别想多了。

魏经纶嘴上虽说不会，但心里一直在犯嘀咕："这小子是不是跟白雪真的出什么问题了？"

送走杨山坡，魏经纶回到房间给柳叶翻了翻身子，然后给她全身按摩了一遍。自从发生交通事故以来，只要有时间，魏经纶一般晚上都会给柳叶按摩放松一下，他害怕柳叶老是一个姿势躺着，不仅容易疲劳，而且也不利于身体恢复。

魏经纶换上睡衣挨着柳叶躺了下来。自从柳叶从医院回到家中调养治疗以来，只要不到外地出差，只要不是酒喝多了，魏经纶一般都要亲自陪伴照顾柳叶，除了尽丈夫的责任与义务考虑以外，更重要的是为了保证方芳晚上有充足的休息时间，以便第二天有精力照顾柳叶。

魏经纶翻来覆去怎么也睡不着，他披衣下了床，拿起电话，犹豫了半天，还是拨通了李冬冬的手机。

正常情况下，李冬冬手机十点左右就会关机的，可那天晚上十一点多钟了，李冬冬的手机竟然还开着。

"这么晚了怎么还没睡？我原想这个点你一定会关机的。"魏经纶言不由衷地说。

"有什么事情吗？柳叶还好吧？"看到来电显示，李冬冬着实吓了一跳，她担心魏经纶那边是不是又发生了什么突发事情。

"也没什么大事。有两件事情想告诉你一声。总公司的红头文件下来了，又给我安排了一份工作。"接着魏经纶把永泰财险总公司的任命文件跟李冬冬简要地叙述了一遍。

魏经纶说杨山坡今天来省城参加李梦香赴任欢送大会，两人聊了半宿，他感觉杨山坡与白雪在感情方面有些不大对劲，问李冬冬了解不了解。

李冬冬说前两天白雪找过她一次，虽没跟她说什么事情，但她感觉两人感情上出了问题，她想抽时间跟白雪好好聊一聊。

"是应该好好跟他俩聊聊了，尤其是杨山坡，别安稳日子不过。"魏经纶严肃地说。

第15章 算 计

转眼到了2010年年底，永泰财险总公司党委总经理室决定，财险系统全年最重要的工作会议安排在东南省召开。这主要有三个方面的原因：一是东南省公司当年度保费增幅虽未排在全系统前三位，但保费增量却排在全系统第一位，利润贡献率在永泰财险系统排在第二位，经营业绩十分抢眼；二是李梦香虽然调任永泰财险总公司总经理助理，但他认为自己当年大部分时间是在东南省公司总经理任上，东南取得的华丽业绩不是现任总经理白宗仁创造的，而是他李梦香带领东南两千多名正式员工、一千多名营销员共同创造的，他强烈要求总公司把全年工作会议安排在东南省召开，就是想让集团公司、总公司以及其他三十五家省公司的总经理们明白，他这位总经理助理是靠实干上去的，是他创造了其他人没能创造出来的业绩。当李梦香得知集团公司董事长沙洲也要亲临滨城参加财险公司全年工作会议时，竟然激动得一夜没有睡好。三是财险总公司在滨城拟建电话销售中心项目进展较为顺利，虽然大部分问题已经谈妥，但还有部分事情没有敲定，他想借全年工作会议在东南召开的机会，让集团、总公司领导们顺便去滨城视察、推动一下。

总公司全年工作会议确定在东南省召开的当天，李梦香第一时间给魏经纪打了个电话，下达了三条指示：一是立即跟滨城市委、市政府联系，把集团公司沙洲董事长赴东南参加财险工作会议的事情跟市委市政府主要领导汇报，让滨城市委市政府做好相关准备工作，最好在沙董事长赴东南参加会议的时机，把滨城电销中心未确定的事情全部确定下来；二是跟东南省政府做好汇报，尽可能让省政府安排省长最起码常务副省长跟沙董事长会一次面，不管怎么讲，五六千人的项目落地滨城，本身就是对东南省政府工作的极大支持，于情于理，省政府的主要领导都有义务出面接待一下；三是李梦香在东南工作期间，沙洲两次计划到东南公司视察工作都因故未能成行，他要借这次董事长赴东南出席会议的机会，把东南财险公司的亮点闪光点尽可能地呈现给集团公司主要领导。同时，李梦香还要求魏经纶提前考虑准备一份礼品，到时以他个人的名义赠送给沙董事长，价格要适中，保证董事长能愉快地接受。最后，李梦香反复嘱咐魏经纶一切事情要静悄悄地准备，暂时不要告诉白宗仁。

跟魏经纶交待完毕，李梦香又拨通了白宗仁办公室的电话，把总公司全年工作会议准备在东南省召开以及集团公司、总公司主要领导都将赴会的消息告诉了白宗仁，要求白宗仁高度重视，一定把会议的各项准备工作做扎实，尤其要把东南公司的亮点闪光点毫不保留地呈现给集团公司以及总公司的领导们。

接到李梦香的指示，白宗仁立即召开了总经理办公会议，把李梦香的电话精神通报给了与会人员，并安排魏经纶牵头组织总公司会议的筹备和协调工作。散会后，白宗仁又把魏经纶单独留下交待了一番，要求魏经纶在做好总公司会议组织工作的同时，一定想办法把一季度的业务劳动竞赛活动组织好，确保业务实现开门红，决不能因为总公司的会议在东南省召开而影响东南公司的业务发展。

从内心里讲，白宗仁对总公司把全年工作会议安排在东南省召开有些排斥：一是会议虽然只有不到两天的时间，但前前后后准备工作需要花费大量的人力、物力和财力，仅两百名与会代表的迎来送往就要牵扯非常大的精力，稍一疏忽，就会落个"出力不讨好"的结局；二是白宗仁已经五十七岁了，他只想在他担任东南省公司总经理的短暂时间里把东南省公司的业务发展、经营管理工作往前推进一步，在证明自己能力的同时，也在东南省干部员工中树立起一个良好的形象和威信，以便退出领导岗位以后，能够得到公司上下的认同和尊重。总公司把全年工作会议安排在东南省召开，或多或少地会影响公司正常经营活动。白宗仁认为，财险总公司之所以把会议安排在东南省召开，十有八九是李梦香争取来的，目的就是在集团公司、财险总公司领导面前展示他在东南省担任主要负责人期间取得的"辉煌"业绩。白宗仁开始后悔集团公司审计组在对李梦香进行离任审计的时候，应该把李梦香在任期间欠下的三千多万元的债务和近两个亿的死账、呆账全部暴露出来。

魏经纶仰躺在老板椅上沉思了半天，他不明白白宗仁为什么对总公司一年一度的工作会议安排在东南省召开如此抵触，甚至还有些排斥。

魏经纶想，如果按白宗仁的要求，对总公司的会议不用心安排，李梦香一定会对自己产生不良看法，认为自己是那种人走茶凉、薄情寡义之人，"县官不如现管"的机会主义者。如果按照李梦香的要求把总公司的会议当做自己当前的一项主要工作来抓，白宗仁肯定会认为自己是那种眼睛只会往上看，对现任总经理不尊重、不服从之人，在以后的工作中很可能不会得到白宗仁的全力支持和帮助。

魏经纶转动了一下老板椅，继续想道："不管怎么讲，总公司把全年最重要的会议安排在东南省召开，虽然给东南公司造成了一定的麻烦，但总体上讲是对东南公司工作的一种肯定，对前后任班子工作的一种认可，应该组织好。如何既能落实好李梦香的指示，又不至于让白宗仁反感呢？"

魏经纶想了半天也没有想出一个感觉十分周全的办法，他摸起电话拨通了铁哥们儿郭浩的手机。两个人在电话中嘀咕了半天，最后达成了一致意见。

按照白宗仁的意见，魏经纶形成了一个十分普通的会议安排方案，报给白宗仁审核通过后，在方案的第一页打上了"此方案经白总亲自修改完善后确定，请李总指示"一段话，通过内部网络扫描给了李梦香，因为李梦香是总公司全年工作会议的牵头组织人。

看到魏经纶报来的会议筹备方案，李梦香的第一反应就是"白宗仁在耍滑头"。在李梦香看来，魏经纶是一个悟性很高的人，他提交给自己的方案之所以与自己的要求相差甚远，不是他对自己的交待没理解清楚，而是白宗仁不给予支持。"此方案经白总亲自修改完善后初步确定"那句话，魏经纶已明白无误地传达了白宗仁不支持工作的信息。

李梦香抬起笔，在方案的右上角批上了一大段话：白总、魏总：所报方案已阅，感觉欠缺很多。此次会议，集团公司、总公司领导十分重视，要求高规格、严组织。鉴于集团、产险总公司主要领导都将莅临会议，请安排人员再行修改完善。

看到李梦香的批示，白宗仁显得十分不悦，说："就是开个年度会，用不着那么重视，要真正达到高规格接待，除非去请省长市长们出面接待。"

魏经纶装出一副恍然大悟的样子，用力拍着双手附和道："李总的意思是不是就是让咱们去请省政府领导?"

白宗仁十分生气地说:"集团、总公司的领导此次来东南,除显示对会议重视以外,最重要的议题就是确定滨城电话销售中心落地问题,到时候请滨城市委市政府的领导出面接待一下就可以了,没有必要兴师动众地去邀请省政府的领导们参加。李梦香离开东南去总公司报到的时候,滨城公司已经请省政府的领导出过一次面了,这么短的时间内再去请人家,人家不会给面子的!"

白宗仁让魏经纶在方案中再加上一项活动,就是在会议的第一天晚上,请东南保监局长江北陪同集团和总公司的领导一起共进晚餐,其他内容他说就不要再动了。

方案报上去不到一个小时,李梦香的电话就又打过来了,生硬的语气中透出了明显的不悦。李梦香在电话中明确要求白宗仁一定要把集团公司沙董事长和财险总公司陆地董事长亲自参加会议的事情报告给省政府,请省政府安排一次会见活动。

白宗仁应承把集团、总公司的主要领导来东南出席会议并参加滨城电销中心项目落地的事情报告给省政府,但能不能邀请到省政府的领导们出面,他不敢保证,因为每年在东南省组织安排会议的国家部委办局及国有大型企业多得是,像保险公司组织召开的年度例行会议,省政府的领导们是很难请得到的。

李梦香半开玩笑半认真地说,只要白总真心办,省政府的领导肯定会出面接待的,总归永泰集团公司在国内也是一个相当于副部级的国有大型企业。

白宗仁嘴上虽说一定努力争取,但心里一直暗暗地骂李梦香:"你认为永泰公司是国家机关啊?永泰就是一个普通的保险公司,既不掌握国家重点项目审批,又不掌握巨额资金投放,省政府的领导会听你的?请省政府的领导们露一下脸,出一次面,费时费力费钱不说,仅繁杂的程序、上下协调就能把人折腾个半死。保险没地位,业务难做,省长们市长们出面接待一下保费就来了?社会地位就提高了?真他妈是个马屁精!"

心里虽然烦,但表面上白宗仁还是装出一副十分痛快的样子,吩咐魏经纶一定请省政府赵秘书长再帮忙安排安排,让省政府的领导们再出一次面,否则李梦香是不会放过他们俩的。

从白宗仁办公室里出来,魏经纶叫上司机直奔省政府大院,正赶上舅舅赵明在开会。魏经纶只好坐在接待室里等了近三个小时才终于见到了赵明。

没等魏经纶把话讲完,赵明就有些不耐烦地打断了他:"企业一心一意搞经营才是正道,整天请省长们出面接待这个会见那个干什么?东南省仅保险公司就有五六十家,每家公司总部来人都要省长们出面接见,省长们能接待得过来吗?再增加五倍的省长也忙活不过来!你们整天把精力放在这上面,还有心思搞经营吗?"

魏经纶笑嘻嘻地说:"这不是为了让省长们出面撑撑场子、壮壮士气嘛!您老人家又不是不知道,保险公司社会地位低、说话声音弱,如果政府领导们关键时候不帮忙,我估计这个行业在社会上的声音会越来越弱。"

"你们整天说业务不好做,我看主要还是你们没有完全摆脱计划经济的思维意识,没有把主要精力用到经营发展上。前一周,强力保险公司总部来了个总经理,东南公司那个叫姜什么东西的总经理找了很多人做工作,要求分管省长一定要出面接见一下,让我给骂出去了。保险业跟银行、证券都是金融行业,可你们保险业的实力跟人家银行有可比性吗?中农工建四大国有银行的任何一个地市支行,对当地经济社会发展的支持和贡献都比你们保险公司的一个省级公司大得多,人家总行来人了,也没有像你们保险公司这样频繁地要求领导们出面接待这个会见那个的……"

魏经纶说虽然保险公司现在的实力跟银行业没法比,在当地经济社会发展中的作用也比较小,但保险业总有一天会超过银行业。在保险业发达的西方国家,银行都是由保险公司投资控股的,是保险公司的二级单位。

赵明用一种怀疑的眼神看着魏经纶,那意思是说:可能吗?

批评归批评,但赵明还是问魏经纶准备让他用什么理由请省长们出面参加活动,仅仅在东南省召开一个系统工作会议的理由显然是不充分的。

魏经纶就把滨城电话销售管理中心项目一旦在滨城落地就可为当地解决多少劳动力就业、拉动多大规模的消费、提供多少税收的蓝图跟赵明描绘了一番。

"不仅如此,集团公司和财险总公司董事长来东南省还有一个重要目的,就是考察东南省的投资环境,了解东南省的投资项目。保险公司虽跟银行没法比,但每年也有几千亿的资金需要找地方释放。"魏经纶说着,把早已准备好的《省政府领导活动请示表》递到了赵明的面前。

赵明笑着问:"你们的那点保费够赔付的?还有闲置资金投资项目?"

"去年仅东南财险一个公司就创造了两个多亿的利润,怎么会没钱投资项目呢?"魏经纶笑笑。

"你知道去年东南工行实现了多少利润?两百多个亿。我估计你们一个省公司搞不过工行一个最普通的县区支行。把表留下,我帮你们协调协调看看。"赵明不耐烦地说。

东南省常务副省长下午四点半出面会见了沙洲一行,并与沙洲等人共进了晚宴,陆地、李梦香、白宗仁以及与李梦香同时提拔为财险公司总经理助理的庞听一同参加了晚宴,仅十五年茅台酒就喝了六瓶。虽然晚宴名义上是东南省政府宴请的,东南省政府常务副省长也坐在主人的位置上,但晚宴花费的六万多块钱,当然还得由永泰公司自己买单。

永泰财险公司的全年工作会议一结束,沙洲率领的车队浩浩荡荡地奔向滨城。一进滨城市界,滨城市长亲率由警车开道的车队把沙洲一行迎进了据说只能副省部级及以上官员才可以入住的、有"小钓鱼台"之称的滨城"国宾馆"。滨城市长、市委书记共同会见了沙洲一行,并把滨城电话销售管理中心落地后的税收政策、人员招聘以及其他配套政策确定了下来。

东南一行,李梦香在沙洲、陆地等人面前表现得极为活跃,在集团公司董事长心目中留下了良好的印象。一直陪同沙洲、陆地等人活动的庞听,只有"羡慕、嫉妒、暗骂、恨"了。

李梦香与庞听一起进的财险总公司经营班子。按道理讲,两人同时进的班子,理应团结一心辅佐陆地抓好业务发展与经营管理工作,但两人之前就曾有过矛盾。庞听被提拔为总经理助理之前,曾担任过财务部总经理,因为费用、业务政策等方面的原因,李梦香与庞听发生过几次争执。有一次李梦香还因为一件事情把庞听的电话给摔了,庞听为此对李梦香耿耿于怀,在陆地面前添油加醋地说了不少李梦香的坏话,对此李梦香是心知肚明,要不是金戈那位在集团公司担任副总经理的亲戚鼎力相助,李梦香现在可能还在东南省公司担任总经理。

李梦香调到总公司工作后,自觉根基不如庞听深,因为庞听在总公司工作了十多年,跟陆地又是同乡,"亲不亲,故乡人",况且两人关系一直就很好。虽然李梦香与陆地关系也不错，但与庞听比较起来，还是有很大差距的。所以，李梦香一到总公司，就紧紧地靠上了金戈那位在集团公司当领导的姐夫。总公司全年工作会议安排在东南省召开，使李梦香在集团公司最高首长面前着实加分不少。

滨城电话销售管理中心确定之初，李梦香曾想到电销中心的工作非他分管莫属，因为自己曾在东南省公司担任主要负责人多年，在当地有良好的人脉关系。李梦香当初之所以想分管电话销售中心的工作，主要是因为电话销售中心正式运营以后，一定会成为集团以及财险总公司的一大亮点，容易出政绩。但事与愿违，陆地最终把电话销售中心的工作交给了庞听分管。

在陆地看来，虽然李梦香在东南公司工作过，对当地的情况比较熟悉，但他害怕把电话销售中心交给李梦香分管以后，李梦香会借此跟沙洲建立起更为密切的关系。一方面，对滨城电话销售中心的建立和管理工作，沙洲十分关注，一旦成为公司的一大亮点，李梦香在集团尤其在沙洲心目中的地位可能会迅速飙升；另一方面，庞听虽与自己关系良好，经常互动，但自己在担任总经理时的许多问题他都掌握，这些问题很有可能成为随时引爆的"定时炸弹"，让他远离财务等核心部门，去分管一摊并不擅长的工作，或许更有利于自己掌控。

对陆地的工作安排，庞听内心十分纠结：一是家住北京，电话销售中心远在千里之外的滨城，自己在两个城市中奔波，辛劳不说，旅途中的风险肯定会增加，一旦有什么闪失，跟前妻离异后刚娶回家一年、年龄不到三十岁的年轻漂亮的媳妇就不知成为谁家的了，自己千方百计积攒起来的千万家财也就成为了别人的囊中之物；二是自己一直从事财务工作，从未拓展过业务，让自己去分管一摊并不熟悉的工作，还得从头学起，这对于一个已经五十多岁的人来说困难肯定不少；三是李梦香在东南省经营多年，滨城又是东南省辖属的一个区域，自己分管这项工作，不仅不会得到李梦香的支持和帮助，还极有可能事事受制于他，因为在庞听的心目中，李梦香是一个狭隘龌龊鸡肠寡肚之人。私下里庞听没少找过陆地，询问分工问题还有没有商量的余地。

陆地循循善诱，说庞听来永泰公司后一直从事财务工作，对销售及业务经营管理工作不熟悉，许多人对提拔他为总经理助理有看法、不服气，如果庞听不尽快转型，快速干出点成绩来，不免会让人产生他除了会算个账其他一无是处的印象。在业务为王的保险行业，不会市场拓展、不懂经营管理的领导是很难在干部员工中树立起威信的，况且电话销售是当前各公司销售竞争的重点，也是最容易出成绩的领域，更是集团公司董事长关注的一项重点工作。陆地还说，因为让庞听分管电销工作，李梦香对他颇有意见。庞听感觉陆地说得很有道理，也就硬着头皮答应了。

第 16 章　魏经纶的困惑

滨城电话销售管理中心筹备工作领导小组成立后，财险总公司从总部派去了四位管理干部，其他人员全部是从东南省公司抽调的。

魏经纶本来就是滨城电话销售管理中心筹备领导小组的副组长，又在滨城土生土长，具有很好的社会关系资源，所以很快就被永泰财险总公司任命为滨城电话销售管理中心主持工作的副总经理。

总公司调派的管理干部到位后，从东南省公司通过竞聘程序选拔的六名管理干部也陆续到了位。其中，从滨城公司调到省公司的刘浪又回到了滨城，负责电话销售管理中心的财务工作；陈艳艳被永泰总公司任命为滨城电话销售管理中心负责人力资源管理工作的主管。

永泰财险总公司电话销售管理中心人员招聘广告发布后，陈艳艳把她准备竞聘电销中心财务或人力资源管理主管的想法告诉了魏经纶，请示魏经纶是否合适，魏经纶只是淡淡地笑了笑，没有给陈艳艳一个明确的答复。

对陈艳艳竞聘滨城电销中心职位一事，魏经纶十分矛盾，他既希望陈艳艳到电销中心工作，又不希望她到电销中心工作。从陈艳艳的工作能力、敬业精神以及与魏经纶的个人关系来讲，调到滨城电销中心肯定对魏经纶工作的开展有利，因为魏经纶了解陈艳艳，也十分信任陈艳艳。但魏经纶对陈艳艳报名参与滨城电销中心职位的竞聘又持有一种排斥的态度：一是陈艳艳与自己的关系绝对不只是领导与下属之间的关系那样简单，多少带有一些男女之间的情感，虽然陈艳艳多次对魏经纶说"她把他当哥哥看待，绝对不是因为他是她的领导"，但魏经纶认为，既然她把自己当哥哥看待，为什么毕业三年多了一直不考虑个人问题？二是柳叶发生交通事故后，陈艳艳跑前跑后地帮了不少忙，特别是柳叶居家治疗的半年多来，陈艳艳的闲暇时间基本上都用到帮魏经纶照顾柳叶上了，为此，魏经纶心里很是过意不去；三是由于陈艳艳跟魏经纶走得比较近，招致很多人说三道四：有人说陈艳艳是个马屁精，就知道拍领导的马屁；有人说陈艳艳趁柳叶失忆之际，成功搞定了魏经纶，是个不折不扣的"小三"……对一些不怀善意的传闻，魏经纶无法一笑了之，虽说"身正不怕影子斜"，但"三人成虎"的道理魏经纶当然清楚。

　　对公司内部某些不怀好意的传闻，陈艳艳并非一无所知，也并非不怕传闻对自己、对魏经纶造成负面影响，总归魏经纶年轻有为，还有相当大的上升空间，自己以后还要去寻觅一位可托付之人。在一旦报名便极有可能招致更多非议的情况下，陈艳艳仍坚持自己的决定，主要出于四个方面的考虑：一是滨城距太平市只有一百多公里的路程，如果自己调到滨城电销中心工作，每周就可以回太平看望自己的母亲，她知道父亲去世后，母亲一个人拉扯她们姐弟俩实在不易；二是电话销售中心是一个新成立的部门，省公司的干部员工大都不愿意离开省城去相对偏远的滨城，如果自己去滨城工作，对自己以后的发展肯定有利，因为滨城电销中心是一个跟省公司级别一样的单位，岗位多、竞争力小；三是自从东南大学法律系毕业被招聘进东南永泰财险公司法律合规部工作以来，魏经纶一直是自己的领导，对自己很了解，自己也从魏经纶身上学到了很多做人做事的道理，内心里陈艳艳感激佩服魏经纶；四是柳叶遭遇车祸后，陈艳艳从魏经纶对柳叶的关心照顾的点滴中深深体会到魏经纶是一个有情重义之人，尽管那种情义更多的是家人之间的亲情，但对于一个职务、收入都可称得上社会翘楚的人来讲，已经难能可贵了，跟着这样的领导工作，心里感觉踏实。

　　在总公司组织开展的竞聘上岗活动中，陈艳艳发挥出色，在所有报名参加竞聘的人当中成绩位列第一，得到了评委们的一致肯定，被破格聘任为永泰财险公司滨城电话销售管理中心人力资源管理主管，职级相当于省公司部门的科长。这对于一个离开校门只有三年多一点的普通大学生来讲是一次不小的飞跃，尽管陈艳艳在竞聘过程中发挥出色，但其中魏经纶也暗中帮助做了不少工作。

　　魏经纶被永泰总公司任命为滨城电话销售管理中心主持工作的副总经理后，魏经纶及柳叶的家人内心都十分高兴：一来滨城是沿海城市，气候温和，适宜柳叶身体恢复；二来柳叶随魏经纶回到滨城后，双方的家人、亲戚朋友都可以帮忙照顾柳叶，不仅可以大大减轻魏经纶的压力，而且还能大大减少双方家人的心理负担。

回到滨城的第一天，李冬冬跟杨山坡一起来到魏经纶的家中探望了柳叶，但白雪没有随同前来。

第二天，李冬冬又独自来到魏经纶的家，不停地给柳叶按摩头部、手臂，魏经纶只是坐在一边静静地看着，不时发出声声叹息。

"电话销售中心主要负责哪些业务？"李冬冬一边帮柳叶按摩一边问道。

"就是通过电话销售车险业务。"

"哦？一定很有难度吧？"

"难度肯定有，但应该比直销、营销容易些。"

"为什么？"

"因为电话销售比业务员直销保费可以优惠百分之十五。"

"通过电话怎么销售？"李冬冬感觉问得有些外行，马上自嘲道，"脱离保险多年了，外道了！"

魏经纶笑笑，岔开话题：

"听山坡说前些日子你身体不太舒服，也没顾得上回来看看你。现在没事了吧？"魏经纶有些歉意地看着李冬冬。

"你工作那么忙，柳叶又这样，我那点小毛病算什么。"

"小病小灾可不能不在意，不及时治疗，就有可能发展成大病大灾。"

"省城的医生们是怎样诊断的？柳叶不可能一辈子就这样躺着吧？"

"希望倒是有，但完全恢复的可能性几乎为零。"

"医生的话不能不信，也不能完全相信。你可不要失去信心呀！"

李冬冬望了望魏经纶，继续说道："刚去一个新单位，事情多，头绪杂，你可千万要注意呀！柳叶这样了，你可别再累垮了！"

"电销中心刚成立，事情较多，上级公司要求又很严，容不得我放松呀！好在滨城咱们熟人多，又有你们这些人帮衬着，压力比以前小多了。"魏经纶故作轻松地说。

"单位里的事情我们帮不上，家里的事情你尽管说就是了，我别的忙帮不了，帮助照顾照顾柳叶和孩子还是可以的。"

"家里的事情你一个人就够操劳得了，柳叶和孩子有老人还有方芳照顾，你就别太牵挂了。虽然这段时间电销中心的事情多点，家里的事情有些顾不上，但总比在省城工作时方便多了，有什么事情你可千万别不好意思。"魏经纶说。

李冬冬鼻子"哼"了一声，继续给柳叶整理着有些凌乱的头发。

滨城电话销售管理中心位于滨城市西北方向，这一东西长八百多米、南北宽近百米的建筑，是滨城市五十万平方米小商品城中面积最大的一幢建筑，建成五年来，除开业初期有过短暂的商户入驻经营外，绝大多数时间都是处于闲置状态，被当地老百姓称之为"蚊子楼"、"坑爹"工程、"败家子"工程。得知永泰公司拟在全国寻找电话销售中心职场的消息后，滨城市委市政府多次主动上门招商引项目，并开出了无偿提供职场、给予税收优惠的条件，才把永泰公司电话销售中心项目引到了滨城。

由于职场装修及所需要的办公家具招标工作还没有开始，魏经纶只好把已经到位的工作人员分成两组，一组负责制定规章制度、工作流程，一组负责宣传推动，人员招聘工作。第一批三百人的销售人员招聘培训工作完成后，第二三批近千人的招聘工作也准备启动，可总公司的资金却迟迟到不了位，连装修及办公家具招标工作都还没有开始。看着总公司规定的开业时间一天天逼近，心急如焚的魏经纶只好第三次乘飞机赶到了永泰财险总部。

看到魏经纶一脸汗水地推门进来，庞听欠了欠身子，说了一声："来了？先稍微坐一会儿。"然后继续在电脑笔记本上操作着。

魏经纶坐在沙发上足足等了十多分钟，庞听才端着茶杯慢腾腾地走到魏经纶对面的沙发上坐下来，没说上几句话，就又走到电脑旁边摆弄起来，对魏经纶完全一副心不在焉的样子。

"还是为那事？"庞听一边操作着电脑键盘，一边问道。

"庞总，第二批坐席生招聘培训工作是不是先等一等？职场一时半会儿用不上，坐席生招聘培训完了也上不了岗。"

"等职场装修好了再行动就晚了！招聘培训工作正常进行，绝对不能停！"庞听说。

看到魏经纶呆呆地坐着不说话，庞听安慰道："总经理出国了，最近几天就回来，一回来我就推着他开会研究电销中心人员编制、资金计划落实问题，再耐心等几天吧。"听庞听的口气，一点也没有着急的意思，好像滨城电销中心不是由他分管似的。

"我寻思电话销售工作永泰公司已经起步晚了,如果再耽误下去,对全年车险业务目标的完成不利……"

没等魏经纶讲完,庞听连忙制止了他:"反正已经晚了,也不差一个月两个月了,还是耐心等等吧。在总公司工作,要耐得住性子。慢工出细活嘛!"庞听笑笑。

"OK!成了!"庞听敲了一下电脑键盘,把笔记本电脑合了起来。

庞听说上午他还有个活动,不能陪魏经纶共进午餐了,一会儿他让办公室给安排个地方先住下,如果晚上有时间,他再约魏经纶一起吃个饭。

魏经纶推辞说来总公司之前就跟一个同学约定好了,不用麻烦领导费心安排了。

魏经纶从随身携带的皮包里拿出一件玉器,对庞听说:"来时给嫂子买了一件小礼品,也不知合适不合适?"

庞听先是严肃地说"不行,不行",看到玉器后,笑嘻嘻地说"谢谢,谢谢"。

送走魏经纶,庞听拿出那件玉坠端详了半天,自言自语道:"是件好东西!是件好东西呀!"

从庞听办公室出来,魏经纶坐上李梦香的车子径直去了公司旁边的"火辣辣大北方菜馆"。

两人刚一坐定,李梦香就迫不及待地问魏经纶上午跟庞听都聊了些什么。

魏经纶自嘲地说他这次专程来总公司汇报工作可能来得不是时候,因为上午跟庞听汇报滨城电销中心工作的时候,庞听好像有很多事情着急要处理,所以对他的汇报感觉没听进去多少。

李梦香笑笑,讽刺道:"那当然。我估计国务院总理也不一定比他忙。"

看到魏经纶一脸的不解,李梦香马上解释道:"你不知道庞听炒股票?只要交易不停止,那小子永远不会闲下来。听说他炒股票发了!"

"他分管那么一大摊子事,还有时间和精力炒股票?"魏经纶问。

"分管的事情再多,不干与不分管有什么两样?这也难怪,不拼命赚点钱,两个老婆三个孩子他怎么养活?"

看到魏经纶更加疑惑不解,李梦香解释说庞听的第一个老婆寻短见没寻成,基本上成为一个废人了。庞听虽跟第一个老婆离了婚,但前妻每月的生活费、医疗费还得出。他娶的第二个老婆,比自己年轻十六七岁,据说以前就是因为跟这个老婆相好,才逼得前妻寻短见的。前妻给他生了一个女儿,现妻给他生了两个女儿,四五张嘴吃饭,不拼命赚点怎么能行呢?

"一年一百多万元的年薪,生活还能有问题?可话又说回来了,即使有问题,也不能光拿年薪不干事呀!我们这些基层干部一年到头没有星期天、没有节假日,年薪也就是他的三分之一,也没像他那样对工作如此不负责任的!"魏经纶愤愤地说。

"总公司哪个人不在搞副业捞外快?哪像你我一样就知道撅着屁股干活,不知道拍马溜须捞外快。永泰是国有保险公司,只要把领导们的马屁拍好了,工作中不出现重大原则性问题,能力弱点,工作差点,没人去管你。"

李梦香笑笑,接着说道:"滨城电销中心是总公司的直属机构,你也算是总公司的人了,以后工作可要注意点,不能不讲究方式方法呀!"

"总公司的领导们不会都像庞听那样吧?如果都那种工作状态,我看这个公司真没什么希望了!行业竞争如此激烈,当领导的不身先士卒做出表率,如何去管理下属?"魏经纶说。

"永泰垮了,还有永平、永远、永胜,保险公司多如牛毛,这家公司垮了去那家,只要资历有了,到哪家公司都少不了拿年薪。可问题是永泰垮不了,保监会是不会轻而易举地让保险公司垮掉的,尤其是像永泰这样具有较大客户群又有政府背景的保险公司,要是真能垮掉几家,行业竞争也就理性了,人们选择保险公司的时候也就慎重了。"李梦香解释说。

魏经纶不解地望着李梦香,他搞不懂眼前这位领导了自己五六年的老领导,为什么调到总公司如此短的时间就变得如此油滑、世故,甚至还有些玩世不恭。

魏经纶隐约听说,李梦香调回总公司后工作并不顺心:一是董事长陆地不欣赏李梦香,尽管李梦香的总经理助理是他亲自提名任命的,李梦香自己也没弄清楚到底是什么原因;二是李梦香从总公司调任东南省公司总经理之前就与庞听关系不和,再次回到总公司担任总经理助理后,表面上看两人相互配合得还不错,但私下里却是互相攻讦,谁也不服谁。

魏经纶乘坐当天晚些时候的飞机返回了滨城,根本没有在省会住上一宿的心情：一是跑了一趟总公司，搭上一天的工夫、两三千元的机票费，还有一颗价值上万元的翡翠玉坠，什么事情没办成，他实在没有心情再在总公司住上一晚上，尽管李梦香、庞听都挽留过他；二是自柳叶发生交通事故后，不管是在省内开会还是在省外学习，只要有可能，魏经纶总是千方百计地赶回滨城，每每离开滨城，心里总有一种不踏实的感觉；三是电销中心第一期三百多人培训结束后，都在滨城着急上火地等待着上岗工作，自己离开滨城，心里还真有些放心不下。

魏经纶回到滨城没几天，总公司办公室、财务部、电话销售部一行五六个人带着七八个办公家具经销商、网络供应商来到了滨城。十多个人东量西测了半天之后，最后集中到了滨城好运来大酒店继续召开招投标论证会。

虽然牵头组织会议的总公司财务部副总经理齐山没有邀请魏经纶参加会议，但魏经纶认为自己是滨城电销中心的主要负责人，总公司一行人马来滨城就是专门为滨城电销职场的事情而来的，作为东道主理应全程陪同，况且总公司明文要求魏经纶要参与办公职场装修及一切招投标工作。

魏经纶拿着一个笔记本刚一落座，主持会议的齐山就笑眯眯地说："魏总，如果您今天忙的话，会议不参加也行；如果不忙的话，我们还是希望您能提出一些意见。"

话虽说得十分客气，但魏经纶还是明显感觉到自己是一个不受欢迎的人，脸上的笑容一下子凝滞了。

"我今天还真有点事情着急要处理，要不我先去办那件事情？如果领导们有什么事情需要吩咐的话，叫我一声就可以了。"魏经纶说着，急匆匆地退出了会议室，好大一会儿，还感觉肚子气鼓鼓的，脸上火辣辣的。

第 17 章　夜半敲门声

吃过晚饭，齐山对魏经纶说会开得有些累了，想早点休息，让魏经纶也早点回家歇着。

魏经纶巴不得早点回家。自下午被齐山"友好"地请出会议室的那刻起，魏经纶就告诫自己：人家不欢迎，自己少掺和。

齐山一回到房间，就把自己脱了个精光，赤条条地在房间里走来走去，感觉轻松极了。

齐山是20世纪80年代初期的大学生，读的是财会专业。大学毕业后，齐山先是被分配到东风市的一个区供销社当会计，后又调到市外贸公司当会计科长，外贸公司不景气时，齐山又托关系调到了东风市工商银行，认识了当时在东风市工商银行担任资金部总经理的庞听。90年代中后期庞听调到永泰财险总公司计划财务部担任会计处处长后，把齐山介绍到了永泰公司担任会计科长。总之，大学毕业后的齐山，从未干过财务以外的工作，是个"老算盘子"。

虽然在东风工商银行、永泰总公司工作时庞听一直都是齐山的顶头上司，但论专业素质与专业能力，庞听应该尊称齐山一声老师。

庞听被提拔为永泰财险总公司总经理助理后，齐山曾满怀信心地憧憬过财务部总经理职位，直到有人从集团公司下派到财险总公司担任财务部总经理后，齐山才如梦方醒。

齐山工作很努力，办事也较为谨慎，平时说话基本上都是"三思而后说"，所以在人们的印象中，齐山是那种说话不太赶趟儿的人。不知是工作压力太大的原因，还是工作氛围太过压抑的缘故，每每下班回到家，齐山都喜欢把衣服脱到不能再脱的程度，赤条条地在地板上走来走去。

齐山四仰八叉地躺在那张两米宽的大床上,感觉惬意极了。

手机铃响了,号码显示是参与滨城招投标项目的大方明智家具有限公司的老板方明智,他是集团公司办公室汪主任介绍来的客户。

齐山任由手机铃不停地响着,直到发出"暂时无人接听"的提示。

没多大工夫,齐山的电话又响了,不过打电话进来的不是方明智了,而是家佳办公用品有限公司的经理林海。齐山犹豫了好大一会儿,还是有些不情愿地按了手机上的通话键,因为林海是自己的老领导庞听介绍来的客户。

齐山推说跟朋友一起外出办事了,拒绝了林海邀约他外出宵夜的请求。

林海十分不满地挂了电话,嘴里嘟嘟囔囔道:"庞总都打招呼了,难道你敢不让我中标?"

齐山干脆把手机关了,走进了浴室。

"叮咚、叮咚。"房门的铃声一直响个不停。齐山裹着一条浴巾蹑手蹑脚地从浴室里出来,透过"猫眼",看清了外面站着的是飞箭家具有限公司的经理黄杏。

"齐总,您开开门,我有几句话想跟您说,不会影响您休息的。"站在门外的黄杏声音压得低低的。

"开还是不开?"齐山足足犹豫了五六分钟。

"齐总,我知道您在房间,我就耽误您五分钟的时间。"门外的黄杏哀求着,有些凄凉的声音透出甜丝丝的味道。

"要是这个小娘们一直赖在门外不走怎么办?让熟人或者让其他经销商看到我能说得清楚吗?"齐山脑子快速地转着。

"不行。要是黄杏进房间时让其他经销商看到,那我可能就不是说不清楚的问题了,而是有口难辩了。"齐山握着门把的手又轻轻地松开了。

看到齐山不肯开门,黄杏干脆倚着齐山房间的门不知给谁打起了电话,而且打起来就没完没了。

看到黄杏有打"阵地战"、"持久战"的意思,齐山只好穿好衣服后把门打开了,一股淡淡的香水味随即飘了进来。

黄杏不无得意地说:"我就知道齐总您在房间里。"

齐山走到靠近窗口的沙发上坐了下来,这才注意到跟在身后的黄杏跟下午相比完全换了一个人似的:弯月般的细眉下,两条长长的睫毛闪着亮光,映衬着那双虽不算大但透着几分妖冶的眼睛；两片红红的嘴唇微微地抿着，露出了两排整齐雪白的牙齿；一头飘逸的乌发垂过肩头，如瀑布飞流直下；一对有些夸张的大圆耳环显得耳朵有些脆弱和渺小；紧身黑色短裙、黑色丝袜配以米黄色的风衣，让人感觉那样协调、那样富有韵味……

看到齐山有些被迷住的样子，黄杏莞尔一笑，装出一副单纯的样子。

"齐总，这次招标您一定要给我一个为您服务的机会呀！"黄杏说。

"能不能有机会，关键看你们的投标条件如何，谁条件好，谁就有机会。"齐山搪塞道。

"条件好不好还不是您说了算。您可知道，我们飞箭牌家具可是国内响当当的品牌，比那几家公司知名度可高多了，要不怎么叫飞箭？咯咯咯！"

"我可没那么大的权力。你知道，就电销职场那几千套办公家具业务，不知多少人打过招呼递过条子了，这两天，我一听到电话铃响头皮就发麻。"齐山装出可怜兮兮的样子。

"别说是上千万元的业务了，就是几百万元的业务，对我们这些经销商来说都是大单了。这么大的一单业务，您想匀点给我们那不是轻而易举的事情？您帮了我，我黄杏是不会忘记您的。"黄杏说着，调皮地眨了眨眼睛。

"您房间里温度好高啊！"黄杏说着，十分自然地把外面的那件米黄色风衣脱了下来，露出了一袭黑色短裙。

齐山有些警觉地瞥了黄杏一眼，催促道："时间不早了，早点回去准备明天的开标答辩吧。"

"您给指点指点嘛！您不给小女子点拨一下，明天的答辩我实在没有信心呀！咯咯咯……"黄杏爽朗地笑着，高高的胸脯随着笑声不停地起伏着，挑弄得齐山有些心猿意马。

"你们整天参加招投标活动，都成精了，还需要我这个外行点拨？"

"招标的永远比投标的技高一筹。要不人们怎么会说'再狡猾的狐狸也逃不出猎人的眼睛呢'？咯咯咯……"

黄杏停止了笑声，从随身携带的背包里拿出一个精致的深红色木盒放到齐山旁边的茶几上："一点小心意，不成敬意，齐总您一定要笑纳哟！"

齐山连忙上前握住黄杏的手不让她把小盒子放下，黄杏趁机用她柔软的小手在齐山肉滚滚的手心里轻轻地挠了一下，看似不经意的一个小动作，却让齐山全身酥酥的、痒痒的。

黄杏一边慢慢地穿着风衣，一边笑哈哈地说只要齐山让她参与进这个项目，她一定会知恩图报、感激不尽的。

"把盒子拿走，千万别放在我这里。"齐山一边说着，一边用手轻轻地拍了拍黄杏的后背。

"哎哟，齐总，一点小意思嘛！何必拒人家千里之外呢！"黄杏咯咯咯地笑着走出了齐山的房间。

那天晚上，齐山翻来覆去一夜没有睡好：黄杏那甜甜的容貌、美妙的曲线、暧昧的眼神、自然而又不失挑逗的语言，都让他感觉无法抗拒。想着想着，齐山浑身也渐渐地燥热起来。

第二天一大早，齐山连续不停地拨打黄杏房间的电话，齐山知道黄杏也住在这家宾馆，且住的房间距自己住的房间不远，因为昨天晚上黄杏临出他房间门的时候，她给齐山留了电话。

前几次黄杏都没有接听，齐山想了想，再一次按下了电话的重拨键。齐山之所以坚持用内部电话而不是用自己的手机跟黄杏联系，不是为了节省一分钟几毛钱的长途电话费，老谋深算的齐山害怕在黄杏的手机中留下他曾给她打过电话的印记。

前几次铃响，黄杏都没有接听，她认为这么早打进来的一定是骚扰电话，当电话响过几次之后黄杏才有些不耐烦地拿起了话筒。

当电话那头传来的是齐山的声音的时候，黄杏睡意全消了，一骨碌从床上爬了起来，快速地在床头柜上的信笺上记录着。

黄杏认真听完齐山十分简短的"提醒"后，立即喊上跟自己一起来参加招投标活动的同伴，直奔打印社而去。

黄杏赶在招标领导小组规定的上午十点前重新修改制作了投标书，在价格有一定幅度下降的同时，着重对售后服务的内容进行了充实和完善。因为齐山把大方明智和家佳等几家主要竞争对手的竞标信息告诉了黄杏，而那几家公司的投标内容事前都跟齐山反馈过。

早早吃过早餐后，齐山把魏经纶叫进了自己住的宾馆房间。

"昨天没让你参加会议没多想吧？"齐山开门见山。

"有什么可多想的？再说了，昨天我确实有事急着要处理，要是领导您不主动提出来,我还真不好意思跟领导请假。谢谢领导了!"魏经纶双手抱拳,做出一个十分感谢的动作。

"昨天之所以没让你参加会议,主要还是不想让你蹚这塘浑水。你知道,就这么一个不到两千万元的项目,不知多少领导打过招呼递过条子。唉!实在是难办呀!"齐山装出十分为难的样子。

魏经纶嘴上虽说理解领导的良苦用心,但从内心深处实在有些看不起齐山。

"我还不知道你那点心思?装出左右为难的样子是什么意思?"魏经纶心想,只是笑不说话。

"这么大个职场,装修、办公家具不到两千万元确实不算多,如果计划不好的话,很有可能出现费用超标。我这个人魏总你可能不太了解,眼里容不下沙子。在这个项目上,我的态度很明确,哪家公司的产品物美价廉、服务质量好,我们就用哪家公司的产品,绝不能因为某个投标商打过招呼递了条子,我们就丧失党性原则。"齐山说。

"要不总公司怎么会把这么大的一个招投标项目交给领导您呢?还不是因为对您领导的为人和能力信得过?这个项目有领导您把着舵,没有人会不放心的!"魏经纶说完,自己都感觉浑身麻酥酥的。

齐山滔滔不绝地跟魏经纶讲了一大通道理,内容无非是他如何讲原则、如何对永泰公司忠诚,等等。齐山要求魏经纶一定要参与下午的开标活动,并帮助项目小组做好供应商的甄选工作。

魏经纶笑称只要是对招标工作有利的,他个人一定会无条件服从齐山的安排。

开标结果是飞箭家具有限公司的价格最低、服务措施最实、综合分数排名第一,大方明智和家佳两家公司评标得分在七家参与招投标公司中分别位列第五位和第六位。

评标会议一直开到晚上七点多钟才结束。会议一结束,齐山分别把大方明智公司和家佳两家公司投标分数用电话告诉了集团公司办公室汪主任和自己的老领导庞昕,并说自己虽想帮助大方明智和家佳两家公司操作一下,可魏经纶等人坚持要公开公平公正评标,总归魏经纶是滨城电话销售管理中心的主要负责人,招标活动又是为滨城电销中心组织的,魏经纶的意见不能不参考，况且大方明智和家佳两家公司的品牌、价格、售后服务及现场表现确实与其他几家公司尤其是与飞箭公司差距太大了，否则的话，自己无论如何也要给那两家公司一个机会。

集团公司办公室汪主任在电话中只是淡淡地说了句："齐总做得对！谢谢哥们儿了！"

听完齐山的汇报，庞听毫不掩饰地把齐山批评了一顿，责怪他不应该把招投标活动的主导权拱手让给魏经纶，尽管招投标活动是专门为滨城电销中心组织的。庞听问齐山还有没有补救的办法，能不能让家佳办公家具公司再报一次价格。

齐山十分为难地说按道理讲应该不行，因为参加评标的七个评委对评标结果心中基本有数，他担心万一有人把这件事情捅露出去，对公司会造成很大的负面影响。齐山最后承诺，他可以跟其他六位评委再商量商量，如果有可能的话，尽量让家佳公司参与进来。

放下齐山的电话，庞听立即给家佳办公家具公司的林海打了一个电话，把评标结果告诉了林海，并责怪林海事前应该早做做魏经纶的工作。

林海说他事前并不知道魏经纶也参与这个项目的招投标工作，因为无论是招投标前还是招投标过程中，那个叫魏经纶的人都未参与过任何与招投标活动有关的工作。林海一再央求庞听再帮忙做做齐山等人的工作，并承诺只要让他参与这个项目，他可以把价格在原来的基础上再下降百分之二十至二十五。

林海之所以没有把最低价格报出来，主要有两个方面的考虑：一是招标前庞听亲自跟齐山打了招呼，齐山应该不会也不敢不给庞听留面子；二是如果把价格压到最低，不仅不能保证自己的利润空间，而且更重要的是没有多余的钱打点那些帮助自己取得招标项目的领导们了。

对齐山来讲，虽然自己的老领导庞听打了招呼，林海也多次留下过"友情后补"、"必有重谢"之类的话，但他认为那都不过是林海画了个大饼骗骗自己而已，他不可能为了那根本吃不到嘴里的饼子而失去自己所需要的东西，或者放弃自己所坚持的东西。

齐山认为，林海跟庞听的关系绝非一般，否则的话，庞听绝不会三番五次地给自己打电话，毫不掩饰地要求让林海的公司参与滨城电销中心的招投标项目，因为庞听是那种"多一事不如少一事，能推事不揽事"的人。另外，滨城电销中心家具及网络供应项目邀标前、招标过程中，林海虽也多次表达给自己"表示表示"的意思，但也只是"只听楼梯响，不见人下来"，一两千万元的招投标项目，如果庞听没跟林海拍过胸脯下过保证，林海会那样"任凭风浪起，稳坐钓鱼台"吗？林海跟庞听有那么深厚的关系，即使他真心想给自己"表示一下"，自己敢心安理得地"笑纳"吗？更为重要的是，如果林海仗着自己跟庞听有扯不清的关系而在产品质量、售后服务等方面"偷工减料"，一旦出现问题，自己能开脱得了，有机会开脱吗？

庞听十分不悦地扣掉了齐山的电话，自言自语道："真他妈的草包一个！当初多亏没让他干财务部经理。"

放下庞听的电话，齐山心中有说不出的痛快："关键时刻不给老子说句话还想拿老子当枪使唤，做梦去吧！"

对自己没有顺利接任财务部经理一职，齐山一直耿耿于怀。尽管庞听多次跟齐山说他一直想让齐山接替自己，并且多次在陆地面前举荐过齐山，但齐山压根儿就没相信过庞听的话，因为他对庞听的为人、做事风格再了解不过了。

没多大会儿，庞听又打电话问齐山，一两千万元的项目，如果不安排两至三家公司一起干，工期能不能保证？公司的其他领导会不会产生疑虑？

"我也只是提个建议，要是换了别人，这样的建议我肯定不会随意提的。仅供参考，仅供参考呀！"庞听笑哈哈地说。

齐山虽然心里暗暗地骂庞听，但嘴上还是应承说再想想办法，跟魏经纶等其他几位招投标领导小组的成员再商量商量。

第18章 连环交易

竞标活动一结束，齐山就让魏经纶给安排了一个相对僻静的酒店住了下来，但原来住的那家酒店的房间仍然保留着。齐山把手机也调到了"飞行模式"上，每隔一两个小时开一次机，查看一下有没有十分重要的电话打进来。

魏经纶一走进房间，齐山就迫不及待地把庞听数次打电话追问家佳家具公司投标结果的事情告诉了魏经纶，并询问魏经纶对此事的看法。

魏经纶说他完全同意齐山的观点，既然是公开招投标，就应该公开公平公正，否则的话，就失去了招投标的意义，也不利于防止"暗箱操作"和腐败问题的滋生。

齐山说话虽那样讲，但领导们的意见也不能不听，否则的话，领导们会批评下属不明事理。

魏经纶用狡黠的目光看着齐山，心想当初是你告诉我招标工作一定要公开公平公正的，要求领导小组成员洁身自好，不跟任何参与招投标活动的厂商接触，刚过一天就变卦了？是在试探我还是另有隐情？

魏经纶说齐山是招投标工作领导小组的组长，只要招投标活动程序规范，过程公平公正，结果对公司有利，他本人一切服从齐山的决定。

齐山试探性地问魏经纶能不能把招标项目一分为二或一分为三，这样可能对整体工作的推进更为有利，因为他认为庞听在电话中的提醒是有一定道理的。

魏经纶诡异地看了齐山一眼，问如何一分为二或一分为三？招投标领导小组的其他成员有没有意见？魏经纶表态说只要齐山认为可行、其他小组成员没有意见，他本人也不会反对。

齐山说虽然参与此次招投标工作的成员一共有七位，其中三位是财务部的一般工作人员，他们只参与了招投标的准备和基础性工作，对具体细节并不十分清楚。办公室和法律合规部的两位参与者，一位是副处长，另一位是科长，位卑言轻，说话没分量，只要他俩达成一致就可以了。

魏经纶笑着说一切听从齐总安排。

魏经纶跟齐山正说着，庞听又把电话打到了魏经纶的手机上，问魏经纶在哪？跟齐山在不在一起？为什么齐山的电话一直打不通？

听到是庞听打进来的电话，齐山一个劲地跟魏经纶直摆手，示意魏经纶不要说跟他在一起。

庞听跟魏经纶说他一个非常要好的大学同学的小舅子开了一家叫家佳家具的公司，参与了这次滨城电销中心项目的招投标活动。由于制作标书的时候，工作人员粗心大意，把价格报错了，导致开标分数不高，要求魏经纶跟齐山商量商量，想办法给"家佳"一次将功补过的机会。庞听一再叮嘱魏经纶不要把他打电话的事情告诉齐山。

庞听这么一说，魏经纶立即明白齐山把自己在这次招投标活动中的作用夸大了，否则庞听是不可能亲自打电话给自己说情的，因为自己在这次招投标活动中仅是一个打酱油、跑龙套的，真正的主角是他齐山本人。

魏经纶含糊其辞地应付着，既担心一语不慎引起庞听的不快，又害怕说多了引起齐山的怀疑。魏经纶答应庞听马上跟齐山汇报，看能否商量出一个万全之策。

齐山望着笑而不答的魏经纶，表情显得极不自然。

"看来家佳公司对该项目是势在必得了，否则的话，庞总也不会这样锲而不舍。你看这样行不行，咱俩分头跟参与招投标工作的其他几名成员谈一谈，把领导的意思透露给他们，以免大家产生误解。"

按照齐山的意思，财务部的其他三名工作人员由他负责打招呼，办公室的王副处长和法律合规部的张科长由魏经纶负责沟通。但魏经纶说他跟办公室的王副处长不熟，沟通起来不方便，建议还是由齐山亲自去沟通。

从齐山住的海蓝宾馆出来，魏经纶开车直接去了滨城公司，因为从海蓝宾馆回电销中心临时办公地点须经过滨城公司。

魏经纶跟杨山坡没说上几句话，家佳办公家具公司的经理林海打电话给魏经纶，说他想去拜访一下魏经纶，并且已经到了魏经纶住的那个小区门口，问魏经纶家住小区的几号楼。魏经纶一边搪塞说他跟一位朋友刚离开滨城准备去外地办点事情，一边示意杨山坡马上跟家里人打电话嘱咐一声，任何人去家里都不要开门。

林海的电话挂断没五分钟，庞听的电话就又打进来了。庞听说林海想当面把招投标的事情跟魏经纶详细汇报汇报，要求魏经纶方便的时候跟林海见上一面，算是给他本人帮一个忙，因为林海一直追着他不放。

魏经纶说他跟父母带着媳妇柳叶去了滨城下面一个叫天王的县，听人介绍说天王县有一名老中医专门医治疑难杂症，他想找那位老中医替柳叶瞧瞧。魏经纶说他一回滨城就找齐山商量，立即给领导一个明确的答复。

庞听说滨城招投标一事，他已经答应他那位同学的小舅子了，如果参与不了的话，他本人跟他那位同学和他那位同学的小舅子都不好交待。庞听要求魏经纶一定要帮忙想想办法，并十分含蓄地说了一些客气话。

杨山坡分析说庞总跟林海的关系肯定不会像他说的那样简单，否则他也不会那样毫不避讳地三番五次找魏经纶和齐山的。

魏经纶点头称是，并后悔自己不该去参加评标活动。

魏经纶说齐山是招投标领导小组的组长，具有最终决定权，自己充其量是个"打酱油"的，为什么庞听不去找齐山却三番五次地找自己呢？

杨山坡嘻皮笑脸地挖苦魏经纶，说他走到哪都是当家做主人，要不总公司那么大的一个领导三番五次地求他高抬贵手格外开恩呢？

魏经纶猜测他可能让齐山那家伙给出卖了，否则庞听是不会一直追着他不放的。

魏经纶跟杨山坡商量后认为，自己应该立即跟庞听解释清楚，让庞听明白自己只不过参与了一次评标会，其他事情一概不知，一定不能让庞听对自己产生误解。

魏经纶拿着手机犹豫了半天，最终还是没有拨通庞听的电话。

魏经纶认为，如果打电话跟庞听说自己对招投标的情况知之甚少，庞听一定会认为自己推卸责任、不肯帮忙、不给面子，以后就很难在工作上得到他的支持；如果庞听拿自己说的话对齐山施加压力，自己不仅在庞听那里留下了不诚实的印象，而且极有可能还因此得罪了齐山，以后滨城电销中心就很难在资金方面得到齐山的关照和支持了。

从滨城公司出来，魏经纶又回到海蓝宾馆，敲了齐山房间门半天也没有听到回应，打齐山的手机，手机处于关机状态。魏经纶估计齐山可能去了滨城他一个熟人那里去了，因为刚才自己离开海蓝宾馆去杨山坡那里之前，曾邀请齐山晚上一起外出吃饭，齐山推辞说他的一个熟人晚上已经安排好了。

实际上齐山在滨城根本就没什么熟人，更不存在滨城的朋友晚上请他吃饭的事情。但齐山下午的确主动约好了一个人，这个人不是别人，就是飞箭家具有限公司的经理黄杏。

魏经纶前脚刚走，黄杏后脚就跟着进了齐山的房间。

"怪不得去领导房间找不到您了呢？原来领导是明修栈道，暗度陈仓呀！咯咯咯。"一进齐山的房门，黄杏就笑个不停。

"怎么来的？没跟别人说我搬到这个宾馆住吧？"齐山确信后面没人跟来后，声音低低地问黄杏。

"放心吧，我小黄还没傻到那种程度。"

"生意人，个个猴精猴精的，肯定不会做出那种傻事来。"齐山说着，走到椅子上坐了下来。

黄杏替齐山杯子里续满水后，也在齐山对面的床沿上坐了下来。

"领导，招标结果确定了？飞箭公司应该没问题吧？"一坐定，黄杏就迫不及待地追问齐山。

"你们公司的投标条件还可以，分数也较为靠前，按道理讲应该有希望参与本项目服务。"

"那我先谢谢领导了！"黄杏说着向前探了探身子，把她那双雪白粉嫩、胖嘟嘟的小手主动伸向了齐山。

齐山礼节性地握了握黄杏主动伸过来的双手，若有所思地说："按分数排名，飞箭公司应该有机会，可上边的大领导一遍又一遍地打电话给我，要求一定让另外两家公司服务这个项目，可另外两家公司的投标条件与你们飞箭公司相比较稍逊一些，排名也相对靠后。可人家找了总公司的大领导，如果领导的指示我不执行的话，从大的方面讲是没有大局观，不讲政治；从小的方面讲是不知好歹，不服从领导。所以我希望飞箭公司主动要求退出本次招投标活动。"

齐山认为，家佳办公家具公司投标分数相对靠后，要取得项目承包权，办法只有一个，就是分数相对靠前一些的几家公司主动退出，否则会让人怀疑存在着暗箱操作的问题，一旦传出去，对永泰公司、对参与招投标工作的每一位成员都十分不利。所以他希望黄杏主动放弃中标机会，算是帮他个人一个大忙。

听了齐山的话，黄杏显得有些诧异，情绪也有些紧张，交叉着的双腿不自觉地放了下来。

黄杏调皮地朝齐山眨了眨那双水灵灵的眼睛，声音甜甜地说："不要这样嘛！既然飞箭公司投标条件不错，无论如何也得给我们一次为您服务的机会呀！否则的话，您永远不会知道飞箭公司的服务质量是多么的好呀！"

齐山劝道："永泰公司每年都有上百个招投标项目，如果这次不行，下次一定会有合作机会的。"

"承蒙齐总眷顾，飞箭好不容易有了中标机会，无论如何您也不能让我们退出呀！像永泰这样一个操作规范、管理正规的国内知名保险公司，不可能也干那些暗箱操作的事情吧？否则的话，您也没有必要大老远亲自跑到滨城来。您说对不对？"黄杏央求道。

"我也是迫不得已呀！小黄，上次你放我这里的那件物品我也没看是什么东西，过会儿走的时候一定别忘记带了。"齐山说着，把黄杏上次留到他房间里的那件深红色木盒拿了出来。

"齐总，一点小意思，您可千万别见外呀！买卖不成情意在嘛！"黄杏一边推让着一边说道。

两个人你来我往地推辞着，走廊里传来了脚步的声音，继而是敲门的声音。来者正是魏经纶。

听到敲门声，齐山和黄杏紧张地站在原地僵住不动了，四只耳朵警惕地倾听着门外的声音。

没听到回应，魏经纶敲了几下门就走了。

待脚步声由近而远时，齐山才发现自己的双手跟黄杏的双手紧紧地握在一起。可能是刚才精神过于紧张或者是思想过于集中的原因，齐山竟然没有发觉。

齐山不好意思地笑了笑，掩饰，也算是歉意。

齐山和黄杏各自坐回原来的位置，很长时间没有说话。

黄杏首先打破了寂静。

"齐总，您也别太犯难，如果您认为小妹这次必须退出的话，我听大哥您的。"

齐山扫了黄杏一眼，然后慢慢地低下了头。

"小黄，不瞒你说，我之所以把其他几家公司的竞标核心内容告诉你，主要是因为见到你后我想起了一个人。"接着齐山把他心中珍藏了多年的秘密告诉了黄杏。

原来，齐山在读大学的时候，跟班里的一名女同学建立了恋爱关系，并在假期里分别跟对方父母见了面，双方父母十分满意地认可了两个人的恋情。就在毕业前夕两个人高高兴兴准备走上工作岗位的时候，女友突然检查出患有白血病。当时电视台正在播放日本电视连续剧《血疑》，虽然片中主角大岛幸子和相良光夫的爱情故事感动了千万正在恋爱或准备恋爱的年轻人，但当得知自己女友也患上白血病时，齐山的精神崩溃了。

在齐山看来，片中作为东都大学医学院副教授的大岛茂尚不能拯救女儿的生命，就不要说医疗条件相对落后的中国了，而他自己是农村出来的孩子，更不可能给女友提供任何治疗上的支持或帮助。在爱情和现实面前，齐山屈服了，并跟女友的关系渐行渐远。大学毕业的典礼上，齐山的女友昏倒了，并永远地闭上了眼睛。他永远记得女友临死时那爱恨交加、充满了纠结与复杂情感的一瞥，那一瞥让齐山刻骨铭心。

在滨城电销中心办公家具项目招投标会上，齐山看到了前来竞标的黄杏，竟与自己的前女友十分相像。那一年是前女友去世的第二十二个年头，对于从小就迷信二十周年是一个轮回的齐山来讲，黄杏就是前女友的再世，而且极有可能是来报复自己当年薄情寡义的。

复杂的情感促使齐山鬼使神差地把大方明智和家佳等几家主要竞争对手竞标的核心内容告诉了黄杏，他真心希望黄杏能够在激烈的竞争中胜出，他认为自己应该那样做，也必须那样做。

当黄杏说出"您也别太犯难，如果您认为小妹必须退出的话，我听大哥您的"话时，齐山再也无法控制自己的感情，禁不住泪水涟涟，并紧紧地把黄杏搂在了怀里。

不知是为齐山的真情所感动,还是因为生意场上的人善于逢场作戏,当齐山泪流满面地拥抱住自己的时候,黄杏竟然感觉十分自然,也十分情愿。

他俩相吻了,像一对久别重逢的恋人,也像是失散多年重新相逢的夫妻。

送走黄杏,齐山立即拨通了魏经纶的电话。齐山说自己去朋友那里吃饭时把手机落在床上了,回宾馆后看到有魏经纶的未接来电,问魏经纶打电话找他有什么事情。

魏经纶说有件事想跟齐山汇报汇报,并说一会儿就到海蓝宾馆。

齐山说最近几天他接到过庞听十多个电话,内容跟魏经纶叙述的差不多,问魏经纶应该怎么处理。

魏经纶假装十分为难地说他没在总公司工作过,对总公司的办事规则不太明白,对如何处理类似的事情没有经验,一切听从齐山的安排。

齐山说他能够理解庞听的难处,不到万不得已是不可能同时给他和魏经纶都打电话的。齐山说招标分数已经统计出来了,飞箭公司的投标分数位列第一,远远高于家佳公司,如果不让"飞箭"中标,于情于理于法都说不过去,但如果让"飞箭"中标,庞总那里又无法交待。

齐山说滨城电销中心由庞听分管,如果在这个项目上不尊重领导的意见,他担心会增加魏经纶以后工作的难度。齐山建议在"飞箭"和"家佳"两家公司中搞一下平衡,问魏经纶有什么意见或者还有什么更好的办法。

看到魏经纶没有表态,齐山进一步分析道:"只要你我两个人的意见保持一致,其他人是不会说三道四的。你刚调入总公司,对总公司的处事哲学还不够了解,如果在处理类似问题的时候过于呆板、不能充分展现出自己灵活的一面,估计以后在总公司很难吃得开。在这方面,我是栽过跟头的!"

齐山进一步引导说:"今天下午,我对本次招标活动的整个过程又反思了一遍,感觉总体把握上没多大问题,但也不是尽善尽美,还存在着瑕疵,特别是在落实庞总交待问题的处理上还存在着欠缺。我们应该怎样正确处理好原则性与灵活性的关系,才能既让领导满意,又不至于出现大的问题呢?"

魏经纶一边认真地听着齐山的"劝导",一边不停地思索着:"你是此次招标工作的主要负责人,跟我说这些有必要吗?不对,齐山这家伙在总公司是出了名的'小鬼',他说的每一句话都不会是无目的的,都可能隐藏着很深的含义。"

魏经纶端起茶杯假装喝水,脑子飞快地旋转着:"齐山说得对,自己刚调入总公司,无根无基,如果在这个问题上给庞听留下一个不尊重领导的印象,以后就很难在工作上得到庞听的支持了,额外关照就更是不可能了。"

经过较长时间的沉思,魏经纶说出了自己的想法,齐山感觉十分可行。

魏经纶认为,飞箭公司的报价确实过低,正常情况下无法保证产品质量和时效。魏经纶建议让飞箭公司和家佳两家公司重新议一次标,尽量把产品的价格确定在一个合适的价位上,最关键的一点就是在保证产品质量的前提下,确保在规定的时间内,让电销中心正式投入使用。

齐山哈哈笑着问魏经纶,应该如何在飞箭和家佳两家公司中找到平衡,并奉承魏经纶说他在基层工作多年,有着处理复杂问题的丰富经验。

"你是项目组长,您说怎么办我都支持。"魏经纶又把球踢回给了齐山。

"我有一个不成熟的想法,你帮忙参谋一下是否合适。"齐山把早已考虑的方案告诉了魏经纶,并假惺惺地要求魏经纶帮他做做黄杏和林海的工作。

魏经纶离开后,齐山首先把林海叫到了海蓝宾馆,把飞箭公司的报价跟家佳公司的报价进行了对比,同时,把庞听的几次电话指示精神跟林海叙述了一遍。

齐山装出一副十分为难的样子对林海说,此次招投标,家佳公司的综合排名比较靠后,报价较高,售后服务也不够专业,不仅参加评标活动的人都清楚评议结果,而且飞箭公司的黄杏也知道了评标结果,如果把这个项目交由家佳公司去做,他个人感觉压力很大。他说他那个财务部副总经理干与不干都无所谓,主要是害怕给庞听惹麻烦,害怕别人说他齐山有问题。

送走林海,齐山又把黄杏叫进了自己的房间,把他跟林海谈话的内容说了一遍,并跟黄杏道出了他个人的想法。

黄杏听后,眉开眼笑。

对黄杏来说,自己从未奢望独家承揽滨城电销中心办公家具项目,只要占有理想的份额、保证销售利润就心满意足了。按照齐山的想法,飞箭公司不仅能够占有该项目百分之五十以上的份额,而且产品价格可以按两家公司投标报价的中间值进行计算,这样飞箭公司就可以在投标报价的基础上价格上浮百分之十五以上,仅此一项,即可增加五十万元以上的销售利润。

齐山还说，他本想把整个项目都交给飞箭公司，由于领导的干预，只能让飞箭公司让出部分份额，其中的"损失"可以让家佳公司弥补。齐山说他已经把飞箭公司让出份额的意思说给林海听了，让林海自己也想办法做做飞箭公司的工作，只要两家公司达成一致，他就拍板确定中标公司。

听着听着，黄杏禁不住更加心花怒放。

"领导，您为什么对飞箭公司如此厚爱？"黄杏笑着问。

"不是对飞箭公司，而是对你黄杏。"

"哦？谢谢大哥！"

"叮铃铃"，黄杏的手机不停地响着，齐山望了望黄杏，示意她先接听电话。

电话是林海打来的，他约黄杏见面谈谈。

黄杏望着齐山，请教齐山该怎么办。

齐山示意黄杏答应林海，并让黄杏尽快去见林海。

"见个面我就回来！"黄杏说。

"太晚了就别回来了。"齐山说。

"怎么也得把我们俩商量的结果跟您报告一下吧？"

"电话里说说也行呀。"

黄杏眨了眨眼睛，有些暧昧地笑了笑。

黄杏跟林海谈判得十分顺利。

林海提出家佳公司跟飞箭公司平分滨城电销中心网络及办公家具项目，条件是他负责说服永泰公司按家佳公司投标文件所报价格的百分之九十中标，并答应给予黄杏三十万元的现金补偿，不需要飞箭公司开具任何收据或发票。黄杏心里清楚，那三十万元是林海送给自己的。

黄杏想："如果按家佳公司投标价格百分之九十中标的话，飞箭公司实现的利润比独家中标所实现的利润还要多，同时个人还可以得到三十万元的补偿。虽然自己是飞箭公司的总经理，但作为股份制公司，利润是要按股份进行分红的，自己充其量也不过只有百分之三十的股份。"

黄杏装出一副不太满意的样子问林海条件能不能再优厚一些，总归飞箭公司做出的牺牲太大了。

林海操着一口十分难懂的广东话说不能再优厚了，请黄杏开开恩，有饭要大家一起吃。

黄杏笑着说看到林总为人痛快的份上，也为了两家公司以后还能有继续合作的机会，她接受林总的提议。

撂下林海的电话，齐山立即拨通了黄杏的手机，让她等一会儿再过去，因为林海已在去他宾馆的路上了，虽然他竭力阻止林海去他那里"汇报"，因为黄杏五分钟前打电话说她正在往宾馆赶的路上，他十分担心林海和黄杏"撞上车"。

林海在齐山的房间里坐了十多分钟就走了，临走时扔下了一个大大的"信封"，说了一句："就按报价的百分之九十开标吧。"

林海前腿刚走，黄杏后腿就进来了，一进房间，就紧紧地搂住了齐山的脖子，送上了一个大大的香吻，因为她认为自己太应该感谢齐山了。

那天晚上，黄杏高兴，一个人差不多喝了一瓶红酒。

望着醉眼朦胧、面如桃花、性感撩人的黄杏，齐山再也无法装出一本正经的样子了，他紧紧地把黄杏搂在怀里……

那一夜，他俩说了很多，也谈了许久。

齐山说，他愿意帮助黄杏，不管是生意场上的事情，还是家庭中的事情。

黄杏说，不管齐山以后帮不帮她，她都愿意以任何身份出现在齐山的面前：小妹、知己、或者情人。

齐山感激地看着黄杏，声音越发温柔了："记着常给我打电话或发短信哟！"

"我会的，资信费你可要给我报销哟！"黄杏笑道。

"只要想你的时候随时能联系上你，要什么都给，别说是一点资信费了。"齐山慷慨地说。

"你不是说经常要在各地组织招标会吗？不管我参不参加招投标活动，我都会去找你的。"

"只要你想参加，我都能帮得上你，不管招标活动是不是由我来牵头组织。"

"你想我了，只要打个电话，你来我去都成。"

第 19 章　恋上"大富豪"

与飞箭、家佳两家公司正式签订合作协议的当天,齐山离开滨城回到了北京,两家中标公司的施工人员也陆续进场测量、计算,并组织安排加工及施工事宜。

送走齐山,魏经纶立即召集电销中心全体人员开会,安排电销中心开业前后的工作。

魏经纶说:"招标工作完成后,装修、安装和调试等工作将陆续开始,如果不出意外的话,装修安装工作能够在总公司规定的时间前完成。开业前后,如果大家没特殊情况的话,就不要再请公休假、事假了。"他还说总公司的庞听刚才给他打电话了,对电销中心下一步的工作提出了明确要求。

为了明细职责,确保各项工作有条不紊地进行,魏经纶把电销中心的人员分为三个工作组,对每个工作组的职责也进行了划分和明确:

第一工作组为职场督导组。主要职责是负责职场建设、安全保卫以及对外协调联络等工作。组长名叫金子,是从永泰财险总公司调派到滨城电销中心担任综合处处长的。金子在进入永泰公司工作之前,曾是一家超市的配货员,负责超市补货、给客户送货之类的工作。一个偶然的机会,金子认识了他的同乡、当时还在集团公司担任副总经理的陆地家里当保姆的小梅,一来二往,两人就熟络起来并确立了恋爱关系。通过小梅,金子调入了永泰财险总公司办公室从事驾驶员工作,不久就成为从永泰集团公司副总经理转任永泰财险公司总经理陆地的专职驾驶员。金子虽然品行一般,喜欢吃喝玩乐,但为人机灵,把陆地一家人服务得很是满意,尤其是陆地的妻子对金子的工作相当认可。

第二工作组是人员招聘组。主要职责是负责电销中心销售人员的甄选招聘工作，组长是刘浪。由于刘浪是滨城本地人，又在滨城公司工作过，在滨城当地有一定的人脉关系，所以魏经纶安排他负责电销中心的人员招聘工作。

第三工作组是宣传培训组。组长是陈艳艳。陈艳艳通过竞聘上岗来到滨城以来，工作勤奋敬业，无特殊情况很少抽时间回太平老家，尽管从滨城回太平要比从省城回太平路途近了很多。陈艳艳认为，滨城电销中心筹备工作千头万绪，如果按省公司的工作节奏，别说是人员还没有完全到位，就是人员全部到位了，电销中心也不可能在总公司预定的时间内开门营业。

陈艳艳虽然仅是一名相当于科长一级的主管，只要做好自己的本职工作，不给领导增堵添乱就可以了，至于滨城电销中心筹备工作如何，能不能按期投入使用，那是领导们考虑的事情，好像与她那样职级较低的人没有多大关系。但陈艳艳从不这样想。陈艳艳认为，全力做好滨城电销中心的筹建工作，确保按时投入使用，是电销中心所有工作人员义不容辞的责任，况且电销中心的总经理是魏经纶。

自从跟随魏经纶来到滨城，陈艳艳就一直玩命地工作，星期天或工作不太忙的时候还经常抽时间帮助魏经纶的父母收拾家务，照看孩子，照料柳叶。魏经纶的父母对陈艳艳十分喜欢，经常当面夸奖陈艳艳聪明伶俐，对人体贴，会照顾人。每当节假日或家里改善生活时，魏经纶的父母都会主动打电话叫陈艳艳到他们家里吃饭。对父母的做法，魏经纶起初不太赞同，他害怕陈艳艳来家里多了，外人会说三道四，对陈艳艳不利，对自己影响也不好，总归陈艳艳是自己的下属，还未结婚，妻子又长期卧床。对陈艳艳与自己的关系，魏经纶没跟也无法跟父母说清楚，陈艳艳心中的秘密，魏经纶的父母并不知情，两位老人只知道陈艳艳家住太平市，在滨城没有其他亲戚朋友，柳叶去省城住院治疗和居家静养期间，给魏经纶帮了不少忙，来滨城工作后，关心照顾好人家是应该的。魏经纶是独生子，魏经纶的父母一直希望有个女儿，陈艳艳的到来，让魏经纶的父母产生了收陈艳艳为干女儿的想法。

分工会议一结束，金子匆匆坐上早已等候在办公楼下面的一辆白色宝马车。十五分钟后，宝马车在一个名曰"大富豪私人会所"的门前停了下来，金子随着一位个头不高、肚子和臀部长得都有些夸张的人下了车。

两个人一进会所二楼一个名叫"夜来香"的房间，早已等候在房间里的一男一女迎了上来。金子知道，那一男一女都是金海工程有限公司的副总经理，在来"大富豪私人会所"的路上，金海工程有限公司的总经理温度已经给金子介绍过了。

四个人一边喝着酒，一边东一句西一句地聊着，从温度等三人的零星谈话中，金子明白了金海工程有限公司是如何从家佳办公家具有限公司转包到滨城电销中心装修与家具配置项目的。

与黄杏共同中标滨城电销中心项目后，林海转手将项目承包给了金海工程有限公司，从中赚取了八十万元的利润。

温度人虽长得貌似"傻乎乎"的，但账算得比谁都精。虽然温度清楚从林海那里转包的滨城电销中心项目没什么利润可赚，如果严格按合同要求进行操作的话，肯定亏损无疑。温度之所以在明知无利可图的情况下还肯接手滨城电销中心项目，主要有三个方面的原因：一是林海向温度承诺，只要温度接手滨城电销中心项目，他一定将永泰公司的另一个建设安装工程项目也分包给金海工程有限公司，并保证那个项目一定大有"赚头"；二是温度认为，永泰作为国内大型保险公司，每年的招投标项目一定很多，如果自己借此与永泰公司的领导建立起良好的个人关系，对将来直接承揽永泰公司的业务一定会有帮助；三是受金融危机的影响，一年来公司承接的大项目不多，即使有些项目无利可图，但至少可以保证公司的工人队伍有事可干，否则工人队伍会出现不稳定问题。

温度等三人频频给金子敬酒，没多大工夫，金子就有些醉意了，说话时舌头也开始僵硬了。

"金处长，你有些醉了，要不咱们一起去楼上放松放松？"温度说着，朝两位副经理丢了个眼色。

两位副经理推说有事先告辞后，金子小声问温度都有些什么项目？

"洗浴、捏脚、按摩，服务项目挺全的。"温度回答。

在四楼的洗浴中心洗完澡后，金子和温度就被服务人员分别安排进了两个单人房间。

金子换上洗浴中心的专用按摩服，点燃一支香烟悠然地吸了起来，刚吸了两口，心里就有些着急起来：

"这么长时间了，怎么还没有人进来？"

他打开房门朝外张望了一番，又有些失望地重新关上了门。

金子把耳朵紧紧地贴到墙壁上，隔壁温度的那个房间里也是一点动静都没有，他开始不停地在房间里走来走去。

"咚咚咚"，门外终于响起了敲门的声音，没等金子回应，一个穿着十分暴露的小姐推门而入。

"先生，久等了！"小姐的声音甜甜的。

"先生，请把上衣脱掉。"

按照小姐的吩咐，金子脱掉了上衣，趴倒在了床上。女子跪在他一边，轻轻地按摩了起来：头、颈、腰、臀、腿、脚。

小姐翻身骑到金子身上，一边往他后背上擦着一种叫做"玫瑰油"的东西，一边不停地在他的后背上摩挲着，力度逐渐加大。

金子装出十分疼痛的样子"嘘"了一声，两只手十分自然地握住了按摩小姐的双脚。

"躺过来吧。"小姐吩咐道。

仰面躺着的金子，一开始还装出一副十分矜持的样子，没多大会儿，两只手就不老实起来，不停地在小姐身上摸来摸去，最后停留在了小姐的脚上。

金子十分爱惜地抚摸着小姐那双白皙娇嫩、柔软细腻的小脚，在他的眼里，那不是一双脚，而是一对金子般的宝贝：修剪精致的五个脚趾，如同五只大小不一的胡萝卜，白里透红、晶莹剔透；脚趾上的梅花图案，如五只含苞待放的花朵，娇艳欲滴……金子轻轻地把小姐的左脚移到自己的鼻子上嗅着、嘴巴上吮着，身子都有些酥软了，精神完全陶醉了。

那天晚上，金子一个人就消费了两千多元，反正是温度请客，又不用他个人埋单。

金子整个晚上都在"忙活"的时候，陈艳艳也没闲着。分工会议一结束，陈艳艳直接走进了刘浪的办公室，两个人一直商量工作到很晚才结束。

第二天一上班，陈艳艳就把前一天晚上赶写出来的宣传及培训方案放到了魏经纶的办公桌上。

"又开夜车了？"魏经纶望着面前厚厚的一沓方案问陈艳艳。

魏经纶瞅着眼圈有些发黑的陈艳艳，说道："以后熬夜别太晚了，最好别超过十一点钟。听专家们介绍，每晚的十一点至第二天凌晨两点是人体最佳排毒时间，也是人最容易达到深度睡眠的时段，那个时段不能保证正常休息，对人的身体损害最大。"

陈艳艳笑言医生的话可听不可信，谁也不可能完全按医学指引安排作息时间，即使国家领导人也概莫能外。她说，电销中心的人都感觉魏经纶近期明显消瘦了许多，并问魏经纶身体没什么问题吧？

魏经纶说自己身体没问题，消瘦可能是最近单位、家里的事情都比较多，忙过一阵子可能就好了。

陈艳艳知道，总公司上上下下对电销中心都十分关注，虽然政策、资金、人力配置都不到位，但对电销中心的要求却很高，魏经纶压力很大。由于他大部分时间都耗在电销中心繁杂的事务上了，在家陪伴柳叶的时间自然就少了许多。柳叶的父母颇有怨言，认为魏经纶借故单位里事情多、工作忙，故意冷落柳叶，想把柳叶置于死地，搞得魏经纶苦不堪言，好几次躲在房间里偷偷地落泪。

看着魏经纶一天比一天消瘦，陈艳艳心里有一种说不出的感觉，她不知道自己产生那种感觉对不对，该不该产生，应如何释放。她只知道，尽量把自己的工作干得尽善尽美，既是在成全自己，也是在帮助魏经纶。

魏经纶很快把陈艳艳提交的工作方案看完了，他认为陈艳艳设计的方案细致周到、具有极强的实用性和可操作性，便随手在工作方案的右上角写下了：方案科学合理，具有较强的可操作性。转发中心各成员阅，并按方案要求尽快组织实施。

按照魏经纶的要求，各工作组立即展开了工作：

金子虽然带领现场监导组的三个人，每天都到装修现场转上几次，但基本上没什么事情可做，因为装修现场除了有几十个工人在粉刷涂料、铺设线路以外，办公家具还处在加工生产阶段，真正进场安装调试还需要一段时间，所以金子有的是时间和精力去想其他的事情。

自从那天在"大富豪私人会所"潇洒了一回之后，金子的多半心思都放在了那个名叫陶子的按摩小姐的身上了，对陶子的身体，尤其是对陶子的那双纤脚情有独钟。

金子生活在南方农村，他的家乡是中国著名的水稻之乡，祖祖辈辈都是以种田为生。七八岁的时候他就开始随父母赤脚在水田里插秧播种，时间一长，父辈们的脚就成了那种"伤痕累累、粗糙疖子"脚。金子从小就羡慕那些光洁健康的脚,对父辈们的"粗糙疖子"十分厌恶,发誓自己永不要过父辈们那种"暗无天日"的生活。

那天,金子又来到了"大富豪私人会所",一进门陶子就问金子:"听说你们公司在报纸上刊登广告,招聘电销坐席生,这事你知道吗?"

"有这么回事。你想去吗?"金子随口问道。

"想去。跟你们领导说说,在你们公司给我安排一个坐席生干干?"陶子哈哈哈地笑着。

"你要是真想去,还用得着找别人批准吗?我老金一句话的事。"金子爽快地答应着。

对金子来说,如果陶子真的愿意去电销中心做一名坐席生的话,那她就是自己嘴边上的一块肥肉,想怎么吃就怎么吃,想什么时候吃就什么时候吃。

"真的想好了?"看到陶子没有回应,金子故意问道。

陶子问金子坐席生是干什么的,她听说招聘条件要求挺高的,她的条件行不行。

金子没有回答,摸出电话直接拨通了刘浪的手机。

电销坐席生的条件要求虽然有四五项,但最主要的只有两项:一是大学本科毕业、年龄二十五周岁以下;二是嗓音甜美、沟通能力较好。刘浪在电话中跟金子开玩笑说,只要他金处长看好的,符合不符合招聘条件他都得安排。

"听到没有?要求虽然很高,但只要我老金看好的,什么条件不条件的,都放一边去。"金子洋洋得意地说。

坐席生招聘条件是刘浪跟陈艳艳商量后提出来,并报魏经纶审核通过的。刘浪之所以大大咧咧地跟金子开玩笑说"只要金子看好的,文盲也得收",主要出于两个方面的考虑:一是金子是外地人,在滨城不可能有亲戚朋友或者熟人需要安排,打电话过问招聘的事情,无非是想了解点情况,一旦有人问起来,不至于一无所知,让人感觉他不是那种不学无术、不务正业之人。既然金子只是随便问问,他刘浪没有必要不借机送个人情;二是金子虽说是从总公司下派到滨城电销中心任职的,但实际上是到滨城电销中心镀金的,说不定哪一天就飞黄腾达了。对于这样一个极富上升空间的"潜力股",谁不与他搞好关系,谁就是二百五。

陶子收住笑容，一本正经地问金子当坐席生一个月能挣多少钱？

金子说每个月能挣多少钱他不好说，得看每个人的销售业绩，业绩好的话，他估计每个月万儿八千的也不是不可能，但基本工资估计不会太高。

陶子努努嘴，没有说话。在她看来，拼死拼活一个月，最多也不过万儿八千块钱，而自己在"大富豪私人会所"的近两年时间里，哪一年收入不在三四十万元以上？虽然自己从事的是一个不光彩的职业，但既然已经"上了船湿了身"，早下船晚下船就没什么大的区别了，一定程度上来说早下船可能还不如晚下船，因为晚下船一年，最起码经济上能够得到更大的实惠。从事色情行业，吃的本来就是青春饭。

看到陶子只按摩不说话，金子禁不住又问了一句："嫌工资低了？"

陶子说她有一个好姊妹想去电销中心做坐席生，她害怕自己贸然去了以后适应不了那里的工作环境，就想让她那位好朋友先过去试试，请金子一定帮忙安排好。

金子问陶子的朋友以前是干什么的，年龄多大、学历如何。

陶子吞吞吐吐了半天，也没有说清楚她那位好姊妹以前到底是干什么的，只说以前是做生意的，曾在一所中专学校读过两年书。

金子推辞说公司对坐席生的条件要求比较高，如果是陶子本人想去的话，他可以帮忙做做工作。

陶子说的那位朋友，以前也在"大富豪私人会所"工作过，半年前突然感觉身体不适，下体瘙痒不止，医院的诊断结果是患上了软下疳病，属于二级性病。她在辞职去外地治疗了一段时间以后，做出了"金盆洗手"、"重新做人"、永不再从事色情行业的决定。后来听说陶子跟保险公司的一位大领导熟识，她就央求陶子帮忙做做工作，无论如何也要在保险公司为她安排点事情。

金子跟陶子见面的第二周，陶子的朋友打电话约陶子一起外出吃了一顿饭，并把一个标价三万元的翡翠玉镯塞进了她的包里。

第二天下午，陶子打电话给金子，约金子晚上到"大富豪"放松放松。

刚开始金子推说晚上开会去不了，一是他害怕自己频繁出入那种场合，万一被别人发现或者出现点意外，传出去不好听；二是虽然"大富豪"的消费价格不菲，但自己在"大富豪"休闲放松两次的费用都是温度安排人结算的，如果每次去都让人家替自己埋单，无论如何都是不合适的，况且商人是要求回报的。

过了一会儿，陶子又发了一则短信给金子：晚上闲来无事，还是过来喝杯茶吧！

金子犹豫了半天，还是开车去了"大富豪"，因为空荡荡的宿舍里就他一个人，实在空虚无聊得很。

免费"放松"之后，金子答应陶子把她的朋友招聘到电销中心工作。

第20章 夜探陈艳艳

滨城电销中心招聘电话销售人员的广告在《滨城日报》、《滨城晚报》、滨城广播电视台连续刊登播出之后,前来报名应试的人络绎不绝,很多人还通过关系找到魏经纶、刘浪等人,要求一定给自己的孩子或熟人一个表现才华的机会。滨城是个旅游城市,工业不发达,就业机会本来就少,加之市内又有五六所高等院校、四五万名在校学生,就业形势比省内其他地市都严峻。永泰公司在滨城设立电销中心并准备招聘几千名电销人员的消息一经传出,魏经纶几乎每天都会接到十多个咨询、"挂号"的电话,或收到同学、朋友、领导、熟人批转过来的条子,发过来的短信。

按照人员招聘规划和电销中心阶段性业务发展需要,电销中心第二批五百名坐席人员招聘工作按期进行。虽然陈艳艳不是人员招聘小组的成员,但由于前来报名应聘的人员中女性占了绝大多数,为确保人员招聘质量,魏经纶要求陈艳艳腾出一部分精力和时间,帮助刘浪对前来报名应聘的人员把关筛选。

第二批人员招聘工作开始前,金子把刘浪叫进了自己的办公室,问刘浪前几天跟他说过的,帮忙安排一个朋友来公司从事电话销售的事情是否还记得。刘浪连声说"记得、记得,领导安排的事情怎么能忘记呢?"金子就把陶子说的那个人的联系方式告诉了刘浪,并嘱咐刘浪一定想办法安排好。

跟金子推荐的那个女孩见面之后,刘浪立即跟金子作了汇报。刘浪说金子推荐的那个人长相不错,谈吐也挺好,气质也可以,就是学历、年龄与应聘要求有些差距。

金子说他推荐的那位女孩，是总公司的一位领导要求安排的，让刘浪好好想想办法。刘浪虽然感觉有些为难，但还是笑嘻嘻地说他一定想办法安排好。

招聘工作结束的第二天，陈艳艳就组织对新招聘的五百多人进行上岗前的业务技能、销售技巧、企业文化建设培训。由于距上级公司要求的正式营业时间只有二十多天，而租借的滨城市职业技术学院多媒体教室一次只能容纳一百一十人，要在二十多天的时间内完成正常情况下需要一个月才能完成的课程，困难可想而知。

为确保在电销中心正式营业前完成对五百多名新员工的培训工作，陈艳艳跟魏经纶商量后，决定将每期培训班原本八至九天的课程，改为五至六天完成。早晨提前一个小时上课，晚上培训结束时间根据当天的培训内容和培训效果确定，最早不能早于晚九点。同时，五期培训班压缩至四期，学员分时段轮流上机操作。

第一期培训班一结束，第二期培训班当天晚上就举行了开班仪式。第二期培训班结束前的前两天，教授话术和展业技巧的两位老师一起找到了陈艳艳，提出第二期培训班结束后，她俩将不再继续培训后面的两期学员了，教授展业技巧的老师说她个人身体不适，已无法坚持继续上课；教授话术的老师说他家里临时有点急事，需要回去处理，让陈艳艳尽快想办法解决授课教师替补问题。

听完两位培训教师的陈述，陈艳艳当场就懵了。陈艳艳明白，在培训时间紧、任务重的情况下，如果两位培训老师执意离去，后两期的培训任务很难顺利完成，第二批五百名学员在电销中心正式开业当天全部上岗的计划就会落空。

陈艳艳急匆匆地来到魏经纶的办公室，敲门后没等里面的人说"请进"就直接推门而入，进去以后陈艳艳才感觉有些唐突，正想退出来，魏经纶把她叫住了。

魏经纶对一同站起来的女子介绍道："这位是陈艳艳，我们电销中心的宣传培训主管。"

魏经纶指着旁边那位女子介绍说："李冬冬，以前曾在滨城永泰公司工作过，现在是滨城财政局预算科科长。"

"多次听魏总介绍过你,说你专业能力很强,工作十分出色。"李冬冬说着,狡黠地看了魏经纶一眼。

魏经纶有些不解地看着李冬冬,实在记不起什么时候在哪里跟李冬冬提起过陈艳艳了。

"哪里?那是领导鼓励我。"陈艳艳一边说着,一边陪魏经纶和李冬冬重新在沙发上坐了下来。

魏经纶问陈艳艳什么事让她火急火燎的,陈艳艳就把两位培训老师不准备继续后两期培训的事情,跟魏经纶简要地做了汇报,请示魏经纶下一步该怎么办。

魏经纶分析两位培训教师之所以不愿意继续后面的两期培训,可能是因为培训课程安排得太紧,身体超负荷有些吃不消,或者是因为培训课程太紧张、培训费用过低。他让陈艳艳找两位培训讲师再谈谈,看看还有没有回旋的余地,不到万不得已,不要把关系搞僵了。

在魏经纶跟陈艳艳商量工作的间隙,李冬冬偷偷地打量着陈艳艳。

李冬冬虽然跟陈艳艳第一次见面,但李冬冬从魏经纶父母的嘴里多次听说过陈艳艳,知道陈艳艳不仅有知识、有文化,而且十分乖巧,会体贴照顾人,是一位智商情商都很高的女孩子,在魏经纶父母的眼里,陈艳艳是一个非常难得的女孩子。李冬冬知道,柳叶遭遇车祸在省城住院治疗和居家调养期间,陈艳艳跑前跑后地帮了不少忙。回到滨城后,陈艳艳也经常出入魏经纶父母的家里,帮魏经纶的父母做了不少事情,两位老人打心里喜欢陈艳艳,否则也不会产生认陈艳艳为干女儿的想法。要不是魏经纶从中阻挠,说不定陈艳艳早就是魏经纶的干妹妹了。

"魏经纶与陈艳艳难道仅仅是上下级关系,或者一般同事关系那样简单?难道他俩……"李冬冬想着,又偷偷地瞟了魏经纶和陈艳艳一眼。

"柳叶现在躺在床上不省人事,魏经纶不会还有心思去想那种事情吧?"越往下想,李冬冬越感觉自己有些龌龊。

陈艳艳跟魏经纶请示完工作后走了。望着陈艳艳出门的背影,李冬冬由衷地赞道:"小陈还真是个干活利索的人,像她这样工作如此投入如此认真的年轻人,现在可是不多见了!"

魏经纶笑着问李冬冬,自己以前是否真的跟她提起过陈艳艳。

李冬冬笑而不答。

魏经纶指了指沙发，示意李冬冬坐下。李冬冬说魏经纶挺忙的，她自己单位里也还有事，就不再坐了，让魏经纶尽快抽时间找杨山坡聊聊，让魏经纶给杨山坡施加点压力。

从魏经纶办公室出来，陈艳艳直接去了学校，把刚才跟魏经纶商量的意见向两位培训讲师进行了转述，请两位培训讲师无论如何也要把后两期的培训课程讲授完，因为时间仓促，公司没有办法聘请到其他培训教师。

起初，两位讲师态度十分坚决，说八九天的课程一下子压缩到五六天，黑天白夜地工作，就是铁人身体也吃不消。

陈艳艳态度十分严肃地说，课程的设置是经过两家公司事先研究通过的，合同上写得清清楚楚，如果不按合同完成授课任务的话，培训公司是要负违约责任的。陈艳艳答应考虑酌情增加两位授课老师的授课费，让两位培训讲师一定要完成后两期的授课任务。

两位讲师嘴上虽说不是钱的事，确实是家里有事或者身体状况不好，但经不住陈艳艳软硬兼施，只好勉强答应了她的要求。

回到家的时候已是晚上十一点多了，筋疲力尽的陈艳艳倒在床上就不想起来了，澡都懒得去洗。困得不行的陈艳艳，躺在床上却怎么也睡不着了，白天跟李冬冬见面的情景又浮现在眼前。

"李冬冬说魏经纶曾经跟她提起过我，说我聪明能干有文化，她说那话到底是什么意思？是随口说说还是另有目的？听刘浪讲，魏经纶跟李冬冬曾经好过，要不是半路杀出个付晓滨，说不定李冬冬跟魏经纶早已生活在一起了，两个人也就出现不了现在的窘况：一个真守寡，一个守活寡！难道他俩……"

"不可能。如果当初他俩真心相爱的话，李冬冬怎么可能会嫁给付晓滨？魏经纶又怎么会忍痛割爱放弃李冬冬？爱情是自私的，这一真理不会不适用于他俩吧？"陈艳艳翻了个身，继续想道：

"当初他俩没能走到一起，不等于现在就一定走不到一起。李冬冬现在是一个人生活，魏经纶虽然有妻子，但现在跟没有好像没有多大区别，魏经纶再高尚，不可能守着一个基本丧失了意识、可能永远不能与人交流的植物人过一辈子吧？就算魏经纶不那样想，可她李冬冬不一定不那样想。对！李冬冬肯定是想与魏经纶再续前缘重归于好，否则的话，为什么大白天跑到魏经纶的办公室里一坐就是半天？自己当时冒失闯进魏经纶办公室的时候，她又为什么用那种异样的眼神看着自己？走出魏经纶办公室的时候，隐约听到李冬冬说的那句'你再好好想想'的话是什么意思？"

……

那天晚上，陈艳艳又失眠了，她干脆坐了起来，把脸深深地埋进怀中的抱枕里，当她重新抬起头的时候，才发现眼泪已经打湿了半个枕头。

那一夜，李冬冬也失眠了，魏经纶和陈艳艳的容颜在大脑中总是挥之不去，她感觉自己白天的想法绝对不是空穴来风和一时的闪念。

"魏经纶跟陈艳艳的关系肯定没有魏经纶自己说得那样简单，否则的话，陈艳艳怎会在未经魏经纶同意的情况下，就径直推门而入呢？又怎能跟魏经纶汇报工作时表现得那样坦然、那样无拘无束呢？别说她一个参加工作没几年的小姑娘了，就是自己这样一个工作了十多年，算得上见过世面的人，在局长面前汇报工作时，有时也会表现得忐忑不安、慌里慌张的。"

"如果魏经纶跟陈艳艳仅仅是一般同事关系的话，陈艳艳怎么会放着省城不待，自愿跟着魏经纶跑到滨城来了呢？谁都知道，留在省城这样的大城市工作，是许多年轻人梦寐以求的愿望。要是他俩没有那种特殊关系，陈艳艳怎么去魏经纶家里像回自己家里似的呢？在男女关系的处理方面，魏经纶可不是那种大大咧咧、能够放得开的人，而是一个小心有余、魄力不足、注重名声有点过头的人，否则的话，当初自己也不会就那样不明不白地嫁给了付晓滨。如果魏经纶跟陈艳艳真的只是同事关系那样简单，为什么前些日子柳叶的父母因为陈艳艳而找魏经纶的父母大吵大闹了一场呢？"

"怎么办？自己已经失去魏经纶一次了，如果这一次自己再不主动一些的话，那以后可真的就没什么机会了！"

"魏经纶可是有家有室的人，虽然妻子躺在床上不能说话，不能交流，但并未离婚，你这个时候盼着人家出事、咒人家离婚，是不是太不厚道了？李冬冬啊李冬冬，你什么时候也变得如此世俗、如此不近人情了呢？"

……

凌晨三四点钟的时候，李冬冬才迷迷糊糊地睡着了，自付晓滨死后，失眠是她的常态，但几乎彻夜难眠的情况并不多见。

那一晚，陈艳艳躺下坐起、坐起又躺下了不知多少次，临近天亮的时候才睡了一会儿。

次日上午，陈艳艳都感觉迷迷糊糊的，到了下午，就发起烧来了，且越烧越厉害。

她把第三期培训班的事情安排好后，就感觉身体有些支撑不住了。坚持站了起来，刚往前走了两步，突然眼前一黑，重重地摔倒在地上，把在场的人都吓了一跳。

得知陈艳艳突然晕倒的消息，刚出差到外地的魏经纶又急匆匆地返回了滨城。他到达市人民医院的时候已是晚上十点多钟了，此时陈艳艳已经苏醒过来了。

"怎么回事？"一进门魏经纶就急切地问道。

"医生说可能是劳累过度，也可能是因为血糖低或发烧引起的。"陪伴在一旁的小李说道。

"没事了，输完液后感觉好多了。小李，晚上不用在这里陪伴我了，早点回家休息吧！"陈艳艳说。

看到陈艳艳态度很坚决，小李只好走了。

"病房里闲着一张床，为什么非赶小李回家住呢？万一晚上有什么事情怎么办？"魏经纶责怪陈艳艳道。

"好不容易住进来了，一定调养好后再出院。"魏经纶嘱咐道。

"第三期培训班刚开始，电销中心马上就要开门营业了，这个时候让我躺在这里，我能躺得住吗？"陈艳艳不放心地说。

"身体是革命的本钱，身体要是垮了，还有本钱干革命吗？"魏经纶笑着说。

"我后悔当初同意你来电销中心，要是你还在省公司合规管理部工作的话，还用得着整天这么劳累吗？要是真把你累出毛病了，你妈不找我算账，你弟弟也会找我玩命的。"魏经纶笑侃道。

"东强最佩服的人就是你了，再怎么着他也不会找你玩命的。再者说了，就东强那副身子骨，他能玩得过谁呀？"陈艳艳笑着说。

"以后千万别不把自己的身体当回事了。电销中心的同事们都说，自打来电销中心工作以后，陈艳艳整个人瘦了一圈。把自己搞得那么累干什么？"魏经纶批评道。

"那么多工作在等着你,不干能行吗?可话又说回来了,你要不是电销中心的总经理,我也不会……"话说了一半,陈艳艳突然停了下来。

"我知道你是为了帮我才那样玩命的,可工作再忙、事情再急,也不能不注意身体呀!"

"中心的工作千头万绪,时间要求又紧,你肩膀上的担子比每个人都重,如果大家工作不主动一点的话,你肩上的压力不就更大了吗?我们都年轻,多干点活还能多学点本事。没事。"

"大不了咱不干这个总经理了,公司又不是咱们家的,让咱干咱就干,不让咱干咱也不能死乞白赖地求着人家,上赶着不是买卖呀!"魏经纶苦笑着。

陈艳艳怔怔地望着魏经纶,好像有一种陌生的感觉。自认识他的第一天起,就从未听他说过一句消极的话,也从未见他态度如此消沉过,她深深地意识到,眼前的这个男人承受的压力实在是太大了!

"事情办得还顺利?"陈艳艳怯怯地问。

"总公司的办事风格你又不是不知道,个个像大爷似的,有时真感觉协调总公司的人比协调客户的难度还大!唉!"魏经纶无奈地摇着头。

"你什么时候回来的?路上还顺利?"看到魏经纶情绪不高,陈艳艳故意想岔开话题。

"突然听到你晕倒的消息,就着急上火地从总公司直接赶回来了。"

"还没回家?吃过饭了?"

魏经纶只是"哼哼"了两声,没有回答。陈艳艳明白魏经纶一下飞机就直接赶到医院看望自己来了,心里感觉暖盈盈的。

"赶紧回家吃点东西吧,这个点儿了还没吃饭,胃怎么能受得了?"陈艳艳催促道。

"没感觉到饿。真的一点儿也不饿。"

魏经纶开玩笑说,不知怎么回事,他每次去总公司汇报工作,感觉胃口都不行,要是有一天调到总公司工作了,可能永远不用担心肥胖的问题了。他说自己可能有大城市恐惧症。

陈艳艳用复杂的眼神看着魏经纶,心里充满了矛盾。

"柳姐这几天有什么变化没有?好多日子没去看她了,如果哪天方便的话，我再过去看看她吧。"陈艳艳征询魏经纶道。

魏经纶眉头紧锁，半天才说："不用去看了。上次那件事到现在我还觉着不好意思！"

陈艳艳嘴上虽说"没事没事"，但心里总感觉有块心病挥之不去，甚至还有些心有余悸，所以很长时间没敢去家里探望柳叶和魏经纶的父母，生怕万一再遇上柳叶的父母，自己挨顿骂事小，让魏经纶和两位老人夹在中间跟着背黑锅、受闷气，她实在不忍心。

"实在对不起了！那件事你可千万别放在心上！"这句话魏经纶不知跟陈艳艳说过多少次了。

"没事。女儿生病，当父母的着急上火，骂两句就骂两句吧！"魏经纶曾当着陈艳艳的面拿这句话自嘲过，现在陈艳艳又拿这句话安慰魏经纶，着实让魏经纶更感觉对不起陈艳艳。

"可他们骂得也太难听了！真是莫名其妙！"

"你以后是怎么打算的？柳姐的父母老是这样没事找事，伯父伯母怎么能受得了呢？"

"还能有什么打算？混一天算一天吧！"

"柳姐的意识到底还能不能恢复？难道一点希望都没有了？"

"希望倒有，但医生说机会渺茫。"

"柳姐虽然很可怜，但她不痛苦。你跟伯父伯母一定要挺住，不为别的，为了孩子。"陈艳艳劝道。

一提到孩子，魏经纶禁不住眼角又湿润了，说话的声音也有些哽咽了。

陈艳艳想也没想地拿起床头上一个白色的、绣着一对鸳鸯的小丝帕递给了魏经纶。魏经纶犹豫了一下，还是接过了她递过来的小丝帕。

过了一会儿，魏经纶有些不好意思地朝陈艳艳笑笑，说了一句"见笑了"。

陈艳艳嘴角动了动，差点也流出了眼泪。

"既然已经住进来了，就在这里好好休息几天吧，别着急回去上班。"魏经纶把刚才的话又重复了一遍。

"医院不是什么好地方，没病没灾谁愿意在这种地方待着？"陈艳艳嘴上虽这样讲，但心里还是感觉热乎乎的。

经不起陈艳艳的再三催促,魏经纶有些不放心地走了。望着魏经纶疲惫且微驼的背影,陈艳艳终于没能控制住自己情绪,眼泪扑簌簌地流了下来。

"人永远不可能是完美的,老天给了他一个智慧的大脑、顺畅的前程,却没有给他一个美满的婚姻、幸福的家庭。要是当初他不复婚该有多好啊!人呀人!"陈艳艳叹道。

第21章 幸福的烦恼

滨城电话销售管理中心赶在永泰公司规定的最后那天，举行了隆重的开业庆典仪式。永泰集团公司、永泰财险总公司的主要领导以及滨城市市长、分管金融的副市长、金融办主任等有关部门的领导参加了庆典仪式。

庆典仪式前，滨城市政府官员与沙洲、陆地一行再次举行了会谈，滨城市政府分管金融的副市长，代表滨城市政府再一次重申了协议中规定的，免除三年房租费、开通三路交通线路、完善有关配套设施等有关承诺，同时还承诺在劳动用工、公租房配置等方面给予一定的扶持政策。沙洲、陆地等人承诺一定要借助电话销售中心这个平台，加快永泰公司在东南尤其是在滨城的电销业务发展，一年之内确保电话销售人员达到六千人，为扩大当地劳动就业、拉动滨城消费和扩大内需做出更大的贡献。

沙洲笑着问坐在一边一直做记录的庞听，还有没有需要跟两位市长请示的事情。庞听犹豫了半天，还是提出了能否在高管个人所得税、职工社保费缴纳等方面给予减免或优惠。关于两税减免问题，庞听自己也认为合情合理但不合法，请求应该不会得到满足，但既然集团和总公司的主要领导在座，不当着领导们的面提点问题说点什么，既显得自己不专业，也显得自己不重要。

滨城市长和分管金融的副市长只是眼光交汇了大约半分钟的时间，就痛快地答应了庞听的要求。

会议结束时，滨城市长笑哈哈地说最近两年，滨城市在国内外招了不少具有相当影响力的项目，但像永泰公司享受这样大优惠政策的项目还是第一个。别的不说，仅两税减免问题，永泰公司及滨城电话销售中心的十多名高管就可节省一两千万的税费，足以体现出滨城市委市政府对该项目的重视。他希望在今后工作中，双方一定要精诚合作，力争把滨城电销项目办成一个精品工程。

滨城电销中心正式开业的当天，先期招聘的两批电销坐席生正式上岗销售，第三批电话销售人员的招聘工作也随之展开。

集团、总公司和东南省公司领导一离开滨城，杨山坡就打电话给魏经纶，说有重要事情要跟他商量，一会儿就到公司找他。

没多大工夫，杨山坡风尘仆仆地赶来了，一进门就称赞魏经纶的办公室气派，面积大、装修好。魏经纶知道杨山坡说的都是反话，就有些不耐烦地催促杨山坡有话快说，他还有事急着要处理，没时间跟他贫嘴。

"领导们也走了，电销中心也开业了，你现在还有什么麻烦事？晚上我喊上几个哥们给你贺一贺？"杨山坡说着，一屁股坐在了沙发上。

魏经纶说自己最近只忙活电销中心开业庆典的事情了，家里的事情基本没顾得上管，柳叶的父母又提意见了。

杨山坡有些气愤地把柳叶的父母责怪了一番，说魏经纶对柳叶已经够好了，没必要把柳叶父母的话太放在心上。

魏经纶十分委屈地说他从来没有对柳叶不管不问的意思，更不可能有想把她抛弃的想法，只是由于工作太忙，腾不出更多的精力和时间在家陪她。柳叶的父母不理解，有怨气他完全能够理解。他说自己跟柳叶结婚离婚又复婚，一起生活了那么多年，柳叶已经成为家中不可或缺的一分子了，没有爱情还有亲情，哪有家庭成员不关心自己家里人的。

杨山坡说，中国人太注重别人的感受了，所以绝大多数家庭婚姻都不美满，都在凑合着，但只要还凑合着，家庭中的每一位成员就应该承担起自己应该承担的责任，履行自己应该履行的义务。像柳叶那样既不承担责任，又尽不了义务的人，已经让人心力交瘁。她的父母还整天横挑鼻子竖挑眼的没事找事，一点不考虑别人的感受。他们也就是遇上像魏经纶这样有耐心有涵养的人，要是换作他杨山坡，早就跟他们翻脸闹掰了。

魏经纶说他不指望柳叶能为家庭做点什么了，只要能尽快清醒过来，自己能够照料自己，就是对家庭最大的贡献了。魏经纶说干保险这一行，跟其他人不一样，工作压力大，基本上没有自己的生活，只有回到家里才感到像个正常人似的，可自从柳叶出了事以后，他感觉一切都变了，夫妻之间哪怕干一架都成为奢望了……

杨山坡说前些日子他有个同学从美国回来了，同学聚会时有人问起他那位美国同学对中美两国人世界观、人生观的看法时，他那位同学的话让在场的所有同学都吃惊不小。

魏经纶斜楞了杨山坡一眼，讥讽道："有什么可吃惊的？难道美国人不是地球人？"

杨山坡说虽然都是人，但美国人是生活，中国人是生存；美国人是为自己活着，中国人是为别人活着。生活是丰富多彩的，生存是单调乏味的。只要人为自己活着，就能活出精彩来；只要人为别人活着，就永远挣脱不了各种思想枷锁的束缚。

"就拿保险来说吧，在欧美发达国家，一旦行业规矩制定出来了，所有的保险公司都会自觉地遵守。哪像中国保险业这样的，规矩定了废、废了定，到头来实际上什么规矩都没有，时间都耗费在开会打嘴仗上去了，哪还有时间和精力开发新产品？研究如何提升服务品质？这样的保险环境，人不累死才怪了！"杨山坡脸涨得通红，情绪一下子又激动了起来。

待杨山坡的情绪发泄得差不多了，魏经纶才问杨山坡火急火燎地找他到底有什么事情，不会就是专门来找自己发发牢骚的吧？杨山坡笑着说猜对了，来找他就是为了发牢骚的。自从电销中心成立以来，滨城公司的干部员工队伍就出现了不稳定的苗头，许多员工都动起了到电销中心当坐席生的念头，并且已经有三四名员工向他提交了辞职申请。

魏经纶说最近几天滨城公司确实有员工或托人或自己直接找上门来，要求到电销中心上班，但他都没有答应。

杨山坡反复叮嘱魏经纶千万不能松口，只要他一松口，滨城公司的员工就会呼啦啦全跑到电销中心来上班了。

魏经纶说有些人他可以帮忙做做工作，打消来电销中心上班的念头，可那些通过上级公司或市委市政府领导打招呼的人，他可能也不太好做工作。总归电销中心的工资水平比滨城公司的工资水平要高很多，老领导的面子他不能不给，也不敢不给。

杨山坡说随着保险行业合规经营意识的不断加强，恶性竞争被有效扼制，公司的赢利能力开始出现了企稳回升的迹象。在这种情况下，公司有增加员工薪资的空间。他说近期准备召开一次总经理办公会议，商量一下薪资调整问题，尽量缩小滨城公司与电销中心的薪资差距。

魏经纶和杨山坡约定，凡是滨城公司员工申请到电销中心工作的，必须经过杨山坡本人签字同意后，电销中心方可接纳，否则一律不能接收。

他们俩正说着，一位大约五十五六岁的人笑嘻嘻地推门进来了，魏经纶立即笑着迎了上去。

来人姓王，是魏经纶在市技校读书时的一位老师。

王老师一进门就开门见山地说明来由，并把他女儿的一份简历递给了魏经纶。临出门的时候，王老师一再嘱咐魏经纶一定要帮忙，并说像她女儿那种只有专科学历的人，如果魏经纶不肯接收的话，就很难找到一份适合的工作了。

刚送走王老师，一位四十岁左右的男子敲门进来了。

这位男子自我介绍说是市委侯副秘书长介绍来的，让魏经纶帮他在电销中心安排个差事。

魏经纶说电销中心对人员的要求非常高，除了要有本科学历以外，还需要懂电脑应用、会讲普通话，像他那种学历、年龄都不符合条件的人，电销中心实在没有适合他的岗位。

那人磨磨唧唧了半天好不容易走了。没多大会儿，市委侯副秘书长就打电话过来了，说刚才的那个人是他媳妇的一个堂兄弟。他下岗在家一年多了也没有找到一份像样的工作，上有七十多岁的父母，下有一个马上就要读高中的孩子，家庭生活比较拮据，让魏经纶无论如何也要想办法在电销中心帮他安排一下。别的工作干不了，当个保安看看大门总是可以的。

魏经纶支支吾吾了半天，没说行也没说不行。

刚放下侯副秘书长的电话，魏经纶的父亲接着就打电话问他晚上回不回家吃饭。那天跟他讲的，过去一位同事的孩子准备调电销中心工作的事情办得怎么样了，气得魏经纶在电话中就对父亲发起了火。

杨山坡笑嘻嘻地接过魏经纶的电话，跟魏经纶的父亲说他们晚上有个活动不回家吃饭了。电话中魏经纶的父亲还让杨山坡帮他问问，他说怕魏经纶那个小子一提起那件事情就跟他发脾气。

挂断魏经纶父亲的电话，杨山坡装模作样地批评魏经纶，说他不应该对老爷子动态度；说他调入总公司工作后，工作作风马上就跟总公司接轨了，等等。

魏经纶苦笑着说:"你不知道老爷子介绍的那位所谓的同事的孩子是一位什么的主呀。有没有学历、能不能干得了工作咱们暂且不提,光看他胳膊上纹的那条大青龙,就知道不是什么好货色,那种人你敢用?"

杨山坡努了努嘴,神秘兮兮地问道:"我听说你们电销中心招进来不少跟老爷子说的差不多的'非主流',据说仅金子一个人就搞进来了好几个。"

"'非主流'?什么'非主流'?"话一出口,魏经纶好像又明白了什么似的,问道:"听谁说的?别胡说八道了!"

魏经纶嘴上虽这样讲,但心里对金子弄进电销中心的那两个打扮得花枝招展的女人确实有些反感,私下里还把负责招聘工作的刘浪狠狠地剋了一顿。

尽管魏经纶和杨山坡口头上达成了一致,但滨城公司还是有八九名员工或通过领导打招呼,或通过"曲线救国"的形式转到了电销中心工作。因为新的《劳动合同法》实施后,单位对员工的去留基本上没有什么约束力,利益的诱惑非"人情"所能抵挡得住。

第三批电话销售人员招聘工作还未开始,四百名招聘名额基本上就满了,打电话咨询、让领导帮忙"递条子"、自己主动上门毛遂自荐的络绎不绝。仅魏经纶一个人就接到熟人、领导"打招呼""递条子"三十多个,还有四五个人通过熟人介绍直接找上门来,根本不需要跟前两批那样在《滨城日报》、《滨城晚报》上刊登广告,进行宣传。魏经纶这才深深地意识到,什么是幸福的烦恼。

第三批电销坐席生招聘工作之所以如此火爆,主要有四个方面的原因:一是原来对永泰公司在滨城设立电话销售中心,并招聘坐席生的人知道的相对较少,很多人认为电话坐席生跟上门推销保险产品的营销员没什么不同,而保险营销在滨城老百姓的眼里跟"传销"就是一回事,许多人一提起保险营销员心里就发怵,思想上很排斥。通过广泛宣传和前两批招聘工作的开展,很多人对电销坐席生的职能和性质有了一定的认识,认为电销坐席生是一份可以选择的工作;二是电话销售中心落地滨城后,不仅能为当地解决大量的劳动就业,而且还可以推动滨城市交通运输、餐饮、房地产等产业的发展。更为重要的是该项目是一个无污染、不需要消耗大量能源且能大量增加GDP的项目,成为滨城市委市政府当年招商引资的典范和市内重点扶持的项目,广泛进行了宣传和推介,使滨城市的老百姓对电销中心有了一个全新的认识;

三是滨城市工业项目较少，市内又有六七所大中院校，不仅往年积淀了大量的大中专毕业生，而且当年毕业的学生中有百分之六七十没有找到一份感觉满意的工作，急需寻找就业机会；四是滨城电销中心正式开业后，前两批九百多名电销坐席生正式上岗开展电话营销，统一的装饰打扮、统一的销售话语，使电销中心成为滨城市一道亮丽的风景线。每月两千多元的底薪和公司承诺的不少于三千元的业务提成，使滨城电销中心更加成为年轻人理想的就业场所，一时间前来报名应聘的人络绎不绝。

周一一上班，陈艳艳就跟着魏经纶走进了总经理办公室。汇报完上周的工作后，陈艳艳吞吞吐吐地说她妈昨天来滨城了，问魏经纶有没有时间见见她妈。

魏经纶用一种责怪的眼神看着陈艳艳，问她为什么昨天不告诉他一声，她妈第一次来到滨城，他无论如何都应该尽一下地主之谊。

魏经纶来到陈艳艳的办公室，一进门就当着陈艳艳母亲的面把陈艳艳数落了一顿，当即就确定好了中午请陈艳艳母亲吃饭的地点。

陈艳艳母亲笑着说，她早就有来滨城看看的想法，可陈艳艳一直不让她来，昨天她是背着陈艳艳偷偷坐车来的。

陈艳艳母亲说她这次专程来滨城，主要有两件事情要办：一是见见魏经纶的父母，看望一下柳叶和孩子；二是请魏经纶帮忙把已毕业在家的陈东强安排在电销中心上班。

魏经纶回头看了陈艳艳一眼，说道："前两天我还问艳艳关于东强工作的事情，她说已经联系得差不多了。怎么？东强的工作还没落实好？"

"找了几个单位，人家都嫌他腿有毛病，不愿意接收。唉！"陈艳艳母亲叹道。

"我知道你们公司有规定，姐弟俩不能在一个单位上班，可我实在是没有办法了。"陈艳艳母亲难为情地说。

魏经纶想也没想地答应了陈艳艳母亲的要求，并说陈东强完全符合电销中心的招聘要求。

陈艳艳母亲高兴地紧紧握着魏经纶的手，一面道着谢，一面责怪着陈艳艳："你个死丫头，我说早点来找找魏总，你就是不让我来，害得你弟弟天天在家跟我使性子耍脾气。"

陈艳艳红着脸小声问魏经纶:"能行吗?人家不会说咱们违犯公司规定吧?"

魏经纶笑笑:"违犯什么规定?这事我会处理好的。"

中午,魏经纶在公司附近的一个饭馆安排了一桌,把父母也接到饭馆陪陈艳艳母女俩一起吃了一顿饭。陈艳艳的母亲跟魏经纶的母亲越聊越投机,平时基本上不喝酒的陈母那天中午竟然喝多了。

酒一喝多,她的话匣子就打开了:

"老嫂子,艳艳在滨城没有其他亲人,你和我老哥还有魏总就是她的亲人了,你们可不能把她当外人看待呀!家里有什么事情尽管吩咐她就是了!"

"老嫂子,艳艳也老大不小了,你跟老哥在滨城熟人多,你们俩帮我多操操心,给艳艳张罗着找个对象。比她大比她小的,哪一个不结婚的结婚生子的生子?"

"老嫂子……"

趁着母亲喝水的机会,陈艳艳急忙把话题岔开了,并趁机把魏经纶和他的父母送出了酒店。

把母亲送上回太平的公交车,陈艳艳回到公司,径直进了魏经纶的办公室。

"下午不是让你陪你妈去海边转转吗?怎么这么快就回来了?"魏经纶问道。

"她着急回太平,下次来滨城后再陪她转转吧。魏总,谢谢您了!"

魏经纶笑笑:"谢什么!"

"谢谢您的盛情,也谢谢您让东强来电销中心上班。"

魏经纶看了看陈艳艳,有些个不好意思地笑了笑,他感觉陈艳艳实在没有必要跟自己那样客气。

"我妈见了伯父伯母高兴,酒喝得有些超量,话说得也有些多,您可别笑话呀!"

魏经纶笑着说:"不多不多。看来阿姨也是个性情之人。"

"阿姨"两个字一出口,魏经纶自己也感觉十分别扭,记忆中他是第一次这样称呼陈艳艳的母亲。

陈艳艳羞涩地望着魏经纶,心里更加有一种说不出口的感觉。

第 22 章 "直电"大战

滨城电话销售管理中心正式运营后,魏经纶按工作性质把前三批一千四百名坐席生进行了分类:三分之一的人员负责电话呼入业务,即处理客户主动上门业务咨询、电话投保事宜;二分之一的人员负责电话呼出业务,即通过获得的客户信息,主动打电话推销车险业务,剩余的六分之一人员,主要从事行政管理及客户投诉等方面的事务。

在滨城电销中心正式营运之前,公司虽然通过各种途径对车险电销产品进行了宣传和推介,但电销中心开业的第一周,主动上门咨询、投保的客户只有区区二百多人,且大都是公司的内部员工。平均两个人处理一笔业务,电话呼入团队四百多人基本上天天靠玩手机打发时间。

没有多少客户主动打电话咨询、投保,而负责电话呼出的六七百人的团队由于普遍缺少客户信息,无法主动向客户推荐电销业务,所以滨城电销中心正式运营的第一周,一千四百多人的电销中心门前冷落,鞍马稀少。

心急如焚的魏经纶急忙召集金子、刘浪、陈艳艳开会,分析查找开业第一周电话呼入呼出量低的原因。

与会人员认为,同一辆车,通过电销这种方式购买保险比通过业务员购买保险,可以节省百分之十五左右的保险费。在这种情况下,客户还不愿意选择既省钱又便捷的电销产品,原因可能有两个:一是宣传力度不够,社会对电话销售这种销售模式不了解,对通过电话购买保险产品这种消费方式还不习惯;二是保险的社会认可度不高,客户怕上当受骗,宁愿多花钱通过熟人购买,也不愿意少花钱通过电话购买。为此,会议形成了两项决议:一是尽快上报总公司,申请部分专项资金,在滨城电销中心服务的北方十个省份的主流媒体进行"地毯式轰炸"宣传,尤其在东南省加大宣传力度,力争短期内改变客户传统的消费习惯；二是实施电话促销活动，对每天前二十名车险电销客户赠送一定价值的精美小礼品。

对于第一周电话呼出业绩不理想的问题，大家普遍认为，主要有三个方面的原因：一是销售人员上岗时间短，电话促销经验不足，激不起客户的购买欲望；二是掌握的客户信息量太少，巧妇难为无米之炊；三是持续呼出密度不够，在客户以"正在开会、正在开车"等冠冕堂皇的理由婉拒或以比较恶劣的态度拒绝后，负责电话呼出的坐席人员不好意思或不敢再次通过电话营销，对客户普遍不能形成感官刺激。会议决定：一是以总公司的名义对滨城电销中心覆盖的十二个省级公司下达任务指标，请辖属公司尽快提供尽可能多的客户信息；二是在电销中心内部举行为期一个月的电销业务劳动竞赛，对业绩前三十名的销售人员，除享受正常的业务提成以外，还分别给予五千至一千元不等的现金奖励。

会议一结束，魏经纶打电话把杨山坡叫到了电销中心，通报了刚刚结束的会议精神，并进一步征求杨山坡的意见和建议。

杨山坡对魏经纶等人的分析基本认可，但他认为，客户对省钱省力的电销业务之所以不买账，除了受消费习惯、宣传力度不够等因素影响以外，更深层次的原因是财险公司内部的干部员工对车险电销普遍带有抵触情绪。

魏经纶能够理解员工对电销有抵触情绪，总归电话销售对传统的销售模式造成了冲击，业务人员的业绩和利益受到了影响，但干部尤其是中支公司总经理室一级的干部对电销也持消极态度，让魏经纶感觉有些费解，总归电话销售能够提升永泰公司在市场上的车险业务竞争优势。

杨山坡笑着对魏经纶说，领导干部尤其是中支公司总经理室一级的领导对电话销售持消极观望态度，在他看来也十分正常：一是车险通过电话销售保费可打七折，而通过直销方式最多只能打八五折。假若一辆车保费是一万元，通过电话销售，公司只能收入七千元，电销比直销一下子就少了一千五百元，这对公司的车险保费增长和全年任务目标的达成影响很大；二是电话销售一旦得到社会的普遍认可而成为车险销售的主渠道，业务员的业绩提升、业务提成肯定会受到极大的影响，对稳定干部员工队伍极为不利。

杨山坡看了看魏经纶，继续说道："车险电销尽管是行业发展的趋势，大多数财产险公司都有车险电销产品，永泰公司通过电话销售车险业务本来起步就晚，如果不加快推进的话，很多车险客户肯定都会跑到其他保险公司投保，这是基本常识。但公司的干部员工可不会这样想，他们只想如何维护好自己队伍的稳定，只想保住自己的既得利益，至于公司发不发展，如何发展，那是领导们考虑的事情，与他们没有多大关系。"

"想保就能保得住吗？市场经济不是计划经济，那只看不见的手不可能因为哪家公司愿意或不愿意而改变游戏规则的。"魏经纶说。

"保住一年是一年，保住一天是一天。保险公司真正具有战略眼光的能有几人？对于一般业务人员来说，只要能保住自己的眼前利益，公司战略能不能实现、什么时候实现，对他们来说没有任何关系。"

魏经纶静静地听完了杨山坡的分析，问杨山坡下一步应该怎么办。

杨山坡把他的想法跟魏经纶一讲，魏经纶紧锁的眉头立即放开了："大学士，你先带个头？也算是帮我老魏一个忙。"

杨山坡头摇得像拨浪鼓，一个劲地说不行。

杨山坡认为，总公司把电销中心建在滨城，已经对滨城公司的队伍稳定、业务发展造成很大冲击了，如果再让滨城公司带头主动把直销业务转为电销业务，滨城公司所有干部员工不骂他杨山坡吃里扒外、叛徒内奸才怪呢！

对于杨山坡的顾虑和担心，魏经纶十分理解，但既然总公司把电销中心已经建在了滨城，如果电销业务在滨城都实现不了突破、竞争不过其他保险公司，自己作为主要负责人，无论如何也是很难说过去的。况且车险销售不尽快由传统的销售模式向电销、网销等新型销售模式转型，车险业务的市场竞争优势肯定会丧失殆尽，与主要竞争对手的差距会越拉越大。用公司董事长陆地的话说：前面的标兵越来越远，后面的追兵越来越近。

回到公司后杨山坡把魏经纶的话反复琢磨了多遍，上网搜索了永平、大千等电销业务起步较早公司的电销业务发展状况，感觉魏经纶的话还是十分有道理的。

杨山坡把总经理室成员和部分部门负责人召集到会议室，把魏经纶的要求及滨城公司下一步如何加快电销业务发展的想法一讲，立即引来了反对声一片：

有人说，为了一辆车，业务员跑断了腿，磨破了嘴，动用一切能够动用的资源都不一定说服客户来永泰公司投保，打个电话就能说服客户购买保险的话，那保险也太容易做了，想出这样点子的人，要么没做过业务，要么就是傻子疯子。

有人说，车险是业务员吃饭的险种，如果车险都通过电话销售了，那业务员吃什么？喝西北风去？绝对不能把直销业务往电销业务方向上转。

有人说，魏经纶是从滨城公司提拔起来的，他之所以能够当上省公司合规管理部的总经理、电话销售中心的当家人，都是滨城公司干部员工努力工作把他推上去的。他不知恩图报也就算了，怎么能反过头来跟业务员争业务抢饭吃呢？如果业务员因此都下了岗，业务员不骂他八辈子祖宗才怪了。魏经纶这样干，跟白眼狼有什么区别？

……

看到大家越说越离谱，越说越激动，杨山坡赶紧制止了。

他解释说，总公司花费那么大的人力物力财力发展电销业务，肯定有总公司的道理。如果不利于业务发展和市场竞争的话，总公司是不会让辖属公司大力发展电销业务的。

"是啊！电销业务折扣高，竞争力大，有利于车险业务竞争。更重要的是不需要变通费用给客户支付手续费，公司合规管理的风险因此而大大降低了，我们应该积极响应上级公司的号召。"财务部王经理的话还没讲完，几个业务部门的经理又嚷嚷起来了：

这个说，不能因为财务部门便于处理账目，就不顾及业务员的死活了。滨城公司之所以从无到有、从小到大，都是靠业务员、营销员的努力，用一点一点的保费累积起来的，这种过河拆桥、卸磨杀驴的做法，绝对不应该是永泰公司这样的国有大型保险公司应该做的。公司里没有业务员了，财务部门的员工们还有存在的必要吗？

那个说，如果车险全部按七折交费的话，车险的辆均保费就会大大降低，公司下达给业务员的全年任务指标肯定都完不成，业务员都跑到其他保险公司了怎么办？

还有人说，车险全部通过电话销售也可以，降任务，提工资，否则完不成全年任务指标，别怪业务员不努力，没本事。

……

杨山坡有些不耐烦地摆了摆手，说总公司要求大力发展电销业务，刚开始他也想不通，但仔细琢磨琢磨，感觉还是领导们高屋建瓴。今年以来，永平、大千公司的业务增幅比永泰公司快很多，续保率、客户留存率也比永泰公司高很多，主要原因是永泰公司的电销业务起步晚了，车险在市场上缺乏竞争力。电销、网销是车险未来的发展方向，保险行业是这样，其他行业也是这样。杨山坡说刚才他在网上查看了有关资料，其中一个资料是关于网购的。据统计，全国一年网购资金就达上百个亿，并且每年都以百分之二十以上的速度递增，有的人每年的网购开支都超过了几万元，有的人甚至几天不上网买点东西，心里就感觉缺少点什么，这在几年前是不可想象的。杨山坡要求大家一定要尽快转变观念，固守传统的思维和销售模式，其最终结果可能是业务保不住，客户都跑了。

有人问，为什么电销业务可以享受七折优惠，直销业务就不能呢？保监会审批电销产品时有没有想过电销政策一旦出台，全国几百万业务员、营销员就面临着下岗待业的危险？保险行业发展起来了，为行业发展做出突出贡献的业务员、营销员却都下岗失业了，这种过河拆桥、卸磨杀驴的做法与构建社会主义和谐社会是背道而驰的，不应该是永泰公司这样的大型国有保险公司所提倡的。

有人说，监管部门一直强调保险行业要公平竞争，但允许电销业务与直销业务折扣不一致，本身就是不公平竞争，保险行业的监管思路存在着问题。

有人说，本来就是直销业务，为什么非得转为电销业务呢？如果保险公司想让利于车险客户，把车险费率降下来或者直接审批通过合理的车险费率就可以了，为什么审批通过的车险费率又允许不同的销售方式可以采用不同的费率折扣呢？这不是自欺欺人吗？这不是有意让保险公司自相残杀吗？

有人说，仅滨城一个电销中心最终将达到坐席人员五六千人，全系统坐席人员肯定会超过一万多人，因各地电销中心的设立而形成的房租、管理费用暂且不算，仅工资、补贴一年就得六七个亿。如果允许直销业务也享受七折优惠，把电销坐席人员的工资、管理费用省出来补贴给直销业务员的话，既解决了直销与电销业务的冲突问题，也避免了业务员下岗问题，还不会引起行业经营秩序混乱，所以开发上线电销产品没实际意义。

有人说，电话车险不可能成为一个持续险种，一旦电话产品废止停售了，行业几十万电话销售人员怎么办？虽然部分人员可以转售电网产品，但几十万人下岗失业本身就是一种对社会不负责任的行为，对保险行业也会造成极大的负面影响。

有人说，如果保监会严格要求各保险公司按审批报备的费率进行销售，不准随意打折，保险市场就不会出现惨烈竞争的格局，保险行业也就不会沦落为无地位、无尊严、无话语权的"三无"行业。

更有人说，要是行业不乱，有人还能有机会"火中取栗"吗？监管部门还有存在的必要吗？

话虽然说得有些偏激，但杨山坡等几位总经理室成员想想也并非一点道理都没有，但中国的保险市场环境不是一个公司、一部分人、一朝一夕所能改变的，如果不能适应行业发展环境、不随风起舞的话，只能被淘汰出局。

参加会议的业务部门负责人散去后，杨山坡、安山等人把车险部、财务部等管理部门的负责人留下来继续开会，研究制定下一步车险业务尤其是车险电销业务的推动方案。

按照杨山坡的要求，车险部把部分车险业务客户的信息提供给电话销售中心，同时从车险部门调整出两个人成立电话销售业务科，专门负责公司车险电销业务推动与管理工作。

滨城公司把部分车险客户信息提供给电话销售中心的第二天，魏经纶就打电话把杨山坡数落了大半天，因为滨城公司提供的车险客户信息百分之九十以上的要么电话打不通，要么号码不存在。数落完以后，魏经纶撂下了一句："尽快把真实的信息提供上来，给你们推动业务反倒求着你们了！"

杨山坡把车险部经理叫过来询问是怎么回事时，车险部经理哭丧着脸说，他要是把车险业务信息都提供给电销中心的话，各部门的业务员非把他揍扁了不可！

"那也不能给人家提供虚假信息呀！害得人家搭上了电话费还浪费了半天的工夫。咱们可让电销中心的那些小丫头们骂惨了！"杨山坡说。

车险部经理解释说，信息都是过去的一些老客户留下的，这些客户过去在永泰公司投保，以后又转保到其他公司了，他们的信息真不真实、联系方式变没变化他也不清楚。

"让各部门尽快提供部分他们感觉没有把握续保，或续保难度很大的客户信息，让电销中心帮忙呼一呼，续保成功后既不会与业务员发生业务冲突，又可以把没有把握留住的客户留住。两全其美！"杨山坡指示道。

通知下发了两天，各部门只提供了几百条客户信息，大多数业务部门不愿意把自己的客户信息提供给电销中心，即使是那些根本没希望续保或新入保的客户。没办法，魏经纶只好通过个人关系找到市车管所长，要来了六万多条车险客户信息。

从车管所要来的六万多条车险客户信息大多是其他公司承保的客户，但其中也有一部分是永泰公司的续保客户。由于电销比直销有明显的价格优势，所以很多续保客户都通过电销渠道购买了车险，没有通过电销渠道投保的客户，有的向业务员提出了享受电销同样折扣的要求，个别已经通过直销渠道购买了保险的客户，找到代为办理车险的业务员要求返还多交的保费，否则马上退保。

车险部经理一走进办公室，七八个业务员就骂骂咧咧地跟着进来了：

"为什么把我们的客户信息提供给电销中心？他们给了你们多少好处？"一个年龄较大的业务员质问道。

"我有两个续保客户昨天接到电销中心的营销电话了，那两个客户我已经维护四五年了，他们这一搅和，还能正常续保吗？"一位年轻一点的业务员附和道。

听到吵吵嚷嚷的声音，杨山坡跟安山快步走进了车险部经理办公室，费了好大的劲才帮满脸委屈的车险部经理解了围。

杨山坡叫上司机刚想去电销中心，找魏经纶商量如何解决电销业务与直销业务矛盾冲突问题时，正好魏经纶的电话打进来了。

没等杨山坡开口，魏经纶就劈头盖脸地批评开了："好好教育教育你们的员工，不要在外面跟客户胡说八道！什么电话销售是骗人的，通过电话购买的保险以后理赔起来会有困难，这不是瞎扯吗？你们这样瞎搞下去，不用同行公司动手，我们自己就把公司搞垮了，永泰公司在滨城老百姓心目中还有品牌形象吗？如果有也是负面的……"

魏经纶在电话中说的业务员诋毁电话销售的问题，在滨城公司存在，在其他辖属服务的十二个省市公司中也都不同程度地存在着，个别省市公司甚至更严重。

有的业务员向客户承诺，只要通过他购买车险，一旦出现理赔问题，他一定会协调公司给予最大限度的赔付，保证让客户赚到便宜。

有的业务员跟客户介绍说，各公司通过电话销售的产品，大都未经保监会审核通过，一旦保监会追究下来，最终受影响的还是客户自己。

有的业务员故意填写虚假客户信息，以防止自己的客户信息被公司掌握，导致系统内客户的投保信息严重失真。

有的业务员故意把自己无法续保的客户信息卖给其他保险公司，以赚取一定的手续费。

电销业务发展遇到的困难，特别是来自内部的种种阻碍，引起了永泰总公司领导的重视，陆地和庞听亲自召集各省市公司的主要负责人和分管车险业务的总经理召开会议，专题研究电销业务推动问题。会议确定了电销业务实现突破的四大措施：一是层层下达电销业务发展计划，计划完成情况与各公司主要负责人和分管负责人的年薪密切挂钩；二是各机构必须在规定时间内，向所属电销中心提供车险客户信息，并且要求全系统三个电话销售管理中心定期把各公司提供的客户信息数量、真实率向总公司分管领导汇报；三是加快各地电话销售人员的招聘和培训步伐，快速膨胀坐席生数量，在所属电销中心人员数量还不充足的时候，各地市公司临时招募部分电话外呼人员，弥补全系统三大电话销售管理中心业务呼出量不大、呼出频率相对较低的问题；四是总公司拨出专项资金五千万元，购买部分电销礼品，全面开展"保险有礼"活动。

总公司专题会议一结束，各省市公司的主要负责人几乎在第一时间跟当地的车管部门、中介机构联系，想方设法获取车险客户信息：在车管部门有人脉的，通过车管部门内部人员偷偷将客户信息资料拷贝给了电销中心，当然拷贝客户信息是需要"意思意思"的；人脉关系不够广泛的，只能花钱购买车险客户信息。有家地市公司一次就投入近百万元，购买了几十万条客户信息。一时间，车险电话销售信息满天飞，客户有时一天能接到一二十个来自不同公司的车辆保险推销电话。

电话销售专题会议召开不到一个月，总公司又紧急召开了一次视频会议，进一步安排部署加快电销业务发展问题，要求辖属各公司把能转的车险直销业务全部转为电销业务，因为永平、强力等公司已经开始把车险直销全部转为电销了。

"如果我们不认清形势,快速行动,下决心把车险直销业务全部转化为电销业务,那我们车险业务阵地肯定会全部丢失。到那个时候,各位包括我本人,不仅仅是能不能拿到年薪的问题,而是头上的'乌纱'还有没有的问题了。直销转电销,大家可能有顾虑,害怕直销转化为电销后,大批业务员没饭吃、会跳槽。大家有顾虑很正常,但市场经济不相信眼泪、不同情弱者,对那些保费业务量小,除了会做点车险业务,其他险种业务都不会做的销售人员,能转岗的尽快转岗,转不了岗的该解聘的一定要解聘,该辞退的一定要辞退,绝不能手软。保险公司是企业,不是福利机构,没有义务养活任何一个闲人,这就是现代企业的生存法则。"庞听说。

随着电销业务市场的快速拓展,永泰公司一大批只会做车险业务的销售人员或转岗,或下岗。永泰公司迎来了建立以来第一次大规模人员转岗下岗潮。

第23章 "夜审"杨山坡

李冬冬敲门走进了魏经纶的办公室，看到魏经纶跟金子、刘浪、陈艳艳三人正在开会，有些不好意思地退了出来。

李冬冬很少来单位找魏经纶，偶尔来过几次，要么是路过，要么是有事急着找魏经纶帮忙或商量。

看到李冬冬来了，魏经纶立即结束了会议。

金子、刘浪和陈艳艳三个人收拾起笔记本，一个挨着一个地走出了魏经纶的办公室。临出门的时候，陈艳艳很不自然地跟李冬冬打了声招呼。

"马上就要下班了，这个时候她来干什么？"陈艳艳一边往外走着，一边暗暗地想。走到自己办公室门口的时候，又禁不住地回头朝魏经纶办公室的那个方向望了一眼。

"按道理讲，今天的会议也算是一个比较重要的会议了，事情刚研究了一半，一看到她来了就仓促停止，这不应该是魏经纶的作风呀！难道是……"陈艳艳越想心越扑腾扑腾地跳个不停，不由自主地又走到办公室的门口，朝魏经纶办公室的那个方向张望了好久。

"白雪跟杨山坡闹离婚，你听说过没有？"众人一走，李冬冬就迫不及待地问魏经纶。

"哦？离婚？"魏经纶有些惊奇地望着李冬冬。

"不可能吧？"魏经纶问道。

"怎么不可能？是白雪亲口告诉我的。她说杨山坡在外面有人了。"

"杨山坡？怎么可能呢？"魏经纶笑笑，他显然不相信杨山坡会做出白雪所说的那种事情。

"白雪说她经常看到杨山坡神神秘秘地跟一个女人打电话，有时候深更半夜还在发信息，有些信息让人感觉很肉麻。"

"白雪是怎么知道的？她看到过杨山坡发给那个女人的信息？"

"白雪说的那个女人你可能也认识，就在滨城公司上班。"

"谁呀？"

"好像叫任仪。"

"任仪？"魏经纶努力在大脑中搜寻那个叫任仪的人，可好像一点印象也没有。

"真是安稳日子不过！当上总经理就不知道姓什么了！"魏经纶说着掏出手机拨通了杨山坡的电话。

一连打了好几遍，杨山坡都没接。

"连我的电话都不接了，难道这小子真的做了亏心事不成？"魏经纶笑笑。

"这事咱俩一定要管管，任由他们发展下去，一个好端端的家庭可能就毁了！"李冬冬说。

魏经纶跟李冬冬召开"闭门会"，旁边办公室的陈艳艳有些沉不住气了。

"他俩到底在谈什么？什么事情能谈这么久？丈夫去世那么多年了，她为什么一直不重新建立家庭呢？难道真的在等魏经纶？按道理讲，像她这样家庭好、工作好、人长得也好的三好女性，上门提亲或主动送上门的男人肯定少不了，难道就没有一个她中意的？"

陈艳艳再次走到门口，忐忑不安地朝门外张望着。

"人家媳妇生病还躺在床上，这个时候你经常找人家合适吗？要是真对人家有感情，当初干什么去了？"想到这里，陈艳艳自己也感觉未免有些太自私了，李冬冬找魏经纶未必就是谈感情的事情，况且自己对魏经纶不也是抱有期待和幻想吗？

"难道女人爱上男人都跟自己一样胡思乱想、寡情薄义、不讲道理了吗？"心神不宁的陈艳艳不停地在房间里走来走去。

魏经纶跟李冬冬东一句西一句地正聊着，杨山坡的电话回过来了。

魏经纶跟杨山坡说李冬冬正在他的办公室里，晚上没事想约杨山坡一起吃饭，并约定去曾经去过的那家名叫"万家灯火"的小饭馆。

一走进"万家灯火"，魏经纶忽然想起自己第一次也是最后一次单独跟李冬冬在这家小饭馆吃饭的情景。

魏经纶清晰地记得，那天晚上，李冬冬把付晓滨明确向她提出建立恋爱关系的事情告诉了自己，目的是试探自己的态度，可自己碍于情面，对李冬冬的表示装聋作哑，气得李冬冬一赌气走了。魏经纶还记得，那天晚上，自己想了一夜，也写了一夜，其中的语句还依稀记得，只可惜那封"嫁给我吧，我会永远珍惜你，无论天塌地陷、海枯石烂，我都会深深地爱着你，直到我生命的最后一息……"的信件没有勇气发出去，更没有勇气亲手交到李冬冬的手上，错失了可能成就人间一段好姻缘的机会。

魏经纶跟李冬冬默默地坐着，除了有偶尔的眼神交流之处，好长时间谁都没有开口讲话，只是在静静地回忆着那天的场景，回味着当时说过的话。

过了好大一会儿，杨山坡才姗姗来迟了，脸上泛着红光，明显带着酒意。

"领导真抠门，李科长好不容易赏光出来与咱俩共进晚餐，你就找了这么个小饭店？"一进饭馆，杨山坡就嚷嚷开了。

"过去能来这里打打牙祭开开洋荤就算不错了，当上总经理以后忘本了？"魏经纶说着，往里挪了挪身子。

"谁说的？咱们第一次聚会就去了好运来大酒店，一起步就很高，在这种小地方吃饭还算享受？领导你的标准太低了吧？"杨山坡一边说着，一边挨着魏经纶坐了下来。

"你小子天天下大馆子，'三高'都吃出来，还没吃够呀？"魏经纶说。

"费用紧张，哪敢天天下大馆子？偶尔请大客户的时候才敢去一次大饭店。今非昔比，今非昔比呀！"杨山坡装出一副可怜兮兮的样子。

李冬冬静静地看着魏经纶和杨山坡斗嘴，思绪一下子回到自己跟魏经纶、杨山坡、付晓滨刚分配到保险公司时那段快乐美好的时光，那种无忧无虑、少年不识愁滋味的日子。

"想什么呢？"看到李冬冬若有所思的样子，杨山坡问了一句。

"看到你哥俩傻傻斗嘴的样子，我又想起了我们刚进入保险公司时那段美好的时光，那时的我们是那样的单纯、那样的阳光、那样的无忧无虑！"

"那时的我们尤其是咱俩，傻傻的、纯纯的，哪像老魏和老付，活脱脱的两个'老油条'。唉！再过几个月老付就走了整整六年了，你自己的事情也该好好考虑考虑了，老这么拖着也不是办法，拖到什么时候是个头？"杨山坡十分认真地说。

"这么多年都过去了,等迪迪年龄大几岁再说吧。"李冬冬苦笑着。

"还等什么?俗话说女人怕老,男人怕穷。女人可是等不起呀!"话一出口,杨山坡好像又明白了什么似的。

李冬冬毫不客气地打断了杨山坡:"别说我了,说说你自己吧。"

"说我?我有什么好说的?"杨山坡反问道。

"怎么会没有好说的呢?你杨总可有的是故事要说。"魏经纶话里有话。

"除了拉保费、会客户、跑酒场、迎检查,请客送礼吹牛皮和应付永远开不完的会议,保险公司还能做什么?还会做什么?"

"别尽扯些没用的,老老实实地说说你的'丰功伟绩'吧!"魏经纶说着,端起酒杯跟杨山坡的酒杯碰了一下。

"我哪有什么事情可讲?我哪件事情你们俩不清楚?瞒得了爹娘,还有瞒得了你们俩的事情?"杨山坡嬉皮笑脸地说。

"瞒我俩的事情可多了去了。任仪是怎么回事?"魏经纶问。

"任,任仪?没什么事情啊!她就是咱们公司的一名普通员工,前几年才招聘到公司的。"杨山坡完全一副若无其事的样子。

"你跟我俩说句实话好吗?你跟她到底有没有关系?"

"有啊。我是滨城公司的总经理,她是滨城公司的一名员工。领导与被领导的关系。"杨山坡笑着说。

"就这么简单?"魏经纶冷笑着问道。

"就这么简单。怎么?你俩想让我们的关系更复杂一些?"

看到杨山坡一副泼皮的样子,魏经纶真想给他一巴掌。

"你跟白雪最近是不是闹矛盾了?今天我遇见她了,眼睛都哭肿了,问她,什么都不肯说,只是一个劲地叹息。"李冬冬说。

"居家过日子哪有不打架闹矛盾的?床头打了床尾合。你老魏跟柳叶以前就没闹过矛盾?不打不闹的话你俩也不会搞了那么一出。"杨山坡哈哈笑着说。

杨山坡这么一说,魏经纶还真有些不知如何回答他了。

"别扯上我。我当时的情况跟你现在的情况不一样。柳叶那人你又不是不了解,心眼小,老是怀疑这怀疑那的。"魏经纶争辩道。

"你怎么知道跟我现在的情况不一样的?白雪怎么就不可能不会跟柳叶一

样怀疑这怀疑那的？"杨山坡反问魏经纶。

"白雪是那种大大咧咧的人，她跟柳叶可完全不是一种性格的人。"李冬冬帮魏经纶争辩道。

"认识白雪的人都认为白雪是老爷们性格，但他们根本不可能完全了解真实的白雪，包括你们俩。"

杨山坡说白雪懒散、挑剔、头脑简单、不关心别人他都能忍受，总归文化程度不高、平时不爱学习、从小又生活在一个条件比较优越的家庭里，但她自私、说话信口雌黄、对家里人尤其对杨山坡的父母吝啬刻薄着实让他难以忍受。杨山坡说他从小生活在农村，父母都是老实巴交的农民，每次父母来城里看孙子走后，白雪都会唠唠叨叨好几天：什么脏死了，什么来家里就知道划拉东西了，等等。农村条件差，你要求他们跟城里人一样整天穿得整整齐齐、华华丽丽的，可能吗？家里用不着的东西、穿不着的衣物不让他们带走，扔了不也可惜了？

杨山坡说，前年过春节，他去看望他的一个姑姑，临走时给她留下了五百块钱，回到家后白雪跟他闹了整整三天。他弟弟结婚的时候，他想送弟弟一台电视机、一台电冰箱，两样东西加起来也不过七八千块钱，跟白雪商量了一两个月，硬是没商量成。去年他弟弟在县城买了一套一百平方米的房子，来家里借钱，白雪当场就没让弟弟下得了台，同意借给他的三万块钱，临走的时候弟弟赌气也没有拿。

杨山坡还说，他平时跟白雪沟通不多，因为两个人很难沟通到一起，说不上三句话就争吵起来，除非到了非说不可的时候，所以平时两人交流很少。

"就拿晚上出来应酬这件事情来说吧，保险是份求人的工作，为了做业务拉保费处理关系，经常要陪领导陪客户，每次回到家，白雪总是鼻子不是鼻子脸不是脸的。有几次为了一笔大业务，我陪客户酒喝得有些过量了，吐得一塌糊涂，昏睡到半夜口渴得要死，可她一晚上连杯水都没给我倒。"

杨山坡喝了一口酒继续说道："有些客户喝完酒以后要求去洗洗脚、唱唱歌或者桑拿按摩一下子，客户的要求你不满足，业务还做不做？关系还处不处？她知道后风言风语起来就没完没了：什么让小妖精们摸着舒服了，什么快活后晚上就别回家了，什么搂着小姐一起睡得了……这些话，谁听了谁不急？"

"白雪的话说得是有些难听，但你也应该理解她，她那样做，说明在乎你，怕你出问题。"李冬冬劝道。

"跟你一起生活了那么多年，白雪应该了解保险公司尤其是保险公司总经理的苦衷，如果她真那样讲的话，确实有些不应该。"魏经纶用审视的眼光看着杨山坡。

"比这难听的话多了去了。说什么保险公司跟要饭的差不多，好人还有干保险的？什么保险公司的人太能做了，吃喝嫖赌样样精。老公就是干保险的，而且还是保险公司的总经理，这些话虽然大都是在开玩笑的时候说的，但感觉跟打了我两巴掌没什么区别。"

白雪的话，确实代表了社会上部分人对保险公司的真实看法。在不少人的眼里，保险公司就是骗子公司，保险公司的人脸皮厚得像牛皮，要不社会上就不会流传着"一人干银行，全家跟着忙；一人干保险，全家不要脸"的说法了。欧美国家是个人或单位找保险公司投保，而中国是保险公司或业务员找客户拉保险。在中国，什么时候社会对保险真正认识了，对保险公司的评价客观公正了，保险公司在社会上的地位也就提高了，中国的保险业也就发达了。魏经纶说当初李冬冬选择离开保险公司是对的，虽然钱赚得少了些，但也没有那么多纠结烦心琐碎的事情了。

李冬冬说有些人确实对保险公司不理解，有偏见。有钱的人认为自己有钱，遇到事情自己完全有能力解决，不需要买保险；没钱的人没有多余的钱购买保险，真摊上大事难事了，只能着急抓狂，其结局是穷上加穷，甚至日子都过不下去了。但她坚信保险业在中国很快就会好起来的。

"咱不说中国保险的事情了，发展不发展、以后如何发展，那是政府的事情，把咱们自己家里的事情管理好就行了。"魏经纶笑着打断了杨山坡。

"风声雨声读书声声声入耳，家事国事天下事事事关心，作为保险公司的总经理，保险的事情都不考虑了，还有谁会主动去考虑？公司的事情都摆不平了，自己小家庭的事情也很难摆平。"杨山坡笑着说。

"你跟任仪到底是怎么回事？白雪跟我讲，她感觉你们俩有什么事情瞒着她。"李冬冬又把话题扯了回来。

"我们俩就跟咱仨人一样，能交流到一起，是好朋友而已。哪有什么事情？"

"不会那么简单吧?"魏经纶问。

"就那么简单。"

"你是公司的老总,她是公司的一般员工,你们怎么能交流到一起呢?"话一出口,魏经纶马上意识到自己的话有失水准。

"总经理跟员工就不能交流到一起吗?你当总经理的时候,冬冬也是员工,你们俩人平时不交流?"

魏经纶红着脸说他跟李冬冬的关系,与杨山坡跟任仪的关系不一样,他们几个人是一起来保险公司的。

杨山坡质问魏经纶,一起来保险公司的就可以交流到一起,不是一起来保险公司的就不能交流到一起吗?

"经纶的意思是说任何事情都应该有个缘由。咱们四个人同一天进公司,一起参加了培训,经常凑在一起聚聚,所以我们四个人在一起大家都感觉很自然、是死党,不认为不正常。"李冬冬解释说。

"任仪跟我是同校同系的校友,这算不算个理由?她被招聘到滨城公司重大客户部后,经常随我参加业务招标会,陪客户参加一些活动,所以……"

"所以你们俩就交流到一起了?"魏经纶抢白道。

"什么叫交流到一起了?我怎么发现你老魏自从去了电销中心掉进女人堆里以后,说话也跟女人一样刻薄不讲理了呢!"杨山坡的脸憋得通红。

"打住、打住。什么叫跟女人一样刻薄不讲理了?别以偏概全呀!别忘了,我可也是女人呀!"李冬冬假装生气的样子,眼睛直瞪着杨山坡。

"你是我们哥们儿,谁把你当女人了?"杨山坡狡辩道。

"你的意思说我很男人就是了,怪不得……"李冬冬话虽只说了一半,但杨山坡、魏经纶都明白李冬冬想说的下半句话的意思,并且也清楚李冬冬的话主要是说给谁听的。

"那你俩经常短信来短信去的干什么?听说经常深更半夜还鸿雁传书。"魏经纶赶紧把话题又扯回到杨山坡身上。

"一笔业务有时跟客户谈来谈去不知谈多少个回合,你干保险这么多年又不是不了解,遇到问题的时候,下属不打电话发短信请示领导怎么办?她们能做得了主吗?"杨山坡反驳道。

"听说有些短信可不是谈工作的。"对杨山坡的解释,魏经纶感觉不可信。

"师妹经常关心关心师哥,师哥经常关照关照师妹也应该算是正常的事情吧!"李冬冬咯咯笑着说。

杨山坡说他只是感觉跟任仪能够谈得来,尽管两人年龄上有差距、职位上有高低。杨山坡说任仪虽然年龄不大,但看问题很深邃很到位,工作也比较出色,公司上下对她评价都不错。不像白雪,一张嘴就让人感觉粗俗不堪,好像在下命令。

杨山坡认为,虽然保险公司的总经理,尤其是像永泰公司这样成立时间较早、保费规模较大公司的总经理收入不错,在滨城这样的小城市也有一定的社会地位,但即使保险公司内部的人也未必能够真正理解和体会到压力和苦衷,在跟媳妇谈不到一起的情况下,如果有一个知心的女人能够谈得来,对谁来说都不应该算是一件坏事情。杨山坡说虽然他跟任仪比跟其他普通员工的关系密切一些,但也不是白雪想的那种亲密关系,充其量就是师哥学妹之间的关系,或者是红颜知己的关系。

"那你跟白雪提出离婚是怎么回事?虽然这事我好像没资格过问,特别像我这样有过前科的人,但作为老大哥、好兄弟,我必须得过问过问。"魏经纶说着,瞟了李冬冬一眼。

"吵起架来什么难听的话不可以说?特别是在白雪癫狂发疯无理取闹的时候。"杨山坡笑着说,"人被逼急了,做出比威胁离婚更出格的事情都有可能。比如说杀人放火跳楼上吊。"

"原来杨山坡还是个烈性男人啊!有性格!"李冬冬不无讽刺地说。

"真看不出来,当了两天保险公司的总经理脾气还见长了!"魏经纶也讽刺道。

李冬冬说女人在家里有时候确实不太讲理,尤其是跟自己的老公赌气的时候,因为家本来就不是一个讲理的地方。但男人们应该好好想一想,老婆为什么不跟别人不讲理,只跟自己的老公不讲理呢?跟男人比较起来,女人有时确实不够理性,在这个世界上能够称得上理性的女人并不多,除非她是伟人。

杨山坡长长地叹了一口气,说女人不太好理解,最起码到现在他还没有完全读懂白雪,有时候真感觉白雪不可理喻、难以救药。

"李敖先生曾经讲过,珍品女人是那种'又漂亮又漂泊,又迷人又迷茫,又悠游又优秀，又伤感又性感，又不可理解又不可理喻.'你看你们家白雪占据了其中的多少项呀？"李冬冬咯咯咯地笑着。

魏经纶也笑着说杨山坡知足吧，别太轻看了别人迷茫了自己。

杨山坡一边说着，一边肘击魏经纶，说他知道突然请自己吃饭准没什么好事，原来是三堂会审、鸿门宴！

李冬冬说付晓滨走了，柳叶又那样，三个家庭里就数杨山坡家平安无事，她真不希望他跟白雪闹出点什么事情来。

杨山坡神情黯然地说他现在感觉身心疲惫。保险竞争这么激烈，在保险公司里当经理，整天战战兢兢、如履薄冰，生怕一不留神就出现了什么事情。如果家里人再不理解，那不是还有没有希望的问题了，简直就是绝望透顶、世界末日了，能不能坚持下来、能坚持多久，他都不敢确定。

从杨山坡的神情和话语中，魏经纶跟李冬冬都隐隐约约地感觉到他说出"离婚"那两个字，很可能不是一时的冲动，在他的心里，任仪已经占据了相当重要的位置了。

打发李冬冬回家后，魏经纶跟杨山坡又去了滨城公司旁边的一家茶馆，一人要了一杯绿茶。

"现在就咱们两个人，我希望你跟我说的话，跟我们眼前的这杯绿茶一样，青青绿绿的，不掺杂着任何成分。你跟任仪到底发展到什么程度了，是不是真像白雪说的那样已经灵魂相通分不开了？"

"还不至于到分不开的程度，只是感觉跟她在一起天是晴的，水是清的，花是艳的，情绪不失落，精神不压抑。"

"除了两情相悦、艳阳高照以外，就没有发生绿枝入院或者红杏出墙的故事？"魏经纶哈哈大笑着。

杨山坡说有一天晚上他跟任仪一起请客户吃饭，酒喝得挺多，情绪有些失控，情不自禁地亲了任仪一下，任仪没有表示反对。

"只是亲了亲？"

杨山坡很不自然地发出了两声有些瘆人的干笑，说有一次没控制好，堤坝决了一次。

"标准的职务侵占！以前我还以为你仅仅是精神出轨了，搞了半天该办的不该办的事情都办完了，看来人家白雪没冤枉你！"魏经纶十分严肃地说。

"如果那也算精神出轨的话，这世上基本上没有不出轨的人了。"

"歪理！胡搅蛮缠！"

杨山坡说为了一笔业务，许多女业务员跟异性客户又是陪酒、又是唱歌、又是跳舞，有时还经常遇到回避不了也不能回避的"咸猪手"。按魏经纶的说法，这些都应该算是精神出轨。杨山坡说，最近一段时间，公司里许多人疯传你跟陈艳艳如何如何，难道像你这样的正人君子也精神出轨了？

听了杨山坡的话，魏经纶一下子语塞了。

杨山坡开玩笑说荷兰阿姆斯特丹有一家叫哈波利的保险公司，最近推出了一款"绿帽子保险"产品，如果拿到中国来销售的话，他估计销售行情一定差不了，因为按照魏经纶的理解，中国人十有八九或实际出轨或精神出轨了。

看到魏经纶没吭声，杨山坡更来劲了："西方一位大哲学家曾经说'世上的每一朵玫瑰花都是有刺的，如果因为怕扎手，就此舍之，那么你永远也不能得到玫瑰的芬芳。'如果我们不扎手就能闻到玫瑰的芬芳，那对双方来说都是百利而无一害的。"

"可西方有位大哲学家也曾经这样说过：'人就如寒冬里的刺猬，相互靠得太近，会觉得刺痛；彼此离得太远，却又会感觉寒冷；人是必须保持适当距离过活的。'男女之间的关系就像是两只刺猬，不能靠得太近，也不能离得太远。在这方面，咱们两人都属弱智，都没有把握好。所以让人指指点点也就在所难免了！"魏经纶感慨道。

"你说我应该怎么办？跟白雪继续凑合下去？"

"结婚之前你不也感觉白雪各方面都很好吗？人一结婚，柴米油盐酱醋茶的事情都来了，烦心的事情多是正常的，你能保证跟白雪分了，跟任仪在一起就一定不会出现审美疲劳吗？儿子小学快毕业了，你还真准备跟白雪分开不成？"魏经纶说。

"唉！这就是中国人的悲哀，像婚姻这样的人生大事都要凑合，人这一生可真就悲哀透顶了！人为什么不能为自己活一次？"说着说着，杨山坡的情绪又激动了起来。

"在中国，什么事情都可以不凑合，但在婚姻问题上大多数人必须得凑合，因为当事人往往自己做不了主。过两天让冬冬跟白雪好好聊聊，兴许她能改变一些。"魏经纶说。

"江山易改，秉性难移。白雪能彻底改变自私刻薄的个性，除非世界末日来了，她也就不需要改变什么了，我们也用不着烦恼了！"

"他不改变，你不会改变？"

"那我还能活下去？"

"大不了不干保险了。"

"一毕业就干保险，除了会干保险，咱们还能干什么？"

"干得了保险公司总经理的人，还有什么干不了的？在中国还有比干保险公司更难的吗？"魏经纶笑笑。

"不行我再跟你去干副职吧。在电销中心当个副职肯定比在滨城公司当个总经理容易，用不着天天陪吃陪喝，搞得连正常的家庭生活都过不成。"

"呃？那我得好好考虑考虑。"魏经纶说。

第 24 章 "寒流"来袭

转眼又到了年底。

那年的冬天，北方的天气有些特别，整个冬天，天空中没飘过一片雪花，西伯利亚吹过来的寒风，干冷干冷的，让人感觉刻骨铭心。

自十月份开始，滨城就开始闹"禽流感"，到了十二月份，滨城的大小商店、医院药店，到处买不到据说能阻隔"流感源"的口罩了。

周一一上班，陈艳艳就急匆匆地来到魏经纶的办公室，说当天有七八名电销人员生病请假，还有几名坐席生虽然来公司上班了，但感觉发烧不舒服，她担心公司里已经有人传染上"禽流感"了。

听了陈艳艳的汇报，魏经纶立即紧张了起来，摸起电话把金子、刘浪叫了进来。魏经纶说：

"刚才陈处长说，今天有七八名电销人员请病假没来上班，来上班的电销人员中还有几位出现了咳嗽发烧的症状。近两个月，滨城老百姓谈流感色变，中心有人出现与禽流感相似的病症了，这不能不引起我们高度重视，几千人的职场，一旦蔓延开来，场面极有可能出现失控，甚至还有可能引发恐慌。"因为陈艳艳两周以前被上级公司任命为滨城电话销售管理中心团队管理处的副处长，所以公开场合，魏经纶称呼陈艳艳为陈处长。

四个人研究确定尽快采取几项措施，确保电销中心不出现大的问题：一是让金子协调公交公司，保证主要以运送电销中心坐席人员为主的公交车每天喷洒消毒药水不少于两次，抓紧从外地购买部分口罩发放到每位员工的手中，尽量减少被传染的几率；二是以团队为单位，每天上下班对每位员工进行体温测量，密切关注患病员工周围人员的身体变化，等等。尽管采取了很多措施，但滨城电销中心还是有三百多人患病不能坚持上班，其中五六十名坐席生因此辞了职。

情况很快汇总到了魏经纶那里，魏经纶立即指示陈艳艳安排人再去市内各大药店购买一些板蓝根发放给每位员工，并监督每位员工按时服用，同时，查明五十多名员工因何辞职。

陈艳艳说，五十多名坐席生辞职的理由虽然各不相同，但工作压力大是他们辞职的主要原因。陈艳艳认为，电销中心招聘的电销人员学历水平和整体素质相对较高，尤其是前四批招聘的两千名销售人员大都是本科学历，尽管以后招聘的两千多名电销人员学历降到了专科，但本科学历人员在四千多名电销人员中占比超过了百分之五十，虽然坐席生的平均工资高于滨城市社会平均工资，但由于电销人员大都是八零九零后，在家又是独生子女，家庭条件大都比较优越，加上他们对社会的就业形势不甚了解，对自己的实际情况盲目乐观，承受困难和压力的能力相对较弱，一旦工作遇上不顺心的问题，就会轻易产生辞职念头。

魏经纶认为，虽然总公司的年度工作会议还未召开，全年的任务指标还没有下达，但总公司确定的电销业务连续三年百分之百增长的目标不会改变。他说，听分管电销业务工作的总公司领导透露，沙董事长要求电销业务三年内，要在车险整体业务中的占比达到百分之三十五，力争达到百分之四十。所以电销中心不仅要持续增加新生力量，而且现有人员也要提高工作效率。

随着坐席人员需求的不断扩大，电销中心前三批人员招聘中存在着的那种门庭若市、一岗难求的现象不复存在。伴随着"幸福的烦恼"现象的消失，人员招聘工作中真正的烦恼随之而来：

一是虽然滨城大中专院校较多，每年有两三万名高校毕业生参加工作，外地的一些大学生也愿意到滨城就业，但很多高校毕业生还是愿意寻找自己专业对口的行业就业，到电销中心做电话销售代表不是他们的最佳选择。

二是所有规模相对大一点的保险公司都有车险电销产品，仅在东南省就有两家保险公司设立了电话销售中心，另外一家电销中心打出的招聘广告与永泰公司相比更有竞争力。尽管实际操作过程中未必能够达到广告宣传中的承诺，但争夺电销人才尤其是优秀电销人才的激烈程度，一点不比争夺优秀的直销业务人员或优秀营销员差。

三是随着各公司电话呼出量的加大和频率的提升，在促进社会对车险电销产品认知度提高的同时，也引起了社会各界对电话销售不同程度的反应，总体上负面反应大于正面反应。许多客户要么不接听电话，要么接听电话后一听是保险公司打来的，素质高的以"正在开车、正在开会"等冠冕堂皇的理由拒绝，遇上修养差或态度恶劣的客户，或骂骂咧咧、或讽刺挖苦，有的电销坐席生还被少数态度极其恶劣的客户当场骂哭了，搞得电销人员尤其是负责电话呼出的销售人员心有余悸，生怕遇上态度不好或心情不佳的客户，心里压力很大，一旦有人辞职，立即会引起"多米诺骨牌"效应。从电销中心辞职的人员，大多情况下会把电销工作描绘成"暗无天日"、"地狱般的生活"、"非正常工作"，很多人不敢也不愿去电销中心接受"磨炼"，总归大多数人不认为自己或自己的孩子有"天将降大任于斯人也"的机会，也就没有必要去接受"劳其筋骨，饿其肌肤、空乏其身"的锤炼。因此，滨城电销中心招聘工作越来越困难，员工流失率也越来越高。

魏经纶一边听着陈艳艳的汇报，一边不停地在笔记本上记录着，有时眉头紧锁，有时频频点头。

魏经纶和陈艳艳都认为，每年的年底和年初都是车险销售的旺季，也是保险业务发展的黄金季节，尽管一些新车客户受行业政策的影响或4S店优惠政策的诱惑，不会通过电销渠道购买车险，但非新购车辆或续保车辆大都会通过电销渠道购买保险。为了抓住销售旺季突击电销业务，也为了消除三百多人因病请假或辞职对业务的冲击，魏经纶决定，把本来准备春节以后再招聘五至六百名电话坐席生的计划提前至元旦前实施，确保一月下旬前培训完毕并上岗销售。对于电话销售人员的学历和年龄要求，在坚持全日制专科、年龄三十周岁及以下基本原则不变的前提下，对于条件相对较好的人员，可适当放宽学历和年龄要求。

招聘广告打出去之后，报名应试的人员寥寥无几，尽管招聘期限一再后延，但最终参加招聘面试的只有一百多人，且一半以上不符合招聘条件，愁得陈艳艳一连几天睡不着觉。

看到陈艳艳愁容不展的样子，魏经纶劝导她不用太过着急。招聘不理想可能是因为临近春节，许多人不想出来找工作，有些有工作单位但对工作不太满意的人，大都想年终奖励兑现完毕后再辞职找工作。

魏经纶轻轻地拍了拍陈艳艳的肩膀，笑着说基础工资加绩效工资一个月三四千块钱，像滨城这样年平工资不过三万元的小城，不用愁招聘不到人。魏经纶劝她宽心，该吃就吃，该睡就睡，千万别把身体搞垮了。

元月八日，总公司召开了全年工作会议。在会议上，总公司领导对上一个保险年度的电销工作给予了高度评价，对当年度的电销工作提出了更高的要求。按照总公司的目标要求，当年度永泰公司的电话销售目标是一百五十亿元，其中，滨城电销中心服务的十个省份、十二家省级公司，当年度电销任务目标是八十亿元。尽管滨城电销中心正式营运的半年时间里，只实现了不到二十亿元的电销保费收入，但全年八十亿元的任务指标，着实让魏经纶深感任务艰巨、责任重大。

总公司全年工作会议结束的第二天一早，魏经纶就乘机返回了滨城，一进办公室，刘浪、陈艳艳等人就急匆匆地跟了进来。

据刘浪、陈艳艳反映，当天凌晨两三点钟，一个身穿黑衣、头戴伪装套的人潜入了公司女职工宿舍，被发现后夺门而逃。

陈艳艳说宿舍女职工的财物虽没受到损失，但宿舍的三名女员工受到了猥亵。

刘浪说由于事关重大，员工的财物和人身安全也没有受到很大的损失和伤害，所以他们几个人商量后决定暂不报警，想等魏经纶回来以后再做决定。

魏经纶问金子去哪儿了。刘浪说职场的办公设施有些损坏了，金子说他去五金装饰材料市场看看，一会儿就回来。

陈艳艳把受到惊吓的三名女职工叫进了魏经纶的办公室。刚开始，三名女职工还不好意思开口，经过反复询问，有两名女职工说她们感觉那名"黑衣人"只是摸了摸她们的脚，没有做出其他更出格的事情；另一名女职工说她醒过来的时候发现那名"黑衣人"正拿着她的脚放在自己鼻子上嗅。

魏经纶问那名"黑衣人"是如何进入女职工宿舍的，寒冷的天气，女职工宿舍的门窗是不可能不关闭的。三名女职工都说不知道，她们睡得死死的，根本没有听到开门的声音。

魏经纶安慰了三名女职工一番，并嘱咐她们暂不要声张，中心会尽快处理好这件事情的。

三名女职工走后，魏经纶跟刘浪、陈艳艳商量后认为暂不报警比较合适，因为一旦报了警，事情很快就会传出去，容易在电销中心引起恐慌，也对电销中心带来负面影响。

尽管魏经纶等人要求知情的女职工封锁消息，但很快还是有人知道了女职工宿舍晚上有"采花大盗"光顾的事情。另一个女职工宿舍的人也说，前几天她们宿舍也曾有人晚上进去过。

电话销售人员虽大都是滨城本地人，不需要公司安排住宿，但也有二十多人是从外省市招聘来的，公司就在电销中心附近的一个小区租赁了三个单元房，两个单元房安排女职工居住，一个单元房安排男职工居住。

事情发生后，魏经纶安排金子和陈艳艳偷偷地对电销中心的男职工，尤其是跟十多名女职工居住在同一个单元楼里的六名男职工进行了摸底排查，因为整个电销中心四千多名员工中，男性员工不足十分之一。

调查虽然没有取得实质性结果，但此后两个女职工宿舍再也没有发现那名"采花大盗"光顾过。因为电销中心安排人对职工居住的三个房间都针对性地采取了一些防范措施，在重新更换三个宿舍门锁的同时，要求所有宿舍晚上睡觉时一律上保险锁。

一月份滨城电销中心的业务数据十分亮丽，在永泰系统三个电销中心中增幅最高，增量是其他两个电销中心总和的近两倍。正当滨城电销中心上下沉浸在兴奋之中的时候，一个小小的插曲把魏经纶等人的好心情给搅和了。

事情的缘由是一名电销呼出人员，向一位客户推销电销车险时，正赶上那位客户因个人信息被银行泄露而与银行闹得不可开交。电销人员的电话一打过去，客户的第一反应就是她个人的车险信息又被别人泄露了，立即表现出了十分不冷静的态度，一个劲地质问销售人员从哪里获得她个人车辆保险信息和手机号码。因为在她的记忆中，她的车险投保单上留的是单位的座机号码。销售人员一听客户心情不好，态度蛮横，连忙把电话挂了，可那位客户不依不饶，又把电话重新拨回了电销中心，找到刚才呼她的那位电话销售人员，因为按照规定，电销坐席生每拨通一个客户的电话，首先要报自己的工号。客户蛮横的态度把刚才打电话推销业务的小伙子惹火了，没说上几句，两个人就在电话中争吵了起来，继而对骂了起来。谁知第二天，那位女客户以滨城电销中心工作人员偷窃她个人信息、骚扰她正常生活、侮辱她人格为由，将电销中心和那名电销坐席生告上了法庭，捅到了《滨城日报》社，并分别向法院和报社提供了电销中心那名工作人员辱骂她的电话录音，要求追查个人信息泄露的原因，赔偿她精神损失，并要求滨城电销中心和那名电销坐席生在当地媒体上公开赔礼道歉。

得到信息后，魏经纶分别找到法院和《滨城日报》社，并通过法院找到了那位客户。经过法院调解，魏经纶代表滨城电销中心当面向那位客户赔礼道歉，承诺开除那名电销坐席生，并给予被骂客户两千元的精神补偿。

一波刚平，一波又起。刚处理完女客户状告一事不到一周，魏经纶又遇上了一件更加麻烦的事情。

为加强与电销中心员工，尤其是管理层和负责对应省份业务呼入呼出坐席生的感情，各地负责车险业务的领导、车险部经理经常会到滨城电销中心走访慰问、表达"心意"、联络感情。春节前一个月，电销中心更是车水马龙，人来人往，络绎不绝。一天，魏经纶招待完前来走访慰问的两家省公司的领导同事，回到家的时候已是晚上十一点钟了，他来到柳叶床前看了看，又跟照顾柳叶的方芳聊了几句，洗刷完毕刚上床躺下，手机吱吱地响了起来。

电话是滨城市公安局的一个朋友打来的，他告诉魏经纶，说滨城市公安局在当天晚上组织开展的"扫黄打非"行动中，抓到了一名正在宾馆进行性交易的女子。那名女子交待自己是滨城电销中心的坐席生，晚上没事出来打点"野食"挣点"外快"。临了，魏经纶的那位公安朋友还狠狠奚落了他一番，羞愧难当的魏经纶禁不住地骂出了声。

魏经纶穿好衣服叫上陈艳艳直奔市公安局治安科，交纳了五千元罚款，把那位名叫陶子的女孩领了回来。

"那个叫陶子的人是如何招聘进来的？"一回到办公室，魏经纶生气地把门一摔，对着陈艳艳大声吼了起来。

陈艳艳说她也不清楚，但好像听刘浪说，陶子是金子推荐介绍来电销中心工作的。

魏经纶摸起电话拨了刘浪的电话号码，可刘浪的手机处于关机状态。

他又拨上了金子的电话号码，金子的电话也无法接通。

魏经纶气愤地把手机扔到办公桌上，气乎乎地说："陶子这样的人都招聘进来了，电销中心都成什么了？按摩中心？洗浴中心？"

自大学毕业被招聘到永泰公司以来，陈艳艳就一直在魏经纶的手下工作，一晃就是五年了。五年来，陈艳艳从未见过魏经纶如此大动肝火。

"喝杯水，消消气，没必要生那么大的气！"陈艳艳把一杯热茶放到魏经纶面前，小心翼翼地说。

"客户状告咱们的人，公安局又抓到咱们的人，电销中心都快成了黑帮、淫窝了！这事要是传出去，你让我怎么跟客户交待？跟员工交待？跟总公司的领导们交待？"魏经纶端起茶杯，又重重地放回到了桌子上，茶水洒了一桌子。

陈艳艳拿起一块抹布默默地擦拭着，几次欲言又止。

待心气稍微缓和了一些，魏经纶问陈艳艳，清楚不清楚金子是如何认识陶子的，因为金子不是滨城人，在滨城不太可能有亲戚朋友。

陈艳艳摇了摇头，说她也不清楚。

两个人静静地坐着，很久没说一句话。

"走吧。"魏经纶说着，猛地站了起来，又重重地瘫坐在椅子上，把陈艳艳吓了一跳。

陈艳艳赶紧跑过来扶起魏经纶，下意识地用手摸了摸魏经纶的额头，她知道魏经纶晚上喝了不少酒，也知道他最近几天血压一直不稳定。

"喝那么多酒干什么？不知道你血压最近老不正常？"陈艳艳说话的语气，不像是下级对上级，倒像是父母、妻子或者姐姐对待儿子、丈夫或者是弟弟，虽然有责怪埋怨的意思，但魏经纶听着心里感觉暖暖的，火气一下子消了不少。

陈艳艳坚持让魏经纶去医院看医生，但魏经纶固执地让司机把自己送回了家。

回到家后，魏经纶越想越觉着刚才不应该对陈艳艳发那样大的脾气，尽管她是自己的下属，父母又把她当成干女儿，但无论如何不应该对一个实实在在做人、兢兢业业干事的部下又吼又叫的，自己那样做，既不适宜，也有失风度。

魏经纶拿起手机想了想，随手按上了一句话，发了出去。

"艳艳，刚才不该对你发那么大的脾气，对不起了！"

看到魏经纶发过来的短信，陈艳艳感觉既亲切又感动。

"是我们工作没做好，让领导为难了，别说责怪批评了，骂几句也是应该的。身体真的没问题？"

"那两件事情都与你无关,你已经做得够好了,可我把恶气都发到你身上,确实不应该。别在意呀!"

"五六年了,第一次见你发这样大的火,确实挺吓人的。原来领导也会发火呀?呵呵!"

"身体要是感觉有问题,可别硬撑着,早看早主动。"陈艳艳的短信很快又发了过来。

魏经纶笑笑,接着又发出一则:"是吗?刚才我是不是有些像大灰狼?没吓着你吧?"

"好像比大灰狼凶猛,倒有点像非洲雄狮。呵呵!身体到底有没有问题?为什么不回答我呢?"看得出来,陈艳艳十分担心又有些着急。

"应该没什么问题,刚才可能太激动了。"

"明天一早还是先去医院检查检查吧,病是耽误不起的。"

"我已经让办公室通知金子、刘浪等人了,明天一上班咱们开个会,商量一下陶子的事情,该追究的责任一定要追究。出现这样的事情,真是够丢人的了!"

"如果是我的责任,领导准备怎么追究我?开除?降职?还是?"

没等魏经纶想好怎么答复陈艳艳,她的短信又回过来了:"呵呵,玩笑话,别当真。"

那天晚上,魏经纶翻来覆去一夜没睡好,电销中心开业以来发生的事情一幕一幕地在他的眼前涌现。他深深地意识到电销中心总经理一职,绝非当初自己想象的那样单纯和简单,而是一份隐藏着巨大风险、具有很大挑战性的工作。

半夜,魏经纶踉踉跄跄地走到客厅里,端起一杯凉茶咕咚咕咚地喝了下去,胃立即感觉舒服了许多。

他斜靠在沙发上坐了许久,想想一直昏睡不醒的柳叶、想想一天一天长大的孩子、想想有妻如无妻的自己、想想回到家后连想打一架都找不到对手的日子,禁不住热泪涟涟。

魏经纶又端起茶杯用力吸吮了两口,尽管杯子里早已无水只剩下茶叶了,但他实在懒得走到只有两步之遥的厨房里去续水。自从柳叶出事以后,他每次酒喝多了回到家里多么希望她再像以前那样一边没好气地嘟囔着,一边把一杯蜂蜜水放到自己的面前。那时的魏经纶经常用不满的眼光看着柳叶,有时不免还嘟囔几句:"要不是为了工作,你以为我愿意喝呀!"

每次喝完了酒回到家的时候,魏经纶都会想起柳叶那张从不会掩饰的面孔。他深深地意识到:永远不要嫌弃有人在你面前唠唠叨叨,因为能够经常在你面前唠唠叨叨的人,一定是你至亲的人,或父母,或妻子儿女。当没人在你面前唠叨的时候,至亲的人可能已经离你远去了。

"哥,你怎么不睡?老坐在沙发上干什么?"听到客厅里有响声,方芳从房间里出来,打开了客厅的灯。

魏经纶偷偷擦干眼角的泪水,掩饰说晚上酒喝得有些过量,睡不着,出来喝口水、透透气。

方芳从洗手间里出来,准备返回她跟柳叶睡的那个房间的时候,魏经纶叫住了她,让她去书房里睡,他晚上照顾柳叶。

方芳会意地点了点头,然后抱起自己的铺盖去了那间平时没人居住的房间。

魏经纶住的房子是一个四室两厅房,最里面的一间父母居住,中间的一间原来是魏经纶和柳叶的卧室。由于魏经纶经常出差不在家,为方便照顾柳叶,方芳搬进了柳叶的房间,魏经纶搬进了旁边一个面积小一点的房间。作为书房的另一个房间,虽然也放了一张单人床,但平时很少有人住。

魏经纶坐在床边仔细地端详着柳叶,心里感觉有一肚子话想讲又不知从何讲起,在魏经纶的记忆中,他感觉自己从未有过强烈的想跟柳叶聊天的冲动。

"唉!"魏经纶长叹了一口气,眼泪顺着眼角又流了下来。

第 25 章　身陷漩涡

看到魏经纶黑着脸走进办公室，陈艳艳、刘浪和电销中心办公室文秘宣传科科长杨桐忐忑不安地跟了过来。

魏经纶问杨桐金子为什么没来？

杨桐说从昨天晚上开始，她就不停地给金子打电话、发短信，可一直没联系上他。

魏经纶问派没派人去他家里找。

杨桐说一早就派人去金子家里找了，可敲了半天门也没人回应。

魏经纶心咯噔了一下，心想："金子不会也出事了吧？"

"派人再去家里找，顺便带一个开锁的一起去，如果还是敲不开的话，直接让开锁的把锁打开，千万别再发生什么事情了。"魏经纶吩咐道。

杨桐出去没多大会儿，又折回来汇报说金子已经回电话了，说昨天晚上酒喝高了，睡过头了，一会儿就到公司。

其实前一天晚上金子根本就没有喝酒，更不存在酒喝多了睡过头的问题，而是一晚上没能合眼。

陶子被魏经纶从公安局"赎"出来以后，她第一时间打电话把自己被公安局"请"进去、魏经纶和陈艳艳又托人把她"赎"出来的事情跟金子讲了。正在熟睡中的金子，心吓得怦怦直跳，裤子尿湿了一大片，嘴哆哆嗦嗦地不知说什么好。

回过神来的金子立即驱车赶到了他出钱帮陶子租的房子。

金子一进门，就没好气地说了许多难听的话，把陶子的火气一下子撩拨起来了。陶子骂金子像个发情的公狗，眼睛只盯着电销中心那几个漂亮的骚货，要不是金子对她不用情、不专心，吃着碗里的看着锅里的，她能发生打

"野食"被"条子"盯上的事情？

"房子是我租的，我工资的三分之二都花在你身上了，你还想要我怎么样？"金子十分生气地质问道。

陶子"腾"地从沙发上站了起来，指着金子的鼻子大骂道："一个多星期了，你到过我这里一次吗？你去哪儿以为我不知道？一个月你就给我一两千块钱，够个屁用！大不了咱们一拍两散，各走各的，到时候可别怪我不讲究！"

看到陶子真的火了，金子的态度立即软了下来。

金子装出一副可怜兮兮的样子，说他一个月就一万多块钱，房租接近两千，吃喝拉撒哪个月不得三四千？前两天，家里的婆娘问他钱为什么往家里交得越来越少了，他只好撒谎说投到股市上亏掉了。总不能让他出去卖血吧？

"吃仙桃还想不花金子，这世上哪有这等好事？反正事情已经出了，你看着办吧！"陶子一屁股坐在沙发上，把鞋子踢到一边。

金子虽然心里十分憎恨陶子，但他害怕把陶子真惹急了，万一做出更让人"心惊肉跳"的事情收不了场。

金子劝陶子暂时离开滨城回老家躲几天，捅那么大个娄子，魏经纶肯定会跟他没完，因为全电销中心的人都知道陶子是他介绍到电销中心的。

陶子不以为然地说电销中心那份"活受罪"的工作她早就不想干了，赚钱不多，挨骂不少，简直就是别人的"出气筒"、"拳击袋"。当初要不是金子三番五次地蛊惑她，把电销坐席工作说得跟当公务员似的，她绝对不会去那个鬼地方自找罪受。

金子强装笑脸，一个劲地哀求陶子暂时离开滨城几天。

陶子知道金子害怕他们两人的事情被别人发现，一旦两人不正当关系败露，金子别说是当处长了，能不能在永泰公司待下去都是问题，而让自己尽快从众人面前"消失"，既能摆脱自己，又能保住他个人的声誉和地位不受影响。因为现在的自己，在金子眼里已经成为累赘了，他对自己已经失去兴趣产生厌倦了，他的心早被电销中心那几个漂亮的姑娘尤其是那个皮肤雪白、长着一双迷人大脚、名叫白贝的姑娘勾走了。陶子知道，金子心理扭曲，有恋脚的癖好，做起事情来跟正常人不一样，万一真把他逼急了，说不定他做出比有恋脚癖更扭曲的事情来。陶子断定，前些日子电销中心女职工宿舍夜间色狼闯入，对几位女职工的脚又是摸又是亲，十有八九就是金子干的，因为他最有作案的条件和嫌疑，如果不是他，难道电销中心还会有其他人跟金子有相同的嗜好？

金子搬过一把方凳在陶子面前坐下，然后拿起陶子的一只脚，一边按着一边嗅着，完全是一副极度陶醉享受的样子，整个脸都扭曲变形了。

要是放到以前，看到金子那种变态的样子，陶子心里每每会产生一种难以名状的满足感，因为她认为金子就是她掌中的一个玩物，就如同去"大富豪"消费的那些男人们，把自己当作一个任骑任宰的玩物一样。可此时看到金子那张扭曲变形的脸，陶子忽然有一种令人作呕的感觉。

"变态！"虽然陶子嘟哝的声音极小，但金子还是听出来了。

金子不满地瞅了一眼陶子，心想："变态？现在的这个世界还有不变态的吗？你陶子难道不是跟我一样，也是一个心灵极度扭曲几近变态的人吗？保险公司的所作所为难道不是变态的吗？自己所工作的电销中心更像是一个变态的怪物……"

待金子嗅完之后，陶子故意撩逗金子，说她来滨城好几年了，打下点基础不容易，一旦离开了滨城，她可什么都没有了，经济上的损失谁给补偿？就是让"条子"抓了一回，没什么大不了的！

金子脸色蜡黄，不停地求饶道："姑奶奶，你可千万别再在滨城的街面上晃悠了，要是让电销中心的人遇上了，唾液也能把你淹死。只要你离开滨城，生活费我照样按月支付。"

陶子的工作还未做通，电销中心杨桐的电话就打进来了，金子只好急匆匆地先赶回了办公室。

看到金子汗流满面地跑进来，魏经纶十分不高兴地说了一句："以后上班是不是应该准时一点？你们都这样拖沓，怎么去管理教育团队？"

魏经纶把昨天晚上发生的事情跟金子、刘浪做了一番通报后，故意问刘浪，像陶子这样一个与公司招聘要求相差甚远的人，是如何被招聘进电销中心的？刘浪不说话只是盯着金子看。

金子支支吾吾地说陶子是总公司一位领导让他帮忙介绍进电销中心的，之前他也不知道陶子是那种"货色"。当着大家的面，金子着实做了一次"深刻"的检查，并主动要求承担公安局的罚款。金子说陶子是他介绍进电销中心的，他负有不可推卸的责任。

面对金子的"诚恳"，魏经纶也不好深入追究下去，因为他本来就不是那种抓住别人缺点不放手的人，况且金子是从总公司下派到电销中心任职的，以前又曾在公司主要领导身边服务过。

俗话说，"好事不出门，坏事传千里。"滨城电销中心员工从事色情活动的消息，没几天就在滨城传得沸沸扬扬，其他保险公司更是借题发挥推波助澜。一时间，永泰电销中心丑闻成为了滨城街头巷尾议论的话题：

有人说，滨城电销中心之所以敢干那些伤天害理的事情，主要因为电销中心总经理魏经纶的舅舅是赵明，有后台，公安局都得礼让三分，不敢得罪。

有人说，滨城电销中心是"坑爹"中心，只收钱不保险，谁买他们的保险，准上当受骗活该倒霉。

受陶子事件的影响，电销中心出现了人员招聘难、队伍极不稳定的状况。三天才招聘到了两个人，却有四百多人"集体出逃"，谁愿意在一个被人们称之为"淫窝"的公司里工作，或将自己的孩子送到一个声名狼藉的单位里被人指指点点呢？一时间，电销中心门可罗雀，无人可用。

屋漏偏逢连夜雨。在魏经纶等人千方百计弥补陶子事件对电销中心造成的极大伤害的时候，《东南人报》刊发了一篇《永泰滨城电销中心千名坐席生集体"出逃"》的文章，在社会上引起了极大的反响。文章不仅引起了永泰总公司的关注，而且集团公司董事长沙洲亲自打电话过问此事。

面对队伍不稳、招聘困难、业绩下滑、品牌受创的现状，魏经纶等人急匆匆地赶赴总公司，在进行深刻检查的同时，恳请总公司领导给予支持帮助。

永泰财险总公司领导尤其是陆地、庞听等人明白滨城电销中心出现的一系列问题，很大程度上与陶子事件有关，如果深究下去，金子难逃其咎。在把魏经纶狠狠地批评了一顿之后，同意魏经纶等人提出的"共同招聘、统一管理"的队伍建设方案。按照方案要求，滨城电销中心服务的十省市十二家公司，都下达了电话销售人员招聘任务，哪家公司招聘的人员多，电销中心就相应地给那家公司配备的人员就多，反之，就不配备或少配备。

实行各公司共同招聘政策之后，滨城电销中心虽然暂时解决了"人才荒"问题，但业务发展增速却一直不尽人意，与其他公司在电销业务发展方面的差距显而易见。为此，魏经纶要求电销中心团队长以上人员通过各种途径或办法，千方百计摸清其他同业公司电销业务竞争策略。

调查情况很快汇总到了魏经纶的办公桌上，几家电销业务发展比较好的公司虽然推动策略各有侧重，但促销重点不外乎两个方面：一是补贴转介绍。即把原来业务员、营销员的车险直销业务直接转为电销业务，凡把直销业务转为电销业务的，公司不仅给予原业务人员一定的费用补贴，并且转入电销的业务记入当年业务员的考核业绩；二是实施有奖销售。各公司通过赠送礼品、纪念品等形式，想方设法把其他公司的车险续保客户吸引到自己公司里来，以达到抑人扬己之目的。

会议一结束，魏经纶立即把杨山坡叫到了电话销售中心，把想法告诉他，要求滨城公司在把车险直销业务，转为电销业务方面带个好头。

让魏经纶没有想到的是，杨山坡对直销业务转为电销业务的做法十分认可，表示滨城公司愿意带头示范。

"这次为什么这么痛快？你杨山坡可是那种不图三分利，不起早五更的人呀！"魏经纶笑道。

"我有那么市侩？"杨山坡收住笑容，把他的想法跟魏经纶原原本本地讲了，并承诺一定做好员工的思想工作，尽快把滨城电销业务做大做强。

杨山坡之所以痛快地答应了魏经纶的要求，主要基于三个方面的考虑：一是虽然强制把直销业务转为电销业务，员工的思想工作难做，但这是各家公司迟早要做的事情，早转早主动，否则车险业务发展就可能陷入被动；二是魏经纶近来麻烦事不断，电销业务陷入停滞，在总公司领导心目中的印象受到了很大的影响，关键时刻自己不出手相助，于情于理都说不过去；三是市内几家公司在鼓励员工把车险续保业务转为电销业务的同时，已经把工作的重心转移到其他同业公司的车险业务的转保上来了，出台了一系列电销优惠政策，全力抢占车险市场。在这种情况下，如果滨城公司不尽快把车险业务全部转为折扣优惠最大的电销业务上来，就无法跟其他保险公司展开竞争，已有的车险业务客户就不可避免地流失到其他保险公司。因为电话销售已不仅仅是各保险公司的一种销售渠道了，更重要的是已成为各保险公司提高折扣、增强竞争、规避行业自律或监管风险的主要手段了。

在魏经纶强力推进车险直销转电销工作的同时，电销中心从温州、广东等地一次性购买了价值两千万元的电销礼品，分发至服务的辖属公司，虽然销售成本提高了，但业务规模很快膨胀起来了。

没过多久，滨城电销中心服务的辖属机构打报告说，当地有些保险公司电销礼品开始"升级"了，由原来赠送急救包、充电器、车载工具之类的与车辆有关的礼品，改为赠送油卡、洗车卡甚至现金，请示电销中心是否快速跟进。魏经纶说油卡、现金之类的"礼品"，电销中心无法统一安排，让各家公司自己酌情处理。

"礼品大战"愈演愈烈，甚至到了失控的地步。各省保监局、保险行业协会相继召开会议，研究电销业务规范问题。在东南省保监局、保险行业协会召集的车险业务自律工作会议上，永泰公司又一次成为了会议的焦点。很多与会公司认为，东南省电销业务之所以出现恶性竞争、礼品竞争问题，罪魁祸首就是永泰公司。因为永泰公司在滨城设立了电销中心，在东南省具有电销业务得天独厚的竞争优势，其他公司要想在电销业务发展方面不被拉大差距，只有采取一些非正常手段，否则无法进行有效的竞争。

参加会议的魏经纶一脸茫然地望着省监管局财产险监管处长山洪和省行业协会会长吕大山，苦笑着说："刚才发言的那位领导的理由好像有些牵强。永泰公司在东南设立电话销售中心，对东南公司电销业务的发展确实有一定的促进作用。但这并不能说明就是永泰公司挑起了东南省电销非理性竞争，恰恰相反，在电销恶性竞争中，永泰公司基本上是最后跟进的公司，也是受害最大的公司。"

与会代表吵吵嚷嚷了半天，基本上是公说公有理，婆说婆有理，直吵得年龄有些大的吕大山头都大了。他打断了大家的争吵：

"各位老总，今天协会召集大家来开会，是解决问题的，不是让大家来打架的。电话销售本是一种很好的车险销售方式，如果健康发展的话，不仅可以解决各家公司人力不足、费用紧缺的问题，而且还能给客户投保提供便利，是一种于人于己都有利的新型销售模式，这在国外已经充分得到验证了的，可就是这样一种新型的销售渠道却在东南省做坏了，做成了亏损渠道。陆总，你们永平公司电销业务综合成本率是多少？盈利还是亏损？"

东南永平公司总经理陆海只是笑笑，没有回答。

"过去，很多公司对电话销售这种方式嗤之以鼻，认为不可能成为保险公司车险销售的主渠道，据说有家公司的总经理还在大会小会上耻笑电话销售。

可一旦一家公司开发出了一款电销产品，所有的保险公司一窝蜂地都复制了出来，把所有的资源都向电销渠道倾斜，生怕落下半步。姜总，你们强力公司是省内电销业务做得不错的公司，你给我说说这是为什么？"山洪接过吕大山的话，笑着问强力公司的总经理姜中华。

姜中华神情严肃地说："这是中国保险业的一个明显特点。一旦一家公司开发出一款新产品，所有的保险公司都会在一夜之间复制出同样的产品；一旦某家公司创建了一种新的销售模式，所有的保险公司都会一窝蜂地跟进，整个保险行业不仅产品同质化、销售方式同质化，而且连服务也都是同质化的。如果各保险公司之间老是这样你抄袭我的，我复制你的，缺乏创新、缺乏特色、缺乏激情，中国保险业就不会真正健康发展。"

"姜总刚才的话一语中的。产品、渠道、服务严重同质化，必然导致竞争不理性。各公司开发电销产品本来是节省人力、方便投保、降本增效的，可各公司却把它当成了规避监管、恶性竞争的主战场了，又是打折，又是赔礼品，这跟各公司当初的初衷严重背离，各公司开发上线这样的产品到底有什么意义？"轮到山洪发言了。

山洪喝了一口水继续讲道："在座的各位可能都到保险业发达的国家考察学习过，即使没到国外学习考察的也都了解，欧美国家的保险公司之间汽车险费的竞争总是限定在一个理性的尺度内。一旦出现恶性竞争的苗头，许多保险公司就会自动退出，如果一家保险公司不顾自己的实力和汽车保险市场的客观规律，大打价格战，那无异于自取灭亡。咱们再回到电销业务上来说吧，同一辆车，通过电话销售这条渠道，咱们暂且不说是真通过电话销售的，还是假通过电话销售的，保费立马减少了百分之十五，在此基础上，有的公司又是送油卡，又是返现金，又是赠礼品。让利给客户我不反对，我自己本身就是保险消费者，可前提是产品确实是通过电销这条渠道销售出去的，各公司经营这款产品不亏损，如果大家这样恶性竞争下去，电销这条渠道能持续多久都很难讲。"

山洪扫了一眼魏经纶，问电销业务这样搞下去，电话销售这条渠道还有没有存在的必要？

魏经纶说电销肯定还是十分有必要的。欧美等国家搞电话销售已经很多年了，而且越做越好，不存在中国保险业遇到的那些问题。他说永泰公司的电销业务综合成本率已到了盈亏点了，如果行业再不规范，可能不仅仅是亏损的问题了，很有可能会出现能不能持续下去的问题。

吕大山问魏经纶下一步应该怎么办？

魏经纶建议省监管局和省行业协会尽快出台电销业务自律公约，加大监管查处力度，制止和杜绝赠送油卡、现金等严重违规甚至违法问题。

吕大山笑着问魏经纶，永泰公司有没有他刚才提到的那些违规或违法问题？

魏经纶不好意思地笑笑，说他不敢十分肯定，但应该不会有赠送油卡、返还现金等严重违规的问题。

"哪个公司都有可能存在这类问题，要不怎么说中国保险是一个跟风最严重的行业呢？"台下不知谁喊了一句。

"这难道就是我们常说的中国式保险？难道保险业发达的欧美国家也是这样干的？"吕大山紧跟着问道。

山洪接过吕大山的话说，国外的保险公司一般是不会那样干的。他说前些日子保监局领导随团去欧美几个国家考察了一圈，回来后感慨万分。在欧美保险业发达国家，什么样的产品通过什么样的渠道销售，享受什么样的折扣，那是分得清清楚楚、井井有条的，虽然各保险公司之间也存在着竞争，但绝对不会像中国这样无序无利地竞争。

台下一片寂静。

"魏总，我再问你一个问题。如果全国的电销业务都按照咱们东南省这种态势发展下去，你认为电销能够成为一条持续长久的发展模式吗？"山洪问道。

魏经纶认真地想了想，回答说他认为也不会。

山洪进一步追问魏经纶，问他如果电销渠道这样搞下去，估计能够持续多少年？

魏经纶红着脸回答说他没有专门研究过那个问题，所以不敢乱讲。

山洪说有人推断，电销这种销售模式在中国最多只有五至八年的生命周期，尽管这条销售渠道在国外的生命周期很长。原因是所有保险公司在推销车险电销产品的时候，都违背了当时的初衷，脱离了最初的设计轨道，短命也就不可避免了。

山洪进一步解释说，许多在国外很有持久生命力的保险产品、销售模式，之所以移植到中国后昙花一现、缺少生命力，主要原因就是中国的保险公司不按章办事，不按套路出牌，好端端的一款产品、一种好的销售模式，轻而易举就做坏了，除了保险队伍整体素质有待于进一步提升以外，更重要的是保险公司的高管队伍的经营管理思路需要改变，否则，公司没有活力，行业也没有前途。

山洪洋洋得意地看了主席台下参会人员一眼，继续讲道："所有的人都说中国保险业缺乏创新，说什么创新就是破格、违规、越线、颠覆、破坏、搅局，是同归于尽、是从头再来、是无知无畏、是光脚的不怕穿鞋的、是雾里看花水中捞月、是边走边唱糊里糊涂，等等，其真实目的就是告诉人们，中国保险业发展到今天不是保险人不努力，而是中国的市场环境、监管环境不够好。"

"还不就是那么回事！要是监管部门的工作作风踏实一些，不像木匠一样睁一只眼闭一只眼，像拉锯一样推过来推过去，中国的保险业也不会这样无序无利地发展。"坐在后排座位上的一名小个子低着头小声嘟哝道。

经过一天的讨论和酝酿，东南省保险行业协会最终出台了《车险自律公约》、《电销业务自律公约》等规范性文件，要求所有会员公司务必按自律公约要求开展业务，否则将严厉查处。

会议一结束，魏经纶跟山洪、吕大山及参加会议的各公司的总经理们打了声招呼，就急匆匆地从省城往滨城赶，午餐都没顾得上吃，因为家里发生的一件事情，让他意想不到，又难以理解。

第 26 章　荒唐抉择

从省城赶回滨城的时候，已是下午四点多钟了。

魏经纶一走进家门，屋内六七双眼睛齐刷刷地看了过来，虽然隔着浓浓的烟雾和呛鼻的烟草味道，但魏经纶还是读懂了六七双眼睛折射出来的不同的含义：惊恐的、期盼的、伤感的、愤怒的……

魏经纶故作轻松地问道："爸、妈、大舅、表哥，什么事情这么急，非得今天办完不可？接到几位长辈的指令，我可是马不停蹄地赶回来了，午饭都没顾得上吃。哈哈哈哈。"

那位被魏经纶称为大舅的人，姓崔，是柳叶母亲的哥哥。此人年轻时曾在部队当过三年兵，改革开放初期做过服装生意，九十年代中后期当过"国际倒爷"，往返于北京与俄罗斯五六年，按他本人的说法是"挣过大钱"、"见过世面"、"开过洋荤"的人。柳叶的这位大舅有一个明显特点，就是喜欢显摆，愿意帮别人打谱出主意，外人给他送了个绰号——"崔半仙"。柳叶虽然对她的这位舅舅没什么好感，甚至可以说是有些反感，但她的父母却是对"崔半仙"心悦诚服，甚至到了言听计从的地步，家里的大事小事都愿意跟他商量，让他帮忙把关定夺，"崔半仙"也就当仁不让地当起了妹夫妹妹的半个家。坐在柳叶父亲旁边长得膀大腰圆、年龄大约四十岁左右、被魏经纶称呼为表哥的男子，是"崔半仙"的儿子，魏经纶见过几次，但对他并不十分了解。

"你没吃饭，我们也饿着呀！我闺女躺在床上一两年了也没吃过什么吧？"本来魏经纶想缓和一下室内紧张的气氛，却把坐在沙发上一支接着一支抽着闷烟的柳叶的父亲惹恼了。

"亲家，你这样讲可就不对了。柳叶躺在床上不能像正常人那样能吃能喝，你着急，你以为我们就不上火？柳叶是我们老魏家的儿媳妇，看到她那样，我们比谁都着急都难受。"坐在旁边单人沙发上的魏经纶的父亲驳斥道。

"你们整天说着急上火的，可我咋就没看出来呢？自从我们家叶子从医院转回家居住以后，你们老魏家哪个人曾带她去复诊治疗过呢？"柳叶的父亲质问道。

"柳叶虽没有再次住院治疗过，但人民医院的医生哪天不来家里替她治疗呢？不这么悉心照顾，柳叶能有现在这个状态？你们如果不相信，可以自己去问问方芳。再者说了，居家治疗，是专家们的建议，他们说这样更有利于柳叶的身体康复。"魏经纶的父亲毫不示弱。

"在家居住治疗确实是医生建议的，当初您也是同意的，如果您老认为在家治疗效果不好的话，明天我就联系人民医院，咱再回医院治疗就是了。"魏经纶脸上虽然挂着笑容，但心里着实委屈得很。

"都回家这么长时间了，还有再回医院治疗的必要吗？那不是瞎折腾吗？虽然我不是医生，不懂得瞧病，但我知道再好治疗的病拖久了也会变成顽疾重病！"一直没说话的"崔半仙"终于开口了。

"崔半仙"话里有话，魏经纶当然能够听得出来。魏经纶清楚，柳叶的父母都是头脑比较简单的人，每次来家里闹腾，十有八九都是"崔半仙"背后撺掇的，这次"崔半仙"实在按捺不住了，终于从后台走上前台来了。

"这也不行，那也不可，大舅，您老说我们应该怎么办？"

"你在单位里当领导，天南地北到处跑，没时间没精力照顾柳叶我们也能理解，但柳叶老是这样躺着也不是办法呀！"

没等魏经纶接话，"崔半仙"又来了一句："你们保险公司里的那些事情我们可都听说了！"

魏经纶有些不高兴地质问"崔半仙"，他都听说保险公司的哪些事情了？

"说保险公司骗人的、耍赖的，甚至……反正说什么的都有。""崔半仙"的儿子插话道。

魏经纶说保险行业确实存在着很多问题，与社会上的期盼和要求差距较大，这些大家都承认，但绝对没有像"崔半仙"的儿子说的那样尽干些鸡鸣狗盗，甚至更见不得人的勾当，如果保险公司真像社会上有些人瞎传的那样，国家就不会提倡大力发展保险业了。

魏经纶越说越激动，一不小心把桌子的水杯弄倒了，水溅了一地。

"小魏，你别在我面前耍威风，我们不是你的部下，大道理去单位给你的员工讲去。""崔半仙"的儿子腾地从沙发上站了起来。

"是啊，我们又没说你是骗子，用得着如此激动吗？""崔半仙"帮腔道。

看到三个人你一言我一语数落起儿子来没完没了，魏经纶的父母也不高兴了，对柳叶的父亲、舅舅和表哥也动起了态度，并且嗓门越来越大。

魏经纶劝住父母，质问柳叶的大舅兴师动众地想干什么？多年的亲戚，有什么话不可以好好讲？

"崔半仙"说他跟柳叶的父亲、表哥这次来主要有两个目的：一是探望柳叶，二是商量下一步柳叶的治疗护理问题，并没有兴师问罪找茬打架的意思。

魏经纶说柳叶整天由他和他的父母、方芳照顾着，还需要商量什么？

"崔半仙"吞吞吐吐了半天也没有说出个正当理由来，眼睛直盯着柳叶的父亲，意思是说："哑巴了？怎么不说话？"

柳叶的父亲脸憋得像正在下蛋的老母鸡，通红通红的，好不容易从牙缝里挤出了五个字：你俩离婚吧！

"什么？离婚？"魏经纶以为自己听错了。

"是啊。这也是为了你和你们老魏家好！""崔半仙"不阴不阳地说。

"为什么？"魏经纶厉声问道。

"你们都忙，照顾不上，还是由她自己的父母照顾比较合适。""崔半仙"说。

"不行！"魏经纶说话的态度十分坚决。

"不离婚让柳叶就这样在你们家半死不活地待下去？这样下去，我们家姑娘能有个好？"柳叶的父亲眼瞪得像牛眼睛。

"医生说治疗已经很有起色了，说不定哪一天她就能清醒过来，你们这样做到底想干什么？"魏经纶厉声问道。

"还不是为了你们老魏家好？老魏哥和嫂子都已是七十岁的人了，别说是没有能力照顾了，就是有能力照顾，公婆照顾儿媳妇也不如亲爹亲娘照顾女儿方便，况且柳叶一直躺在那里，谁看着心里不堵得慌？是吧，老哥？""崔半仙"装出一副通情达理的样子问魏经纶的父母。

魏经纶的父亲把脸扭到一边，不搭理"崔半仙"。

"崔半仙"不温不火,继续说道:"你还年轻,不可能就守着我外甥女过一辈子,跟柳叶离了,你也可以再找一个女孩子帮助照顾照顾孩子,把孩子拉扯成人,也算是对得起我外甥女了。"

"你们这样做就不怕违犯《妇女保护法》吗?"魏经纶问道。

"我不懂得什么狗屁《妇女保护法》,我只知道保护好我的外甥女。"

"柳叶仅仅是你的外甥女,而她是我的妻子,我难道不是她的亲人?"

"你整天在外面有吃有喝有玩的,还有心思和时间顾得上我这个可怜的外甥女?"

"我承认最近一段工作忙、应酬多,但绝没有因此而对柳叶不管不问,更不可能像你们说的那样,有意冷落你的外甥女,这一点我魏经纶敢拍着胸脯对天发誓。"

"别再犟了。我知道有个叫李冬冬的对你一直有感情,也知道你父母有个干女儿对你也挺有意思,为什么非得拿我外甥女做挡箭牌呢?你这样做,难道就不怕违犯《妇女保护法》吗?"

"她们两人都是我的朋友或部下,我跟她俩的关系确实不错,但我们仅仅是朋友或上下级关系,你外甥女没出事的时候,我们的关系就这样,这一点你外甥女最清楚。"

"可她出事后就什么都不清楚了。"

"离不离婚是我和你外甥女之间的事情,你这样强迫我们是不是有点太不近人情了?"魏经纶努力控制住自己的情绪,尽量不跟柳叶的舅舅撕破脸皮。

"不是我强迫你这样做,是你强迫我们不得不这样做,因为你已经尽不到丈夫的责任了。""崔半仙"也不依不饶。

魏经纶用求助的眼睛望着柳叶的父亲,意思是让他帮自己劝劝"崔半仙",谁知柳叶的父亲却态度十分坚决地说:"今天我们就是想把柳叶拉回家去,不能让她在你们家受罪等死。"

魏经纶委屈的眼泪都流下来了。他不明白,自己尽心尽力地照顾柳叶,努力履行做丈夫应尽的责任和义务,到头来却出现这样的一种结局,真让他始料未及。

从内心里讲,柳叶的父母并没有非得逼迫魏经纶跟自己的女儿离婚的意思,因为离婚是女儿和女婿两个人的事情,可他架不住"崔半仙"不停地在自己和柳叶母亲的耳边叨叨：

"你们以为老魏家真关心你们家女儿？一旦他们把柳叶折腾没了，我看你们以后如何养老度晚年！"

"魏经纶那小子早就起外心了，跟那个叫李冬冬的拉拉扯扯、不清不白就已经够恶心人了，还让他的父母把他们单位的那个叫陈艳艳的收为干女儿，这不明摆着欺负咱们家柳叶昏迷不醒不懂人事吗？柳叶很难再恢复过来了，趁着柳叶还在，逼魏经纶跟柳叶离婚，让魏经纶那小子多出点治疗费、陪护费，否则的话，一旦柳叶有个三长两短，你们可就什么也捞不到了。"

"离婚手续你们俩不用愁，我都找好人了，只要肯出点钱，一点问题都没有。"

……

经不住"崔半仙"不停地说教灌输，柳叶的父亲最终动了心思，铁了心要逼魏经纶跟自己的女儿离婚。

当"崔半仙"把离婚协议书放到魏经纶面前的时候，魏经纶赌气地在协议书上签了字。魏经纶认为，自己跟柳叶两个当事人不亲自出面，他"崔半仙"本事再大也办不出离婚手续来，魏经纶签字的时候确实存在看"崔半仙"笑话的意思。

让魏经纶万万没有想到的是，没几天工夫，"崔半仙"还真把"离婚证"摆到了魏经纶的面前，惊得魏经纶半天没说出一句话来。

魏经纶虽然清楚离婚证是"崔半仙"通过非正常途径办理出来的，但始作俑者一个是自己的丈人，一个是自己妻子的亲舅舅，自己无论如何不可能去告发他俩，更不可能把他俩送进公安局里去，况且自己在离婚协议书上是签过字的。

魏经纶承诺三天之内将协议书上规定的一百万元现金打入柳叶父亲提供的账户上，并把柳叶名下的房产钥匙交给了柳叶的父亲，但坚决不同意柳叶的父亲把柳叶从自己家里接到他们家里。对魏经纶来说，虽然自己跟柳叶被稀里糊涂地离了婚，没有了夫妻名分，但亲情还在，总归两人一起生活了多年，还有了共同的骨肉和纽带。尽管两人的结合从一开始就充满了悲情和无奈，在他俩共同生活的这些年里，自始至终就不存在文学作品里描写的那种轰轰烈烈的爱情。在离离合合中，更多的可能是纠结、矛盾、误解和不和谐，但婚姻本身承接更多的可能不是爱情、感情，而是亲情、友情、责任和义务。

当那本"紫色"的证书摆到魏经纶面前的时候，魏经纶还是流下了伤感、屈辱的眼泪。他不明白，自己这样一个在保险圈子里混迹了多年，在激烈的竞争游斗中积累了丰富社会经验的保险公司的总经理，竟然让两个白痴、混混、油子给耍了。

魏经纶把头深深地埋进自己的怀里，他不知道事后如何跟亲戚朋友们解释：说自己在妻子没有知觉、缺席的情况下依靠卑劣的手段离了婚？说自己是在妻子父亲的逼迫下离了婚？说自己在家里"红旗未倒"的情况下，因为在外面"红旗飘飘"而惹怒了自己的岳父大人，盛怒之下的老人含泪棒打了鸳鸯？说柳叶的父亲听信了柳叶舅舅的谗言，贪图钱财而置亲情于不顾？可这些说辞说给谁听呢？即使你说了又有多少人能够相信呢？

魏经纶哭了。他感觉自己的人格彻底崩溃了！

第27章 纠 结

魏经纶跟柳叶被迫离婚的事情杨山坡很快就知道了，是魏经纶主动告诉他的。魏经纶感觉自己做了一件自欺欺人、见不得阳光、经不起推敲、让自己一辈子也说不清道不明，连自己都不可能原谅自己的事情。

"没想到柳叶的父亲是那样一种人，简直猪狗不如！"杨山坡气得两眼直冒金星，差点把手中的酒杯摔到了地上。

魏经纶说这件事情实际上不能怪柳叶的父亲，要怪就怪她那个舅舅，都是他从中唆使的。

杨山坡说这件事就应该怪他，要不是柳叶的父亲财迷心窍，她那个"半仙"舅舅又如何能做得他们家的主？

魏经纶说柳叶的父亲就是一个普通工人，没什么文化，遇事都听她那个舅舅的，她那个舅舅整天在她父母面前说三道四，时间一长，免不了会产生这样那样的想法。柳叶的父亲虽然固执点，脾气急躁些，平时还是不错的，否则的话，他肯定也不会就那样轻易地饶过他们。

杨山坡说柳叶的舅舅是个商人，只认钱不认人。柳叶的父母之所以那样信任他的那个舅舅，就是因为前些年"崔半仙"去俄罗斯那里当过几年倒爷，在他们的心目中是个见多识广的人。

魏经纶说"崔半仙"还是有两下子的，否则当年他也不敢往来于中国与俄罗斯两国之间，那可不是什么人都能干得了的。"半仙"并非浪得虚名！

杨山坡对"崔半仙"显然不服气。他说"崔半仙"有本事，可干保险公司的也不全是傻瓜软蛋！否则的话，也不可能把一个十分难做的行业在短短二十年的时间里做到现在这个样子。

魏经纶说社会上本来就有很多人对保险公司没什么好印象，被误解、被歪曲、被妖化得够深的了。一旦自己的这件事情被传出去，他就无颜在保险这个圈子里混下去了，甚至没有脸在滨城生活下去。

杨山坡安慰魏经纶说，柳叶的父亲和舅舅承诺一切后果都由他们自己承担，是他们逼迫魏经纶离的婚，又不是魏经纶主动抛弃了柳叶，根本没有必要背负上一个沉重的包袱。

魏经纶说离婚是他跟柳叶的事情，他们俩人不同意，婚就根本不可能离成，可他们两个人谁都没同意，人家硬是把事情给办了，这件事谁听了谁也不会相信。

杨山坡问魏经纶，柳叶的父亲和舅舅逼迫他俩离婚的时候，给没给他留下个一个证明或字据？

看到魏经纶一脸茫然的样子，杨山坡批评魏经纶说，这些年，因为缺少证据，公司吃过的冤枉亏、赔出去的冤枉钱真是太多了。如果魏经纶不让他们给留下点凭据，以后可真就说不清楚了。杨山坡责怪魏经纶太过于相信别人了！

"我让他们给我留点凭据他们就给我留吗？"

"不给你留下凭据，你就不把那一百万块钱汇入他们的账户，不给他们房子的钥匙。主动权在你手里，你还怕他们不听你的？"

"让人家给我留下点什么，那不正说明我心里愿意，跟他们做了交易吗？"

"交易又怎么样？交易是件很丢脸的事情吗？保险公司不是天天在做交易吗？你跟柳叶的结合本身就是一个错误，你们俩自始至终就没建立起真正的感情。马克思曾经说过，没有爱情的婚姻是不道德的。这种建立在没有感情基础上的婚姻，舍了又如何？况且她躺在床上，连妻子最基本的义务都尽不了。别忘了，你是一个健康的男人，有七情六欲……"

没等杨山坡讲完，魏经纶粗暴地打断了他。

魏经纶怔怔地看着杨山坡，他不明白，一向纯朴的杨山坡为什么会变得如此无情、市侩、自私呢？尽管他是为了自己好。难道是保险这个大染缸把他的率真、质朴染没了？难道一走上了保险这条路，就会把像杨山坡这样有些傻乎乎、坦诚可爱的农家子弟变成了精明实用的商人了……

看到魏经纶异样的眼神，杨山坡有些不自在地说："知道你鄙视我，认为我自私奸诈阴晦不近人情，但我实在不愿意看到你那样痛苦地生活着，因为你是我最好的哥们儿。但社会就是这样，都是讲求实用要求回报的。就拿保险行业来说吧，不管你以前对客户做了什么，付出了多少，也不管以前跟你交往了多久，关系多好，在利益、诱惑面前都不会有真正的忠诚和留恋。社会就是一个名利场，在名利面前，什么婚姻呀、爱情呀都是虚无缥缈的，甚至都是可进行交换的商品。美国有位总统说得好，只有永恒的利益，没有永恒的朋友。国家尚且如此，何况两个根本就没有血缘关系、共食人间烟火的人了！"

"按照你的逻辑，人世间就没有纯真的感情、真挚的友谊了？那我们之间的关系算是什么？"魏经纶挑战杨山坡的观点。

看到杨山坡不说话，魏经纶马上自圆其场道："知道你为我好。虽然我跟柳叶之间的感情没有像文学作品里描绘的那样美好、那样富有诗情画意、那样惊天地泣鬼神，但我们一起生活了那样长的一段时间，血浓于水的亲情已经足够了。男女爱情固然伟大，但爱本身是人世间最质朴最重要最伟大也是最原始的感情。有人说，社会上有五种关系：君臣、父子、夫妻、兄弟、朋友，这五种关系哪一种不包含着爱？不靠爱维系着？"。

杨山坡说他承认人性的质朴，爱的伟大，但有时爱也是盲目的、脆弱的，否则，中国历史上也不会有那样多父子反目、兄弟残杀的事情发生，魏经纶也不会轻易地在那纸协议书上签上名字的。

"叔本华先生曾经说过：所有的爱恋激情，无论其摆出一副如何高雅缥缈、不食人间烟火的样子，都只是根植于性欲之中，这种强劲的动力，仅次于对自身生命的爱。"不知是酒力使然，还是心情不爽，那晚杨山坡的很多话说得有些离谱。

魏经纶反驳说，如果人都像叔本华说的那样，那跟动物还有什么区别？

"话虽说得有些赤裸，但我认为叔本华说的是实话、真话。在中国保险这样一个充斥着太多虚假欺诈的圈子里，我们是很难能够听得到这样率真质朴的话的。我们都是凡夫俗子，充其量也就是个省市保险公司的总经理，永远不可能成为圣人神明，干吗老拿别人的错误来惩罚自己呢？"

魏经纶懊丧地说，他确实有些糊涂，当时只是想看他们的热闹，没想到他们还真做出那种伤天害理的事情来了！

"白纸黑字，人家又没给你留下只言片语，你还整天固执地想当所谓的正人君子，现实吗？有用吗？柳叶躺在那里不会有什么痛苦，你还是尽快找个情投意合的人一起过日子吧，没人说你魏经纶道德有问题、品质恶劣的。李冬冬等你那么多年了，你不觉着愧对人家吗？陈艳艳为什么老是不结婚，凭她的条件难道没人爱？不就是因为她看到柳叶好不了了，就傻乎乎地坚持等待吗？如果你跟李冬冬能够重新牵手，对老付也是一种交待，也好让陈艳艳彻底清醒。你跟一个植物人维持这样一种名存实亡的婚姻，对你不公平，对她们两人更不公平。"

看到魏经纶自顾自地一口接着一口地喝着闷酒，杨山坡真想把一肚子话全说出来。

魏经纶一口喝完一杯酒，摇摇晃晃地站起来，说了一声"走吧"，自顾自地出了酒店的大门。

杨山坡结完账追出酒店的时候，远远看见魏经纶扶着酒店门口的一棵大树呕吐不止。看得出来，魏经纶已经醉了，而且醉得还不轻。

第二天，杨山坡就去了柳叶的父母家，在看望柳叶的同时，跟柳叶的父母做了一次长谈。

从柳叶父母家里出来，杨山坡约李冬冬见了个面，把魏经纶跟柳叶离婚的消息以及魏经纶近几天的情况告诉了李冬冬，让李冬冬尽快找个时间劝劝魏经纶，也使魏经纶及早从自责和固执中解脱出来。

杨山坡对李冬冬说，既然柳叶的父母不相信魏经纶了，他既不想跟柳叶的父母、舅舅撕破脸皮，又不想跟他们讨要说法，再作无谓的申辩证明实在是没有必要了。

李冬冬问杨山坡，柳叶的父母和舅舅为什么非得逼迫魏经纶跟柳叶离婚不可呢？是魏经纶做了错事，还是另有原因？

杨山坡说原因是多方面的，但主要原因还是因为顾虑太多、财迷心窍，也不否认还有其他隐情。

虽然杨山坡没有直接告诉李冬冬其中的隐情，但李冬冬还是从杨山坡的眼神和话语中明白了点什么，因为她自认为对杨山坡是了解的。

李冬冬告别杨山坡后，直接到保险公司去找魏经纶。

看到李冬冬走了进来，魏经纶愣了一下，还是挤出了一丝有些牵强的微笑。魏经纶心里明白，这个时候李冬冬突然来到自己的办公室，一定是杨山坡告诉了她刚发生在自己身上的那件荒唐的事情，那场男女主角都没出场就宣布"谢幕"了的荒唐离婚大戏。这是一场只有导演不需要演员、可能谁也猜不出剧情的大戏，一场只有"聪明绝顶"的人才能编导出来的大戏，一场充满了算计可能还隐藏着交易、违法乱纪的大戏。

"杨山坡跟你说了？"魏经纶问。

李冬冬点了点头。

"那家伙可能到老也改不了有话存不住的习惯了，不马上嘚啵出去心里就不好受！"显然魏经纶对杨山坡把他跟柳叶离婚的事情很快告诉了李冬冬心存不满，他希望等自己完全冷静下来以后亲口告诉李冬冬。

李冬冬不解地问魏经纶，难道杨山坡不应该把那件事情告诉她？

魏经纶说他不是那个意思，他只是不希望她因为他跟柳叶离婚的事情而影响了心情、影响了判断，因为他感觉自己做了一件十分荒唐、幼稚、为人所不齿的事情，尽管自己是被动的，或者说是被迫的。

李冬冬说柳叶是个好人，虽然生性多疑、顾虑太多，正是因为性格上的缺陷才导致了人生悲剧的发生。但柳叶又是个幸运之人，尽管命运多舛，但遇上了他这样一个有情有义的男人，她应该感到知足了。李冬冬劝魏经纶不要太过自责，因为导演荒唐大戏的人不是他魏经纶，而是"崔半仙"等人，只要他心中有义，心系柳叶，别人说什么都不重要。

李冬冬说，虽然魏经纶跟柳叶不是名义上的夫妻了，但多年生活在一起的亲情还在，无论何时柳叶都不可能从魏经纶的记忆中完全抹掉，也不应该抹掉。中国有句古话叫"十年修得同船渡，百年修得共枕眠"，更何况他们俩在一起生活了那么多年，还有了自己的亲生骨肉。

李冬冬劝魏经纶常去柳叶家看看，既然柳叶的父母没有了"人财两空"的顾虑，他们就一定不会拒绝魏经纶经常去探视柳叶。他们本身都是那种心地善良之人，虽然有时过于简单也有些自私，在柳叶有些缺憾的性格中，或多或少地看到了她父母的影子。

魏经纶十分感激地看着李冬冬，心中充满了崇敬和佩服，他感觉眼前的李冬冬，已不是当年那个天真甚至有些幼稚的小姑娘了，生活已把她历练成一个性格稳重、思想成熟的女人了。

魏经纶苦笑着说了一声："你设身处地为他们着想，可他们对你可不是那样想的。"

李冬冬大度地笑了笑，说嘴长在人家的脸上，怎么说随人家的便吧，只要别太过分就行。

李冬冬一走，陈艳艳就急匆匆地敲门进来了，汇报了一番工作之后，关切地问魏经纶脸色为什么那样难看，是不是身体不舒服？

陈艳艳说最近电销中心的事情比较多，业务竞争激烈，人员招聘难，管理难度大，所以很长时间没去看望魏经纶的父母和柳叶了，不知两位老人生没生她的气。

魏经纶害怕陈艳艳去了他家以后，知道他跟柳叶离婚的事情，就极力劝阻陈艳艳不要去，要她全力以赴帮他把电销中心的人员管理好，把电销业务搞上去就行了。因为最近一个时期，电销中心老是出现这样那样的问题：先是发生了打架斗殴的事情，接着又发生了男生偷窥女生如厕事件，他担心一旦管理松懈了，很有可能发生更出格、更让人意想不到的事情。

陈艳艳静静地听着，一个劲地点头。

星期六一早，魏经纶就去了柳叶的父母家。魏经纶走后没多大会儿，陈艳艳就提着一篮子水果怯怯地来了，跟魏经纶的父母没聊上几句，就知道了魏经纶跟柳叶被迫离婚的事情了。

看到魏经纶心事重重地开门进来，陈艳艳真有些手足无措，不知怎样开口才好。

魏经纶看了陈艳艳一眼，算是打了招呼，就径直地走进了里面的房间。

没多大会儿，魏经纶从房间里出来，把陈艳艳叫了进去。

"我跟柳叶的事情想必你已经知道了。你知道不要紧，但千万别跟别人讲了，太丢人了！"

"你们俩的事大爷大妈都告诉我了。他们那样做是违法的！你应该去投诉他们！"陈艳艳说。

"投诉他们又能怎样？把他们都抓进去？不管怎么样，他们都是柳叶的至亲。"

"他们那样做是不对的，尤其是替他们办理离婚证明和顶替你俩去办理离婚手续的那个人。"陈艳艳显然有些愤愤不平。

"不愧是学法律的，使用法律武器的敏锐性就是比我们不学法的人强。"

魏经纶苦笑着说。

"这样做好像对柳叶姐有些不太公平。不过柳叶姐那样，也不会有太多的痛苦。"陈艳艳说着，瞅了魏经纶一眼，脸上涌现出一丝复杂的表情。

"事情已经出了，你就别太自责了，还是多考虑考虑以后的事情吧！"说最后一句话的时候，陈艳艳明显加重了语气。

平时陈艳艳到魏经纶家里，一般跟魏经纶的父母说会儿话，帮助收拾完家务就走，很少留下来吃饭，尤其是魏经纶在家的时候。但那天陈艳艳一直帮魏经纶的父母打扫完卫生、洗完了衣服，吃过午饭又坐了很长时间才离去。

第 28 章　新棋局

陈艳艳前脚刚走，杨山坡后脚就跟了进来。

"给。"一进屋，杨山坡就把一个录音笔递给了魏经纶。

"啥？"魏经纶盯着手里的录音笔问杨山坡。

杨山坡洋洋得意地说，前几天他去看望柳叶了，顺便跟她父母聊了聊，谈话的内容他全录在上面了。

看到魏经纶吃惊的样子，杨山坡更加自得了："有了这个，什么时候都不用担心他们耍赖不讲道理了！"

"你这家伙！我怎么感觉你现在越来越像克格勃了，太可怕了！"魏经纶不住地摇着头。

"还是山坡想得周到。如果咱们手里一点证据都没有，将来要是'崔半仙'倒打一耙怎么办？"魏经纶的父亲插话道。

杨山坡说倒打一耙不可怕，可怕的是将来有一天柳叶真醒过来了，无法跟她解释，就是解释了她也不会相信。有了证据，就不怕跟柳叶说不清楚了。

"我感觉你现在越来越愚笨了！干了那么多年的保险公司，什么样的人都打过交道，客户的亏也吃过不少，怎么就是不长记性？好好跟人家山坡学学。"魏经纶的父亲把头转向杨山坡，说，"经纶为人太实在了，一点防人之心都没有，以后你要好好教教他。"

杨山坡笑道："我可没资格教育我们领导。不过大伯说的也有些道理。这些年我们跟客户打交道吃的哑巴亏数也数不清。上一周，一名客户跑到滨城公司又哭又闹，说公司的业务员忽悠她、误导她，要求公司赔偿。实际上根本不是她说的那么回事。她投保的时候，公司好几个业务员都在场，都可以作证，可保监局不相信业务员的话，让公司提供有说服力的证据。要是当初我们多长几个心眼，留下当时的情景录音，就不会发生那么多被讹诈的事情了！都是让客户逼的！"

魏经纶说同样的事情在中国司空见惯，在一些发达的国家就不那么常见，这既说明国民素质存在着问题，也说明保险公司的诚信存在着问题。

杨山坡说除了国民素质和保险诚信存在着问题以外，也与国民的法律意识弱，犯罪成本不高有关系。中国是保险大国，但不是保险强国，人们的思维意识、行业发展水平、经营管理能力都处于初级阶段，与中国泱泱大国的地位极不相称，跟保险业发达的欧美国家更没法比。

魏经纶说欧美国家的保险业已有几百年的发展历史，处于发展成熟期，中国保险业的实际发展历史，满打满算也不过三十多年的时间，存在这样那样的问题也属正常。据资料考证，类似的问题，在欧美保险业发展初期也普遍存在。

杨山坡说也不仅仅是时间长短的问题。中国老百姓要么不买保险，买了保险如果没有赔付的话，就好像吃了天大的亏似的。欧美人买保险是为了防止意外，中国人买保险则心里老想着发财。

魏经纶说杨山坡说的也不完全对。绝大多数人买保险还是为了保障的，但少数人也确实存在着急功近利的思想。

杨山坡说绝对不只是少数人。中国人买保险有几种倾向：不出意外想不起买保险；买了保险不发生意外就不愿意再买保险。很多单位买保险不是为了防止意外发生时能够尽快恢复生产、保全资产，而是为了借保险的名义套取资金，严重违反了保险的原则。

看到杨山坡讲起大道理来没完没了，魏经纶赶紧把话题岔开了：

"国庆长假马上就到了，今年业务又发展得不错，提前超额完成全年任务目标那是板上钉钉的事情，趁国庆长假带她们娘儿俩出去转转吧？"

"是啊，干你们保险公司的，黑天白夜地忙活，好不容易盼到个假期，还是带白雪和杨洋她们娘儿俩出去玩玩吧！"魏经纶的父母也劝道。

杨山坡只是打着哈哈，眼睛直瞪着魏经纶，心想："你是成心呐还是真不明白？装什么蒜？笑话我？"

魏经纶低声问："还没断？"

"断什么?"

"跟任仪?"

"跟你说过多少遍了,我跟她实际上就像你跟李冬冬那样,可你们就是不相信。"杨山坡一本正经地说。

"那可不一样。我跟李冬冬是清清白白的朋友,你们两人可是有过那个了。"魏经纶笑笑。

"人有时候还真不能把实话全说出来,要是全说出来了,就把小辫子留给别人了,即使最好的朋友。"杨山坡不满地说。

杨山坡害怕魏经纶的父母从中听出破绽来,赶紧转移了话题:说滨城公司的电销业务发展得不错,魏经纶功不可没,假期里他想找时间请客。

"好啊!到时候把杨洋也带过去,好长时间没看到他了。杨洋都十多岁了,你小子可别安稳日子不过!"

"我的事你就别跟着瞎操心了,好好想想你自己的事情吧!"

"山坡说得对。你个人的事情是应该好好想想了。不管怎么说,你跟柳叶手续也已经办了,我跟你妈年龄也越来越大了,你总不能不找个人帮我们拉扯孩子吧?"魏经纶的父亲接话道。

"爸爸,你烦不烦!胡说些什么?"魏经纶有些粗暴地打断了父亲,转而没好气地问杨山坡:"你小子别转移话题。假期里什么时候请客?说晚了我可不一定有时间。"

杨山坡不怀好意地笑笑,说到时候连李冬冬娘儿俩一起叫上,人家为魏经纶背了那样大一个黑锅,魏经纶应该请请人家。

魏经纶要求白雪一定要参加,否则别说他不给面子。

"到时候我不让李冬冬和白雪收拾你才怪呢!你小子就等着挨骂吧!"魏经纶想着,露出了一脸的坏笑。

聚会安排在了国庆长假的第二天,与其说是好朋友聚会,不如说是杨山坡的批斗会。魏经纶、李冬冬、白雪三个人你一言我一语,把杨山坡批得体无完肤,平时自认为"嘴功"不错的杨山坡,连招架之力都没有了。

那天,魏经纶、杨山坡喝了不少酒,都有些醉了。酒后,魏经纶坚持要去李冬冬家里坐坐,可到了李冬冬家里以后,一句话也不说,只是呆呆地坐在沙发上沉默。

望着魏经纶跟跟跄跄地从自己家里走出去的背影，李冬冬心如刀绞，她为眼前这位自己一直割舍不下的男人心痛，也为当年自己一时性起而放弃了等待而懊悔。她不知道自己是否应该寻找回本该属于自己的东西，也不知道眼前这位一直关爱着自己的男人心里是否依然保留着当年的那份纯真，更不知自己跟眼前的这位男人果真能够重新挽手后，别人包括柳叶的父母、舅舅们会怎样想、怎么说……

李冬冬把自己裹在被子里痛快淋漓地大哭了一场，真想把多年的痛苦、郁闷、憋屈痛痛快快地哭出来。

转眼到了十月底，东南省保监局组织各保险公司、各地市保险行业协会主要负责人召开紧急会议，传达保监会前一天刚刚结束的会议精神。会议由东南省保监局局长江北亲自主持。魏经纶以永泰公司在东南省设立的另一家省级公司总经理的名义参加了会议。

江北说："今天临时召集大家召开会议，主要议题是安排部署全年的收尾工作。"

他首先把东南省保险行业"十二五"规划调整的有关内容进行了简要的讲解，要求各保险公司回去以后根据各自的实际，尽快对各自公司的五年规划进行调整和修改。

十一月下旬，永泰财险总公司在深圳组织辖属分支机构召开经营发展研讨会议，除安排年度结算工作以外，重点确定永泰财险公司下一个五年规划的修改内容。

会议认为，随着保监局新的人事变动，保险行业的棋局肯定会发生变化，至少会在三个方面有所突破：一是监管力度更大，市场竞争形势肯定会朝着更加规范的方向发展；二是行业发展的步伐会加快。在市场更加规范的情况下，保险理性竞争一定会成为主流，保险行业肯定会延续2009年以来快速发展的态势；三是车险费率市场化改革的步伐势必加快，中国保险业可能会迎来经营发展的拐点。

按照陆地的分析，要应对好行业棋局的变化，永泰财险系统首先要进行棋局的调整，调整至少要从三个方面入手：一是经营机制要调整。充分利用好永泰公司集团内部的资源和客户优势，主动寻求永泰财险、永泰寿险、永泰养老、永泰资产等公司在内的客户信息共享优势；二是销售模式要调整。

变直销业务发展为主为渠道业务发展为主的销售模式，大力发展车商渠道、电网销渠道、银邮中介渠道，切实把客户资源尤其是比较大的客户资源牢牢地掌握在公司手里；三是服务模式要调整。增加客户服务内涵，加强客户资源管理，提高与客户的粘度。

按照会议的安排，副总经理李梦香代表公司经营管理委员会，对永泰财险公司调整后的五年发展规划目标和要求进行了讲解：保费规模由原来的一千二百亿，调整为一千五百亿元，财险公司的总资产由原规划的两千六百亿调整为三千亿元。按照李梦香的说法，在不久的将来市场环境肯定会发生重大改善，理性竞争格局将进一步确立，保险行业一定会迎来一个快速发展周期。永泰公司作为一个全国性的大公司，发展速度快于行业是理所当然的，也是完全可以实现的。基于上述分析，永泰公司认为原来确定的保费规模一千二百亿元的五年发展目标过于保守，必须调整。

三个省级公司的总经理分别进行了会议交流后，魏经纶就电话销售业务发展问题进行了表态发言，提出了滨城电销中心电网销业务在五年规划的最后一年实现翻两番、达到四百亿元的目标，并力争将滨城电销中心打造成区域内最好的车险销售基地。

魏经纶的表态发言得到了陆地等总公司领导的高度赞扬，大家一致认为魏经纶的发言起点高、分析透、层次清、措施实，完全符合总公司甚至集团公司的战略布局。

陆地说，如果永泰财险系统是一盘棋的话，那么电销中心就应当具有棋局中车马炮的功能和作用。只有每枚棋子发挥出应有的作用，棋局才能活，才够稳，才可胜。

在陆地借魏经纶的发言大谈特谈新棋局的时候，台下两个人正用一种异样的眼光审视着魏经纶，一位是南方电销中心的仇总，一位是西北电销中心的伊总。尽管南方电销中心和西北电销中心正式启用的时间比滨城电销中心早，但无论是人员数量还是业务发展速度都明显落后于滨城电销中心，在总公司领导心目中的分量与滨城电销中心相比较有差距，因此，两个电销中心的总经理对滨城电销中心尤其是魏经纶是羡慕嫉妒恨。

"行啊，魏总，棋局讲得不错呀！什么时候邀请我们到滨城参观学习你的新棋局？"仇总一边从会议室里往外走着，一边跟魏经纶打着哈哈。

"魏老弟确实是技高一筹呀！改日我跟仇总一定要去老弟那里请教取经，你可一定不吝赐教啊！"西北电销中心的伊总附和道。

"两位老兄是永泰电销业务的规划和引领者，在两位老师面前我只有当学生的份，哪有什么经验可交流传授呀？倒是希望两位老兄弃繁拨冗到滨城传经送宝。"魏经纶明白南方和西北电销中心两位总经理没能代表电销行业进行大会发言而心生嫉妒，因为自己在台上发言的时候，已经偷偷瞄见他们二人在台下的表情了。

望着魏经纶的背影，南方电销中心的仇总恶狠狠地跟西北电销中心的伊总说："棋局？我看纯他妈的一个牛皮匠！"

西北电销中心的伊总笑笑，说他倒要看看魏经纶到底有什么高招完成那四百亿元的保费，到时候别连老帅都丢了。

魏经纶一回到滨城，立即围绕总公司领导提出的销售模式和服务模式创新问题开会组织讨论，安排部署落实措施，会议一直开到晚上八点多钟才结束。

会议一结束，金子就急匆匆地出了公司，刘浪也说晚上回家再消化消化，办公室里只剩下魏经纶和陈艳艳。看到陈艳艳坐在沙发上呆呆的样子，魏经纶忍不住的笑了，他知道陈艳艳还在琢磨刚才开会的内容，因为他太了解陈艳艳了。

"走吧，明天再琢磨吧！"魏经纶说。

看到陈艳艳坐在沙发上没有动的意思，魏经纶又补了一句："要不一起出去吃点东西？或者让驾驶员帮忙叫份外卖？"

陈艳艳没有理会魏经纶的提议，反倒问魏经纶对保监会新领导班子调整后保险形势的看法，以及电网销业务市场可能出现的波动。

魏经纶认为，永泰财险总公司之所以在刚刚结束的全系统经营分析会议上上调了"五年规划"目标，主要基于对保险形势持续趋好的研判。他个人认为，保险行业提出的到2015年保费收入达到三万亿元、保险深度达到百分之五、保险密度人均两千一百元、保险业总资产达到十万亿元的目标很有可能提前实现。

魏经纶估计，除了继续规范市场竞争秩序外，最有可能做的三件事情是：一是强力做大做强保险中介，提升保险中介的作用，因为保险中介虽然连续多年高速增长，是保险行业发展最快的子行业，但全国二千五六百家专业中介机构中，注册资本过亿元的公司一家也没有；二是极有可能在保险诚信、保险服务方面做文章，因为国内老百姓对保险公司的认可度极低，只有极少数人对保险公司的服务相对认可，超过百分之十四的人认为保险公司的诚信很差，行业认可度状况令人担忧；三是很有可能推进保险公司上市步伐加快，通过推进更多的保险公司上市，在强化行业资本实力的同时，促进保险公司内部治理完善，用更加规范化、标准化、市场化运作，促进保险业发展新模式。

魏经纶还认为，保险行业要持续发展，必须构建以客户为中心的保险销售与服务模式，不断提高客户资源利用水平，最有可能推进的重点是效仿银行实现全行业数据交换、基本资料共享。

陈艳艳说，中国保险业之所以在老百姓心目中没地位、没信誉，诚信缺失，主因是寿险营销员体制存在着问题。寿险营销员占保险从业人员总数的百分之八十，保险公司对营销员的培训模式有偏差，只注重营销手段培训，对于保险理念、保险相关法律知识以及执业道德培训甚少，存在着急功近利的倾向。同时，保险公司对营销员的考核机制也是以业绩为主，保单越多收入也就越多，以保单论英雄的考核机制，必然客观上诱发营销员产生背信弃义、误导欺瞒客户等行为发生。由于中国的法律制度不够健全，很多欺诈问题无从查证，导致社会无法以法律手段对少数欺诈行为绳之以法。

魏经纶说正是因为中国的保险业存在着如此这般的问题，反而会加快调整步伐，建立一个更加规范合理的新秩序，也就是总公司领导在会议上说的新棋局。在棋局形成和演变过程中，电销业务很可能扮演着一个重要角色。

魏经纶顿了顿，继续说道："在总公司的经营分析会议上，我已经表了态，话可能说得有些满、有点过，会后我从南方电销中心和西北电销中心两位老总的话中已经听出来了，他们俩明显不服气，所以我们在做好今年收尾工作的同时，一定要把明年的经营活动方案做细做实，力争别让人家说我魏经纶是个'大忽悠'、'牛皮匠'。在市场竞争和客户服务方面，你要多帮帮我，那两个人尤其是那位金子，我们就别指望他了！"

谈着谈着就到了十点多钟了。魏经纶谦虚地朝陈艳艳笑笑，自嘲说为永泰保险事业的发展废寝忘食了，并询问陈艳艳是否先找个地方填饱肚子。

陈艳艳说时间已经很晚了，餐馆都打烊了，让魏经纶别管她了，一顿饭两顿饭不吃没关系。

魏经纶说肯德基、麦当劳二十四小时营业，工作了八九个小时，不吃点东西胃怎么能受得了？

魏经纶望着陈艳艳，忽然冒出了一句："快找个好人家嫁了吧，别为了工作耽误了自己呀！"

陈艳艳把脸扭向一边，满怀情绪地回了一句："没人要的话自己过就是了！谢谢领导还记着我这个小下属！"

魏经纶笑着说，他其实心里一直都惦记着陈艳艳。

"我说的是个人问题方面。你对我们家庭的关爱和帮助我一辈子都不会忘记的。"陈艳艳不无伤感地说。

"对于你个人问题，我一个大男人怎么能帮得上？"魏经纶说这话的意思只是想缓和一下有些尴尬的气氛，并没有想伤害陈艳艳的意思。但陈艳艳却有些恼怒地拿起包气呼呼地走了，嘴里还嘟嘟囔囔道："你要是个女人我还需要吗？"

"等一会儿我开车送你回去吧！"魏经纶紧赶两步喊道。

陈艳艳头也不回地咚咚咚地下了楼，委屈的眼泪夺眶而出，流过了脸庞，一直流到了脖子里。要是在家里，陈艳艳一定会痛痛快快地大哭一场，把自己多年的委屈、彷徨、无奈和有时自己都认为可能不会有什么结果的，两千多个日日夜夜的等待全都哭诉出来，让眼泪把自己的思念、委屈、伤感甚至屈辱、愤懑都冲刷得清清白白、干干净净，让魏经纶知道，让李冬冬、柳叶知道，让全世界的人们都知道。

第29章 厄运频袭

魏经纶追到楼下时，早已不见陈艳艳的踪影。

他十分无奈地摇了摇头，发出一声长长的叹息。

虽然持续不断地给陈艳艳打着电话，可她就是不接，魏经纶无奈之下只好发了一则短信：到家后记着给我回个短信。

大哭一场之后，陈艳艳慢慢恢复了平静，拿起手机犹豫再三，还是给魏经纶回了一条短信："领导，请放心，人长得丑陋，没人会打劫的！"

魏经纶回道："谁说的？大家都说陈艳艳是个才女、靓女呢！"

"别刺挠人好不好？如真是才女、靓女，你就不用担心我嫁不出去了。"

"我也是好意，怕你工作太投入，耽误了终身大事，果真如此，我可就成为你们家的恶人罪人坏人了！"

没等陈艳艳的短信回过来，魏经纶又补充了一句："小姐好大的脾气呀！不知道的人还以为我是下属呢！哈哈！"

"你是领导，我怎么敢呢？别忘了，我还有另一种身份。"

魏经纶明白陈艳艳短信中说的另一种身份是什么，回短信开玩笑道："按另一种身份，你就更不敢了，在哥哥面前还有妹妹发脾气使小性子的份？"

"那要分什么事情。"

"什么事情当妹妹的不都得听哥哥的？"

"还好意思说我，难道你就不应该考虑考虑那件事情？"

"哪事？"魏经纶装出不明白的样子。

"真不明白还是假装糊涂？还有哪件事情？就是你刚才说我的那件事情。"

"你帮我张罗张罗？"

"李冬冬不就是个很合适的人选吗？付晓滨走了那么多年，人家一直不嫁，你不觉着与你有什么关系吗？"

"你别跟着瞎起哄了！人家不明不白地为我背了黑锅，我心里一直感觉对不起人家，你可别跟着助纣为虐了。"

"那我呢？难道我就没为你背过黑锅？你是不是感觉我影响了你们？"

魏经纶一时语塞，不知说什么好，只好给陈艳艳回了一则："先睡觉吧，有时间咱们再详聊。"

"你能睡着？我可睡不着！"

陈艳艳想了想，又发了一则短信："在个人问题上你是不是应该反思反思了？你不觉着你跟冬冬姐没走到一起有些遗憾吗？"

"可能是缘分不到吧。"魏经纶想尽量把他与李冬冬的关系撇清，他实在不想谈他与李冬冬的过去与将来，尤其是与陈艳艳。可陈艳艳却不依不饶，短信的内容越来越直白。

"爱情是自私的，也是可欲可求的，但不温不火、若即若离不是一种负责任的态度，其最终结果是误了别人，伤了自己。泰戈尔有句名言是这样讲的：不要因为峭壁是高的，便让你的爱情生在峭壁上。你不觉着你跟冬冬姐都深受其害吗？"

陈艳艳说，男人害怕承诺，是因为他不是太爱那个女人，也可能是因为他太爱那个女人。对着一个他不太爱的女人，他不愿意承诺，对着他深爱的那个女人，他却无法承诺。一个男人无论他爱不爱那个女人，都应该适时把自己的想法传递给爱他的那个女人，这是负责任的做法，否则会冷了那个女人心，耽误了那个女人的前程。

陈艳艳说女人是"猫性动物"，有猫一样的尊严，特别是陷入感情漩涡里的女人。因为爱，女人的心会变得柔软，会变得更有尊严，但她的这点尊严，实是要男人对她在乎。

陈艳艳在短信中还说，女人的猫性不是每个男人都能有幸看得到的，因为喜欢那个男人、在意那个男人，她才会对那个男人发出特有的"咕噜噜"声，其他男人只能听到猫"喵喵喵"地叫，而这一声"咕噜噜"，只是为她心爱的男人而发。

陈艳艳把积蓄了许久、压抑了许久、一直没机会表达或者不好意思表达出来的情感一股脑地发泄了出来。她不管魏经纶回不回应她，但她确信，另一边的看信人，一定会在仔细地看、认真地想、深刻地品。

魏经纶躺在床上翻来覆去地睡不着，他把陈艳艳发过来的几十条短信反反复复地翻看，想了良久，忽然找到了自己为什么不愿给爱自己或者自己爱的女人承诺什么的根源了，原来男人本就是害怕承诺的呀！在庆幸自己人生的旅程中能遇到像李冬冬、陈艳艳这样的知性女性的同时，魏经纶更多的是内疚和佩服。内疚自己在追求婚姻幸福方面缺乏应有的智慧、勇气和爽快，以至于伤害了别人，也耽误了自己。在追求婚姻幸福方面，自己跟李冬冬都缺乏陈艳艳的坚韧不拔的毅力、敢于冲破世俗的勇气和对幸福婚姻的执着。

一阵急促的电话铃把刚进入梦乡的魏经纶吵醒了，手机上的时间显示：凌晨三点。

电话那头的陈艳艳急促地说，电销中心一个姓刘的小姑娘刚才打电话告诉她，说金子潜入女职工宿舍被当场抓住。她们不知如何处理才好，让她马上赶过去。

魏经纶让陈艳艳一定想办法先稳住那几名女职工，让她们暂不要声张，更不要报警，等他俩赶过去以后再做决定。

魏经纶和陈艳艳很快赶到了电销中心女职工宿舍，一位皮肤白皙、长相甜美的小姑娘坐在床上嘤嘤地哭着。那位小姑娘陈艳艳认识，姓田，是三个月前刚从学校招聘来电销中心的。

几个小姑娘你一言我一语地骂着金子，什么"色狼"了、"变态狂"等等，有的骂得更难听。

魏经纶有些不解地指着田姓姑娘正在流血的脚，问道："脚怎么了？"

"让'狗'咬的！"旁边一位姑娘气愤地说。

"狗咬的？"魏经纶心生纳闷。

"去年女职工宿舍不就发生过夜间有人偷偷潜入的事情吗？十有八九就是他干的！"旁边有位姑娘愤愤地说。

那位姑娘这么一说，魏经纶立即就明白了。

魏经纶打电话让金子立即去办公室见他，然后附在陈艳艳耳边小声吩咐了几句后，就急匆匆地赶回了办公室。

一走进魏经纶的办公室，金子"扑腾"一声跪下了，不停地抽着自己的嘴巴，声泪俱下地骂着自己，央求魏经纶一定帮帮他，千万别让女职工报警，否则他这辈子就算完了。

魏经纶狠狠地把金子臭骂了一顿,并说报不报警他做不了主,需要跟受到惊吓和伤害的四位姑娘商量。如果那四位姑娘坚持要报警,他个人也没什么办法。

魏经纶让金子到其他办公室等候处理,然后独自又回到了女职工宿舍。

魏经纶跟陈艳艳反复劝说四位姑娘,尤其是那位姓田的姑娘,让四位姑娘从大局着想,也为田姑娘的声誉考虑,协商出一个妥善解决的办法,尽量不要把事情闹大了,事情已经发生了,就是把金子抓进去、枪毙了也于事无补。

不一会儿,金子红着脸低着头进来了,朝着四位姑娘又是鞠躬又是道歉,又是自责又是求饶,还承诺给予四位女职工尤其是那位田姓姑娘最大限度的精神补偿。

因为事关重大,魏经纶决定当天赶赴总公司跟领导尤其是董事长陆地当面进行汇报,请示总公司的处理意见。

天一亮,那位田姓姑娘就辞职回家了,临走的时候反复跟陈艳艳交待说,三万块钱的治疗和精神补偿费必须三天之内给付,否则她就只能报警。

陈艳艳把田姓姑娘的要求转述给金子时,金子的脸色立即大变。虽然金子也认为田姓姑娘的要求不算过分,一个姑娘的清白、声誉绝不是三万块钱所能衡量的,可他近期手头上实在是太紧了,三万块钱对他来说无疑是一笔非常大的支出。因为几天前,陶子刚把他的钱包掏了个溜光,还威胁说如果一个星期之内不凑足两万块钱,她就把他俩的事情公布于众,如此短的时间内凑足五万块钱,对于平时经常寅吃卯粮的金子来讲难度实在是太大了。

金子像孩子般嘤嘤地哭了起来,一个劲地央求魏经纶和陈艳艳务必想办法帮帮他,让他度过暂时的难关。

听了魏经纶的汇报,陆地勃然大怒,立即安排办公室起草文件免去金子滨城电销中心综合管理处处长职务,回总公司等候处理。同时,陆地任命陈艳艳为滨城电销中心综合管理处处长,并嘱咐魏经纶一定要想办法妥善处理好金子的事情,绝不能让事件持续发酵。

金子返回永泰财险总公司的当月,南江市公安局两名办案人员来到了滨城电销中心,介绍说南江市刚破获了一起重大经济犯罪案件,涉案金额高达上千万元，案件涉及滨城电销中心家具及装修招标项目。他们两人受专案组委托专程来滨城调查了解情况的。

南江市的两名公安人员询问魏经纶滨城电销中心招投标时，是否有一个叫"家佳"的家具公司参与了招投标活动并顺利中了标。

魏经纶说家佳家具公司的确是滨城电销中心办公家具招投标项目的中标公司，自己虽然参与了该项目的部分招投标工作，但具体细节自己并不十分清楚。

魏经纶把南江市两名公安人员赴滨城电销中心外调的事情通过电话跟庞听进行了汇报，庞听立即吓得面如土色，嘴唇直打哆嗦，他十分清楚家佳家具公司之所以能够顺利中得滨城电销中心招投标项目，自己从中起了关键性的作用。事后，林海跑到自己家里送上了一幅据说价值不菲的名人字画，尽管自己对字画并不怎么内行，但从网上查询得知，那位方姓文联主席的字画还是比较抢手值钱的。

庞听反复给齐山打电话，可就是没人接听。

庞听把财务部经理叫进了办公室，命令他立即派人去找齐山，半个小时之内务必给他一个准确的信息。

正在庞听以及财务部一干人马焦急地寻找齐山的时候，齐山正在距公司不远处的一个五星级酒店里跟黄杏偷情。永泰总公司刚在西北省买下了一栋八层高的办公大楼，近期准备组织开展招投标活动，黄杏就是专程飞过来找齐山"商量"招投标事宜的。

齐山去洗手间的空隙看了看已经调成静音的手机，立即吓出了一身冷汗。手机上显示，有三十多个未接来电，其中十多个是庞听的。

齐山急匆匆地赶到了庞听的办公室，一进门就被骂了个狗血喷头。

庞听把南江市公安局派人赴滨城调查取证的事情跟齐山一讲，齐山不禁也打了个寒噤，但表面上还是装出一副若无其事的样子。

齐山拍着胸脯说那个项目公开透明，绝对不会有什么问题，并说魏经纶全程参与了项目的招投标工作，对招投标过程一清二楚，不应该把问题上交总公司。

庞听一听火气立即就上来了，质问齐山既然魏经纶全程参与了项目招标工作，为什么他却说对招标过程并不是十分清楚，难道魏经纶其中有不可告人的目的？

从庞听的办公室里出来，齐山先是给黄杏打了个电话，订立了攻守同盟，接着又给魏经纶打了电话，把庞听大动肝火的事情跟魏经纶添油加醋地叙述了一遍，央求魏经纶务必想尽一切办法，动用一切资源，确保大事化小，小事化了。

魏经纶说招投标文件的原件都在总公司，滨城电销中心只存有复印件。南江市公安局的两名办案人员，要求去总公司调阅招投标文件的原件，他实在没有理由阻止他们前往总公司调查取证。

齐山要求魏经纶尽量做通两名办案人员的工作，实在不行的话，魏经纶一定要陪同两位公安人员一起到总公司。

两个人正说着，庞听的电话又打进来了。魏经纶赶紧挂断齐山的电话，接通了庞听的电话。

听完了魏经纶的简短汇报后，庞听以不容置疑的口吻要求魏经纶千方百计阻止南江市公安部门的人员赴总公司调查，因为他们一旦到达了总公司，即使查不出什么问题，也会造成十分严重的负面影响。

魏经纶说南江市两名公安人员的态度十分明确，阻止他们去总公司调查取证不仅可能会引起他们更大的怀疑，还极有可能被冠上阻碍执行公务的罪名。但他可以想办法说服两名办案人员暂不去总公司调查取证，让齐山及参与招投标工作的有关人员，带着招投标文件的原件尽快来滨城。

南江市两名办案人员认真查阅了齐山带来的文档资料，重要的章节还进行了复印。同时，对参与招投标工作的每一位工作人员逐一进行了一番询问后返回了南江市。

南江市公安人员离开滨城的当天，齐山等人也返回了总公司。齐山当着庞听的面自我表扬了一番的同时，不忘狠狠地参了魏经纶一本：说本来是一件很容易摆平的事情，硬是让魏经纶给搞复杂了；说魏经纶私心很重，嫉妒心很强，不仅排挤金子等总公司派去的干部，而且在滨城电销中心大搞多角恋；说魏经纶管理无方，整个滨城电销中心乱成了一锅粥，在当地老百姓心目中是藏污纳垢的代名词，等等。

庞听十分不耐烦地打断了齐山，说魏经纶管理无方、人品有问题，总公司可以派人去调查取证并给予相应的处分，他现在最关心的是滨城招投标项目到底处理好了没有，以后还会不会有什么麻烦？

齐山拍着胸脯说已经百分之百地处理好了，否则的话，南江市公安局的办案人员也不会就那样轻易地撤走了。

关于魏经纶的各种传闻没几天就从总公司传回了滨城市，很快魏经纶、李冬冬、陈艳艳、杨山坡以及电销中心的很多人都知道了。

正当魏经纶陷入苦闷之际，滨城电销中心连续出现的几次较为严重的事故，差点把魏经纶击垮了：

一是电销中心一名女生，跟同为滨城电销中心的一名男生恋爱失败后，愤而从电销中心的三楼一跃而下。她虽生命无忧，但残疾落下了，女孩子的家长带领十多名亲戚朋友在电销中心连续闹腾了五六天，不仅要求电销中心承担女孩住院治疗的所有费用，并给予相应的精神补偿，而且要求电销中心按国家有关规定发放跳楼自杀女孩的工资、及时足额缴纳有关社会保险直至其退休。

二是电销中心的办公家具接连出现毁坏伤人事件，最严重的一次事故是一名员工被忽然倒塌下来的办公桌面砸折了腿，不仅不能坚持上班，而且还花掉了五六万元的医药费。

三是两名男职工在宿舍里偷偷用电火炉烧菜时不慎引起火灾，虽扑救及时没有引起大的灾难，但也造成了一定的损失，总公司专门派人赴滨城进行了调查取证。

一系列问题的出现，使总公司党委总经理室对魏经纶的领导能力、管理才能产生了极大的不信任，尽快更换滨城电销中心主要负责人被提上了永泰总公司党委总经理室领导的重要议事日程。

第30章 大调整

家佳办公家具公司林海经济犯罪一案取得了突破性进展，党政企事业单位四十多人涉入其中，其中就包括永泰财险总公司的庞听和齐山两人。

南江市公安局两名办案人员从滨城返回南江市的第三天，就收到了一封来自北京的特快专递，信函检举庞听、齐山在滨城电销中心家具及网络业务招投标活动中，存在着徇私舞弊、行贿受贿问题，并附有家佳家具公司和飞箭家具公司当时参与投标时的报价单。

举报信的其中一段是这样写的：滨城电销中心办公家具及装修项目中标的两家公司，最初报价差距大约在百分之三十左右，两家公司的品牌价值相差无几，招投标的基本原则是"品牌价值相同价格低者胜"，但最终招标结果是报价低的飞箭家具公司，以高出其最初报价的百分之二十与报价最高的家佳家具公司共同中标，其中的猫腻明眼人一看便知！

举报信还写道：确凿证据表明，在滨城电销中心家具项目招投标过程中，永泰财险总公司副总经理庞听在明知家佳公司投标条件十分差的情况下，还指示他的老部下——主持招投标工作的齐山，让家佳公司顺利中标，原因是两人接受了家佳办公家具公司的巨额好处费。飞箭家具公司虽未独家中标滨城电销中心办公家具及装修项目，但按其最初报价的百分之一百二十与家佳公司共同中标，其增加的额外利润，飞箭公司的老板黄杏会全部揣进自己的腰包吗？简单的道理，傻子也能明白！

……

接到举报信的南江市公安局更坚信了赴滨城外调的结论，当天再次审讯了林海，并在第二天把齐山也请到了南江市。

"家佳家具公司在滨城电销中心项目招投标活动中报价最高，最终还能中标,作为项目主管,你不觉着有些违背常理吗?"审讯人员问。

"家佳公司报价较高,是因为其品牌的价值高,且其产品十分符合电销职场需要。"齐山狡辩道。

"除此之外就没有其他影响因素?或者说没有受正常招投标以外的因素干扰?"

"没有。"齐山回答得很干脆。

"可林海交代,为了中得滨城电销中心的招标项目,他可是花了大价钱的,据说有四五十万元。"审讯人员的声音虽不高,但语气中透着威严和肯定。

齐山一听慌了,他清楚地记得,在正式确定按家佳公司报价的百分之九十中标的前一天晚上,林海留在自己房间里一个信封,内有六万元现金,但绝没有他交待的四五十万元。

"我说庞听那小子为什么对林海那样关照呢,原来得到了那么大一笔好处费呀!"齐山恨得牙痒痒的。

"想起来了?"看到齐山不说话,审讯人员追问了一句。

"绝对没有的事情。"齐山态度仍然十分坚决。

"据我们了解,在你收到了林海的好处费后,才做出了两家公司共同中标的决定。"

"绝对不是。我之所以让家佳家具公司参与进来,主要是因为总公司领导要求我这样做。"

"谁?"

齐山没有犹豫,直接说出了庞听的名字。

在齐山被南江市公安局"请去"协助调查的同时,庞听一面请在西北省公安厅工作的外甥帮助打探消息,一面请在法院工作的朋友帮助出主意想办法。

在齐山被"请走"的第二天,庞听也接到了南江市公安局的"邀请"。面对公安人员的审讯,庞听一口咬定自己跟林海是好朋友,既然好朋友相托,于情于理自己都应该帮助打声招呼,但每次打招呼都是象征性的,从未直接要求齐山必须按自己的意图办理。

面对公安人员凌厉的审讯,庞听一直避重就轻,坚持说自己跟林海是好朋友，不是"利益伙伴"。

由于林海没有提供与庞听利益纠葛的事实，加之在西北省公安厅工作的外甥通过内部人员提前打了招呼，庞听在接受完审讯后，就从南江市返回了永泰总公司。

回到总公司的庞听把参与招投标工作的总公司其他几名人员一一进行了询问，初步判断举报信是魏经纶写的。庞听认为，齐山不可能自己举报自己，总公司参与项目招投标工作的几名工作人员职级较低，对招投标的核心问题不可能知道得那样详细，唯有魏经纶才是最有可能了解核心内容的举报人。因为齐山曾多次告诉过他，招投标活动的整个过程，都是他与魏经纶详细讨论研究后确定下来的，魏经纶是招投标工作的全程参与者。

"魏经纶呀魏经纶，我庞听与你往日无仇近日无恨，你为什么对我下如此狠手呢？是因为没让你领导招投标工作？还是因为你本人未从中捞到好处？"

"你不仁，就休怪我庞某人不义了！"庞听恶狠狠地想。

庞听在办公室里来回踱着步，苦思冥想下一步该如何应对，因为在他离开南江市的时候，办案人员曾交待：需要协助调查的时候，保证要随叫随到。

庞听正在苦思冥想的时候，李梦香笑呵呵地推门进来了。

"听说前两天出差去了南江，什么时候回来的？"

一看到李梦香，庞听心里咯噔了一下："我怎么忘记了这老小子了呢？那封举报信不会是这老小子写的吧？对！一定是他干的！"

在李梦香未走进庞听办公室之前，庞听虽然怀疑"深喉"就是魏经纶，但他又认为自己虽未对魏经纶有知遇之恩，但也有管理之谊，魏经纶犯不着对自己下黑手，魏经纶应该不会愚蠢到干那些只有下三烂才能干得出来的"损人不利己"的事情的。

看到李梦香表情复杂地走出了自己的办公室，庞听暗暗地朝李梦香的后背"呸"了一声。

李梦香一边走着一边在想："难道庞听这小子在滨城电销中心招标项目中真的一点问题都没有？为什么去了南江市一天就回来了？"

李梦香回到了自己的办公室，有些懊丧地把办公室的门"砰"的一声甩死了。

在庞听到达南江市的当天，黄杏也被南江市公安局叫去协助调查，由于事先跟齐山沟通好了，所以黄杏在接受南江市公安人员质询时，一口咬定由于林海给了自己一定的经济补偿，加之自己的家具品牌影响力不如"家佳"影响力大，所以自己才答应让出部分份额给家佳家具公司的。

当公安人员问黄杏为什么最终中标价格与其报价不一致时，黄杏回答说自己投标文件上写着工期四个月，但永泰总公司要求四十天内必须完成，工期太紧，工人加班加点需要支付巨额的加班费，同时永泰公司害怕工期太短产品质量保证不了，所以最终答应了她提出的提高产品价格的要求。

黄杏在回答公安人员质询时，从心里佩服齐山的聪明和机智。要不是齐山当初要求自己在投标文件中尽量把工期延长一些的话，自己做标书时不可能把项目工期确定为四个月。

对黄杏来讲，自己绝对不会主动提及跟齐山"苟合"之事，因为她坚信齐山也不会主动交待。退一万步讲，即使齐山交待了，自己完全可以装扮成被逼无奈的"受害人"，逼急了还可以告发齐山借自己醉酒之际，实施强暴行为。至于自己收取林海的三十万元现金，那更是完全的市场行为，你情我愿。况且那三十万块钱，自己还单独设立了一个账户存放在银行里，一旦公安人员质问为什么不及时入公司账时，自己完全可以说想用那部分钱感谢一下齐山等人，一直没找到合适的机会，自己最多有犯罪动机，连"行贿未遂"的罪名也按不到自己的头上。

尽管这样盘算，但黄杏心里还是有些忐忑不安，她十分担心齐山万一把控不住，把该说的不该说的全说出去了，到那时，自己再怎么辩白都是徒劳无益的，谁能相信自己不付出点什么，齐山就会把一两千万元的项目交给自己的公司？"性贿赂"的罪名肯定是推脱不掉的。

如果说黄杏在该案件中多少还有点底气的话，庞听简直就是度日如年、惶惶不可终日了。从南江市返回永泰总公司后，庞听表面上装出若无其事的样子，但心理已经接近崩溃的边缘了，他担心林海把所有的事情都交待出来。

庞听跟林海五六年前就认识，他是庞听一位非常要好的同学第三任妻子的弟弟，而庞听的那位同学，在庞听的人生发展历程中曾给予过非常大的帮助，是庞听的"贵人"。投桃报李，庞听在自己的职权范围内关照呵护林海也就不足为奇了。

尽管自己的姐夫有恩于庞听，但林海从未因此而对庞听的关照视为理所当然，在一定程度上来说，林海与庞听的关系甚至比林海与他姐夫的关系还要亲近。

林海知道庞听年薪很高，对钱不太看重，但对女人尤其是对身材丰满的女人格外着迷。为此，林海从社会上招聘了一位曾在 KTV 歌厅干过数年的女人放在公司里养着，专门负责陪庞听。起初庞听还有所顾忌，时间一长也就心安理得地"笑纳"了：一则他认为自己对林海很好，在生意场上关照有加，又是自己最好同学的小舅子，无论如何林海不会加害于自己；二则林海为自己安排的女人是林海公司的员工，享用自己"铁哥们"公司的员工，应该是最安全不过了；三是林海为自己安排的女人，虽十分性感风骚，但并不十分漂亮，年龄又三十四五岁了，这样一个本身条件并不十分出众的半老徐娘，不用坐班，只是顶着一个"区域经理"的名号，就可以每月从林海公司领取十分可观的薪酬，无论如何她都不应该对自己的既得利益感到不满意。

惶恐不安地度过了五六天后，庞听终于又被南江市公安局"请"了回去。

在庞听、齐山相继被南江市公安局收押后，永泰财险总公司立即召开了党委会议，迅速做出了处理决定：

免去庞听永泰总公司党委委员职务，开除庞听党籍；解聘庞听永泰财险总公司副总经理职务。

开除齐山党籍，解聘齐山永泰财险总公司财务部副总经理职务，解除与齐山的劳动合同。

永泰财险总公司党委认为，魏经纶虽在滨城电销中心家具及装修招投标项目中无徇私舞弊行为，但也存在着履职不力的过失，且在担任滨城电销中心总经理期间，管理存在着漏洞，曾发生过多起有损公司形象的事件，给公司经营工作造成了不小的负面影响。为此，永泰财险总公司党委做出了"给予魏经纶同志党内警告处分，解聘魏经纶同志滨城电销中心总经理职务，调永泰财险总公司等待分配工作"的决定。

永泰财险总公司党委还研究决定，聘任永泰财险总公司财务部副总经理金戈为滨城电销中心总经理，聘任永泰财险公司滨城中心支公司党委书记、总经理杨山坡为滨城电销中心副总经理。杨山坡调任滨城电销中心副总经理后，滨城财险公司总经理一职由原副总经理安山接任。

永泰财险总公司一系列任免文件下发的当天晚上，杨山坡在滨城市一个名叫"老槐树酒家"的饭馆安排了一桌,把魏经纶、陈艳艳、刘浪以及两个业务主管约在了一起。

一见面,大家都为魏经纶的境遇鸣不平。

看到大家愤愤不平的样子,魏经纶自嘲道:"大家不用担心我想不开,更不用担心我魏经纶自绝于人民,撤职待业以前咱又不是没经历过,六七年前咱都挺过来了,现在还能挺不过来?"

魏经纶继续开玩笑说,过去人犯了错误被撤了职,都是从大城市被赶到小城镇或者是偏远的穷乡僻壤,他魏经纶越犯错误越往大城市里走。上次被撤职,他从滨城去了省城;这次被撤职,他直接从滨城进了京城,如果还有第三次的话,说不定他还能去联合国总部。

尽管魏经纶表面上装出一副不在意的样子,但内心里却是十分痛苦的。想想自己在保险行业奋斗了十六七年,官职被撤了不说,已经在"奔五"路上的自己,还要远离滨城奔赴千里之外的北京重新开始,心里总有一种说不出的滋味。他不知道自己还有没有未来;不知道自己远离滨城后,年迈的父母能否照顾得了已经失去母爱、即将远离父爱的儿子;不知道自己是否还有机会重新回到滨城工作,回到亲人身边……

那天晚上,魏经纶、杨山坡、刘浪都喝醉了,唯独陈艳艳推说自己身体不适正在吃药,滴酒未沾。

当陈艳艳开车把魏经纶送到他居住的那个小区的时候,魏经纶却在车后排座位上睡着了。陈艳艳知道,她面前的这个男人实在是太苦、太累、太委屈、太紧张了。

当陈艳艳站在车外耐心地等待魏经纶醒过来的时候,静谧的黑夜里还有一双焦灼的眼睛正在远远地张望着、注视着。

第31章 魏经纶"上调"

不知过了多久,魏经纶终于醒过来了,看到车外站着的陈艳艳,顿时产生出一种从未有过的愧疚。当晚,魏经纶和陈艳艳住到了一起……

魏经纶踉踉跄跄地下了车,脚下一滑,一下子扑进了陈艳艳的怀里,要不是陈艳艳极力擎住,那一跤摔下去,想不伤都难。

扑进陈艳艳怀里的一刹那,魏经纶顿感从未有过的清醒,陈艳艳身体散发出的女人特有的那种气息,让他感觉到了久违了的温馨与安全,如母亲的怀抱。

魏经纶情不自禁地轻轻地吻了陈艳艳的额头,当他忐忑不安地欲吻第二次的时候,陈艳艳没有也不想再控制自己的情绪。当两条黑影合为一条大大的黑影的时候,不远处的那条黑影——一条瘦弱的、甚至有些弱不禁风的黑影,带着无比地惆怅和失望,悄悄地消失在了黑夜里。

次日清早,魏经纶十分放心地去了永泰总公司,家里父母、孩子由陈艳艳帮助照料,他没有什么不放心的。

魏经纶到达永泰财险总公司报到的第二天,陆地亲自找魏经纶聊了十多分钟,这让魏经纶十分欣慰与感动。魏经纶认为,自己是被贬之人,作为公司的最高领导能在百忙之中亲自找自己谈谈话,交交心,说明总公司的领导还在照顾着自己,还没有完全抛弃自己。

陆地对魏经纶在滨城电销中心的工作给予了肯定,对工作中存在的问题与不足也给予了批评,鼓励魏经纶到总公司工作后一定要放下包袱,轻装前进。

陆地说,庞昕、齐山案件是永泰公司成立以来影响最坏、性质最恶劣、对公司品牌负面效应最大的一起案件。魏经纶尽管在滨城电销中心招投保项目中没与庞听、齐山等人同流合污，但作为当事人和项目的参与者，如果总公司不给他点处分，就无法向全系统干部员工交待。陆地说上一周赵明打电话给他了，委托他抽时间跟魏经纶好好谈谈，让魏经纶一定要从庞听、齐山案件中吸取点教训，增强辨别是非的能力。陆地认为，对于像魏经纶这样一位有着丰富基层工作经验的"年轻老干部"来说，这点挫折应该不算什么。

陆地说，随着市场环境的不断恶化，公司品牌建设工作越来越重要。为此，总公司总经理室决定，调魏经纶到公司行政部负责宣传和品牌建设工作，以充分发挥他在宣传及行政工作中的优势，这也算是人尽其才。陆地说，鉴于庞听、齐山案件影响较大，调入总公司后，总公司暂不便安排魏经纶的职务，但薪酬可以按部门副职标准发放，这些他都跟人力资源部交待过了。

陆地最后还提到了金子在滨城电销中心工作时出现的问题，称赞魏经纶在金子出现问题后能够及时处置，没让事件发酵，否则的话，肯定又会成为行业一大丑闻。对金子的变态举动，陆地自感十分丢人，因为金子曾在他身边工作过，去滨城电销中心担任综合处长，也是他本人提议的。

从董事长办公室里出来，魏经纶轻手轻脚地走到了两个小时以前，行政部综合科科长刚帮自己收拾好的办公桌前坐了下来。

永泰总公司跟许多现代企业一样，实行全敞开式办公模式，行政部、人力资源部、法律合规部三个部门同在一个大办公室办公，人员足足有五十人。安排给魏经纶的工作位基本上位于三个部门的正中间，前后左右都有人，这让魏经纶感到十分不习惯。魏经纶自滨城外运公司调入保险行业工作以来，办公条件最差的时候也是两个人一间办公室，在东南省公司工作时虽然也是敞开式办公，但同一间办公室工作的人员都是一个部门的，人员也不过五六位，部门主要负责人的办公室虽然不是全封闭的，但跟全封闭差不多。

随着旋转的椅子，魏经纶发现房间内所有工作人员的椅子都是那种靠背低矮的微机椅，如果身体向后用力大一些，人极有可能会摔个仰面朝天。办公桌一律是那种中纤板材质、弧形、拆装组合式，长度一米四、最宽处也不过六十厘米。魏经纶仔细地看了看四周，大体测算了一下属于自己的空间，无奈地摇了摇头。

魏经纶从提包里拿出水杯，倒上从滨城带过来的茶叶，环顾了四周，也没发现周围有一把暖瓶。正在这时，一个小伙子端着一杯热气腾腾的茶水从旁边走过，魏经纶不好意思地问了一句，那名小伙子转身朝左前方指了指，魏经纶才发现在办公室左前方的角落里有一个小小的茶水炉。

魏经纶端起空杯慢慢地朝茶水炉移动，生怕搞出太大的动静。

魏经纶倒满一杯水，喝了几口，然后把水杯重新续满后才朝自己的工作位走去，经过其他工作位的时候，发现两个人正在打着电话，声音小得像蚊子，魏经纶真怀疑电话那头的人能不能听清对方在说什么。

刚在工作位上坐定，魏经纶的手机就响起了"嘻唰唰"的音乐声，声音虽不大，但魏经纶还是发现周围三四双眼睛齐刷刷地看了过来。

魏经纶脸羞得通红，慌里慌张地把来电提醒调到振动状态，并按下了电话接听键。

电话是杨山坡打来的，他问魏经纶正式上班了没有，感觉怎么样，饭菜能不能吃得习惯？魏经纶压低嗓子一个劲地说"可以，可以"。

"你声音能不能大一点？没吃饱饭还是咋的？"电话那头的杨山坡焦急地问道。

魏经纶用力压低声音说他这边还有事情，过会儿给杨山坡回过去，就赶紧把电话挂断了。

好不容易挨到了下班时间，魏经纶匆匆忙忙地回到了公司暂时安排的宾馆，才给杨山坡回了电话。

杨山坡笑嘻嘻地问魏经纶到总公司工作有什么感受，是不是神清气爽？

"爽个屁！简直是度日如年！"魏经纶叹道。

杨山坡不相信，说以前经常听魏经纶提起在总公司工作舒服，不用天天陪客户，工作还没有多大压力。

魏经纶笑着说旁观者清，此言未必准确！没来总公司工作之前，总感觉在总公司轻松愉快，现在看来原来的判断属于误判，最起码有偏差。魏经纶开玩笑说，他估计在总公司工作用不了半年，他人不死即疯！

"怎么可能呢？是不是在忽悠我？"

"一个手纸大的办公区域，一张伸不开胳膊的办公桌，一把一不小心就会摔个四仰八叉的微机椅，听听这些你就知道在这儿受罪不受罪了。自从参加革命工作以来，咱哥们儿哪在如此恶劣的环境中工作过？最差的时候也是两个人一间办公室，一米五长的写字台，虽不是老板椅，但起码是高靠背的。"

杨山坡止住了笑声，说以前去过总公司，感觉办公挺拥挤的，没有亲身体验过，还真没有魏经纶所说的那种感觉。

魏经纶说在哪儿当总经理都是自己一间大办公室，面积多了不敢说，七八十平方米总该有的，没有那样大个面积，两米四五长的办公桌肯定放不下。更让人难以忍受的是，如今周围每个人打电话就像地下党对暗号似的，声音小得像蚊子。魏经纶问杨山坡他下午说话的声音感觉怎么样，能不能听清楚？

"顺风耳我估计差不多能听到，正常人能听清一半就不错了。要是经常跟你打电话的话，我估计用不了半年，肯定能培养出特异功能来。哈哈，哈哈哈！"杨山坡爽朗地笑着。

两个人云里雾里地瞎侃了一阵。魏经纶说因为急着回宾馆给杨山坡打电话，晚饭都没顾得上吃，胡吹海侃了一阵子后感觉肚子有些饿了，想找个地方吃碗面，等有时间了再跟杨山坡对吹。

魏经纶到总公司报到的第一周，工作上倒没有多少事情要处理，除了跟各部门的人员交流熟悉外，一个重要的任务就是找住的地方。因为到总公司报到的第一天，行政部总经理汪秋实就告诉魏经纶，说公司只承担交流人员一周内的宾馆居住费用，一周以后的费用全部由个人自负，公司按职级每月随工资发放交流干部一定数额的租房补贴。

魏经纶发动在总公司工作的东南籍老乡帮忙四处打探适合租住的房子。结果，不是距公司太远，就是房子太旧，好不容易看好了一套两居室五十平方米的房子，距公司也只有三站路的车程，每月租金五千多元，除了总公司每月发放的三千元租房补贴以外，自己每月还要倒贴两千多元，吓得魏经纶二话没说，掉头便走。

有位老乡提议跟别人合租，因为那些未结婚或已结婚家在外地的交流人员，要么几个人合租一套房子，要么租赁一个面积小一点、位置偏一些的房子。

一周的期限很快就过去了，魏经纶又看了两处房子，最后确定了一处一室一厅大约三十多平方米大小的房子，房租每月三千五百元，房屋内含电视及家具。说是家具，实际上就是一张双人床、一个长条桌、一把椅子，剩下的就是电视柜了。对租赁到的房子，魏经纶并不满意，但他实在没有精力再去寻找了，因为花钱是一方面，时间上也不允许。

租到房子的当天，魏经纶跟杨山坡和陈艳艳分别打了个电话，报告了迁居的事情。

杨山坡和陈艳艳都询问魏经纶新租到的房子距公司多远，面积多大，是否舒适？魏经纶让他俩去看一看电视剧《蜗居》就明白了。

调到总公司工作以后，魏经纶感觉好像回到了学生时代：三点一线，基本不变。魏经纶越来越怀念起在滨城公司、在电销中心工作时的生活了。

每天的工作量并不大，除了写写宣传稿，编编简单的信息，基本上没其他事情可干了：一则总公司分工细，每个部门各负责一摊，互不交叉；二则魏经纶刚到总公司，情况不太了解，领导们不便安排他太多的工作。日常工作干完之后，剩下的事情就是上网看看新闻、在QQ上聊聊天了，因为在办公室不允许玩游戏，实际上允许玩，魏经纶也不怎么会。平时并不太迷恋电脑的魏经纶，深深地意识到在总公司工作，电脑是最重要不过的"伙伴"了，甚至可以用"至亲"来形容，他越发对电脑的发明者毛琪雷和爱克特佩服得五体投地了。

魏经纶调入总公司工作没多久，李梦香邀约了几个在总公司工作的东南籍老乡搞了一次餐会。老乡凑在一起，自然少不了酒，平时对酒不怎么感兴趣的魏经纶那天却表现得十分主动，频频举杯敬这个敬那个。

"小魏，来总公司工作习惯吗？"李梦香问。

当着老领导的面，魏经纶把一肚子苦水全倒了出来，并请李梦香方便的时候一定帮忙做做工作，有机会还得让他回滨城或东南省公司工作，越早脱离"苦海"越好。

李梦香笑着说，到一个人生地不熟的地方工作不适应是肯定的，特别是像魏经纶这些曾在基层当过"土皇帝"的人。那些一毕业就到总公司工作的学生们就没什么不适应的，因为他们对工作环境、工作条件没有比较，心理也就不会失衡。

魏经纶笑着说不仅仅是落差大、心里失衡的问题，主要是感觉工作、生活太无聊了，尤其是晚上一个人回到宿舍的时候，无所适从，真不知干什么好。

"上网或者看电视呀！"在车险部工作的小王说。

"有线电视一百多套节目，总该有一个频道适合您吧？"责任险部的小李附和道。

魏经纶笑着说就是因为频道太多，才感觉不知道看哪个频道好了。往往是整个晚上都在忙活着换频道了，第二天闲下来想想，好像什么印象都没有。

"您如果不爱好体育节目的话，我推荐您看娱乐节目。湖南卫视的《快乐大本营》、《超级男生》、《超级女声》，江苏卫视的《非诚勿扰》就挺好，挺有意思的。"小李推荐道。

魏经纶笑着问小李、小王和东南省的其他几位小老乡，每天下班后他们都是怎么打发的？不会是天天看相亲节目吧？

"我们都是外乡人，在这座城市里既没有亲戚，又没有同学，腰包里还没有多少钱，打发闲暇时间的办法只有两个：一是上网、看电视，二是坐在大街上看美女。"小李笑哈哈地说。

"用时下最流行、最时髦、最妥帖的一句话说就是屌丝。"小王笑着补充道。

非车险部的小张说他们那些人都属于标准的屌丝，但魏经纶跟李梦香肯定不属于屌丝那个序列的。

魏经纶说最近一段时间，他经常在电梯里听到年轻人说屌丝男、屌丝女的，但他不明白屌丝到底是什么意思。

"屌丝指的就是我们这些刚毕业没储蓄、还急需花钱的人。简单地说，就是兜里没多少钱，所以不敢出门、不敢消费、不敢会友、不敢谈女朋友，像我们这样赤贫的人群只能从网上下载美女过过瘾。"非车险部的小张摇头晃脑的样子，惹得在场的人哈哈大笑。

"现在的网络语言真是太丰富了，听得让人喘不过气来了。原来我还认为屌丝是一种什么丝呢，原来是那个意思呀！"李梦香笑笑，接着说道，"在总公司工作，除了要耐得住寂寞，还得学会如何跟人交流。"

看到魏经纶茫然不解的样子，李梦香安慰魏经纶不用着急，在总公司工作时间久了，就什么都明白了。

老乡聚会的第三天，魏经纶就明白了前两天晚上李梦香说的"学会如何跟人交流"那句话的意思了。

那天一上班，魏经纶在电梯口遇见了行政部分管行政及安全保卫工作的副总经理孙大叶。孙大叶告诉魏经纶，说前一天下班时汪秋实总经理安排了一项工作,内容他已经发送到魏经纶的内部邮箱里了,让魏经纶一会儿去邮箱里看看。

汪秋实通过孙大叶安排给魏经纶的工作其实很简单,就是让魏经纶把保监会领导,在保险消费者权益保护座谈会上的讲话内容转发给班子成员及各部门主要负责人。这是新班子上任三十八天以来首次打破"静默"的第一次公开发声,其讲话内容可能代表新一届保监会领导的"施政理念"。所以对总公司领导来讲,理解好保监会领导的第一次讲话精神十分重要,要求班子成员和各部门领导认真学习,深刻领会,扎实落实。

魏经纶看了孙大叶发到自己信箱里的"汪总让我告诉你,让你把保监会项主席昨日在保险消费者权益保护座谈会上的讲话内容,转发给班子各成员及公司中层干部,重点部分要重点标注"的话后,心想:"直接告诉我不就完了,干嘛非得通过网络传达呢?要是我没有及时看到,耽误了处理责任算谁的?"

魏经纶很快把保监会领导在座谈会上的讲话转发到了每个人的内部邮箱里了,对"应该把保护消费者利益作为保险监管工作的出发点和落脚点,将严厉查处和打击损害保险消费者利益的违法违规行为,查到一起,处理一起,决不手软"等重点段落或语句,魏经纶都做了标注。

当天,魏经纶又收到了本部门五六个员工发给他的电子邮件,其中发邮件的一个人就坐在隔断的另一边,这让魏经纶十分费解。魏经纶不明白,两个人探一下身子三言两语就能把事情说得明明白白的问题,为什么非得要通过大段大段的文字来交流呢?无事可干?还是怕影响别人?

下班回家的路上,魏经纶遇见了几天前一起吃饭的小李,把当天的事情跟小李讲了,小李一开口,魏经纶立即就明白了。

"我还认为口头交流怕影响别人办公呢,原来是为了互留证据呀!同事之间不至于这么不信任吧?"魏经纶满脸疑惑地问。

小李解释说也不完全是相互不信任的问题,大家都习惯了这种沟通方式,所以口头交流也就越来越少、越来越不习惯了,尤其是在上班的时候。

听了小李的话,魏经纶陷入了沉思:城市到底咋了?城市越大,一切却都好像变小了。办公桌小了,办公椅小了,住房小了,办公区域也小了。更让人难以忍受的是,每个人的心眼也都变得越来越小了,这难道就是大城市大机关综合症？

看到小李走远了，魏经纶才想起忘记了跟他打招呼。

魏经纶回到那间三十多平方米的小房子里，心情更加烦躁郁闷，他顿时明白了，自己要真正适应这里的生活，还真不是一件十分容易的事情。

魏经纶一上班，就接到了安山从滨城打过来的电话，说滨城公司原来承保的一个企财险项目再有三四天就到续保期了，可总公司迟迟不给予批复，客户都等得有些不耐烦了。

安山说的那个企财险项目魏经纶也知道，是滨城公司承保了七八年的项目。魏经纶也明白总公司之所以迟迟未核保通过那个项目，主要原因是那个项目年内发生过火灾事故，当年度赔付率较高，总公司要求严格条件、提高费率，而客户却要求在上年度承保费率基础上适当降低，因为永平、大千等公司提出的转保条件要明显好于永泰公司承诺的续保条件。

受安山的委托，魏经纶找到了财产险部负责财产险核保工作的刘科长，刘科长说那个项目她说了不算，要魏经纶去找柳处长，柳处长说那个项目曾出过险，赔付率太高，要放宽条件降低费率，需要分管财产险业务的闫副总批准。魏经纶又找到财产险部的副总经理闫格，闫格一脸严肃地说滨城公司拟续保的那个项目，风险太大，赔付率太高，要继续承保，提高费率是必须的也是必要的。

魏经纶说那个项目永泰公司承保了多年，总体赔付率并不高，只是由于上一个保险年度发生了一次火灾才导致当年度赔付率出现大幅攀升，如果提高费率、降低承保金额的话，客户肯定不会接受。魏经纶说在永泰公司承保那个项目的这些年，永平等五六家公司始终没有放弃公关工作，他们承诺的承保条件远远好于永泰公司，只是由于滨城公司服务工作做得比较到位，客户不好意思转保到其他公司罢了。

闫格说向每一张保单、每一笔业务要效益，是集团公司的经营思想，不能因为那个项目往年出险率低就预示着风险小，况且年度考核只关注当年的数据，核保也主要考虑项目续保前两年的出险记录。滨城那个项目要继续承保，需要跟财产险部杨帆总经理汇报，同时还要跟理赔部门进行有效沟通。

又过了两天，安山实在等不及了，叫上省公司非车险部的郭经理，直接乘机飞到了永泰总公司，正赶上总公司召开月度经营分析会议。会议开到一半的时候,杨帆说他爱人患了急性脑膜炎住进了医院,急匆匆地离开了会场,临走的时候,他跟安山等人交待说项目的事情直接找闫格汇报就行了,他已经跟闫格交待好了。

好不容易等到会议结束,闫格却推说那个项目杨帆根本就没跟他明确交待过,杨帆不点头,他不敢自作主张,让安山等人最好再去做做客户的工作,让客户尽量接受永泰公司提出的承保条件,否则的话,他也无能为力。闫格说他晚上约好了一个朋友,就不请安山等人吃饭了,让魏经纶代表他晚上请安山等人。

魏经纶在公司附近找了一家小饭馆,要了六个菜,三个人边喝边东一句西一句地聊着,但聊得最多的还是总公司机关里表现出来的官僚主义、形式主义和奢靡之风,说到激动之处,安山禁不住大骂了起来。

安山说,业务合作的主动权掌握在客户手中,保险公司本来就处于被动一方,与客户有分歧,公司不主动想办法解决,反倒要求去做客户的工作,客户的工作要是能做,他们早就去做了,用不着跑到总公司来求爷爷告奶奶了。安山骂闫格那些人的脑子让驴给踢了。

魏经纶说,在国外,费率市场化早已实施很多年了,客户对费率随综合赔付率的升降习以为常,也愿意接受。可在中国保险市场极不成熟的情形下,客户乐降不乐升,一旦费率上升了,客户肯定会与公司停止业务合作。这样的案例,总公司几乎每天都会遇到,也积累了大量的财务业务数据,客户提出的条件合不合理、能不能满足,按道理讲不需要研究来研究去,直接拍板定案就是了,可在永泰公司是不可能,必须经过几个反复,该请示不该请示的人都得请示到,才有可能有一个明确的答复,时间和精力都耗费在请示和汇报上了。

安山说,客户的消费习惯固然与中国的保险大环境有很大关系,但主要原因还是与保险行业的经营思想和监管思路有关。欧美国家的费率折扣完全根据单个客户的承保数据确定,而中国的费率折扣完全实行一刀切。如允许车险打七折,所有的客户都可以享受七折优惠,不管出没出险,出险率高不高,如果在这家公司享受不到最高折扣,换家公司肯定能享受到。

魏经纶说,他在读工商硕士的时候,老师曾讲过美国的一个案例。有位美国老太太跟她儿子同时购买了完全相同的两辆车,可老太太每年交纳的保险费差不多只是她儿子车辆保险费的二分之一。原因是保险公司通过车上自带仪器检测到，老太太每天开车的时间一般是上午十点左右，每天驾车大约一个小时，时速基本保持在五十迈上下，且行车线路基本固定，故保险公司断定老太太发生交通事故的概率大大低于她儿子出险的概率。而老太太的儿子开车时间、行驶距离、车行线路皆不固定，且车速大都在一百二三十迈，每年的车辆保险费是其母亲的两倍，他们感觉十分正常。如果这种情况发生在中国，别说客户不可能接受提高费率的现实了，就是客户愿意接受，哪一家保险公司也没有底气和能力提高。

安山说中国保险业发展成现在这个样子是活该倒霉，自作自受。保险业出现这种局面，监管部门难逃其咎，顶层设计者包括总公司的管理层更应该认真地检讨、反思！

魏经纶说自己虽也是总公司的一分子，但他对总公司存在着的形式主义和官僚主义作风实在看不惯，对总公司机关中普遍存在着的个人主义和"老牛拉破车"的工作模式非常不适应。魏经纶说他既担心在自己未适应总公司工作环境之前被惊涛骇浪吞噬了，又害怕自己适应了总公司工作环境之后失去了自我，成为不近人情、令人生厌的冷血动物。

安山半开玩笑半认真地劝魏经纶最好在他未完全适应总公司工作环境和工作作风之前回到滨城，否则的话，可能连儿子也不认他这个爹了。

魏经纶若有所思且十分认真地想了想，说了一句"看看再说吧！"

第32章 笔 战

第二天，安山早早地起了床。实际上整个晚上他都没怎么睡好，因为再过十几个小时，滨城公司连续承保了八年的企财险项目就到保险期限了，脱保后万一出现意外的话，不仅自己对不起承保了多年、已经成为好朋友的客户，而且也无法面对项目维护团队和公司的全体干部员工。不管什么原因，项目是在自己担任总经理期间丢失的，即使周身是嘴也很难跟干部员工解释清楚。

犹豫再三，安山还是拨通了魏经纶的电话。

电话中安山跟魏经纶商量，是否借去医院看望杨帆妻子的机会，把项目的事情跟杨帆再详细汇报汇报，让杨帆网开一面，尽快答应客户提出的条件。

魏经纶说他询问了公司里好几个人，大家都说不知道杨帆的妻子到底住在哪家医院，而他本人的手机也一直处于关机状态，根本联系不上。偌大的北京城，几百家医院，查找个人，无异于大海捞针。魏经纶还说他已经跟在外地开会的李梦香电话汇报了，让李梦香介入过问一下此事。

临近中午的时候，安山接到了滨城公司重大客户部经理打过来的电话，说刚才客户打电话告诉他，永平公司承诺按永泰公司上一个保险年度承保费率的百分之七十承保那个项目，问永泰公司能不能接受？

安山一听急了，立即拨通了客户的电话。安山在电话中跟客户叽里呱啦地说了半天，最后瘫坐在沙发上半天没有起来。

安山跟东南省公司非车险部的郭经理心情沮丧地返回了东南省，走时连跟李梦香等人打声招呼的心情都没有了。

安山返回东南省的当天下午，闫格打电话告诉魏经纶，说李梦香副总经理上午两次打电话过问滨城公司项目的事情，他费了很大的劲才联系上在医院伺候妻子的杨帆总经理,杨总在他的一再说服下,基本答应了客户提出的投保要求,让魏经纶通知安山一会儿去他的办公室再商量商量续保的事情。

魏经纶十分冷淡地对闫格说他现在不方便通知安山,让闫格直接打电话告诉安山。说完,魏经纶就把手机关了。

闫格打电话给安山,一直处于关机状态,因为那时安山跟郭经理正在返回东南省的航班上。好不容易打通了安山的手机,安山却在电话那头冷冷地说了四个字:不需要了!连声谢谢都没有。

安山返回滨城的当天晚上,魏经纶含怒写了一篇《官僚主义不除,公司恐难发展》的署名文章,对总公司少数干部不作为、不担责的官僚主义作风提出了批评,建议在全系统开展一场"反官僚主义,树服务新风"的大讨论。

《永泰保险报》刊发魏经纶署名文章的第二周,该报又刊发了一篇《要规模,更应要效益》的文章,猛烈鞭挞少数业务人员甚至高管人员急功近利,只看规模,不讲效益,陷入了规模越大、效益越低的怪圈,违背了行业发展规律和科学发展观要求。文章的作者虽然署名为"冷静",但魏经纶十分清楚,文章肯定是闫格或者杨帆指使别人写的。

魏经纶耐着性子看完了《要规模,更应要效益》的署名文章,在犹豫是否对文章提出的观点予以回击的时候,杨山坡和安山先后打电话过来,对《永泰保险报》刊发的署名"冷静"的文章进行了一番评论,发誓要将论战进行到底。

没多久,安山把一篇题为《基层公司的困惑》的文章传给了魏经纶,要求魏经纶帮忙充实润色一下。安山在文章中质问:"一个承保了八年、总保费四千多万元、总赔款只有一千二百万元的项目算不算是一个有效益的项目?如果总赔付率只有百分之三十的项目都称不上是一个优质项目的话,那什么样的项目在永泰公司才能称得上是优质项目?如果说该项目是一个效益还算不错的项目的话,为什么有些领导却漠然视之,直至把公司承保了多年的项目拱手推向竞争对手?何故?不作为、怕担责使然!此风不刹,永泰公司休矣!"

《基层公司的困惑》一文还对《要规模,更应要效益》文章中某些观点进行了批驳,其中一段是这样写的:"效益从何而来?从保费收入中而来。在保险业处于微利甚至亏损边缘的当今,没有一定的规模,谈何规模效益?皮之不存,毛将焉附?某些人借效益之名,行权力寻租之实,为自己的官僚主义作风开脱,何也?"

杨山坡在题为《官僚主义不应在企业中盛行》的文章中,更加酣畅淋漓地列举了永泰公司在经营管理中存在着的官僚主义、形式主义表现,批判公司内部少数人把企业当机关,把自己当领导,把手中的权力当做谋取个人私利的砝码,不仅严重影响了企业的发展,而且影响了基层干部员工干事创业的信心。文章最后署名为"木易"。

看过杨山坡和安山的文章后,魏经纶笑称两人的文章尤其是安山的文章太过犀利,简直就是讨伐檄文,建议两人把语气放缓一些,否则《永泰保险报》是不可能刊载的。杨山坡承诺按照魏经纶的建议把文章再认真地修改一次,尽量让文风理性和缓一些,可安山坚持文章犀利风格不变,大有"破釜沉舟"、"此处不留爷,自有留爷处"的倔劲。

安山和杨山坡的文章投出去以后如泥牛入海,杳无音信,两人这才相信魏经纶的猜测是正确的。气愤不已的安山把他的那篇《基层公司的困惑》通过内部网络直接传给了集团公司董事长沙洲。

安山把邮件发出去的第二天,沙洲就把《基层公司的困惑》转发给了陆地,并批示:认真对待,客观调查,严肃处理。

陆地把集团公司董事长批转过来的文章和批示又转给了李梦香,询问李梦香对安山说的那个项目了解不了解?应该如何处理?

李梦香狡黠地笑了笑,说有印象但不是十分了解,并推辞让监察室或纪委牵头调查落实此事比较合适。因为近期他手头的事情实在是太多了,且又在东南公司工作过,从哪个方面讲,他都不适合牵头调查处理安山文章中投诉的问题。

陆地暗暗地骂了一句"老狐狸",就在沙洲批示过的文章的左上方签署了"请监察室王主任牵头落实,尽快形成详实报告报我"的意见。

按照陆地的批示精神,监察室王主任带领一名助手分别找安山、闫格、杨帆等有关人员进行了调查,最后得出了"沟通不到位、信息不对称、理解有偏差"的结论,陆地虽然对调查报告很不满意,知道参与调查的人员"和稀泥"、"怕得罪人",但想想为了区区几百万元的业务处理一批人确实不值得,就让办公室把调查报告进行了修改、润色后上报给了沙洲。

对监察室的调查报告，魏经纶、安山等人虽没有亲眼看到，但结果他们很快都知道了，是从李梦香那里听说的。气愤不已的安山考虑再三，终于向永泰东南省公司递交了辞职报告。

安山从永泰公司辞职后，带着重大客户部、业务管理部的几名骨干去了新成立的永春保险公司，安山担任永春保险东南省公司副总经理兼滨城中心支公司总经理，同去的几名骨干也分别被永春保险公司委以重任，尽管新成立的永春保险公司无论是公司实力、人才队伍，还是机构网络、品牌建设都无法跟成立二十多年的永泰公司相提并论，但安山等人认为永泰公司的机制体制已经到了病入膏肓、无法解决的程度，与其在永泰公司等死，还不如去一家新公司试一试，干不好充其量也是死。

安山跳槽去了永春保险公司后，永泰东南省公司权衡再三，并私下里派人跟杨山坡进行了沟通，表达了总经理室希望杨山坡重回滨城公司继续主持公司全面工作的意愿，并答应给杨山坡一个省公司党委委员的名分，虽然滨城电销中心副总经理的职级跟滨城财险公司总经理的职级相同，但两个职务的分量不一样，存在着很大区别，如果仅答应任命杨山坡为永泰财险滨城公司的总经理，杨山坡未必会情愿辞去滨城电销中心副总经理职务。

杨山坡从永泰财险滨城公司调入滨城电销中心担任副总经理没多久，就与金戈的关系搞僵了：一是金戈是财务出身，干事缩手缩脚，这跟业务出身的杨山坡无论是个性、办事风格还是经营理念方面都存在着差异，在大多数问题上较难形成共识、达到"一拍即合"；二是在未担任滨城电销中心总经理之前，金戈一直担任副职，从未担任过公司或部门主要负责人，不知如何处理与副职的关系。金戈被任命为拥有几千名员工的滨城电销中心总经理后，在管理工作方面事无巨细，好像对谁都不放心，这让曾担任公司主要负责人的杨山坡无所适从；三是杨山坡在滨城工作期间，无论是担任副职，还是在总经理位置上，都能独当一面，拥有很大的自主权。到电销中心任职以后，感觉处处受到掣肘，甚至花一百块钱都须事先向总经理申报，事后还要进行说明，这让杨山坡很不适应，在很多场合有意无意地表现出了不满情绪。更为重要的是，三个月以前，集团公司以原属永泰财险公司管辖的三个电销中心为依托，成立了专门从事电网销业务的专业销售公司，成为永泰保险集团公司属下的与永泰财险公司、永泰寿险公司、永泰养老公司并列的子公司。

既然不隶属于财险总公司了，财险公司就没有必要在人、财、物方面给予无私的支持和帮助，于是就产生了重召杨山坡回财险公司的动议。杨山坡只要重回滨城公司担任总经理，省公司党委承诺可以任命他为省公司党委委员，但前提是他自己向永泰电销公司提出重回财险公司的请求，杨山坡想都没想地就答应了。在杨山坡看来，金戈就是一个"大草包"，根本不懂得经营管理，对市场也十分不了解，不具备管理一个拥有几千名员工公司的能力，只是仗着有一个在集团公司当领导的亲戚才扶摇直上。给"草包"当助手，杨山坡感觉是一种污辱。

安山辞职去永春保险公司任职的第一周，全国三大主流媒体相继刊登了数篇关于保险行业的负面文章，一家国家级电视台还对在全国十几个省份实施的"新车共保"政策进行了猛烈的抨击。在三家主流媒体刊登的数篇负面报道中，有一篇是关于永泰公司拖赔、拒赔的报道，且被其他两家报纸转载。因为刊登和转载报道的三家媒体在国内或省市具有一定的知名度和影响力，引起了永泰集团公司的重视甚至恐慌，在集团公司品牌建设部总经理，率队连夜奔赴文章原载地进行危机公关的同时，永泰集团总公司从品牌建设部和财险总公司办公室抽调人员组成联合调查组，对媒体报道的拖赔、拒赔案件进行专题调查，了解拖赔、拒赔的真相，并迅速对报道做出积极回应。在联合调查组六名组成人员中，魏经纶位列其中。

联合调查组赴承保公司进行了调查取证，对有关卷宗进行了审阅，认为媒体报道与事实不符，因为永泰总公司之所以对出险标的物进行了拒赔处理，是因为标的物出险时已经不在保险期内，客户是在出险后先续保再报案的。尽管客户进行了充分的伪装，但永泰公司理赔人员经过深入调查还是识破了这起倒签单案件，故做出了拒赔处理。客户不死心，以永泰公司未及时进行续保提醒为由，将此事件捅到了当地媒体。

当永泰公司联合调查组人员连夜起草调查报告准备在同一家媒体进行正面宣传报道、以期挽回社会影响的时候，永泰西北公司承保的一辆宝马车发生了一起恶性交通事故，肇事驾驶员酒后驾驶搭乘四人的宝马车，撞上了迎面正常行驶的奥迪车，两车相撞造成全损，车上六人无一生还。由于肇事车辆是醉酒驾驶造成的交通事故，按保险责任规定保险公司不应该给予赔付，但死者家属认为投保时保险公司没有尽到告知义务，且投保单上的签名非客户本人签写，是永泰公司的业务人员代为签的字，故要求保险公司给予肇事车辆及车上的六名死亡人员给予赔偿。肇事车辆亲属在把永泰财险西北公司告上法院的同时，组织了几十人的队伍把西北公司围了个水泄不通，致使西北公司连续几天无法正常营业。群访事件发生后，当地一家晚报在未对事件进行深入调查取证的情况下，就以"恶性事故六人亡，无奈百人去群访"为题，对这起大规模群访事件进行了不实报道。

群访事件发生的当天，西北公司就通过各种渠道找到了受理该案件的某区法院主要负责人及其办案人员，表达了"意思"，进行了陈述，有关人员当场表示尽量做好调查取证工作，保证对案件进行公平公正地审理，但最终判决结果却让西北保险公司目瞪口呆。

庭审结束后，受理该案件的主审人员有些不好意思地走到永泰公司出庭人员面前，面露难色地说实在不好意思，他们也只能让保险公司当冤大头了。主审人员说按规定，酒后肇事不应该在保险赔偿范畴之内，可法庭就坐落在肇事车主的村子旁边，且死难者大都是少数民族，如果他们判保险公司胜诉，死难者的家属肯定不会善罢甘休，一定会大闹不止……

出庭应诉的永泰公司两名法务人员无可奈何地摇着头，十分无助地走出了法庭。在中国司法环境对保险行业十分不利的情况下，不掌握行政资源的保险公司有何能力与法庭抗争、与上百人的群访队伍抗衡？只能感叹中国保险法律环境的恶劣，中国保险业崛起的艰难。

"这就是中国保险，一个时时被宰割、处处受压制却又被称之为充满霸王色彩的行业。"一位个子不高、长得白白净净的法务人员叹道。

"谁让保险是三无行业的？在如此经营环境下，不接受这样的判决结果又能如何？"另一名个头中等、留着中分头的法务人员回应道。

一波未平，一波又起。正当各保险公司全力以赴针对媒体接二连三的负面报道进行危机公关的时候，国内一家不知名网站率先针对保险行业发起了"你对保险公司的服务质量和效率如何评价？"、"你对保险公司的霸王条款如何看待？"等命题的讨论。一石激起千重浪，一下子把保险行业推向了风口浪尖，成为众矢之的，中国的保险行业迎来了自恢复国内保险业务以来从未有过的"社会关注"。

面对社会各界来势汹汹的"热评"和媒体的口诛笔伐，永泰集团公司连续召开了两次紧急电视电话会议，分管宣传和合规管理工作的集团公司王副总经理代表集团公司党委、总经理室对辖属子公司提出了"高度警惕，谨慎应对，严防死守"的三原则，明确要求辖属各公司力争以最低的代价、最大的可能，不成为社会关注的焦点、媒体讨伐的"靶子"。对于因工作失误或应对不力而"撞上枪口"、成为"靶子"的公司及其主要负责人要严惩不贷。

永泰集团公司的电视电话会议一结束，财险总公司又连忙召开落实会议，成立了以副总经理李梦香为主任，办公室、客户服务部等有关部门主要负责人任成员的宣传工作及危机应对委员会，下设工作办公室，魏经纶担任办公室主任。

宣传及危机公关办公室到底是个什么机构，宣传及危机公关工作办公室主任又是怎样的一个角色，连办公室主任魏经纶自己也没有搞清楚。

永泰财险总公司宣传工作及危机应对委员会成立的红头文件下发不到一个小时，杨山坡就给魏经纶打来了电话，嘻嘻哈哈地打闹了半天，搞得魏经纶不知说什么才好。

一直听不到电话那头魏经纶的声音，杨山坡忍不住地问了一句："怎么不说话了？官复原职当上主任了，一下子变矜持了？"

"别胡咧咧了！什么官复原职了。我这个临时委员会辖属的临时工作办公室主任，说到底就是个'狗腿子'、'传话筒'，这样的组织在中国可能再也找不出第二个来了，也就保险公司才可能有这样不伦不类的机构！可话又说回来了，公司为什么无法把全部精力放在拓市场、搞经营上，而是把相当大的精力用到内耗务虚应对在发达国家不可能遇到的情况上呢？还不是因为保险公司这个假霸王遇上了媒体这个真霸王？唉！保险呀保险！"魏经纶发出了一声长长的叹息。

杨山坡一声不响地把电话挂了，仅有的一点自信顿时化为乌有。

第 33 章 李冬冬再嫁

四五月份，对于各保险公司来讲是一个相对轻松的季节。一方面，首季开门红刚刚结束，各保险公司忙着兑现一季度劳动竞赛活动的承诺：或组织业绩较好的干部员工外出旅游，或找一个相对僻静的地方开开会、作总结。另一方面，自每年的四月份开始，国家规定的小长假不断：清明节刚过完，五一节紧跟着就来了，五一节之后，就是端午节。所以整个二季度，各保险公司好像都不怎么忙碌。

四月底，魏经纶请了几天假，跟"五一"小长假连在一起，准备回滨城好好陪父母和儿子住几天。

回到滨城的第二天上午，杨山坡就叫上几个人陪魏经纶吃了一顿饭。席间有人提起李冬冬，说前几天遇到她在市人民商场跟一个男人购买东西，看样子好像在置办结婚用品。

魏经纶听后心里一惊，有些茫然地看着杨山坡。

"不可能！这么大的一件事情，李冬冬不会不事先通知我们的，一定是你看错了！"杨山坡不以为然地说。

那人也说，他感觉也不太可能，因为跟李冬冬一起逛商场的那个男人看起来年龄好像挺大的，最起码是"大叔级"的，应该不是李冬冬的男朋友。

杨山坡爽朗地笑着，说那人肯定是李校长。李冬冬结婚，不经过他杨山坡同意也就罢了，怎么也得经过魏经纶批准吧？

魏经纶恼怒地瞪了杨山坡一眼，杨山坡佯装没看见，继续开着玩笑。

大家散去后，魏经纶摸出电话想也没想地直接拨通了李冬冬的手机号码，打了好多遍，李冬冬才接听。

"在班上？"魏经纶问。

"没有。在家。"李冬冬答。

"怎么没上班?"

"家里有点事,请了几天假。"

"需要帮忙吗?"

"不用。这忙你帮不了!"

"哦?"

"你回来了?"李冬冬问。

"昨天晚上回来的,提前请了几天假。"

"什么时候再回北京?五一节以后?"

"对。很长时间没回来了,这次想在家多待几天。"

对方没有说话。

"下午有空出来坐坐吗?或者我去你那里坐坐?"魏经纶问。

"没什么事吧?"李冬冬问。

"事倒没什么事。今天如果没时间的话,改日叫上杨山坡一起吃顿饭也行。"

李冬冬犹豫再三,还是答应了魏经纶的约请。

魏经纶到达约定好的上岛咖啡馆没多大会儿,李冬冬开着一辆红色奥迪车也来了。魏经纶盯着李冬冬的车问了一句:"开谁的车?"

"别人送的。"李冬冬一边说着一边随魏经纶走进了咖啡馆。

"谁那么大方?"魏经纶禁不住朝窗外的红色奥迪车又看了一眼。

李冬冬把脸扭向一边,面无表情地告诉魏经纶说她准备"五一"那天结婚,如果魏经纶有兴趣的话,可以去喝杯喜酒。

魏经纶怔怔地看着李冬冬,老半天才问了一句:"跟谁呀?"

"跟谁结婚重要吗?"李冬冬脸也没回地应了一句。自从走进咖啡馆,李冬冬就没正眼看过魏经纶,是刻意逃避,也是有意回避。

"当然重要了!婚姻大事,岂能儿戏?"魏经纶情绪有些激动地说。

李冬冬扭过头来扫了魏经纶一眼,只有短短的几秒钟,又重新把头扭向一边。

"难道连名字都不肯告诉我?你能不能把头扭过来?"魏经纶命令中透着哀求。

李冬冬赌气地扭过头来，眼睛直视着魏经纶。

"到底是哪路高人有如此造化？李冬冬可不是那种随随便便就把自己嫁出的人。"魏经纶想缓和一下尴尬凝滞的气氛，可感觉无论如何也自然不起来。

"陈老七。"李冬冬没好气地答道。

"陈老七？哪个陈老七？"

"滨城有很多叫陈老七的吗？船务公司的陈老七。听清楚了？"李冬冬的声音突然提高了八度。

"你、你、你，你怎么能跟他搞到一起？他就是个土豪，值得你去爱吗？"魏经纶一急，慌不择言。

李冬冬不满地看着魏经纶，愤愤地问道："我等了那么多年还不着急吗？难道我就活该不明不白地孤独等待一生？在很多人的眼里，陈老七就是一个土财主，一个又老又丑又没文化的土鳖。可像我这样的人，还有别的选择吗？"

魏经纶说他不是那个意思，他的意思是说，李冬冬本来有条件找一个与她更般配、更优秀的人结婚。当然陈老七是个好人。

李冬冬鼻子"哼"了一声，眼泪在眼眶中打着转转。

魏经纶慌忙抽出了两张抽纸，塞到了李冬冬的手里。

魏经纶说老付走了好多年了，付迪也十多岁了，李冬冬有权利追求属于她的生活，可他没有想到会这样快！

李冬冬泪眼涟涟地瞪着魏经纶，她感觉眼前这个自己再熟悉不过的男人忽然变得陌生了，变得虚伪了，变得自私跋扈不近人情了。

李冬冬认为，世界上只有两个男人最了解自己的心思，一个是自己的父亲，一个就是眼前的魏经纶。当初自己之所以负气跟自己并不爱的付晓滨结了婚，完全是因为魏经纶对自己的暗示假装不知，对自己的态度不明不朗甚至躲躲闪闪。当初跟自己并不爱的付晓滨结婚，确实有赌气的意思，也有作践自己惩罚魏经纶的成分。付晓滨死后，尤其是魏经纶跟柳叶办理了离婚手续之后，魏经纶对自己仍然跟原来一样不温不火，不仅没有表现出应有的热情，而且跟陈艳艳越来越热络起来。要不是那天晚上自己在魏经纶的家门口亲眼看到醉酒后的魏经纶搂抱陈艳艳的一幕，自己可能还不会痛下决心接受付晓滨去世后一直追求自己的陈老七——一个对很多人包括魏经纶来说，除了有几个臭钱没有任何其他可以炫耀的"土包子"。

魏经纶不停地一次又一次地端起早已没有咖啡的空杯子吸吮着,但总也掩饰不住内心的惶恐、不安与失落。

李冬冬把服务生叫了过来,把两张百元现钞塞进服务生的手里后就头也不回地走了。

魏经纶静静地看着,没有说话,也没有阻止。

魏经纶跟跟跄跄地回到家,蒙头便睡,要不是陈艳艳把他叫醒,他不知道要沉睡多久。

陈艳艳说小威告诉她,上午他去看他妈妈的时候,好像看到柳叶睁开过眼睛,他不确定孩子是幻觉还是真的看见柳叶曾经苏醒过。

听到柳叶曾经短暂苏醒过来的消息,魏经纶并没有表现出陈艳艳想象中应有的反应,反倒问陈艳艳知不知道李冬冬准备结婚的事情。

"冬冬姐要结婚了?跟谁?"显然陈艳艳对李冬冬准备结婚的事情也有些诧异。

"跟船务公司一个叫陈老七的人。"

"那得向冬冬姐好好祝贺祝贺!这么多年了,也该为自己找一个归宿了。"陈艳艳高兴地说。

"祝贺个屁!陈老七算个什么东西?她是在作践自己!"魏经纶粗暴地打断了陈艳艳。

"冬冬姐能够看上眼的,肯定错不了!"陈艳艳有些不解地看着魏经纶。

"你又没见过陈老七,你怎么知道他不会差到哪里去的?这不瞎扯吗?"

"我是不了解陈老七,可人家李冬冬了解啊!否则,她能答应跟人家结婚?"陈艳艳脸拉得老长,显然对魏经纶的抢白十分不满。

"除了有几个臭钱,他还有什么?要德没德,要才没才。不行,我得去找陈老七。"魏经纶情绪激动地一边说着一边站起身来就要往门外面走。

陈艳艳十分生气地质问魏经纶,说他去找陈老七说什么?说陈老七是个土鳖?说李冬冬不愿意嫁给他?陈艳艳问魏经纶把人家拆散了对他有什么好处?他是不是想让李冬冬独身过一辈子?

"跟谁过不好?为什么非得跟陈老七?真是昏了头了!"魏经纶争辩道。

"跟谁结婚那是她李冬冬的自由,只要李冬冬愿意,别人有权力干涉吗?"

"跟那种一没文化，二没素质的人在一起生活，她能幸福吗？"

"你怎么知道人家就一定不能幸福？陈老七不能给李冬冬带来幸福，难道你魏经纶就能给人家带来幸福？你那么疼爱李冬冬，为什么不早去跟人家表白呢？你们认识那么多年了，能走到一起的话还需要等到现在吗？看到人家要结婚了，你感觉心痛了？不爽了？纠结了？嫉妒了？要是当初你像现在这样果断、爽快或者血性一点的话，人家李冬冬能过得像现在这个样子？你既不想娶人家，又不愿意让别人娶人家，这跟某些保险公司既做不了或者不愿意承保某类业务，又千方百计阻止其他公司承保某类业务的变态行为有何区别？难道现在的魏经纶也变成了那种自私狭隘之人……"陈艳艳几乎没停顿地连续说了十多分钟，且第一次当着魏经纶的面直呼其名，把魏经纶说得都有些懵了。

陈艳艳说完，坐在一边吧嗒吧嗒地掉眼泪，眼睛都不瞅魏经纶一眼。

"是啊！当初要是自己果敢爽快一些，李冬冬还会负气地嫁给付晓滨吗？要是跟柳叶办理离婚手续后自己能给李冬冬一个明确的信号，李冬冬也不会再次负气地嫁给陈老七。难道自己真变得像陈艳艳说的那样自私、狭隘、不近人情甚至有些变态了吗？"魏经纶懊丧地用力抓挠着自己的头发，感觉自己太失败了。

发泄完郁闷和情绪后，魏经纶慢慢地抬起了头，望了望眼圈红红、表情复杂且十分委屈的陈艳艳，尴尬地笑了笑，他知道自己刚才的失态，对面前的这位一直默默支持、关爱、等待自己的女人造成了伤害，这种伤害，对一个女人来说可能是一种羞辱，甚至是一次致命的打击。不安、歉意、痛爱、感激一起袭上魏经纶的心头。

魏经纶主动拉住了陈艳艳的手，在陈艳艳的记忆里，除醉酒后的那天晚上魏经纶拥抱过自己之外，从来没有主动拉过自己的手。

陈艳艳赌气地挣脱了魏经纶，尽管是假装的，但魏经纶还是感觉到了陈艳艳的委屈甚至愤怒。

挣脱过几次之后，陈艳艳乖乖地让魏经纶握着自己的手。

陈艳艳说魏经纶要是在恋爱婚姻问题上跟在工作上那样敏感、果断、爽快、阳刚就好了，同一个人，为什么对待工作跟对待生活的态度会有那样大的区别？

魏经纶也检讨说自己在男女关系，尤其是与恋人关系的处理上不够聪明，在婚姻问题的处理上更是有些麻木、愚钝、优柔寡断，正是由于性格上的缺陷，才对李冬冬造成了一定的伤害。

"难道就只伤害了一个李冬冬？"陈艳艳嘟着嘴问。

魏经纶想了想，说："柳叶也应该算一个。"

"除了李冬冬、柳叶，就没有第三个人了？"

"应该没有了吧？"魏经纶像是自言自语，又像是在征求陈艳艳的意见。

"那我呢？我算什么？"陈艳艳脱口而出。

陈艳艳把憋在心里好多年的话一股脑儿地说了出来，诉说过之后，心情顿时释然晴朗了许多。

魏经纶憨憨地笑笑，问陈艳艳是否还记得他第一次去她家并在她家睡了一宿那次吗？他说那天晚上陈艳艳跟她妈关于他的对话我都听到了，但绝对是无意中听到的。可他感觉自己是结过婚的人了，年龄又大陈艳艳许多，他不想因为自己让别人对陈艳艳说三道四，也不想因为他而让陈艳艳受到太多的孤独与委屈，因为他感觉自己天生在感情上就是一个漂泊的命，可能永远不会给任何一个女人带来安稳和幸福。

"你以为一个女孩子一生中最重要的事情就是找一个像亲哥哥一样疼爱她的干哥哥吗？兄妹之间的感情能跟携手一生的爱人之间的感情一样？我从省城来到滨城，仅仅是为了离家近、能当官、收入高一点吗？钱财、官职对女人，至少对像我这样的女人已显得不那么重要了，尽管我从小家境贫寒，钱一直是困扰我们家多年的问题，但我一生中追求的是一个能遮风挡雨、累了困了能停靠一下的家，一个能带给自己安全感、可依靠的肩膀。"

"这一切我魏经纶能给得了你吗？"

"能！就看你愿不愿意！"

魏经纶情不自禁地把陈艳艳拥进了怀里，久久没有松开。

那一晚，陈艳艳睡得很沉、很香，记忆中，那是睡得最沉、最香的一次。

那一夜，魏经纶却彻夜未眠，为躺在身边的这个女人，为长期卧床躺着的那个女人，也为即将躺在别人身旁的那女人。

"五一"当天一大早，魏经纶把杨山坡叫到家里，把装有三万元现金的一个大红信封递给了杨山坡，请杨山坡转交给李冬冬并带去他真诚的祝福，他说他临时有急事要马上赶回总公司，实在没有时间去喝李冬冬的喜酒。

打发走杨山坡，魏经纶跟父母简单交待了几句，带上陈艳艳匆匆离开了滨城。经过城北滨城公墓的时候，魏经纶独自下车来到了付晓滨的坟前，默默地站了一会儿，一句话没说就又开车上了路。

陈艳艳坐在副驾驶座位上不说话，只是静静地欣赏着魏经纶麻利驾车的动作。

"去哪儿？"魏经纶吁了长长一口气，问陈艳艳。

"随便！"陈艳艳说。

随着机器的轰鸣，车子没多大会儿就拐上了开往太平市的高速公路，魏经纶想去太平市亲口告诉陈艳艳的妈妈：他想娶她的女儿，一辈子关爱她、照顾她、呵护她，直到永远。

车停到了太平市内最大的商场门口，魏经纶跟陈艳艳购买了几大包东西正想前往陈艳艳的家，儿子小威的电话就打过来了。

"这小子，又有什么事情？"魏经纶嘟囔着接通了小威的电话。

"爸爸，你快回来吧，我妈醒过来了。"电话那头传来儿子急促的声音。

"什么？你说什么？"魏经纶以为自己听错了。

"今天我来姥姥家看我妈，在我妈的床头边刚站了一会儿，她就睁开了眼睛。你快回来看看吧。"

魏经纶的脑子"嗡"的一声，顿时头脑一片空白。

魏经纶跟陈艳艳撒谎说家里突然发生了点事情，让他赶紧赶回去，不能陪陈艳艳一同看望她母亲了，让陈艳艳代问她母亲好，并承诺"五一"假期一结束，他就来看望陈艳艳的母亲并接她回滨城。

陈艳艳说都到家门口了，再怎么着急也应该回家坐坐，哪怕站一会儿也行。

"你回家陪老人住两天吧，我今天确实去不了了，过两天我再来接你。"魏经纶说着，拦下一辆出租车，把东西从自己的车上一件一件地挪到出租车上，谦意地朝陈艳艳笑笑，急急忙忙地原路返回了。

望着远去的车子，陈艳艳心情无比的惆怅与沮丧。

不一会儿，魏经纶的短信就来了，只有一句话："艳艳，回头我再跟你解释。"

陈艳艳没有回短信，只是生气地把手机紧紧地攥在心中。

看到陈艳艳没有回复，魏经纶只好又补了一条："生气了？"

陈艳艳想也没想地给魏经纶回了一条："好好开车，到滨城后再说吧。"

"一到滨城我就打电话给你。别想多了呀！"

陈艳艳害怕魏经纶开车分心，就骗魏经纶说她的手机可能很快就没有电了，让魏经纶两个小时以后再联系她。

魏经纶把手机扔到副驾驶座位上，加大油门直奔滨城。

一进入市区，迎面来了一队八辆轿车组成的迎亲车队，排在录像车后面的那辆加长奔驰房车格外招眼，不用问就知道办婚礼的肯定是个有钱的人家。

魏经纶看了看腕上的手表，已是下午一点多了，禁不住暗暗地骂了一句："'二锅头'还这么大个阵势！"

按照滨城当地的风俗，初婚仪式要在上午十二点之前完成，十二点以后举行仪式的，都是二婚或者三婚。

一辆黑色轿车从魏经纶的车子旁边匆匆驶过，魏经纶的心"咯噔"了一下。透过车窗，魏经纶看到了车内坐着的杨山坡。

魏经纶赶紧把头用力向下低了低，但当那辆白色房车从魏经纶的车子旁边驶过的时候，魏经纶还是看清了夹在伴娘中间面无表情的李冬冬。坐在前排座位上的陈老七脸笑得像朵喇叭花，不时回头跟坐在身后的两位伴娘说笑着。

房车驶过之后，魏经纶透过后视镜又狠狠地盯了几眼，两只大手用力地按在了车子的方向盘上，车子喇叭发出了长长地鸣笛声，是示威？还是祝贺？魏经纶自己也说不清楚。

第 34 章　逃离滨城

魏经纶躲在车子上坐了很长时间才十分不情愿地下了车，慢慢走向柳叶的父母家。

房间里除了魏经纶的父母、儿子和柳叶的父母以外，还有一位魏经纶也很熟悉，姓刘，跟柳叶是远房亲戚，是滨城市人民医院的医生。那位刘医生虽个头不高，但说话嗓门挺大，表情丰富，喜形于色。自柳叶的父母强制把柳叶拉到他们自己家里照顾以来，那位刘医生每周都会到柳叶父母的家里给柳叶治病。

魏经纶走近柳叶看了看，禁不住眼圈红了。躺在床上的柳叶虽然眼睛睁得大大的，但明眼人一眼就能看得出来：没有意识。

大家围着茶几刚一坐定，那位刘医生就开始白话开了："昏睡了那么长的时间还能苏醒过来，这不能不算是个奇迹，这个奇迹完全可以载入滨城乃至整个东南省医疗发展史。这说明什么？说明我的治疗方案是完全正确的，方式方法是完全对头的，治疗效果是卓有成效的。哎哟！真是个奇迹！奇迹呀！"

"表弟，你说咱们家叶子现在已经苏醒过来了，下一步应该如何治疗？有没有进一步好转的可能？"柳叶的父亲满脸都是虔诚，怯怯地问道。

"怎么不可能？什么都有可能！叶子不是已经苏醒过来了吗？我敢打包票，恢复部分意识甚至全部意识都是有可能的。这样的案例，在电影电视里我们经常看到过，那虽然是在荧屏上，属于艺术创作，但现实生活中是完全有可能发生的，柳叶不就是个活生生的例子吗？"刘医生眉飞色舞地说。

柳叶的父亲激动地上前紧紧握住刘医生的手，用力摇晃着，"兄弟费心了，兄弟费心了"地说了八九遍。

刘医生东一榔头西一棒子地神侃了半天后回去了，临走的时候，柳叶的父亲把一个大大的信封塞进了刘医生的口袋里，刘医生笑了笑，连句客套话都没说。

刘医生一走，柳叶父亲适才还绽放如花的脸一下子又变成了苦瓜脸，他对魏经纶父母说："大哥大嫂，叶子已经苏醒过来了，我那位表弟刚才说的话你们也都听到了。你们也知道，我们是个普通职工家庭，退休工资不高，先前小魏给的那点钱也全部用到柳叶治病上了，你们是不是应该再那个点？不管怎么讲，柳叶嫁到你们老魏家那么多年，还给你们老魏家生下了一个大胖小子，在这个节骨眼上你们要是不管不问的话，这理到哪儿都讲不通。"

"我们什么时候说不管不问了？我们老魏家可不是那种人家。只要是为叶子治病，我们一定会力所能及地给予帮助。可问题是叶子跟经纶现在已经……"魏经纶父亲的话还未讲完，柳叶的父亲就迫不及待地把话茬接了过去。

"别看我们家叶子跟经纶办理了离婚手续，可她还是你们老魏家后代的妈妈，况且离婚手续是在柳叶没有意识的情况下办理的，合不合法现在还很难说。"

魏经纶的父亲闻听此言，火气立即就上来了。他生气地斥责柳叶的父亲，说要不是当初他要死要活地逼着魏经纶跟柳叶离婚，他俩也不会走到今天这一步，那种伤天害理的事情他们老魏家干不出来。

"我为什么要那样做？难道我不知道我们家叶子看病需要花钱需要有人照顾？难道你们自己就没有想想其中的原因？"柳叶的父亲说着，偷偷地瞄了魏经纶一眼。

魏经纶十分烦躁地从沙发上站了起来，一边往门口走着，一边嘟哝道："你们打吧，我还有事，没工夫奉陪。"说完摔门而去。

从柳叶父母的家里出来，魏经纶才发现手机上有六七个未接来电，都是陈艳艳打过来的。

陈艳艳追问魏经纶火急火燎地从太平赶回滨城到底发生了什么事情？可不管陈艳艳怎么追问，魏经纶就是不肯把柳叶醒过来的事情告诉陈艳艳，气得陈艳艳在电话那头直想哭。

魏经纶紧闭双眼强迫自己不去想什么，可柳叶那双痴呆的眼睛不停地在他眼前晃来晃去，让他欲忘不能。之前，魏经纶曾无数次期盼着柳叶有朝一日能够苏醒过来，睁开眼睛看看她无比疼爱的儿子，看看她所热爱的每一位亲朋好友。可当柳叶真的睁开眼睛的时候，魏经纶却忽然变得六神无主，变得无所适从了，他真不知自己该如何面对那双没有喜怒哀乐、没有爱恨情仇的眼睛。

魏经纶的父母从柳叶家里回来了。听两位老人说话的语气，好像很生气的样子。

"那个老柳头怎么那么不讲理？见过不讲理的，还真没见过那么不讲理的！"魏经纶的母亲一进屋就叹道。

"一辈子不讲理了，你现在才领教他？"魏经纶的父亲答道。

"两人已经办理了离婚手续，按说柳叶不是咱们家的儿媳妇了，凭什么要求柳叶所有的花销都得由咱们家承担？那不是讹人吗？"魏经纶母亲的声音。

"有钱咱们帮帮他们也不是不可以，总归柳叶那孩子在咱们家生活了好几年，不看她的面子还得看孙子的面子，可老柳头说话的口气太气人了，好像咱们家上辈子欠他们家似的，一开口就要几十万。"魏经纶父亲的声音。

可能是发现魏经纶在房间里，老两口子说话的声音明显小了许多，但魏经纶还是能够断断续续地听到。

"你说怎么办？老柳头不会真像他说的那样去法院告经纶吧？那头老犟驴可是什么事情都能干出来！"魏经纶母亲小声说道。

"让他告去吧！是他硬逼着经纶跟柳叶离婚的，又不是咱们家经纶先提出来的。对了，两个孩子的离婚手续是怎么办出来的？"魏经纶的父亲好像忽然想起来什么似的，急匆匆地把魏经纶从房间里叫了出来。

"老柳头让咱们家再出五十万元给柳叶治病，否则他就去法院告咱们，说你跟柳叶离婚是违法的，法院不可能认可。你跟柳叶的离婚手续是怎么办理出来的？不会真有什么问题吧？"

看到魏经纶阴沉着脸坐在沙发上闷不作声，魏经纶的父亲气不打一处来，劈头盖脸就把魏经纶骂了一通。

魏经纶十分烦躁地站起身来，边往房间里走边嘟哝道："愿意告就去告吧，手续是他们家办的，到底怎么办的我怎么会知道？"

魏经纶把房间的门"砰"的一声甩死了，走到床上重新躺了下来。

"我跟柳叶都没有去民政局，离婚手续到底是怎么办出来的呢？真的如老柳头所言是他们的一个要紧亲戚帮忙办理的吗？果真如此，帮他们办事的人肯定是违法了，作为一名国家工作人员，不会连这点起码的法律常识都没有吧？不会是柳叶的父亲办了一个假离婚证书来唬自己的吧？"

魏经纶翻过身去继续想道："不管证件是通过哪种途径办理出来的，都是违法无效的，在法律上自己跟柳叶还是夫妻，如果柳父真去法院起诉自己的话，自己有胜诉的可能吗？就算是自己最终胜诉了，但道德败坏的名声能推得了吗？离婚协议书自己是签过字的，尽管当时是在负气之下签的字。"

魏经纶一骨碌从床上爬了起来，然后又重重地躺倒在床上。

"如果法院判自己跟柳叶离婚无效的话，那陈艳艳怎么办？人家等待自己那么多年了，况且那天晚上人家把一个女人最珍贵的东西给了自己，自己在感动兴奋之余跟人家说了很多，也承诺了很多，难道自己也沦落成了那种为达目的而不择手段的伪君子？自己已经负情过李冬冬了，难道还要再负情于陈艳艳？"

床头的手机响了很久魏经纶才十分不情愿地拿起来看了看，是杨山坡打来的，他约魏经纶晚上一起出去吃饭，魏经纶想都没想地就答应了。

魏经纶跟杨山坡去了一家他们过去经常去的小海鲜馆。一见面，杨山坡就数落开了魏经纶，说魏经纶不应该不去参加李冬冬的婚宴，尽管李冬冬嘴上说不希望魏经纶去，但她心里肯定还是希望魏经纶能够出现在婚宴上。

魏经纶说他确实离开了滨城，否则他一定会去喝李冬冬的喜酒，不管怎样，李冬冬终于找到了一个真正关心疼爱她的人了，后半生有了照应，如果付晓滨在天有灵，在那边也该欣喜安心了，作为多年的朋友，自己为她感到高兴。

杨山坡批评魏经纶没有必要跟他撒谎，因为他曾看到过魏经纶的车停靠在陈老七迎亲车队经过的路边。杨山坡说他能够理解魏经纶当时的心情，既不舍又喜悦，既纠结又无奈，但事实已经存在了，刻意逃避实在没有必要。对于从事保险工作近二十年的魏经纶来说，还有什么比保险行业面临的困难更多、矛盾更复杂、更让人纠结与无奈的？尽管中国保险业面临的矛盾和问题很多、很复杂，尽管旧的矛盾解决后新的矛盾又生，但中国保险业不是照样发展壮大吗？回避矛盾和问题不应是保险人的气质和风格。

魏经纶说上午他确实外出了，可半路上接到儿子的电话后他又着急上火地赶回了滨城，回来的路上碰巧遇上陈老七迎亲的车队。魏经纶就把发生的事情跟杨山坡一五一十地叙述了一遍。

望着杨山坡惊异的样子，魏经纶故意把话题转移到李冬冬那边，问李冬冬跟陈老七的婚礼仪式进行得顺不顺利，陈老七现场的表现如何，等等。

杨山坡说陈老七上午有些亢奋，酒喝高了。

"这也难怪。仰慕冬冬那么多年，一朝抱着美人归，谁都有把控不住的可能。但愿他真心对冬冬好。你那件事情怎么办？总得找一个两全其美的办法吧？"杨山坡问。

"走一步看一步吧，大不了让大家说魏经纶是一个道德败坏的伪君子！"魏经纶苦笑着。

"李冬冬上午情绪如何？没什么问题吧？"魏经纶不想谈论柳叶的事情，就故意把话题又扯回了李冬冬那里。

"李冬冬的为人你又不是不了解，十分顾及别人的感受和面子，尤其在公开场合。不过……"杨山坡没有说下去。

"说啊！什么时候变得吞吞吐吐、婆婆妈妈的了？"魏经纶笑笑。

杨山坡让魏经纶不要再考虑李冬冬的事情了，好歹她已经找到属于自己的生活了，他让魏经纶还是先考虑考虑如何解决好他跟柳叶的事情，柳叶和陈艳艳两个人的事情已经够他考虑的！

魏经纶苦笑着，说他也知道人的一生中，痛苦与寂寞挥之不去，再好的东西也有失去的一天，再深的记忆也有淡忘的一天，再美的梦想也有惊醒的一天，该放弃的绝不挽留，该珍惜的绝不放手，可人往往是在该挽留的时候没有挽留，该放手的时候放不了手。

杨山坡说，人生其实就是这样，无奈但又必须接受，有时总想让自己活得潇洒快乐一些，却对身边的人或物无法割舍。人生总有太多的无奈和遗憾。既然魏经纶已经对陈艳艳承诺了，他就不能再辜负人家了，这样做可能对柳叶有些不公平，但这也不能怪魏经纶，要怪就怪柳叶命不好，怪她有一个糊涂、混蛋的爹，怪她心眼为什么那么小。如果不是这样的话，她也不会得那种病，也就不会发生那起交通事故了。

魏经纶张了张嘴刚想说什么，王瑞香的电话打进来了。

王瑞香在电话中告诉魏经纶，说柳叶的父亲刚从她家里离开，让她再当一次媒人。

　　王瑞香说柳叶的父亲害怕柳叶恢复意识后知道在她失去意识时做的那些事情而怪罪他，让王瑞香一定说服魏经纶恢复跟柳叶的夫妻关系，否则他一定会诉诸法律。

　　看到魏经纶神情恍惚的样子，杨山坡气愤的粗口都爆出来了："当初害怕自己的女儿出现意外后断了财路，现在看到女儿苏醒过来了又打起坏主意来了，他以为他是谁呀？美国总统啊？想怎么样就怎么样？想讹谁就讹谁？真不是东西！"

　　杨山坡鼓励魏经纶一定要挺住，千万别心太软了。不要说他跟柳叶之间没有什么感情，就是有很深的感情，柳叶躺在床上跟木头人一样，魏经纶跟她生活在一起还有意思？杨山坡说魏经纶是一个正常男人，不要说他们俩过不了正常的夫妻生活了，就是能过，平时没有交集，那也不会长久。

　　两个人正说着，王瑞香的电话又打进来了。王瑞香说有一件事情她刚才忘记跟魏经纶讲了。她说柳叶的父亲临从她家里离开的时候告诉她，说明天就去找魏经纶，让魏经纶一定给他和他的女儿一个明确的态度。

　　回到家，魏经纶一晚上没合眼，翻来覆去想了一宿，最后决定天一亮就回总公司。他不是害怕柳叶的父亲上门纠缠，而是想暂时回避一下，在给柳叶的父亲留有冷静思考时间的同时，也给自己一个深入思考的空间。

　　魏经纶从家里没走多大会儿，陈艳艳就来了。她得知魏经纶去机场后，二话没说，拦上一辆出租车直奔机场。

　　到达机场的时候，魏经纶正好遇上准备从机场返回的杨山坡。杨山坡害怕柳叶的父亲去魏经纶家里发现魏经纶回了总公司以后闹腾魏经纶的父母，所以趁送魏经纶去机场的路上，跟魏经纶商量了应对的办法，以免因为说辞不一致而进一步激化了矛盾。

　　魏经纶再次回头跟杨山坡摆了摆手，却一眼望见了匆匆跑进机场大厅的陈艳艳，惊得半天没合上嘴。

　　魏经纶重新从安检门口走了出来，三个人走到机场二楼一个人少僻静的区域坐了下来。

　　"逃跑？"嘴还没说，眼泪就已经在陈艳艳的眼眶中打着转转。

魏经纶说他只是想找一个地方好好地静一静，认真地思考思考，暂时回避一下，可能不至于激化矛盾。

陈艳艳埋怨魏经纶有事不该瞒着她，即使一般的朋友他也应该通报她一声，况且魏经纶曾承诺有事一定会通报于她。

杨山坡刚开始还装模作样地批评魏经纶不够意思，让陈艳艳为他担心得一晚上没睡好觉，但他说着说着就为魏经纶辩解开来。

候机室的高音喇叭开始通知魏经纶所乘航班的客人登机了，魏经纶不停地用眼神示意着陈艳艳，那意思是说"开始登机了，你到底让我飞呀还是不让我飞？"陈艳艳就是装出不明白的样子，既不说让魏经纶走，也不说不让他走，急得魏经纶头上都沁出了汗。

"魏经纶先生，您所乘坐的航班马上就要起飞了，请您听到广播后尽快登机，以免耽误了您跟其他旅客的行程。"高音喇叭里直接点名催促魏经纶登机了。

陈艳艳假装生气地说："还不快走？你准备让满飞机上的客人都骂你呀？"

看到魏经纶慌里慌张的样子，杨山坡禁不住咧开嘴笑了。

在返回滨城市的车上，陈艳艳跟杨山坡聊了一路，虽然陈艳艳没有直接要求杨山坡帮忙去做做柳叶家人的工作，但杨山坡还是听出了陈艳艳拜托他去说服柳叶的父母不要再纠缠魏经纶的意思了。

杨山坡说，魏经纶既是他的领导，又是他最好的哥们儿，于公于私他都没有理由不出手相助，可就是不知从何处入手。

陈艳艳笑称杨山坡聪明绝顶，又做了多年保险公司的领导，没有什么事情可以让他为难的。

陈艳艳偷偷瞄了杨山坡一眼，好像很随意地问了一句："柳叶姐躺在床上，不知他们俩的离婚手续是如何办理出来的？"

陈艳艳这么一提醒，杨山坡的脑子像忽然开了窍似的，一下子想到说服柳叶父母的办法了。

杨山坡歪头看了陈艳艳一眼，油然出了一丝敬意：这个女人不寻常，不愧为是东南大学法律系的高材生，不动声色地就把她最想说的话说了出来，既让人感觉不出她的自私，又让人明白了她的意思。

车子直接开到了魏经纶父母的家里，隔着门，杨山坡和陈艳艳听到了柳叶父亲跟魏经纶父亲吵闹的声音。

陈艳艳跟杨山坡说她就不进魏经纶父母的家里了,她这个时候进去,无异于火上浇油。

看到杨山坡推门进来,柳叶父亲的声音更大了。

"小杨,你给评评理,有他们老魏家这样办事的吗?还书香门第呢!我呸!"

杨山坡笑呵呵地问柳叶的父亲为何如此大动肝火?柳叶的父亲滔滔不绝说开了:说魏经纶如何在外面不务正业,如何趁柳叶昏迷不醒的时候偷偷办理了离婚手续,又如何对柳叶治病的事情不管不问,等等。

杨山坡知道柳叶的父亲可能早已把自己曾去追问他为什么非得逼柳叶与魏经纶离婚不可的事情忘记了,否则的话,他完全没有必要把事情的来龙去脉再详细地跟自己叙述一遍,尽管叙述的情节前后不一,自相矛盾。

杨山坡说他从来没有听魏经纶说起过他跟柳叶离婚的事情,倒是听别人说起过此事。

柳叶的父亲气哼哼地说魏经纶做了一件见不得人的事情,他当然不好意思跟外人讲了。

杨山坡不紧不慢地对柳叶的父亲说,如果他是魏经纶的话,他肯定早把自己离婚的事情跟别人讲了,不把自己已经离婚的消息传播出去,别人怎么会知道自己已是单身了?别人不知道自己是单身,又如何像柳叶的父亲刚才说的那样去勾搭其他的女人呢?杨山坡提醒柳叶的父亲说,魏经纶才四十多岁,四十多岁的年龄是荷尔蒙最活跃的年龄,也是最危险、最容易出问题的年龄。他刚才不也说魏经纶在外面跟别的女人不清不楚、不明不白吗?

柳叶父亲的脸涨得通红,结结巴巴地说魏经纶在外面有女人的事情他也是从别人那里听说来的。

杨山坡劝柳叶的父亲在没有真凭实据的时候,最好别听别人胡说八道,到处胡编乱造说别人的坏话是违法的,是犯了"诽谤罪"的。即使犯不了"诽谤罪",哪有老丈人整天在外面说自己的女婿跟别的女人相好的?

杨山坡又问柳叶的父亲:"大叔,离婚是需要两个人同时到民政局签字确认的。柳叶躺在床上去不了民政局,即使她能去,没有意识也是无法签字确认的,魏经纶跟柳叶离婚的手续到底是如何办理出来的?"

柳叶父亲的脸憋得通红，恶狠狠地说他也不知道魏经纶是如何办出来的，并说保险公司的人个个长着八个心眼，能量大得很，没有什么事情保险公司的人办不成的。

魏经纶的父亲正想反驳，杨山坡马上把他制止了。

杨山坡说如果魏经纶在柳叶丧失意识的情况下，通过不正当途径偷偷办理了离婚手续，那不仅仅是道德败坏的问题，而是触犯国家的刑法了，触犯刑法是要坐牢房的。

"那也算违法？"坐在一边一直没有说话的柳叶的母亲终于忍不住问了一句。

杨山坡说违法不违法他也说不准，但他可以打电话咨询一下他在法律界工作的朋友。说完，杨山坡真的拨通了一个人的电话，叽里呱啦地讲了半天。

杨山坡的脸憋得通红，好像很惊慌很生气的样子："当了那么多年保险公司的领导，经纶怎么能办出这么糊涂荒唐的事情呢？"接着把他在电话中咨询到的情况及其后果，当着柳叶父母和魏经纶父母的面添油加醋地讲了一遍。

杨山坡说，如果离婚手续是魏经纶通过熟人或者朋友偷偷办理出来的，替魏经纶办理此事的人至少要判五年以上徒刑，因为那人不仅犯了诈骗、贪污罪，同时还犯有职务侵占罪，数罪并罚，后果十分严重。如果魏经纶手里的离婚证明是假的，是从证件公司花钱购买回来的，除了罚款，至少要判六七年徒刑。

杨山坡双手抱拳，朝柳叶的父亲又是鞠躬又是作揖，说魏经纶是他的领导，也是他最好的哥们，更重要的是曾经给他们二老当过多年的女婿，看在这么多年的情谊上，求二老别把这件事情声张出去了，否则后果将不堪设想。等魏经纶从总公司回来后，他一定狠狠地批评教育他，让他痛改前非，重新做人。

杨山坡又把脸转向魏经纶的父母，说魏经纶那事办得有些唐突，让魏经纶的父母抓紧给赵明打个电话，他害怕万一有人透露了风声，法院追究下来对魏经纶不利，让赵明一定出面帮助做做工作，否则可能会有麻烦。

看到柳叶的父母惊惶失措的样子，杨山坡差点笑出声来。

柳叶的父母勉强又坐了一会儿，急匆匆地站起来要走。杨山坡说他正好回公司，顺路把他俩送回家去。

在回家的路上，柳叶的父亲胆怯地问杨山坡，刚才说的那些话是否是真的？杨山坡假装不高兴地埋怨柳叶的父亲不该不相信他的话，因为自己打电话的时候他就在旁边，况且那种触犯法律的瞎话无论如何他是不敢胡编乱造的。

柳叶的父亲声音很小地问杨山坡，魏经纶是不是真的跟李冬冬和陈艳艳有不正当男女关系？

杨山坡说他跟魏经纶虽然是最要好的朋友，但他对魏经纶的一些做法确实有些看不惯，不管怎么讲，魏经纶在保险行业里也算是个响当当的人物了，跟女人交往的时候无论如何也应该注意点影响。

杨山坡劝柳叶的父母应该理解魏经纶，柳叶一躺就是一两年，再好的男人也有把控不住的时候，更何况魏经纶年龄不大，人又长得挺帅，还在永泰总公司那样的大机关里工作，偶尔也有把控不住自己的可能。

杨山坡说在大城市，男女之间发生那种事根本就不算个什么事。他还听说在永泰总公司，很多领导都有几个相好的，有的还是职务很高的领导。

柳叶的父亲气愤地说，难怪社会上对保险公司没什么好印象，原来是拿着老百姓的钱去糟蹋啊！柳叶的父亲嘱咐杨山坡一定不能跟那些人一样。

到达柳叶父母家的时候，杨山坡随柳叶的父母进房间看望了柳叶，临走的时候还留下了一千元钱，让柳叶的父母替他给柳叶买点补品。

柳叶的父亲一直把杨山坡送到大门外，还拉着杨山坡的手嘱咐杨山坡，不要把刚才在魏经纶父母家里说的那些话说给别人听了。柳叶的父亲说，虽然魏经纶做了许多对不起柳叶的事情，但看在曾是他们老柳家女婿的份上，就不跟他计较了，况且跟柳叶不能相伴一生也不能全怪魏经纶，是他们家的女儿没有福气。

杨山坡听了，心里涌上一阵酸楚。虽然柳叶的父亲有时蛮横不讲道理，但也不能太责怪于他，一个大字识不了几个的人，能让他像那些谦谦君子一样通情达理是不可能的，况且他那样做，也是出于保护女儿的目的。

经过一段时间的考虑，柳叶的父母彻底断了让魏经纶与柳叶重新生活在一起的念想。柳叶的父母认为，与其让自己的女儿跟魏经纶维持甚至连名义上都称不上的婚姻，还不如还魏经纶一个自由，那样做或许让魏经纶一家人对老柳家的"宽宏大量"心存感恩，对两家人都有益处。

魏经纶终于如释重负。

陈艳艳终于与魏经纶名正言顺地确立了婚姻关系，尽管魏经纶有时在内心深处对柳叶还有一丝丝的歉意，但一想到那句"没有爱情的婚姻是不道德的"名言时，心里顿时也就释然了，因为自己跟魏经纶正式确认恋爱关系，是在魏经纶跟柳叶解除婚姻关系之后，尽管他俩解除婚姻的做法不合情不合理也不合法。

自从杨山坡去柳叶父母家看到柳叶那双呆滞无神的眼睛后，很长一段时间都有一种负罪愧疚的感觉，但想想自己的言行对躺在床上的柳叶没有造成多大的伤害，对魏经纶和陈艳艳来说做了一件功德无量的大好事，成就了一段美满姻缘时，心里也就坦荡如砥了。

第 35 章 "服务"升级

面对媒体的口诛笔伐和行业风险不断增加，中国保监会打出了一套"组合拳"：一是完善非寿险精算制度，加强对准备金进行动态监管，防范准备金提取不足问题。行业准备金短短几个月内就有了很大"飙升"；二是开展综合治理销售误导和理赔难问题，将理赔难纳入监管处罚范围，并全面清理财产保险公司积压的未决赔案。为了对行业服务效率进行有效监督，完善消费者权益保护机制，保监会开通了全国统一的"12378"保险消费者投诉维权电话热线；三是推出了保监局长接待日工作机制，在全行业建立保险社会监督员制度；四是加强正面宣传，在全国各地卫视、媒体投放大量广告，推出系列行业形象广告片等。

为落实保监会监管会议精神，东南省保监局组织东南省五十多家保险公司的主要负责人以及分管车险承保、理赔工作的总经理连续召开了两天会议，研究出台了一系列政策措施：一是全面关闭各地市行业协会主导成立的新车共保大厅，取缔新车共保政策，不给媒体和公众留下"不公平竞争"、"霸王做法"、"侵害公众权益"的借口；二是由东南省保监局牵头，在东南省两大电视台、三大报刊连续播放或刊登全面介绍保险行业的纪录片、宣传报道，安排四次访谈和电视采访；三是组织开展快速理赔评比活动，结案率低、结案周期长的公司，主要负责人要在行业大会上进行"现身说法"，等等。

东南省落实保监会监管会议精神召开的第四天，东南保监局分管财产险业务的局长助理、外号"青天大老爷"的付廷潜接受了号称东南民生台"第一快嘴大美女"、人称小李玟的记者姜洋的采访。

姜洋："谢谢付局长接受我们东南民生台的独家采访。近来，保监会出台了一系列加强行业自律、促进行业发展、改善行业形象的政策措施，作为下属机构,东南监管局出台了哪些有亮点、有特点的政策举措?"

付廷潜:"感谢东南民生台安排此次采访,因东南监管局江北局长正率团在国外考察,故安排我接受本次采访。东南监管部门结合项主席的要求,出台了行业监管"十大措施",具体内容已在《东南晨报》、《东南晚报》等省内三大报刊进行了刊载,详情请各位注意浏览。"

姜洋:"去年以来,国内众多媒体连篇累牍地对保险行业正在实施的"新车共保政策"等严重侵犯消费者权益的问题进行了报道,请问付局长,您对新车共保问题是如何看待的?当初推行新车共保政策的初衷是什么?"

付廷潜:"在这里我需要澄清一下。东南保险行业的"新车共保大厅"的真实名称叫"新车服务大厅",相当于保险行业的保险超市,或者说是政府机关的综合行政审批大厅,是行业内的新生事物,实施新车共保政策的初衷是方便客户购买保险,提升保险行业的整体服务水平。"

姜洋:"既然有利于客户服务,为什么社会上对刚才您所说的新生事物不认可甚至有些反感呢?既然对客户投保有利、对行业发展有利、对服务提升有利,为什么广大消费者普遍存在着抵触情绪呢?为什么诸多媒体包括中央级的媒体对这种做法大加鞭挞呢?又为何被工商行政管理部门强制限期关停呢?"

付廷潜:"很多媒体包括中央级的媒体对保险行业的新车共保做法不认可,是因为他们没有了解保险行业的这种创新方向。"

姜洋:"据我所知,创新包括五个基本含义:生产新产品、使用新技术、开辟新市场、发现新供应来源、实现新的企业组织形式。请问付局长,新车共保政策包含着创新五个要素的哪一种要素了呢?在一些人看来,一个要素也不具备!既然不具备创新要素的任何一个要素,怎么理解说它代表了保险行业的创新方向?"

付廷潜:"创新不是发明,更加合适的说法实际上是一种改良。实施新车共保政策实际上是企业组织形式的一种改良。"

姜洋:"现代西方保险行业的最基本的职业道德规范原则通常都是以立法的形式给予确立,使法律约束和道德约束相统一起来。如果一个保险从业人员做出了违反职业道德的行为,他的信用纪录就会受到很大的影响,其行为就会受到应有的制裁,比如被清除出保险行业,甚至可能还要引起法律上的纠纷，在道德上，也会成为不受欢迎的人，在其他行业找工作也可能会四处碰壁。请问，保险监管部门对那些违规甚至违法的人是如何进行处理或处罚的？"

付廷潜："中国的保险业发展历史较短，建立和完善保险诚信体系需要时间。在行业发展只有短短三十年的时间内达到欧美发达国家几百年才达到的高度，要求确实高了些，有些揠苗助长的意味。保险行业存在着的不诚信的事情，在哪个行业都存在，媒体不能只盯着保险行业发生的事情不放。"

随着采访的不断深入，姜洋提出的问题越来越尖锐，也越来越难以应答。付廷潜头顶上的汗都沁出来了，他开始变得焦躁不安并越来越憎恨甚至厌恶对面坐着的大美女了。

当姜洋说社会上很多人反映东南监管部门不作为，对维护客户的合法权益不热心，对保险公司的监管措施不深入，是保险公司的"代言人"、"保护伞"，跟保险公司是"一伙的"的时，付廷潜终于没能控制住自己的情绪：

"东南监管部门是监督管理省内各保险公司的，可以说是客户利益的守护者，而非对立者，怎么会是保险公司的保护伞、代言人呢？我们对保险公司不断加大监管力度，目的就是为了维护消费者的权益，永远不可能跟保险公司是一伙的。如果一定要把东南监管部门归类为哪一伙的话，那东南保监局跟东南省所有的保险客户是一伙的。那些对东南保监局说三道四、无端指责的人，要么是愚昧无知，要么就是别有用心。"

"青天大老爷"的采访在东南民生台播出后，无论是行业内部还是行业外部顿时骂声一片。

行业内部有人说，付廷潜简直就是保险业的"叛徒、内奸、险贼"，是一个不折不扣的败类。

有人说，怪不得东南监管部门推出了那么多折腾保险公司的损招烂招呢，原来都是"青天大老爷"从中作祟呀！

有人说，按道理讲，监管部门是行业的娘家，哪一个行业监管部门不是一心向内？东南老百姓对东南银行业的"霸王条款"、"霸王做法"恨之入骨，对银行业提出的意见、提交的诉讼数也数不清，人家不是照样坑你宰你没商量？为什么？不就是因为行业监管部门底气足、腰杆硬，真心实意地为银行遮风挡雨吗？

有人说，社会上流传着这么一句话：银行躺着赚钱，证券坐着赚钱，保险跑着赚钱，就以"青天大老爷"那思路、那态度，东南保险行业就是跪着也不会赚到钱的。

有人说，花了行业一二十万元，本想宣传树立一个正面的行业形象，谁曾想到节目播出后，东南保险行业在整个东南老百姓心目中简直就是一个嘴脸丑陋、面目可憎的黑乌鸦了。

有人质问，采访活动是早已安排好了的，为什么不事先好好编排演练一下？就那水平还接受什么采访呀？真是光着屁股推磨——转着圈丢人！

……

行业外部有人说，怪不得东南省的老百姓都说东南保险行业整体素质低水平差呢，就付廷潜那蛮横态度，再过一百年，东南保险公司的服务质量也不会好到哪里去。

有人说，加强保险行业服务质量提升，不能只停留在嘴皮子上，而应该扎扎实实地落实到行动上，否则的话，政策措施出台得再多，也是废纸一张。

有人说，如果说中国保险业跟欧美发达国家相比较落后了三十年的话，东南省保险行业整体发展水平起码落后了五十年，这跟东南省的经济总量、保费资源极不相称。

有人说，不用看别人，看监管部门领导们的水平，就知道东南保险行业整体素质好不到哪里去！

……

戏演砸了，来自四面八方的喊打声、声讨声不绝于耳。由于急火攻心，"青天大老爷"终于病倒了。

为弥补付廷潜口误而引起的社会负面影响，东南省保监局出台了更加严格的治理理赔难专项方案，东南省保险行业协会也向全省五十多家保险公司发出了倡议书，要求各保险公司切实采取积极有效措施，迅速提升理赔效率和服务质量，尽最大努力扭转行业口碑不佳的现状。对落实行动慢、改进服务不主动的保险公司，监管部门将采取严厉的监管措施。

第一个在报刊做出理赔服务承诺的是东南强力公司，他们提出了理赔服务五大承诺，其中损失金额两千元以下的单方事故案件当天结案的承诺最具亮点。

强力公司公开承诺的第二天，东南永泰公司在《东南晚报》显要位置刊登了题为《永泰公司理赔服务全面升级》的署名文章，承诺三千元以下的单方事故案件当天结案、一千元以下的单方事故案件两小时内结案的承诺。

《永泰公司理赔服务全面升级》署名文章刊登的第三天，永平、大千等公司相继在省内主要报纸、电台刊发或播放关于提高理赔服务、切实治理理赔难的文章或广告片，做出的承诺可能连保险公司的人都相信根本无法兑现。如东南永平公司除推出了一千元以下案件合并处理的承诺以外，还承诺采取免费送油、免费拖车、免费提供代步车辆等六大客户服务措施，名曰"惠民服务六大举策"，立即引起了社会的强烈反响。

东南永泰公司在《东南晚报》公开承诺的当天，滨城永泰公司就接到了一名女性客户的报案电话，说她驾驶的QQ车发生了刮擦事故，要求理赔服务人员尽快到现场定损赔付。当永泰公司的理赔查勘人员到达现场的时候，那位女性客户用力扬了扬手中的报纸，大声嚷嚷道：

"你们保险公司的承诺到底算不算数？你们可在今天的报纸上刚承诺过了，理赔人员要在客户出险后十五分钟之内到达事故现场，你们自己看看这都多少分钟了？三十五分钟了！如果一个客户耽误二十分钟，三个客户就是一个小时。你们知道二十分钟能办多少事情？能为社会创造多少财富吗？"

虽然到现场查勘的两名小伙子一再解释说迟到十多分钟是因为前来的路上发生了交通事故，请那位客户谅解，可那位女客户就是不依不饶。她说交通事故哪天都发生，不应该成为保险公司不兑现承诺、无端浪费客户时间的理由，况且到底发没发生交通事故谁也无法考证。

"浪费别人的时间等于图财害命。你们知道这句话的分量吗？我估计在你们保险公司里没人能理解得了这句话的含义。"

两位小伙子麻利地照相、取证、登记，可那位女客户还是叨唠起来没完没了："你们保险公司都是些什么学历的人？有上过本科学校的吗？"

面对女客户咄咄逼人的挑衅，个头稍高的小伙子终于忍不住了："我在西北交大学了四年车辆工程，我们这位同事在东南财大读了三年硕士。这跟我们因故晚到十多分钟有关系吗？"

"晚到十多分钟至于让您如此大动肝火吗？政治课您过会儿再给我们上吧，先说说您这车是怎么回事吧！"个头稍矮一点的小伙子质问道。

"怎么回事你们看不出来吗？倒车刮擦了。"女客户十分傲慢地说。

"车尾部是倒车刮擦的，车前脸子是怎么回事？"个头稍矮一点的小伙子继续问道。

"也是刮擦的！"女客户答。

"右前方并没有障碍物，你的车怎么会发生刮擦了呢？就算是右前方有障碍物发生刮擦了，可车的左边怎么也出现刮擦的痕迹了呢？且痕迹都已经生锈了。"个头高一些的小伙子问道。

"前面不像刮擦的，倒像是……"没等个头稍高小伙子把话讲完，女客户的声音立即提高了八度，并煽动性地对周围看热闹的人说，保险公司都是骗子公司，说话连妓女都不如，妓女承诺了都得兑现，保险公司的承诺跟放屁一样，永远也不可能兑现。

周围看热闹的人你一言我一语，帮助那位女客户争辩：

这个说，承诺了就应该兑现，兑现不了就不要承诺。

那个说，不管人家车子的刮擦是怎么来的，都应该算是车出险了，出了险就应该给人家修理。

这个说，那么小的一个车，喷一遍漆也花不了多少钱，至于盘问得那样详细干吗？审犯人呀？

那个说，小额的赔款都这么难，要是出现大的赔案还不知有多难呢！

……

看着那位洋洋得意的女客户和越聚越多的人群，两位小伙子真有些手足无措了，不得不答应那位女客户提出的整车喷一遍漆的要求。

望着慢慢散去的人群，个头矮一点的小伙子叹道："保险公司都成什么了？唐僧肉？谁都想吃一口！"

个头高的小伙子说岂止是想吃一口？简直就是讹诈了。可讹诈又有什么办法？只能是该赔的不该赔的都得赔。

个头矮一点的小伙子一边不停地摇着头，一边叹息说，在发达国家，保险在人们的心目中还有地位，可在中国许多人的眼里却成了不守信的人。

个头高的小伙子说保险公司一年到头可能什么也赚不到，算计不好有可能连裤子都亏没了，还经常受到很多人的羞辱！高个小伙子显然对行业的地位和发展处境心灰意冷。

个头矮的小伙子安慰同伴说，保险行业在老百姓心目中的地位应该会好起来的，像刚才那位不讲理的客户毕竟是少数，大多数客户还是通情达理的。他猜测刚才那位客户一定是在更年期，或者曾受过什么刺激，否则，不应该对保险公司成见那样深。

个头高的小伙子显然不同意个头矮的小伙子的意见。他说那位客户根本不是什么更年期，她就是想多赚点便宜，公司几乎天天遇到像这样的客户。当着那么多人的面，不答应她的要求收不了场，答应了她的要求又损害了公司利益，真感觉像吃了个苍蝇。

个头矮的小伙子说刚才那位女客户明着讹人固然可恨，但比起那些暗中骗保的人好多了，要是遇到一个专业骗保团伙的话，那公司可就不是给一个QQ车喷一遍漆的损失了。像北京公安部门刚破获的那起连环骗保案件，可把保险公司和部分客户害苦了。

个头矮的小伙子一边收拾着工具，一边嘟囔说，中国人常说有理不在声高，可声音低了人家就认为你没有理。许多客户就是摸透了保险公司胆小怕闹的心理。客户一闹，许多不该赔的也都赔了。可话又说回来了，如果客户不强硬的话，许多可赔可不赔的案子，保险公司也是想方设法地能不赔则不赔，拖赔、惜赔、甚至该赔不赔的问题在哪家保险公司都存在。

个头高的小伙子埋怨说，公司的领导们脑子肯定是进水了，这么大的一个城市，一共十几个查勘员，要求所有的现场一律十多分钟到达，根本不可能。承诺没问题，可一定要符合实际，根本兑现不了的事情乱承诺，纯粹是没事找事，自找麻烦。

"还不是为了哗众取宠讨好保监局那些老爷们？哎，对了，你什么时候在西北交大上过学？"个头矮的小伙子哈哈笑着问。

"可你也没在东南财大读过研究生呀！当时我要是不那样讲的话，那个女人还不把咱俩笑话透顶？可话又说回来了，人家客户之所以瞧不起保险公司，还不是因为行业整体综合素质低嘛！像咱俩这样职业学院毕业的员工，在保险行业都算是高学历了，别说是跟人家国外比了，就是跟国内的银行业相比较，保险公司也差了一大截。"高个小伙子笑着说。

两个小伙子一边发泄着，一边往城南方向赶，因为客户服务中心的调度员说，五分钟以前城南刚发生了一起恶性交通事故，让他俩尽快赶过去，另一组理赔查勘人员也正从城西往事故发生地赶。

　　为了不因客户投诉而被监管部门处罚，或不因理赔时效长、质量差而成为媒体关注的焦点，各保险公司在千方百计减少理赔环节、缩短理赔时间的同时，推出了许多"便民亲民益民"举措：永平公司"赠送出险客户一瓶水"活动一经推出，行业内所有保险公司纷纷效仿，周围数十家濒临破产的矿泉水公司生意立即红火了起来，口碑较好的品牌矿泉水乘机涨价。一个季度下来，仅东南永泰一家保险公司就免费发送矿泉水二十多万瓶，赠送雨伞四万多把，车内吸尘器、冲气筒两万多套，其他家庭及车上用品不计其数。

　　为准确了解客户需求，及时采购供应客户喜爱的礼品，东南永泰公司专门成立了以办公室主任、客户服务部经理任组长的"礼品采购管理工作办公室"，专门负责公司礼品的设计、采购、供应等工作。随着需求量越来越大，礼品采购管理工作办公室人员编制由刚成立时的四人增加到了八人，人员数量虽然翻了一番，但八个人还整天忙得像被猎人追赶的兔子，一刻也不敢停下来歇一歇，因为几乎每周都有运送礼品的货车从不同的方向集中在东南永泰省公司，又从省公司奔赴辖属十二家中心支公司、七八十家县区支公司。

　　省公司的礼品摊销清单一到滨城公司，杨山坡立即把办公室主任、财务部经理、客户服务部经理叫进了总经理办公室，十分生气地质问礼品摊销资金为什么那么多？钱花出去了车险续保率为什么还下降了？

　　这个说，一连几个月，公司给客户又送吃的又送喝的还送用的，东西虽然是上级公司代为订购的，但钱还是从各地市公司的业务费用中扣出。

　　那个说，上级公司一起代购礼品不是不可以，但前提是物美价廉，可总公司、省公司发放下来的东西比市公司自己设计征订的东西还要贵，不要又不行，实际支出肯定要比预算高很多。

　　这个说，连傻子都明白团购便宜的道理，总公司、省公司把全系统的礼品统一起来订购，在数量很大的情况下东西反而比各地市公司分散订购还贵，只能说明其中有鬼，有人从中得了好处拿了回扣。

　　那个说，拼服务不反对，保险公司本身就是服务行业，可拼服务不是拼送礼，如果把钱都用到赠送礼品上，保险公司还有钱改善服务设施、提升服务质量吗？

　　那个说，在西方发达国家，一份保单就是一张IC大小的卡，卡内储存了该客户的全部信息，包括客户基本信息、交费情况、保单现金价值等，客户只要有了这张卡，就可以理赔、贷款甚至信用担保，请求救援等，哪有靠请客送礼赢得客户的？这种办法也只有在中国用着特别有效果。

这个说，天天给客户送礼，可客户还不照样是端起碗吃肉放下碗骂娘，不会对促进保险公司整体服务质量提高起到任何作用，倒是把客户的胃口吊起来了，把行业风气搅乱了。服务升级不是靠赠送礼品升级。

那个说，客户为什么会那样？还不是让保险公司给惯出脾气来了？如果各家保险公司都别犯贱，费用也不会出现超支，客户的胃口也不会吊得那样高。

看到几位经理发起牢骚来没完没了，杨山坡十分不耐烦地打断了他们："都不要说了。无休止地评论，你们觉着有意思吗？不把服务放在理赔时效提高上、服务流程缩短上，就知道人家送礼咱们也跟着送礼，送来送去，钱送没了，服务却下来了！等把客户的胃口都吊起来了，公司拿不出钱购买礼品了，我看公司再怎么办？"

办公室主任提议说跟总公司、省公司打个报告，下个月别给滨城公司派发赠品了，除非不摊销费用。

财务部经理说摊派下来的礼品不要肯定不行，但可以做做工作少要点、迟要点，这样公司可以节省点费用。

杨山坡安排客户服务部经理马上打电话给省公司客户服务部，要求从下周开始，除矿泉水保留以外，其他物品一律不要再给滨城公司派发了。

电话打到了省公司，省公司客户服务部负责礼品派遣的李科长把滨城公司客服部经理狠狠地批了一顿，说其他保险公司都赠送，如果滨城公司不赠送，客户说永泰公司服务质量差怎么办？影响了业务发展和行评怎么办？李科长还说，永泰是个大公司，瘦死的骆驼比马大，其他公司能送得起的，永泰公司也一定能送得起。

听了客服部经理的转述，在场的人就像霜打了的茄子，一下子都蔫了。

第 36 章　硝烟再起

杨山坡正在跟办公室主任、财务部经理、客户服务部经理等人商量下一步的市场应对之策时,刚被提拔为车险部主持工作的副经理任仪一步闯了进来。

任仪说永平、大千、飞前等公司赠送礼品又升级了,如果不赶紧跟进的话,不仅续保率要下来,新保率肯定也上不去。

杨山坡瞅了任仪一眼,把到嘴边的话又咽了回去。

"你们几个回去再合计合计,这么高的综合成本率,礼品还有没有赠送下去的必要,再这样不知死活地跟下去,综合成本率超过百分之百是其次,拖欠员工手续费的问题肯定会更严重。"

办公室、财务部和客户服务部的三位经理一个挨着一个地走出总经理办公室后,杨山坡立即笑着对任仪说,承保赠送礼品的事情他让财务部再核算核算,如果费用还允许的话,可以适当地跟进一下。

"你的意思是说如果费用紧张,礼品我们就不赠送了?因此丢了市场、降了份额责任算谁的?车险部绩效考核分数下降了怎么办?"任仪质疑道。

杨山坡不满地瞪了任仪一眼,说他也没说礼品一定不能赠送。

在滨城公司近二百名干部员工中,敢跟杨山坡毫不客气大声讲话的,任仪可能是唯一一个。

在调任滨城电销中心工作之前,杨山坡就鬼使神差地跟任仪"好上了",有了几次肌肤之亲之后,两人曾经讨论过婚嫁的问题。为达到跟任仪结婚的目的,杨山坡曾向白雪承诺,只要白雪同意离婚,家中的财产全部归白雪所有,他个人可以"净身出户"。对杨山坡来讲,只要尽快摆脱缺少"女人味"的白雪,放弃自己应得的财产是完全值得的。一段时间以来,杨山坡曾感觉自己跟白雪那样的"女汉子"一天也生活不下去了。

对于杨山坡大方的承诺，白雪表现出了嗤之以鼻的蔑视。白雪通过李冬冬捎话给杨山坡，说当初她跟杨山坡结婚的时候，杨山坡就是穷光蛋一个，可以说是家徒四壁。既然当初她不是冲着杨山坡的家庭才答应跟他结婚的，现在更不稀罕他的那点财产。白雪说，俩人离婚后，除将银行存款的三十万元转存到杨山坡父母的名下之外，其余的财产全部转到儿子杨洋的名下，因为杨山坡的父母生养杨山坡不易，两人婚后也没有很好地照顾仍住在乡下的两位老人。

当杨山坡把白雪"松口"离婚的消息告诉任仪的时候，任仪着实激动了半天。看着任仪热情洋溢的笑脸，杨山坡禁不住上前抱住任仪又要亲热。

任仪一把将杨山坡推开，声音虽不大，但透着几分威严："你俩离婚后财产怎么分割？你可不能穷大方！"

杨山坡嬉皮笑脸地说，只要白雪那个黄脸婆痛痛快快地在离婚协议书上签字，财产他承诺全部放弃，净身出户。

任仪的脸拉得老长，说话的腔调当即变了，说着说着，两人就争吵了起来。极度愤怒的任仪脱口说出了"没钱谁跟你过？""没钱乡下那两个老东西谁养活？"的话，并要挟杨山坡，如果不把一百万元先汇入她指定的账户，她会重新考虑与杨山坡的关系。

实际上，任仪之所以冒着当"小三"的恶名心甘情愿地跟杨山坡交往，并不完全因为杨山坡是公司的总经理、家有几百万元的资产，而是从内心里佩服杨山坡的工作能力和专业水平，真心实意地想跟杨山坡好。任仪之所以一气之下要求杨山坡把一百万元汇入她个人账户，除了考验杨山坡是不是真心爱她以外，更重要的是害怕杨山坡一时糊涂，真把本属于他的财产全部让给白雪了。假如一点积蓄没有，有了孩子以后，七八张嘴吃饭，每月需要的花销很大，没有一定的经济基础肯定不行。

跟任仪发生激烈争执的那天晚上，杨山坡思考了一夜，任仪那张愤怒的脸不时在他脑海里晃来晃去，让杨山坡顿感他一向认为温婉大方、清新可人的任仪忽然变得令人生威又有些令人生厌了。杨山坡认为，任仪之所以心甘情愿地对自己投怀送抱，无非是两个目的：一是在谈情说爱年龄普遍前移的时代，三十三四岁的任仪已经成为了不折不扣的大龄"剩女"。对于一个高不成低难就的大龄女青年来说,嫁给一个年龄比自己大不了多少、年薪三四十万元的保险公司的总经理,是完全可以接受的,即使他有一个十多岁的孩子;二是虽然保险公司的社会地位无法与党政机关同日而语,但在滨城这样一个城市人口不过三四十万的小城,作为保险公司的总经理,手中握有一定的社会资源,在当地还是有一定的影响力的。任仪可能就是基于这两点才心甘情愿地跟自己好的。

得知儿子跟儿媳妇闹离婚的消息后,杨山坡的父母扔下家中的农活和满院子的猪狗牛羊,从乡下跑到城里一住就是三四天,摆出一副不达目的绝不休兵的架式。

面对父母威逼、儿子哭闹、朋友相劝,杨山坡跟白雪离婚的想法渐渐出现了松动,而任仪的一番话,让本来就底气不足犹豫不决的杨山坡彻底打消了跟白雪离婚之后与任仪结婚的念头。

在从乡下到达滨城的第三天,杨山坡的父母瞒着杨山坡找到了任仪,老两口儿一把鼻涕一把眼泪地数落着儿子的不是,哀求任仪一定放过他们家的儿子,说着说着就要给任仪跪下。

魏经纶通过公司的两名部门经理放风给任仪,说东南省公司总经理室正在研究杨山坡的职务聘任问题,十有八九可能要解聘他的滨城中心支公司总经理职务,因为杨山坡跟任仪的事情已经在省公司上下传得沸沸扬扬了,影响极其恶劣,领导知道后都震怒了。

白雪通过公司一名跟任仪关系不错的员工捎话给任仪,说她即使跟杨山坡一点感情也没有了,绝对没有生活在一起的可能了,她也不会马上跟杨山坡离婚,痛痛快快地把杨山坡让给任仪,并说她有耗得起的时间和耐心。

公司内部有几个跟任仪关系不好的员工,对任仪破坏别人家庭的做法很是看不惯,只要任仪在场,他们就会有意无意地说出那些让任仪十分难堪的词:二奶、小三。

跟杨山坡吵过闹过之后,任仪一连几天睡觉不宁吃饭不香,想想被别人戳着脊梁骨骂"小三"的滋味,看看杨山坡对自己的态度和近来的表现,任仪断定杨山坡并不是真心爱她,只是一时性起、逢场作戏,否则的话,几百万元的财产不会就那样轻易地拱手相让了,不留一点儿给自己。任仪的父亲得了一种被称为"小癌症"的慢性病,长年需要服药,虽然当初自己跟杨山坡好上的时候并不完全是为了他的钱，也不完全因为他是保险公司的总经理，自己肯为他忍受那样大的委屈，如果他真心爱自己的话，不会不顾及自己的感受的。

冷静地思考了几天之后，杨山坡把任仪约到了一个名曰"红蜻蜓"的茶馆，把自己的痛苦和想法和盘托出，让任仪选择。

看到杨山坡一副绝情的样子，失望之余的任仪提出了两个分手条件：一是赔偿她青春损失费一百万元；二是给自己在公司安排一个职务。

关于在公司安排职务的问题，之前从其他保险公司跳槽来永泰滨城公司担任副总经理的王高曾提议任命任仪为车险部经理，因为车险部经理、副经理两个月以前刚从永泰公司一起跳槽去了另一家新成立的保险公司，车险部处于"群龙无首"的状态。王高之所以提议任仪担任公司车险部经理，一是为了讨好杨山坡，因为他清楚杨山坡跟任仪的关系；二是任仪自身业务素质和专业能力不错，原来的两位部门经理辞职以后，车险部再也没有综合能力比任仪更强的人了，况且当时任仪已在车险部担任科长职务。

任仪提出让杨山坡在公司为自己谋得一个职务，一是为了难为杨山坡。任仪猜测杨山坡不会也不可能满足自己的要求，因为他们两人的关系在滨城公司是"路人皆知"，杨山坡没有"任人唯亲"的胆量；二是为了给自己事后留下一块"跳板"。任仪明白，一旦跟杨山坡分手，自己肯定无法在永泰公司长期工作下去，如果自己在永泰公司能够谋得一个部门经理的职务，以后跳槽去其他保险公司的时候就有了可供自己选择的资本，毕竟永泰公司是国内规模最大的几家保险公司之一。如果杨山坡不答应自己的这个要求，自己可以趁机要求杨山坡在经济上额外进行补偿。让任仪万万没有想到的是，杨山坡稍作思索，竟然答应给她在公司安排一个部门经理职务。

关于一百万元的精神补偿费，两人讨价还价了多次，也展开过激烈的争论。但涉足保险行业只有四五年的任仪，根本无法在讨价还价方面属于"高手"的杨山坡面前占据上风，况且自己提出的青春费补偿要求，根本就不是一个能拿得上台面、能够得到法律和道德支持的问题。万般无奈之下，任仪不得不接受杨山坡提出的二十万元的精神补偿。

杨山坡借当初提议任仪为车险部经理的王高的嘴，把任仪提拔为车险部主持工作的副经理，尽管一段时间内公司上下议论纷纷，但想想车险部现有人员中再也没有一个业务能力比任仪更强的了，大家也就心安理得地接受了既成的事实。

任命文件下发后很长时间，任仪也没有提出辞职的要求，杨山坡心里明白其中的道理：一是暂时还没有找到令她满意的公司或职位；二是自己承诺的二十万元补偿费还没有完全到位。虽然二十万元仅是杨山坡年薪的一半，对杨山坡来说并不是什么很大的数额，但自从跟白雪闹离婚以后，家中的存单、银行卡全部被白雪控制了起来，短时间内凑足二十万元，对杨山坡来说还真不是一件十分容易的事情。

跟杨山坡正式摊牌后，虽然任仪只是把车险部副经理职位作为将来寻找下一个工作单位的跳板，一个临时性的过渡，但在工作上任仪并没有临时的思想。一方面，她想趁自己在永泰公司车险部副经理的岗位上多积累点经验，日后跳槽去其他保险公司后工作有了一定资历；另一方面，她想在杨山坡面前证明自己不是一个中看不中用的花瓶，而是一个有能力、有责任感的人才，让主动放弃自己的杨山坡后悔终生。

杨山坡拿起任仪扔在办公桌上的《滨城车险业务市场竞争形势及对策》粗略地看了看，打电话把王高叫了过来，顺手把任仪提交的形势分析与应对措施方案交给了王高。王高认认真真地看了一遍，认为任仪对滨城近期保险市场发展形势尤其是近一个月来的市场竞争形势分析得十分透彻，其分析报告中提到的"如不跟行业一起疯，永泰公司必定死"的说法虽然有些过激，但确实反映了滨城保险行业的现实状况。

王高说，为了让个人车险客户投保时折扣多一些，滨城市几乎所有的保险公司都把私家车业务转为电销业务了，滨城所有的车辆基本上都享受七折优惠了。王高认为，客户通过直销方式购买车险，公司虽然可以通过返还手续费的形式弥补比电销渠道少享受的折扣，但手续费返还不能突破保险行业自律公约规定的最高比例，即使能突破自律规定的上限，但变通手续费困难太多，难度太大，且面临着巨大的税务检查风险。王高认为，在保险市场"硝烟弥漫"、赠送活动持续升级的时候，如果永泰公司不紧跟市场，想保持与市场相匹配的发展速度是绝对不可能的。为此，王高赞成任仪提交的紧跟市场方案，因为赠送礼品产生的费用处理起来相对容易，不需要让业务员到处搜集可供报销的发票，又有利于刺激消费者的投保热情。因为中国人习惯了购物有礼品赠送的促销方式，客户又把有无礼品赠送、是否打了最低折扣视为服务水平高低的衡量标准，只有这样，客户才买保险公司的账。

杨山坡说近期滨城保险市场的竞争形势他不是不清楚，比 2006 年前后那个时期更加接近疯狂，就差不要钱也给客户承保了。所有的保险公司又打折又返还又赠送，可钱从哪里来？刚才他认真地看了看今年的财务报表，亏损局面肯定逆转不了了，如果再加大礼品赠送力度的话，形成的大窟窿怎么补？除非明年不干了，或者是他和王高都到退休年龄了。如果直销客户、团体业务客户购买保险也要赠送礼品的话，原来一直实行"赠送有礼"的电销业务肯定也不能停止礼品赠送，省公司下拨的那点费用无论如何是支撑不了的。

王高说不打折、不返还、没礼品赠送，客户肯定不会来永泰公司投保。王高说最近两天的业务数据直线下降，如不尽快采取针对性措施，不仅综合成本率指标完不成，业务增长目标肯定也完不成，两个主要经营数据如果都完不成，滨城公司总经理室很难跟省公司的领导们交待。

王高顿了顿，继续说道："像永泰这样的大公司，只要费用投进去了，业务不愁做不进来，那些规模较小的公司就不一定了。"

杨山坡想了想，摸起电话跟省内其他地市公司的总经理沟通了一番。除了一个地市竞争形势稍微理性一点以外，其他地市的竞争形势跟滨城都差不多，个别地市的情况甚至更糟糕。

杨山坡又拨通了魏经纶的电话，询问其他省份市场竞争形势是不是好一些，得到的答复是"祖国山河一片红"，都杀得血流成河了。魏经纶一再嘱咐杨山坡要认真谋划好全年的经营目标，保不住利润一定要保住增长，如果两头都保不住，省公司的板子肯定会重重地打下去的。

杨山坡咬了咬牙，说了一句："送，大不了同归于尽就是了！"

永泰公司一放开礼品赠送，市内其他两家还没有实行投保就送礼品政策的保险公司也坐不住了，不得已也开始实施"保险有礼"促销政策，且赠送的品种、数量、价位越来越高。

杨山坡正在笑嘻嘻地浏览着当月的业务报表，办公桌上的电话铃声不停地响了起来。电话是滨城市运输公司分管车辆保险的米副总打来的，由于其三百多辆运输车辆连续两年在永泰公司投保，所以米副总跟永泰公司的总经理室成员以及大多数部门经理都比较熟悉。

杨山坡跟米副总在电话里玩笑调侃了一番之后,米副总就言归正传提出车辆续保时能否不赠送锅碗瓢盆、茶壶吸尘器之类的东西了,那些东西已经够多的了,亲戚朋友们都已经送遍了。杨山坡笑着问米副总家里还缺什么?如果常规礼品不合适的话,他可以让办公室专门针对重大客户准备一些更实用的礼品。

米副总开玩笑说送几个美女合适,可老婆在家不敢要,最好送些少而精的东西,实在不行的话,送金送银也可以。

挂断米副总的电话,杨山坡把办公室、客户服务部以及车险部经理又叫了进来,问其他公司都送什么礼品了。大家七嘴八舌地说了一大堆。有说送油卡、导航仪的;有说送冰箱、电视的;还有的说有些公司开始送金条银条甚至现金的了……

杨山坡若有所思地说:"刚才运输公司的米副总打电话说送金送银也可以,我还以为他在开玩笑呢,原来还真有公司这么做了,看来米副总是意有所指不是在开玩笑啊!"

"金银首饰算什么?现在有的公司开始送翡翠玛瑙了。俗话说,金银有价玉无价,我看给个别大客户送些玉器之类的东西比送金银首饰可能更好一些。"任仪一说话,把其他几位经理的眼睛都吸引了过来,大家都说任经理的创意不错,中国的女人哪个不喜欢翡翠玉器之类的东西?

杨山坡安排任仪跟办公室主任一起去市内百货超市转转,看看有没有任仪说的翡翠玛瑙、玉器饰品之类的东西,如果有品相又好、价位又适中的话,可以购买少部分送给大客户。两个人前脚刚走,公司重大客户部经理项中一步闯了进来。

项中说,他刚从公司承保的锋泰有限公司回来,听客户介绍,近日有两家保险公司通过各种途径找到了锋泰有限公司的董事长,要求转保永泰公司承保的业务,并且提出了十分优惠的承保条件。

杨山坡说永泰公司的承保条件已经优惠得不能再优惠了,那两家保险公司还能提供比我们更优惠的条件吗?

王高说企财险、机损险、利损险承保费率都是按正常费率的百分之四十承保的,车险业务打七折还返还百分之十五的手续费,中秋、春节两个节日还为他们公司中层以上干部购买了每人不低于三千元的福利,如果还有比这更优惠的话，那两家保险公司的负责人一定是疯了。

项中说那两家保险公司的总经理看来真的疯了，他们提出的承保条件比王高说的要优惠得多。

"不可能！今年我们已是亏损承保了，再优惠还能不要钱也承保？"王高笑着问。

"王总您还真说对了，有一家保险公司真准备不要钱也给锋泰公司承保。"项中十分肯定地说。

"别扯了，如果真像你所说的那样，那家保险公司的总经理不光是疯了，还傻了。"杨山坡放下手中的笔，用一种审视的目光看着项中。

看到两位老总不相信，项中还真有些急了。他说两家保险公司给锋泰有限公司提供的承保方案他都看过了，一家公司提供的条件是企财险、机损险、利损险费率按永泰公司承保费率的百分之八十承保，如果保险年度内不出险的话，可以再返还企财险、机损险、利损险保费的百分之三十；车险业务在七折优惠的基础上再返还百分之二十五的手续费。另一家保险公司的承保条件是企财险、机损险费率按正常费率的百分之三十五承保，利损险和锋泰公司四十多名中层干部个人及家庭成员意外伤害保险、家庭财产保险全部免费赠送。

项中望着眼睛瞪得如牛眼的杨山坡和王高，继续讲道："不仅如此，那家保险公司还承诺每年安排客户六名高管人员去欧美旅游一次，所有的费用保险公司全包。"

杨山坡拿起计算器噼里啪啦地算了一阵子，无可奈何地摇了摇头说，果真如此的话，续保基本无望了，只能拱手相让了。

项中说，锋泰公司还是希望跟永泰公司合作。他们说跟永泰公司合作三四年了，上上下下都熟悉，如果永泰公司能够提供那家保险公司同样的条件，他们还是愿意继续合作的。

"综合成本率都一百三四了，这还不包括平时来公司吃吃喝喝的费用。这样的承保条件别说是总公司不会审批了，即使总公司审批，滨城公司也不敢承保了。"杨山坡心情沮丧地说。

事情还真像杨山坡预料的那样，合作了四年的锋泰公司最终被项中说的那家保险公司承保了，承保条件虽没有项中说得那样差，但如果将那家保险公司额外支出的费用全部计算进去的话，承保条件基本上跟项中说的没多大差别。因为事后杨山坡听说，锋泰公司董事长儿子办婚宴的大部分费用都是那家保险公司垫付的，董事长儿子结婚当天，那家保险公司还从公司内部挑选了十多名身材好、长相甜美的女职工披红挂绿在婚宴现场充当迎宾员、引导员。

锋泰公司董事长儿子结婚那天，杨山坡、王高、项中都去了婚礼现场，但他们只是去现场转了一圈，送上"祝贺"，跟董事长及其家人打了声招呼，就推说急着赶飞机去外地开会，急匆匆地离开了。因为杨山坡实在受不了那家保险公司的三名班子成员像小伙计一样在婚礼现场点头哈腰、跑里跑外、迎宾送客；更看不下去穿着短袖旗袍、嘴唇冻成了紫色、站在凛凛寒风里、嘴不停地喊着"欢迎光临"的十多名迎宾小姐。

王高急匆匆地追上杨山坡，骂骂咧咧道："当不成贵宾，也不需要当跑堂的呀！真他妈的给保险公司丢尽了脸！"

杨山坡也露出了一脸的不屑，讽刺说要不人家锋泰公司不跟永泰公司合作了，跟人家比较起来，永泰公司的服务确实不如人家的"保姆式"服务到位，终止跟永泰合作他感觉一点也不冤。

"有人愿意当狗就让他们当吧，咱们有什么办法？"王高骂道。

杨山坡说监管部门不是要求保险公司拼服务吗？人家落实保监局的要求比永泰公司到位，这一点永泰公司还真不得不服。

王高发牢骚说，指望新领导上台后大刀阔斧地对保险行业进行改革，让保险公司的腰杆子直起来，没想到拼服务都把保险公司的老总拼成跑堂的了，总经理成了跑堂的，那一般员工应该算什么？乞丐？

"不早就有人说保险公司是丐帮吗？乞丐变伙计，谁说保险公司的地位没有提高？"杨山坡笑的样子比哭还难看。

王高说那家保险公司的总经理还真他妈的不如乞丐，乞丐豁上老脸还能得到份残羹冷炙，他们能得到什么？不搭上工夫搭上钱就谢天谢地了！

"中国的保险就是这样，不管你做了多少工作，只要个人捞不到好处、出险后没获得额外的赔偿，他们就说你服务不好，续保时就存在着变数。你以为那家保险公司的总经理愿意给人家当跑堂的呀？他不知道当贵宾让人伺候着好？"杨山坡说。

王高说保监会70号文件下发以后,中国的保险市场形势好了三年,各保险公司的盈利能力、社会地位有了一定的提高,大家都认为保险行业可能从此冰雪消融、山花烂漫,谁曾想仅是昙花一现,硝烟再起。春光为何停留得如此短暂?乱局为何来得如此迅猛?是保险公司的经营出了问题?是监管部门的监管思路出了问题?还是社会大环境出了问题?

杨山坡说各种因素都存在,但如果不从机制体制上去解决,中国的保险业没有前途。杨山坡还说,美国基本上保持八千家左右的保险主体、香港一个弹丸之地尚且还有二百家左右,中国如此大的区域,保险主体不过百十家,却打得难分难解,血流成河,就不仅仅是监管问题、保险公司的经营思路问题了,更多的是体制机制问题了。

看到王高还在呼哧呼哧地生着闷气,杨山坡笑笑,劝道:"生那门子气干什么?他们愿意那样就让他们那样好了,说不定领导来了,还得夸奖人家的服务意识强、服务水平高呢!"杨山坡说着,跟王高一前一后上了车。

第 37 章 "三家村夜话"

一眨眼，半年又过去了。保监会终于对外公布了各公司半年经营业绩。

上半年，永泰公司实现经营利润八亿元，尽管承保利润率只有百分之一，但比起承保利润率可以忽略不计的永平等公司以及承保利润率为负数的大千等公司，永泰公司的经营状况还是可以接受的。

永泰财险公司半年工作会议七月中旬在东南省召开，会议安排了五家公司发言，其中就包括东南省公司。因为发言的五家公司都是上半年或业务出现负增长、或综合成本率超过百分之百、或业务增长及综合成本率两项主要经营指标都惨不忍睹的公司。

总公司的半年工作会议一结束，四月份刚被任命为永泰财险东南省公司总经理的赵宁，把滨城等八家业务严重下滑或经营亏损的公司主要负责人留下来继续开会，把一肚子火一股脑儿地发泄了出来。

未出任东南省公司总经理之前，赵宁曾是永泰财险西南分公司的总经理。按实际年龄，原任总经理白宗仁本应上年度的十月份就该退休，但其档案年龄比实际年龄小两岁，加上白宗仁多次找到总公司的领导，强烈表达愿意为公司"发挥余热"的愿望，大有"老骥伏枥，志在千里"的志向。陆地等人也感觉白宗仁身体很好、上任两年来的业绩尚可，其档案年龄也未达到社保部门规定的退休年龄，加之总公司暂时未找到一个十分合适的继任人选，就顺水推舟地答应了白宗仁提出的完成四年任期的请求。谁料想新年伊始，东南保险市场恶性竞争态势愈演愈烈，与上一个保险年度相比较有过之而无不及，大量的费用投放到市场以后，业务不见起色综合成本率却见长，一个季度就欠下员工销售费用一个多亿。情急之下，永泰总公司一纸红头文件，让白宗仁"提前"退休了。

赵宁说，上半年东南永泰公司承保亏损两千多万元，如果他有责任的话，充其量也只能算是半份责任。因为四月份他才到任，椅子还没坐热乎，屁股还是冰凉冰凉的，但脸已是滚烫滚烫的了，不是感冒发烧烧的，也不是业绩太好激动的，而是让董事长骂的，让难以启齿的经营业绩羞的。这还得"感谢"出现亏损的八家公司，要不是八家公司的总经理"帮忙"，永泰总公司的半年工作会议不会跑到东南省来召开。

赵宁扫了一眼低头不语的杨山坡等人，继续说道："下周东南省公司也准备召开半年工作会议，你们八位回去后好好准备准备，到时候到主席台上都亮个相，没有经验，教训总该有吧？"

永泰总公司半年工作会议结束的第三天，东南省公司办公室就下发通知，确定了全省半年工作会议召开的时间、地点、参会人员、会议日程。

看到省公司的会议通知，杨山坡急忙把王高等人召集在一起商量如何做好省公司半年工作会议的准备及接待工作，因为省公司的半年工作会议四天后将在滨城召开。

虽然省公司的半年工作会议日程只有一天，但会议召开的前前后后准备的一周之内，杨山坡都是在紧张恐惧中度过的。他生怕考虑不周，安排不当，出现大的纰漏，在赵宁心目中留下一个成事不足、败事有余的印象，因为滨城公司上半年的经营业绩实在是有些说不过去，与任仪的事情又让赵宁感觉自己有些不务正业，更何况杨山坡是省公司的党委委员，对省公司党委、总经理室安排的工作，没有理由不尽心尽力地做好。

会议组织得十分顺利，没有出现大的问题。下午三点多钟，当杨山坡送走参加会议的最后一批客人，疲惫不堪地回到家的时候，白雪告诉他说魏经纶打电话约大家晚上一起吃饭。

杨山坡重新打开因电量不足自动关机的手机，给魏经纶回了个电话。

"回来商量跟陈艳艳结婚的事情？不会是奉子成婚吧？"一听到魏经纶的声音，杨山坡立即来了精神。

"怪不得上半年滨城公司的经营业绩那样差呢，原来你把脑子都用到这些地方上了？昨天下午的批斗会是不是力度还不够呀？要是把你批倒批臭了，我估计这会儿你就顾不上胡思乱想了。"魏经纶哈哈笑着说。

杨山坡说干保险的个个脸皮厚得像牛皮，挨批挨骂是家常便饭，算不得什么。他收住笑容问魏经纶这次匆匆忙忙回滨城到底有什么事情？是不是柳叶的父亲又出什么"幺蛾子"了？或者是家里出了什么问题？

魏经纶说都不是，是李冬冬找他有事要商量。

李冬冬不是那种一点小事就轻易麻烦别人的人，这次主动找魏经纶商量，杨山坡感觉应该不会是一件小事情，否则魏经纶也不会拐那样大个弯特意从外地跑回滨城。

五点半不到，杨山坡带着白雪早早来到了魏经纶已经订好的"好日子"饭馆。一走进房间，杨山坡立即想起了当年自己跟白雪确立恋爱关系时，魏经纶、付晓滨、李冬冬三人就是在"好日子"饭馆的"康乃馨"包间给自己和白雪祝贺的，因为房间里悬挂的那幅康乃馨壁画，多少年后杨山坡仍然记忆犹新。可能是触景生情，杨山坡忽然感觉自己对不起皱纹已初上眉梢的白雪了，悔恨当初不该产生离婚的念头，更不应该做出让妻子可能羞辱一生的事情。

白雪可能也回忆起了当初的情景，坐在当时曾经坐过的那个位置，默默地盯着那幅康乃馨壁画出神。

杨山坡鼓足勇气走到白雪的身边坐下，迟疑再三还是拿起白雪那双有些失去光泽的手紧紧地贴到了自己的脸上，轻声地说了一句："对不起！"

白雪强忍着的泪水终于流了出来，是委屈是自责还是高兴？她说不清楚，但她坚信，此时的一声"对不起"，是发自杨山坡内心的。虽然一个多月以来，杨山坡多次重复说过那句话，但唯有这一声"对不起"是发自内心的、肺腑的、真真切切的。

白雪趴在杨山坡的后背上嘤嘤地哭了，哭泣声告诉他，她有委屈，有满肚子的委屈要在顷刻间发泄出来；那轻轻地一趴暗示他，她已经原谅他了，尽管他做过一件不可饶恕的事情。

听到魏经纶跟李冬冬说话的声音，白雪快速擦拭掉脸上的泪水，尽量装出一副若无其事的样子，尽管掩饰并不是她的强项。

"不是说好早一点吗？你们俩怎么到现在才来？"杨山坡装作生气的样子批评道。

"我说早一点也没说五点半就开始呀！这个季节七点钟吃饭都不能算晚。是不是昨天刚在全省工作会议上露了脸表了态，着急跟大家汇报呀？"魏经纶笑嘻嘻地说。

"我靠！别哪壶不开提哪壶。我被搞得灰头土脸的，难道你魏经纶脸上有光不成？"杨山坡一急，粗话都出来了。

杨山坡朝房间外面望了望，问李冬冬："陈老板呢？他怎么没来？"

魏经纶马上接话说老陈在外面有事，可能一会儿就过来。

"说好了是三家聚会，你们都赤条条地一个人来了，合着我们家缺饭吃？"

杨山坡转身对正在跟白雪打招呼的李冬冬说："跟老陈说说，别光忙着赚钱，有多少钱才算有钱？"

害怕杨山坡说起陈老七来没完没了，魏经纶立即把话题转移开了："来到'好日子'，你们俩就没想起点什么事情来？"

听到白雪说"魏大哥是个有心人"的话时，魏经纶知道他俩已经回想起当初五个人一起吃饭的情景了。

魏经纶说那时候囊中羞涩，第一次请白雪吃饭只能选这么个小饭馆，兜里的银子稍微多了点以后，就再也没有来过这里，一晃就是十多年了。"五一"放假回滨城的时候，他开车从这里路过，忽然又想起了这家小饭馆，所以今天请大家一起来忆苦思甜。

杨山坡说真没想到，十多年了，这家小饭馆竟然还存在。不过他听说这一带马上就要拆迁了。

"餐馆后天就准备停业，你们很有可能是餐馆接待的最后一批客人了，以后再也找不到'好日子'了。"进房间送水的老板娘接话道。

众人惊奇地问老板娘为什么，老板娘说后天是餐馆"关门大吉"的日子，所以明天是否开门营业还不好说。众人听了，心里多少都有点惋惜与惆怅。

魏经纶说任何东西，只有到了失去或者将要失去的时候才感觉到它的价值、它的弥足珍贵，何况是有感情的人了，比如说他跟柳叶。魏经纶说他们俩的结合一开始可能就是一场误会，是丘比特跟他俩开了一个不大不小的玩笑，可一旦失去了，心里还真有一种说不出的滋味。

"打住、打住。你小子不会朝三暮四还想让人家陈艳艳继续等下去吧？别忘了，人家是黄花大闺女，等了你那么多年，你可不能为了保持你正人君子的形象再让人家两眼望穿呀！"杨山坡看了看李冬冬，说道。

魏经纶长舒了一口气，叹息说，别说是什么正人君子了，离君子的标准简直相差十万八千里。他说他已经对不起很多人了,不能再失信于陈艳艳了。魏经纶说虽然他跟柳叶不是一家人了,但亲情还在、友情还在,什么时候都不会忘记,也不能忘记。人如果忘记了过去,就等于背叛了自己。

说着说着,魏经纶就把话题转移到了杨山坡身上,批评杨山坡不该富贵思淫,不该这山望着那山高,不该为追求所谓的幸福而不惜牺牲自己的声誉、事业前途……

羞愧难当的杨山坡急忙告饶道:"俗话说,浪子回头金不换,何况咱还不是浪子,且已经回头了,白雪已经原谅我了,你们就不要老是揪住小辫子不放了。"

"我可没说原谅你。干了那么大的一件丑事,一句'对不起'就原谅了?"白雪抢话说道。

接着,白雪质问杨山坡当初为什么会产生抛妻舍子,去找那个叫任仪的念头时,杨山坡趁机把白雪的"不是"一股脑儿地倒了出来:什么整天打扮得跟农村大嫂似的,自己只看到她人老珠黄的一面,没有看到过光鲜华丽的一面了;什么整天唠唠叨叨,讲话不注意别人的感受了;什么经常无理取闹,说话不讲道理了;什么懒惰拖拉,不会体贴别人了;什么没有很好地尽到做媳妇、做嫂子的责任了,等等。

"男人总会说女人无理取闹,说女人没事找事,说女人不讲道理,说女人不可理喻,但为什么不去想一想,她对待别人的时候是不是这个样子呢?在丈夫面前,妻子还需要像在外面那样掩饰吗?况且女人是感性动物,本身就不擅长掩饰。"李冬冬批评杨山坡道。

李冬冬说任何人都看不见自己,看见的只是自己的影子。任何一个人包括伟人都无法对自己的弱点百分之百的认识,这就需要别人开诚布公地指出来,尤其是做丈夫的或者当妻子的。

"白雪,不是大哥批评你,平时你确实有些太不注意了。记得有一次我在大街上遇见你,看到你穿着阿姨的大黑棉袄走在街上,脸好像都没洗,我心里感觉都不得劲,何况山坡了!再就是平时说话也应该稍微注意些了,像'拉保险的'、'丐帮啦'这样的词尽量少说,最好别说。你没干过保险,不太了解保险人的心态。像我们这些干保险时间长的人,心态与没从事过保险的人可能有些不一样。在单位里听员工唠叨多了、听客户唠叨多了,回到家就特别嫌弃别人唠叨；可能在工作中遇到斤斤计较、唯利是图的员工多了、客户多了，所以看到斤斤计较的人心里就特别地厌烦；可能工作中遇到说话不讲道理的员工多了、客户多了，所以平时很喜欢跟通情达理的人打交道；可能在展业过程中遇到说话刁蛮的客户多了，所以平时最忌讳别人使用带有侮辱性的语言形容保险公司、保险公司的员工。表面上看保险人很坚强、很坚韧，但实际上心理脆弱得很。平时在家里你要多体谅、多担待些。"魏经纶动情地说。

白雪不好意思地笑笑，说魏大哥说得对！她说平时自己确实有些不太注意，懒散疲沓，说话有口无心，只知道保险公司的人特能吃苦、特别敬业、特有忍耐性，不知道保险公司的人也有脆弱的一面。

魏经纶说不只是保险公司的人是这样，世界上所有的人都应该是这样子的：既有积极坚强的一面，也有消极脆弱的一面。男人们都说孩子是自己的好，老婆是人家的好，他个人认为不是一点道理也没有。

李冬冬瞪大眼睛望着魏经纶，那意思在说：连你魏经纶这样的谦谦君子都这样想，这世界上还有没有好男人？真让人值得怀疑。

魏经纶看出了李冬冬的心思，不好意思地笑笑，解释说男人为什么会有媳妇是人家好的想法呢？因为看别人家的媳妇，看到的都是光鲜华丽的一面、温柔体贴的一面、善解人意的一面、从容大度的一面，很少真正看到不光鲜、不漂亮、不温柔、不大度的一面，况且跟自己的媳妇生活在一起，整天为柴米油盐发愁拌嘴，产生那样的想法实在是再正常不过了，并不是说所有的男人都花心。

此言一出，魏经纶立即意识到当着杨山坡的面不该说"花心"那两个字，马上又补充道："男人出现问题，主因在自己，但当妻子的也不能说一点责任都没有。这就跟当下的保险一样。大多数人看保险，消极评价不会老挂在嘴上，看到灰色消极甚至阴险黑暗的一面，有些误解、拒绝、歪曲、妖化也就不足为奇了。造成这种局面的主因是保险公司本身，但社会大环境的制约、有关部门的不作为、媒体的不客观公正报道都是中国保险业扭曲发展的因素。"

杨山坡端起酒杯揶揄道："柳叶是老师，陈艳艳是讲师，我看你很快就会成为教授了。别光忙活着给别人上课了，也该说说你跟陈艳艳的事情了。"

魏经纶说他跟陈艳艳已经商量好了，元旦前后就把仪式办了，再拖下去也没什么意思了。

　　"还等到元旦干什么？国庆节就把仪式办了就是了。七天长假，大家都有时间，为什么非要等到元旦呢？冬冬不也是去年国庆节结的婚吗？"杨山坡反对道。

　　"对了，冬冬结婚以后，咱们三家还是第一次一起吃饭，老陈再忙也不应该不参加今天的餐会，有机会我还得好好批评批评他。结婚以后，老陈还像原来那样依旧仰慕、倍加呵护你吧？哈哈哈……"杨山坡爽朗地笑着。

　　"那还用问吗？你看冬冬姐现在的脸色多好看呀！陈哥一直仰慕冬冬姐，好不容易追到手了，还不捧在手里怕摔了，含在嘴里怕化了？咯咯咯……"白雪一边笑着，一边亲切地握住了李冬冬的手。

　　听杨山坡和白雪这么一说，本来脸上就没有太多笑容的李冬冬，脸色更加难看了。

　　李冬冬一口接着一口地喝着酒，喝着喝着情绪就有些失控了。

　　李冬冬哭诉说，她跟陈老七结婚后，经济条件虽比以前好了很多，但精神生活却越发空虚了，她现在满脑子里想的都是离婚。

　　李冬冬说，陈老七虽没有像他自己吹嘘的那样富有，但确实还有些积蓄，如果人不是粗俗得让人受不了的话，凑合着过也不是不可以。

　　李冬冬说，陈老七没文化她可以容忍，因为结婚之前就知道他没读过几年书，识不了多少字，但一直不学习，不注意提高个人素养，尤其是动不动就说"有文化管个屁用？能当吃还是能当喝？有多少读完大学吃不上饭的？"的话，着实让李冬冬接受不了。跟陈老七结婚以后，李冬冬在家里跟陈老七沟通交流得很少，不是不愿意跟他交流，而是两人实在没多少共同语言。陈老七有一帮酒肉朋友，整天不是跟这帮凑就是跟那帮喝，经常喝到很晚才回家，澡也不洗，牙也不刷就上床睡觉。有时喝得醉醺醺地回家，上床就想亲热，搞得李冬冬都有些心有余悸了。刚结婚那阵子，李冬冬努力试着跟陈老七沟通，可三句话没说完，陈老七的粗话脏话就出来了，搞得李冬冬实在没有心情跟他交流下去。刚结婚时，李冬冬从书店里购买了许多书籍，并给陈老七制定了学习计划，可陈老七一看书就打瞌睡，往往一页书没看完，鼾声就响起来了。几个月下来，李冬冬彻底对陈老七失去了信心，平时话也懒得跟他多讲。

大家都劝李冬冬对陈老七不要要求太高，因为陈老七文化层次低点，受传统文化思想的影响深些，对什么是爱情、如何增进夫妻感情理解得不深不透，认为只要不让老婆孩子缺吃缺喝缺用就尽到做丈夫的责任了，殊不知，夫妻之间不仅仅是钱的问题，也不仅仅是性的问题，而是相互吸引、相互愉悦的问题。既然两人已经走到一起了，尽管陈老七有这样那样的毛病，但人品至少不坏，对冬冬也很疼爱，假以时日会慢慢改变的。近朱者赤、近墨者黑。大家都劝李冬冬不要对陈老七失去信心，头脑中不能老是有离婚的念头。

正说着，陈老七的电话就打进来了，听口气好像还很着急。

杨山坡接过李冬冬的电话，告诉陈老七说过去的几个同事很长时间没见面了，晚上凑到一起吃顿饭，让陈老七马上赶过来。

没多大会儿，陈老七开着一辆宝马车来了，一进"好日子"饭馆，眉头就皱成了一个大疙瘩。

"哎呀，你们怎么能来这种地方吃饭呢？你们可都是有身份的人，这种地方怎么能适合你们呢？在这种鬼地方吃饭，万一吃坏了肚子怎么办？要是知道你们来这种地方吃饭，说什么我也不会让我们家冬冬来！"

看到魏经纶等人只是傻笑着不说话，陈老七更来劲了："知道你们现在拉保险难，从客户口袋里往外掏钱不容易，可再困难，也不需要来这种地方吃饭呀！你们想一起聚聚，喝点酒吃顿饭都好说，告诉我一声，我给你们安排好不就完了？还用得着跑到这种小店里来吗？"

看到陈老七喋喋不休没完没了，杨山坡真想狠狠地奚落他一顿，但碍于李冬冬的面子，杨山坡张了几次嘴，都没好意思说出一句难听的话来。

"闭死你的臭嘴吧！你以为你是谁呀？李嘉诚啊？跑到这里显摆什么？还真把自己当成滨城首富了！"李冬冬说着，气呼呼地冲出了房间。

第一次看到李冬冬如此大发雷霆，魏经纶、杨山坡都吃了一惊，因为李冬冬那小鸟依人的形象已深深地嵌入了两人的脑海中了，相处十几年，他们从来没见过李冬冬发过如此大的脾气，而且发起脾气的样子，着实挺吓人的。

陈老七更是吃惊不小，他手足无措，十分无辜地摊着双手："为什么发那么大的脾气呢？我没说什么呀？我说错什么了吗？"

杨山坡用命令的口吻说道："还愣着干什么？还不赶快追上去看看？"

望着陈老七远去的背影,白雪小声嘟囔道:"怪不得冬冬姐受不了他呢!素质确实不怎么样!换作我,我也受不了!"

白雪一席话,让杨山坡心里乐开了花,他十分得意地看着白雪,差一点笑出了声。

白雪挽着杨山坡的胳膊走了,餐馆里只剩下了魏经纶一个人。

魏经纶回头使劲看了几眼灯箱内写着的"好日子"三个字,一种莫名其妙的失落感、压力感涌上心头。

餐馆的灯终于熄灭了,周围变得一片漆黑,天空中那一轮月牙儿好像更加孤寂了。

第 38 章　魏经纶离职

2012年，注定是中国保险业不平静的一年。

年初，《关于加强机动车辆商业保险条款费率管理的通知》亮相，预示着空喊了多年的车险费率市场化改革进入临界点。业内许多人士猜测，服务、产品、费率市场化改革年内实施已是板上钉钉的事情。为了在费率市场化改革粉墨登场前获取尽可能多的客户资源和保费资源，各保险公司不惜血本抢占市场，都想拼命抓住最后一根稻草，整个行业更是"血光冲天"。

面对恶性竞争持续升温，银保渠道快速萎缩，退保浪潮风起云涌，部分险企批筹入市，法律环境难以改善以及交强险市场全面开放，魏经纶、杨山坡等几百万从事了保险工作多年的业内人士真实感受到"狼来了"，体味到了从未有过的压抑、浮躁、纠结、彷徨。许多人大声疾呼：行业到底怎么了？乱象到底何时能止？这个行业还有希望吗？

进入下半年以后，永泰财险总公司成立了东南西北四个督导组，分别由四个分管业务的总经理挂帅，奔赴全国三十六家省级公司进行现场检查、业务督导。配合检查督导工作的开展，总公司成立了业务信息收集及规范管理办公室，任命魏经纶兼任办公室主任。

业务信息收集及规范管理办公室成立的第四天，北京下了一场多年罕见的强降雨，几天的工夫，在京各保险公司就接到强降雨造成的损失报案近五万起，保守估计损失金额超过十亿元。

暴雨过后，集团公司董事长沙洲亲自召集财寿险公司及两总部有关部门的负责人召开会议，部署北京地区理赔服务及善后处理工作。陆地因在国外治病，无法参加集团公司董事长召集的专题会议，就委托副总经理李梦香代为参加。

沙洲说，昨天北京地区发生了强降雨，强度是近几十年来很少遇到的，给北京地区的人民生命财产造成了巨大损失。刚才他听财险公司的同志讲，截止一小时前，公司已接到客户各类报案电话五千多起，损失金额大约在一亿元左右，约占总损失金额和总报案件数的五分之一。北京是中国的中心，是全国乃至全世界人民热切关注的焦点。对这次暴风雨的发生，沙洲要求各子公司务必要站在讲政治的高度开展工作，出现被举报、被投诉、被曝光或者被督查的事情，在其他地区可以容忍，在北京地区不可以容忍。沙洲说，在国外，保险是一种纯商业行为，政府是不会轻易干预的，但在中国，就不那么简单了，是商业行为，有时也是政治行为，绝对不能因为多赔或少赔几百万元，或者因为可赔可不赔的问题被客户投诉，被媒体曝光，被政府关注，给永泰公司的品牌形象造成影响。沙洲要求各子公司尤其是财险公司要立即成立由主要负责人牵头的工作小组，组织开展好北京地区理赔及善后服务工作。

集团公司专题会议一结束，李梦香通过电话跟远在国外的陆地进行了汇报，并按照陆地的指示召集财险公司有关部门召开会议，传达集团公司董事长的讲话精神，安排部署理赔服务工作。

李梦香说一个小时前，集团公司沙董事长亲自召集会议，通报昨天北京地区暴雨损失，研究部署理赔服务工作。近来许多地区发生了比较大的自然灾害，全国范围内险情不断，集团公司之所以唯独针对北京地区暴雨理赔服务工作组织召开会议，他个人认为主要有两个方面的原因：一是这场暴雨数十年不遇，造成的损失巨大，保守估计最终赔付金额将超过十亿元；二是这场暴雨发生的地区特殊，是在中国的心脏，格外引人注目。万一在理赔服务方面出现点闪失，很有可能是钱赔了，客户恼了，麻烦来了，这样的事例在行业内是比比皆是，几乎每天都在发生。李梦香说，陆董事长在电话中指示，要专门成立北京暴雨快速理赔专案委员会，董事长亲任主任，他和总经理室其他几位领导担任副主任，理赔部、客户服务部、财务部等有关部门负责人为委员。为及时通报理赔及客户服务信息，协调理赔服务工作，按照陆董事长的要求，刚刚成立的业务信息收集及规范管理办公室为总调度部门，负责上传下达、通报协调、信息公布等工作，魏经纶为总负责。这次暴风雨来袭，可能对永泰公司，尤其是永泰财险公司造成很大的损失，但也可能给永泰财险公司提供在全国人民面前展示处理应急能力、服务水平的绝佳机会。陆董事长希望相关部门要站在讲政治、讲大局的高度，打破部门界限，破除各自为战的藩篱，切实打好一场人民之战。

为体现永泰公司的社会责任意识，切实承担起企业公民的义务，永泰公司一方面加快定损核赔速度，平均结案周期同比缩短了一半；另一方面发动员工解囊捐款，支援北京灾后重建工作，得到了有关部委领导和大多数客户的认可。

暴雨过后的第三天，个别客户因对永泰公司的理赔服务工作不满意，向当地媒体进行了投诉。一收到北京公司传报过来的信息，魏经纶第一时间就向李梦香作了汇报，在主任陆地一时不能从国外返回国内的时候，北京暴雨快速理赔专案委员会第一副主任李梦香是实际上的第一责任人。

"客户为什么投诉？投诉公司什么？"李梦香问。

"投诉公司拒赔问题。"

"什么原因造成了拒赔？"

"北京公司的报告说，拒赔的客户都未投保涉水险，不在赔付范围内，所以公司不应该赔付。"魏经纶答。

"没投保涉水险，拒赔不是很正常吗？你认为没投保涉水险应不应该赔付？"李梦香想了想，又问魏经纶。

魏经纶说没投保肯定不应该赔。他在基层公司工作的时候也曾经遇到过类似的问题，但都没有赔付过。

李梦香摸起电话把理赔部孙经理叫了进来。

孙经理看完报告后，笑称没投保涉水险因涉水而引起的赔案肯定不在受理范围之内，如果不保也赔的话，类似的事情以后就不好处理了。

虽然各保险公司对暴雨造成的损失给予了宽松处理，该赔的保证足额赔付，可赔可不赔的以赔付为主，然而巨额理赔、慷慨解囊并未引起出险客户的认同，却引来了一片讨伐声音。许多媒体对保险业火力全开，开启了新一轮口诛笔伐："霸王条款"、"不履行企业责任"、"未履行企业公民义务"等帽子纷至沓来，永泰公司作为在北京地区承保车辆最多的公司之一，自然成了各媒体笔伐的重点，并被有关部门点名批评，这让永泰公司始料未及。

媒体一边倒，有关部门又出面施压，永泰财险公司不得不增加五千万元，对先前以"未投保涉水险"、"二次启动"等原因拒赔的出险车辆全部进行了赔付。

"赔了夫人又折兵",这让永泰集团、永泰财险总公司领导十分恼火,连夜开会分析原因、追查责任,最终决定给予理赔部经理通报批评,给予负责调度与协调工作的信息收集及规范管理办公室临时负责人魏经纶警告处分。

无缘无故地成为媒体笔伐的"替死鬼",被公司警告处分,魏经纶心里当然不服气,思想上更是想不通。义愤填膺地魏经纶鼓足勇气找到了董事长陆地,陆地却以"发生了这么大一件事,不处分一批人,如何向集团公司交待?如何向保监会交待?"了事,根本没给魏经纶解释或申辩的机会。

情绪有些失控的魏经纶又找到了李梦香,希望过去的老领导帮自己说句公道话。因为自己仅仅是个临时机构的临时负责人,充其量也就是个秘书科长、信息科长的角色,给自己那样重的一个处分,于情于理都说不过去,况且自己是背着处分来总公司工作的,如果不明不白地再背负这样大的一个"黑锅",这辈子可能再也翻不了身了。

李梦香知道魏经纶心里憋屈,组织上的处分对魏经纶来说确实有些不公平,但公司在讨论对魏经纶等有关人员处理意见的时候,自己是投了赞成票的,出尔反尔的事情别说是没法做了,就是有法做,自己也不能做。因为当初自己也是不建议对因"涉水险"而造成损失的客户进行赔付的,作为北京暴雨快速理赔专案委员会的第一副主任,在此次事件中能逃过一劫已是万幸了,敏感时期,自己绝对不可能为了一名部下而引火烧身。李梦香认为,陆地一向对自己不信任,认为自己有取而代之的野心,是把庞听推向"深渊"的"幕后黑手"。在庞听案件中,魏经纶扮演了一个重要角色,是自己的"帮凶"之一,节骨眼上,如果不知深浅地帮魏经纶说话讲情,无异于向陆地坦白交待说魏经纶是自己"线上的人",自己是东南帮的"帮主",帮不成魏经纶事小,给陆地提供收拾自己的"铁证",那事情可就大了。

李梦香承认在处理北京暴雨理赔服务工作问题上自己确实犯了经验主义错误,以至于成为媒体"笔伐"的重点公司之一。李梦香估计,在总经理室研究处理意见的时候,陆地之所以对自己甚至连一句批评的话都没讲,主要是考虑一旦批评了自己,说明总经理室在处理北京暴雨理赔服务问题上负有领导责任,尽管自己是北京暴雨快速理赔专案委员会的实际负责人,但主任终归是陆地,如果要负领导责任的话,陆地首先跑不了,董事长境界再高,也不可能愿意把屎盆子扣到自己头上。

望着魏经纶幽幽的眼神,李梦香也只能实话实说了。

李梦香说总公司党委的文件已经下发了,作为一个副职,他没有改变党委决定的能力和权力。他劝魏经纶还是忍了吧,黄泉路上都有冤死的鬼。李梦香说庞听出事以后,陆地对他一直心存戒心,把在总公司工作的东南籍干部都看成是一条线上的,事事掣肘,处处设防。这个时候,他贸然去找董事长说情,无异于自投罗网,不仅帮不了魏经纶,反而极有可能会加重陆地对东南籍干部的疑虑。

魏经纶不解地摇着头,说永泰公司就是一家保险公司,一个经营实体,又不是党政机关事业单位,只要把业务做好,把客户关系维护好就行了,为什么非得斗来斗去呢?人为地搞得那样紧张有意思吗?

李梦香说,在中国,哪个行业不是这样?保险业更是这样!既要搞经营,还要搞斗争。不仅公司与公司在斗争,公司与客户在斗争,公司内部也要斗争。

按照李梦香的理解,保险行业是一个较其他行业更容易产生内斗的行业,这与行业特点、工作性质、人员素质、外部环境等因素有很大关系。由于保险行业是一个竞争十分激烈的行业,每天要跟形形色色的客户打交道,自然而然就养成了争强好胜的习惯。

国庆长假后,陈艳艳随魏经纶来到了北京,参加总公司组织的为期三个月的业务骨干培训班。

总公司的业务骨干培训班本来安排在八、九、十三个月举办,但由于上半年公司业务发展目标与预期差距较大,总公司担心来自各省市近五十名业务骨干脱产学习三个月对三季度的业务发展造成影响,故决定培训班延后到第四季度举行。为此,魏经纶与陈艳艳商量决定婚礼在陈艳艳参加完总公司的培训班后再举办。

总公司的培训课程安排得比较宽松,陈艳艳每天有充足的闲暇时间能够到附近的商场里转一转,一个月下来,结婚需要的"零碎"东西基本上购买齐了,魏经纶租住的"棺材房"就显得更加拥挤了。

自从陈艳艳到总公司参加培训班后,魏经纶每天一下班就匆匆赶回

"家"，做好热气腾腾的饭菜，等着陈艳艳一起回来吃，这让陈艳艳感到无比幸福和温馨。陈艳艳知道魏经纶在单位里的事情很多，多次劝说魏经纶不要因为自己而影响工作，可每次魏经纶都是淡淡地说总公司的工作节奏慢，只要准时上下班就行了，不像基层公司那样有永远加不完的班、陪不完的客户，这让陈艳艳艳羡不已，曾产生结婚后让魏经纶想办法调她来总公司工作的念头。

总公司虽比基层公司工作轻松些，但加班加点也是常态。陈艳艳之所以在总公司学习时未见到魏经纶加班的情形，除了因为魏经纶有意把每天的工作尽量安排在白天完成，以便晚上有时间陪伴陈艳艳以外，更重要的是两次处分对魏经纶的思想产生了很大的影响，让他感觉工作在他的人生旅程中已经退居次要位置了，稳定的家庭生活才是人生最主要的，而业内发生的一件事情，更让魏经纶坚定了自己的观点和看法。

年末，国内某知名学者公开炮轰保险业，发表了"保险就是传销"、"买保险是最大的不保险"、"保险公司就像老鼠会"等言论，立即引起了部分网友的响应与支持，引发了持续数日的大论战。期间，虽有多位保险业内大佬理性解析保险职能及保险在中国经济发展、改革开放中的作用，但由于社会大众对保险尤其是对车险不满情绪积怨太深，故部分网友不管是非曲直，一律采用脚投票方式泄愤，让原本买卖双方简单的契约关系，衍化成媒体、社会大众、监管机关、保险公司四方的角逐，让业内人士焦虑不安。面对保险行业再一次被推向风口浪尖的窘况和三个月以前刚被媒体"笔伐"的经历，永泰公司上下战战兢兢、如临大敌，唯恐再次中枪。为此，财险总公司决定加强公司业务信息收集及规范管理办公室的力量，委任公司负责品牌建设的办公室副主任接替魏经纶，担任信息收集及规范管理办公室主任，魏经纶调客户服务部等待分配工作，这一安排更让魏经纶心灰意冷。

魏经纶认为，委任其他人员接替自己，说明公司领导已对自己失去了信心，对自己的能力产生了怀疑；让自己去客户服务部等待分配工作，是公司有意置自己于死地，因为自己获得的警告处分完全是理赔服务部孙经理"所赐"，在他手下当兵，自己能有好果子吃？

魏经纶思前想后了两天，毅然做出了一个大胆的决定。

吃罢晚饭，魏经纶把准备辞职的想法告诉了陈艳艳，惊得陈艳艳半天没说出一句话来。

"我想给你一个正常人的生活，但在这里，我做不到。"魏经纶说。

"干了近二十年的保险，一旦离开这个行业，离开永泰公司，你能心甘吗？就真的一点遗憾也没有吗？"陈艳艳平静地问道。

"有留恋，也有遗憾，但跟我想要的生活相比较，这一切都显得不那么重要了。中国有句古话叫'三十而立，四十而不惑'，像我这样已过不惑之年之人，经历了许多，感受了许多，也终于明白了许多，尤其当我遇到你以后。事先没跟你商量，我就做出了这样一个决定，对你来说可能有些唐突，也可能把你吓着了，请你谅解。做出这样的决定，我是经过认真考虑的，不知你是否理解和支持？"

陈艳艳含情脉脉地看了看魏经纶，静静地俯进了魏经纶的怀里。

元旦前三天，魏经纶向公司递交了辞职报告，接上已经完成培训任务的陈艳艳，登上了开往滨城的列车。